Uma jornada para Arcturus

Uma jornada para Arcturus

Tradução de Alcebíades Diniz

São Paulo, 2021

NOTA DO TRADUTOR

Existem muitas formas de se inventar um idioma não terrestre, alienígena, utópico ou, em uma palavra, *imaginário*. Uma das técnicas mais conhecidas é o amálgama de idiomas conhecidos, em uso ou já no rol das *línguas mortas*, para a construção de outras estruturas de significado, em soluções muitas vezes bastante amplas e/ou ousadas. Nesse sentido, teríamos dois exemplos bastante conhecidos: J. R. R. Tolkien, especialmente com sua saga *O Senhor dos Anéis* (1954-1955), e Anthony Burgess, com seu romance *Laranja Mecânica* (1962). O procedimento de ambos é semelhante: utilizar um idioma como parâmetro para a construção de amálgamas novos, que poderiam se configurar em novas linguagens. Tolkien procede dessa forma a partir de idiomas nórdicos arcaicos; Burgess, a partir de um singular sincretismo entre russo e inglês. De qualquer forma, as criações desses dois autores, e sua metodologia de construção de uma linguagem imaginária, exigem certa *fidelidade* do tradutor, uma vez que o parâmetro empregado, línguas preexistentes, torna essa busca do termo preciso uma necessidade mais premente.

Contudo, existem outras formas de realizar a mesma criação. Uma segunda estratégia, que poderíamos denominar *poética* (em contraposição à metodologia *prosaica* de Tolkien e Burgess), utiliza como abordagem a criação de um novo idioma a partir de matizes e sistemas, por assim dizer, culturais: existe uma recriação da realidade em inéditas possibilidades, em primeiro lugar, pela sonoridade das palavras inventadas que designam tais elementos novos. Autores como William Blake, notadamente em seus livros proféticos, ou Lewis Carroll, em seu célebre poema *A caça ao snark*. Tais autores empregaram essa estratégia em vários de seus textos, construindo ricas tessituras de som e sentido a partir das possibilidades oferecidas pela própria língua inglesa, idioma franco de seus universos imaginários.

Na mesma tradição poética de Blake e Carroll está *Jornada para Arcturus*, de David Lindsay. Empregando técnicas como palavras-valise ou a recriação fantástica de termos e expressões idiomáticas, tendo como ponto de partida tanto a língua inglesa quanto certos elementos da mitologia nórdica (abordaremos em profundidade essa singular referência no posfácio), além de uma noção de idioma como expressão dinâmica do pensamento e também do sentimento (o que faz com que os personagens aprendam o idioma uns dos outros rapidamente e consigam se expressar com fluência quebrada apenas pela singularidade de cada *voz*), transforma a linguagem de Tormance, o planeta visitado na jornada para Arcturus, em uma experiência única tanto para o leitor quanto para o tradutor. Por isso, optamos por seguir nossa intuição poética, as possibilidades daquilo que o poeta francês Arthur Rimbaud chamava de "alquimia do verbo". Assim, nem todos os termos de Tormance foram traduzidos, mas sim aqueles que revelavam uma musicalidade peculiar no inglês e que pudessem mantê-la no português. Dessa forma, optamos por notas de rodapé quando isso aconteceu, e não um glossário, que terminaria incompleto, dada a complexa rede de significados — alguns tão esotéricos que parecem surgir de uma mitologia extremamente pessoal do autor — evocada por esta obra.

Apesar da complexidade de nossa tarefa, acreditamos que essa solução permitirá ao leitor saborear a sonoridade (e as ressonâncias) do termo original e de nossa tradição, talvez encontrando a sua própria forma particular de entender/designar os fantásticos elementos de Tormance, talvez como queria o próprio David Lindsay nessa longa, sangrenta e única viagem espiritual.

CAPÍTULO 1 – A SESSÃO ESPÍRITA

Em uma noite de março, às oito horas, Backhouse, o médium — uma estrela em rápida ascensão no firmamento dos fenômenos psíquicos —, adentrou o gabinete de estudos em Prolands, a residência de Montague Faull em Hampstead. A sala estava iluminada apenas pela luz de um fogo ardente. O anfitrião, olhando-o com uma curiosidade indolente, levantou-se e fez as mesuras convencionais e esperadas. Tendo indicado uma poltrona diante do fogo para seu convidado, o comerciante sul-americano afundou-se novamente em outra. A luz elétrica foi acesa. As características proeminentes e bem definidas de Faull, a pele de aparência metálica e o ar geral de impassibilidade entediada, não pareceram impressionar muito o médium, que estava acostumado a olhar os homens de um ângulo especial. Backhouse, ao contrário, era uma novidade para o comerciante. Enquanto estudava seu convidado tranquilamente através das pálpebras semicerradas e da fumaça de um charuto, perguntou-se como aquela pessoa baixinha e atarracada de barba pontuda conseguia aparentar ser tão jovial e sadia, tendo em vista a natureza mórbida de sua ocupação.

— Fuma, meu caro? — disse pausadamente Faull, para iniciar a conversação. — Não? Bem, talvez queira beber algo?

— Não no momento, muito obrigado.

Uma pausa.

— Está tudo satisfatório? A materialização acontecerá mesmo?

— Não vejo razão para duvidar disso.

— Isso é bom, pois não gostaria que meus convidados fossem desapontados. Tenho seu cheque já preenchido em meu bolso.

— Podemos resolver isso depois.

— Definimos o horário para as nove horas, creio eu?

— Assim é.

A conversação prosseguiu dessa forma, agonizante. Faull se esparramou em sua poltrona e permaneceu apático.

— Gostaria de conhecer os detalhes dos preparativos que fiz?

— Acredito que nada mais seja necessário, além das cadeiras para os convidados.

— Referia-me à decoração da sala em que ocorrerá a sessão espírita, bem como à música e tudo mais.

Backhouse fitou seu anfitrião.

— Mas não se trata de uma performance teatral.

— Sim, de fato. Talvez seja necessário que eu explique... Haverá damas presentes. E damas, como bem deve saber, têm inclinações estéticas.

— Nesse caso, não tenho qualquer objeção. Apenas desejo que todos permaneçam na sessão até o final. — Ele falava de forma bastante direta.

— Muito bem, está tudo certo então — disse Faull.

Ele levou seu charuto ao fogo, depois levantou-se e se serviu de uísque.

— Deseja conhecer a sala?

— Muito obrigado pelo convite, mas não. Prefiro não ter nenhuma informação prévia antes do momento certo.

— Pois então venha conhecer minha irmã, a senhora Jameson, que está na sala de estar. Ela, por vezes, assume o papel de anfitriã para mim, uma vez que não sou casado.

— Ficarei encantado — disse, friamente, Backhouse.

Encontraram a dama sentada ao lado do *pianoforte* em uma atitude pensativa. Havia tocado algumas composições de Scriabin e estava um pouco enternecida. O médium contemplou os delicados traços patrícios, as mãos suaves como porcelana, enquanto se perguntava como aquele Faull conseguiu semelhante irmã. Ela o recebeu com destemor, apenas uma sombra de silenciosa emoção ainda permanecia nela. Ele estava habituado a esse tipo de reação do outro sexo e já sabia muito bem como reagir.

— O que me impressiona — disse ela, quase sussurrando, após dez minutos de conversação agradável e vazia —, nesse caso, não é, se quer saber, a manifestação em si, embora eu esteja certa de que deva ser impressionante, mas a segurança de que tudo acontecerá conforme o previsto. Diga-me, quais são as bases de sua confiança?

— Eu sonho de olhos abertos — respondeu o médium, olhando na direção da porta — e outros enxergam meus sonhos. E isso é tudo.

— Mas isso é extraordinário — respondeu a senhora Jameson.

Ela sorria de forma absorta, pois o primeiro convidado acabara de entrar.

Era Kent-Smith, um velho magistrado, célebre por seu astuto humor de natureza jurídica; tal característica, contudo, ele teve o bom senso de não praticar em sua vida privada. Apesar de ter passado dos setenta anos, seus olhos ainda eram desconcertantemente brilhantes. Com a habilidade seletiva de um velho, ele imediatamente se acomodou na mais confortável das muitas cadeiras confortáveis disponíveis.

— Bem, esta noite veremos maravilhas, pois sim?

— Material fresco para sua autobiografia — observou Faull.

— Ah, não deveria mencionar esse meu desafortunado livro. Sou apenas um velho servidor público que busca alguma distração em sua aposentadoria, senhor Backhouse. Não há motivos para alarde, meu caro, pois estive nas melhores academias dedicadas à discrição.

— Não estou alarmado. Não tenho qualquer objeção a que publique o que seja de vosso desejo.

— O senhor é bastante gentil — disse o velho, com um sorriso astuto.

— Trent não virá esta noite — observou a senhora Jameson, lançando um curioso olhar de soslaio para o irmão.

— Não imaginei que viesse, de qualquer forma. Não é algo que siga a linha de seus interesses.

— A senhora Trent, e isso precisa ficar claro — prosseguiu ela, dirigindo-se ao velho magistrado —, nos colocou em uma dívida de gratidão. Ela decorou o antigo salão no andar de cima de forma tão bela, além de obter os serviços de uma pequena, embora belíssima, orquestra.

— Mas isso tem o esplendor da Roma antiga.

— Backhouse é da opinião de que os espíritos devem ser tratados com mais respeito — disse Faull, rindo.

— Mas sem dúvida, senhor Backhouse, um ambiente poético...

— Desculpem. Sou um homem simples, que sempre prefere reduzir as coisas a uma simplicidade elementar. Não faço objeções, apenas expresso minha opinião. A natureza é uma coisa, enquanto a arte é outra.

— Não estou certo se discordo da sua opinião — disse o velho magistrado. E logo ele prosseguiu: — Uma ocasião como essa precisa ser simples, para que estejamos atentos aos possíveis enganos, se me perdoa a franqueza, senhor Backhouse.

— Devemos nos sentar sob a luz direta — replicou Backhouse — e, da mesma forma, todos terão oportunidade de inspecionar o recinto. Também solicitarei que façam uma revista pessoal em mim.

Depois dessas afirmações, houve um silêncio incômodo, mas que foi quebrado por dois outros convidados que chegaram juntos. Tratava-se de Prior, o próspero importador de café local, e Lang, o corretor da bolsa, razoavelmente célebre em seu pequeno círculo como um aficionado da prestidigitação. Backhouse conhecia superficialmente esse último. Prior, que perfumou a sala com o leve odor de vinho mesclado à fumaça de tabaco, tentou introduzir uma atmosfera de jovialidade nos procedimentos introdutórios. Logo percebeu que ninguém apoiava seus esforços; assim, desistiu, passando a se interessar pelas aquarelas nas paredes, que examinou minuciosamente. Lang, alto, magro e careca, falava pouco, mas olhava muito para Backhouse.

Trouxeram café, licores e cigarros. Todos se serviram, com exceção de Lang e do médium. Naquele momento, o professor Halbart foi anunciado. Era um renomado psicólogo, escritor e conferencista especializado em temas como crime, insanidade, genialidade, sempre de uma perspectiva mental. Sua presença em uma reunião daquele tipo desconcertou, de certa forma, os outros convidados, pois tudo parecia conspirar para que o objetivo daquele encontro ganhasse uma aura adicional, quase instantânea, de solenidade. O professor tinha aspecto mirrado, modos delicados, mas, provavelmente, deveria ser o mais obstinado de todo aquele variado grupo. Ignorando completamente o médium, sentou-se ao lado de Kent-Smith, com quem começou a trocar observações.

Faltando poucos minutos para o horário combinado, entra no recinto, sem ser anunciada, a senhora Trent. Era uma mulher que tinha por volta de vinte e oito anos. Seu rosto era pálido, recatado, como o de uma santa; seus cabelos eram negros e suaves; seus lábios tinham uma tonalidade púrpura tão intensa que pareciam prestes a arrebentar, de tão inchados de sangue. O gracioso e esguio corpo estava envolvido por vestes caríssimas. A recém-chegada trocou beijos com a senhora Jameson, fez uma reverência para o restante da assembleia e lançou um olhar de soslaio, além de um sorriso amarelo, para Faull. Este último, aliás, olhou para ela de maneira singular e Backhouse, que não perdia qualquer detalhe dos acontecimentos, percebeu um ser bárbaro oculto no brilho complacente dos olhos daquele homem. Ela recusou as bebidas e os alimentos que lhe ofereceram, e Faull propôs que, como todos já haviam chegado, eles deveriam seguir para o salão.

A senhora Trent levantou a mão esbelta:

— Montague, você me concedeu carta branca ou não?

— Ora, claro que concedi — disse Faull, rindo, e prosseguiu: — Qual o problema?

— Talvez minha presunção tenha sido excessiva. Não sei. Convidei dois amigos para se juntar a nós. Não, ninguém os conhece... Os dois indivíduos mais extraordinários já vistos. E que são médiuns também, tenho certeza.

— Isso soa bastante misterioso. Quem são esses conspiradores?

— Pelo menos diga para nós o nome deles, garota provocadora — pontuou a senhora Jameson.

— Um deles atende pelo nome de Maskull[1] e o outro chama-se Nightspore[2]. Isso é praticamente tudo o que sei sobre eles, portanto não me atormentem com mais perguntas.

— Mas onde encontrou esses dois? Deve ter conhecido ambos em algum lugar.

— Estamos adentrando o campo do interrogatório. Pequei contra alguma convenção? Juro que não direi mais nada sobre eles. Eles virão diretamente para cá e então os entregarei à vossa terna misericórdia.

— Eu não os conheço — disse Faull —, e mais ninguém parece conhecê-los, mas, claro, teremos imenso prazer em ter ambos entre nós... devemos prosseguir aguardando a chegada deles?

— Eu disse às nove, e já passamos desse horário. Pode ser que não cheguem a vir, afinal... De qualquer forma, não esperem.

— Prefiro começar imediatamente — disse Backhouse.

---

[1] O nome do protagonista tem o termo "skull" (caveira, crânio) em sua raiz, provavelmente de forma significativa no estranho mundo criado pelo autor. (N. T.)
[2] Nome composto pelos termos "night" (noite) e "spore" (espora). (N.T.)

O salão era um cômodo de pé direito elevado, com doze metros de largura por vinte de comprimento. Fora dividido especialmente para a ocasião em duas partes iguais, tendo uma pesada cortina de brocado como separação no meio. Assim, o fundo do cômodo estava oculto. A metade mais próxima fora transformada em auditório por um semicírculo de poltronas. Não havia outros móveis. Havia fogo na grande lareira na parede, entre as costas das poltronas e a porta. Todo o local era brilhantemente iluminado por lâmpadas elétricas. Um tapete suntuoso cobria o chão.

Tendo seus convidados instalados em suas cadeiras, Faull abriu as cortinas de brocado. Algo como uma réplica da apresentação, em Drury Lane[3], da cena do templo em *A Flauta Mágica* apresentava-se para o observador: uma arquitetura interior sombria e maciça, o céu brilhante acima dela como plano de fundo e, em silhueta contra o firmamento, a gigantesca estátua do Faraó sentado. Um sofá de madeira espantosamente esculpido estava diante do pedestal da estátua. Perto da cortina, colocada obliquamente ao auditório, havia uma cadeira simples de carvalho, a ser usada pelo médium.

Alguns entre os presentes sentiram, de modo particularmente nítido, que aquele ambiente era bastante inadequado para a ocasião e tinha um sabor desagradável de ostentação. Backhouse, em particular, parecia agastado. Os elogios usuais, entretanto, foram distribuídos para a senhora Trent como a criadora de uma réplica tão notável. Faull convidou os amigos a tomarem a frente para examinar o cômodo tão minuciosamente quanto desejassem. Prior e Lang foram os únicos a aceitar. O primeiro vagava pelo cenário de papelão, assobiando para si mesmo e ocasionalmente batendo em alguma parte dele com os nós dos dedos. Lang, que estava em seu elemento, ignorou o restante do grupo e começou uma busca paciente e sistemática, por conta própria, por aparatos secretos. Faull e a senhora Trent estavam em um canto do templo, conversando em voz baixa. Enquanto isso, a senhora Jameson, fingindo manter Backhouse envolvido em sua conversação,

---

3   Referência ao *Theatre Royal, Drury Lane*, normalmente conhecido apenas por *Drury Lane*, o teatro mais antigo da Inglaterra, inaugurado em 1663. (N.T.)

observava o irmão e a convidada como somente uma mulher profundamente interessada é capaz.

Como Lang parecia decepcionado, pois não fora capaz de encontrar nada de potencialmente suspeito, foi interpelado pelo médium que fizesse uma verificação das roupas que trajava.

— Todas essas precauções são inúteis e desnecessárias, tendo em vista nosso assunto em questão, como todos poderão testemunhar em primeira mão. Minha reputação, aliás, exige que alguém ausente deste recinto possa, posteriormente, afirmar que foi empregado algum truque ou engodo.

Coube a Lang, mais uma vez, a ingrata tarefa de inspecionar bolsos e mangas. Depois de poucos minutos, expressou satisfação ao constatar que nada mecânico estava em posse de Backhouse. Os convidados voltaram a seus assentos. Faull ordenou que fossem trazidas duas poltronas adicionais para os amigos da senhora Trent, que, no entanto, ainda não haviam chegado. Pressionou, então, a campainha elétrica e tomou o próprio assento.

O sinal foi dado para a orquestra oculta, que começou a tocar. Um burburinho de surpresa atravessou a audiência quando, sem qualquer aviso prévio, os compassos belos e solenes da música do "templo" de Mozart pulsaram pelo ar. A expectativa de todos se elevou visivelmente ao mesmo tempo que se tornava perceptível que a senhora Trent, debaixo de sua pálida compostura, estava profundamente consternada. Era evidente que, em termos estéticos, ela ocupava posição de destaque naquela assembleia. Faull a observava, com o queixo afundado no peito, esparramado, como de costume, em sua poltrona.

Backhouse se levantou, com uma das mãos pousada no espaldar da cadeira, e começou a falar. A música instantaneamente se converteu em *pianissimo* e assim permaneceu enquanto o médium esteve de pé.

— Senhoras e senhores, todos aqui reunidos estão prestes a testemunhar um evento de materialização. Isso significa que verão algo que surgirá em um espaço determinado, onde antes nada havia. A princípio, será como se tivessem diante dos olhos uma forma vaporosa para, afinal, adquirir um corpo físico, sólido, que todos aqui poderão sentir e manipular; até mesmo apertar-lhe a mão, pois esse corpo terá forma humana. Será um homem — ou uma mulher — real, embora eu não consiga dizer de antemão qual dos dois será. Esse ser não terá antecedentes conhecidos. Se, mesmo assim, houver quem exija explicações quanto à origem dessa forma materializada (de onde veio, a origem dos átomos e das moléculas que compõem seus tecidos), não serei capaz de satisfazer a tal exigência. Estou prestes a produzir tal fenômeno; se houver quem queira me explicar, posteriormente, a natureza desse fenômeno, serei grato... Isso é tudo o que tenho a dizer.

O médium voltou a se sentar, parcialmente de costas para a plateia. Fez uma breve pausa antes de se dedicar à sua tarefa.

Foi nesse exato minuto que o criado abriu a porta e anunciou, com voz apagada, mas nítida:

— Senhor Maskull, senhor Nightspore.

Todos se voltaram. Faull se levantou para receber os recém-chegados. Backhouse também se levantou e lançou a eles um olhar áspero.

Os dois estranhos permaneceram de pé junto à porta, que foi fechada silenciosamente atrás deles. Aparentemente, esperavam que a sensação de moderada agitação causada pela aparição de ambos se dissipasse antes que pudessem avançar pelo cômodo. Maskull era uma espécie de gigante, embora fosse fisicamente mais robusto e mais largo que a maioria dos gigantes. Tinha barba espessa. Sua fisionomia era bruta e pesada, de modelagem algo tosca, como se talhada na madeira; mas os olhos, pequenos e negros, brilhavam com o fogo da inteligência e da ousadia. O cabelo era curto, preto, eriçado. Nightspore era de estatura mediana, mas de aspecto tão austero que parecia estar além das fragilidades e susceptibilidades humanas. O rosto glabro parecia consumido por uma intensa ânsia espiritual, enquanto os olhos eram ferozes e distantes. Ambos trajavam vestes de *tweed*.

Antes que qualquer palavra fosse dita, um ruído alto e terrível provocado pela queda de parte da alvenaria assustou a todos, que saltaram em suas cadeiras. Parecia que toda a porção superior do edifício desabara. Faull correu até a porta e chamou um criado, para saber o que havia acontecido. O homem teve de ser interpelado duas vezes antes de entender o que era exigido dele. Disse que não ouvira nada. Obedecendo às ordens do patrão, subiu as escadas para o andar superior. Nada, contudo, estava faltando por lá; da mesma forma, as criadas nada ouviram.

Nesse ínterim, Backhouse, possivelmente o único dos presentes a manter o sangue frio, dirigiu-se diretamente a Nightspore, que estava de pé, roendo as unhas.

— Talvez possa explicar o ocorrido, senhor?

— Foi algo sobrenatural — disse Nightspore com a voz grave, contida, dando as costas para seu inquiridor.

— Imagino que sim. Trata-se de um fenômeno familiar, mas que nunca vi com tal intensidade, na forma de um ruído tamanho.

Depois, deu uma volta entre os convidados, tranquilizando a todos. Aos poucos, a normalidade foi restabelecida, mas era perceptível que a tranquilidade e o bom humor que imperavam foram substituídos por um tenso estado de alerta. Maskull e Nightspore tomaram os lugares a eles designados. A senhora Trent ainda era alvo constante dos olhares tensos de ambos. Durante todo o incidente, o hino de Mozart não deixou de ser executado, pois a orquestra, é preciso destacar, também nada ouvira.

Backhouse, então, retomou sua tarefa. Era algo que se tornava familiar para ele, de modo que não nutria qualquer ansiedade a respeito dos resultados. Não era possível obter a materialização apenas pela mera concentração da vontade ou exercício de alguma faculdade específica. Pois, se assim fosse, muitos poderiam realizar tal operação, que ele mesmo havia se comprometido a fazer. A natureza daquilo que empreendia era extraordinária — a parede que servia de divisória entre o plano em que ele existia e o mundo espiritual apresentava múltiplas fissuras. Através dessas fendas disponíveis em sua mente, os habitantes do invisível, quando por ele invocados, atravessavam, por um breve instante, de maneira tímida e atroz, passavam para o universo sólido e colorido... Não saberia dizer como isso ocorria... Era uma experiência bastante intensa para o corpo e muitos embates desse tipo poderiam levar à insanidade, à morte precoce. Esse era o motivo pelo qual as maneiras de Backhouse eram tão abruptas e diretas. A vulgar e grosseira desconfiança de algumas das testemunhas, e o ceticismo frívolo de outras, eram igualmente repugnantes para seu sombrio, ferido coração. Mas tinha que viver e, para ganhar a vida, precisava tolerar tais impertinências.

Sentou-se diante do divã de madeira. Seus olhos permaneciam abertos, mas pareciam estar voltados para dentro dele. Sua face tornou-se mais pálida, enquanto seu corpo ganhava, de maneira visível, contornos mais delgados. Os espectadores prenderam a respiração. Os mais sensíveis começaram a sentir, ou talvez imaginar, estranhas presenças naquele ambiente. Os olhos de Maskull brilhavam de expectativa e sua testa movia-se para cima e para baixo. Já Nightspore aparentava estar entediado.

Após longos dez minutos, o pedestal da estátua tornou-se levemente obscurecido, como se uma névoa se levantasse do solo. Lentamente, tornou-se uma nuvem visível, em movimento concêntrico e circular, mudando constantemente de forma. O professor começou a se levantar, colocando com uma das mãos os óculos sobre o nariz.

Através de estágios compassados, a nuvem adquiriu as dimensões e os contornos aproximados de um corpo humano adulto, embora permanecesse vago, disforme. Planava, suavemente, pelo ar, cerca de um metro por sobre o divã. Backhouse estava pálido e abatido. A senhora Jameson, silenciosamente, desmaiou em sua poltrona, mas ninguém se deu conta disso e ela acabou voltando a si. A aparição se instalou no divã e, no momento em que fez isso, adquiriu, subitamente, uma tonalidade mais escura, sólida e humana. Muitos dos convivas também estavam pálidos, mas Faull preservou sua apatia estoica, enquanto lançava olhares para a senhora Trent. Ela mantinha o olhar fixo no divã, retorcendo entre os dedos um pequeno lenço. A música prosseguia.

A figura, naquele momento, era, sem sombra de dúvida, a de um homem sentado. O rosto foi ganhando foco, tornando-se mais nítido. O corpo estava envolto em uma espécie de sudário, mas as feições eram de um homem jovem. Uma mão delicada caiu, quase tocando o solo, branca e imóvel. Os mais fracos na audiência contemplaram fixamente aquela visão com náusea horrorizada; o restante demonstrava circunspeção e perplexidade. O homem surgido estava *morto*, porém, de alguma forma, seu estado não parecia ser o da morte que sucede a vida, mas uma morte anterior à vida. Todos pressentiam que ele se recomporia a qualquer minuto.

— Pare a música! — murmurou Backhouse, ao se levantar, cambaleante, da cadeira para encarar os espectadores.

Faull tocou sua campainha. Soaram alguns compassos adicionais e logo se fez silêncio total.

— Todos que quiserem, podem se aproximar do divã — disse Backhouse com dificuldade.

Lang se aproximou de imediato e observou, chocado, o jovem sobrenatural.

— Tem a liberdade de tocá-lo, se desejar — disse o médium.

Mas Lang não se aventurou a fazê-lo, assim como nenhum dos outros que se aproximaram discretamente do divã. Então, chegou a vez de Faull se aproximar do divã. Ele olhou fixamente para a senhora Trent, que parecia assustada e enojada com o espetáculo que tinha diante de si, e não apenas tocou a aparição como, repentinamente, agarrou-lhe a mão que pendia e a apertou com força. A senhora Trent soltou um grito suave. O visitante fantasmagórico abriu os olhos e olhou para Faull de modo singular antes de se sentar no divã. Um sorriso enigmático surgiu em seus lábios. Faull olhou para sua mão: uma sensação de prazer intenso havia atravessado seu corpo.

Maskull agarrou a senhora Jameson pelos braços. Ela sofrera outro desmaio. A senhora Trent avançou e a conduziu para fora do salão. Nenhum deles retornou.

O corpo fantasmagórico se endireitou no divã, olhou ao redor, mantendo no rosto aquele sorriso peculiar. Prior, subitamente, sentiu forte náusea e teve de sair do recinto. Os outros homens mantiveram-se juntos, preservando essa usual associação humana, mas Nightspore andava de um lado para o outro, como um homem aborrecido e impaciente, enquanto Maskull buscou interrogar o jovem. A aparição o observou com uma expressão perplexa, mas não respondeu. Backhouse permanecia sentado à parte, o rosto enterrado nas mãos.

Naquele exato momento, a porta se abriu violentamente e um estranho, que não fora anunciado, avançou a passos mais ou menos céleres pelo cômodo, para, então, subitamente estancar. Nenhum dos amigos de Faull vira aquele indivíduo antes. Era um homem baixo, atarracado, dotado de surpreendente desenvolvimento muscular e com uma cabeça grande demais, tendo em vista as proporções do corpo. O rosto trigueiro e glabro indicava, em uma primeira impressão, uma mistura de sagacidade, brutalidade e humor. Clamou em voz alta:

— Meus caros cavalheiros!

Sua voz era penetrante e, de forma singular, desagradável de se ouvir.

— Então, temos um pequeno visitante aqui.

Nightspore ficou de costas para essa nova figura, mas todos os demais encararam, atônitos, aquele intruso. Ele caminhou mais alguns metros no interior do salão, postando-se nos limites do cenário teatral.

— Posso perguntar, meu senhor, como me foi outorgada a honra de ser seu anfitrião? — questionou Faull, de forma sombria, e pensou que os acontecimentos daquela noite não estavam sendo aprazíveis como havia previsto.

O recém-chegado olhou para ele por um segundo, para depois soltar uma imensa e feroz gargalhada. Deu um jovial tapinha nas costas de Faull — mas foi um gesto bastante difícil, pois a vítima foi lançada contra a parede antes que pudesse recuperar o equilíbrio.

— Boa noite, meu anfitrião!

E o sujeito prosseguiu, dirigindo-se ao jovem sobrenatural, que começava a caminhar pelo salão, aparentemente inconsciente de onde estava:

— E boa noite para você também, meu rapaz! Creio ter visto alguém bem parecido com você recentemente.

Não houve resposta.

O intruso aproximou a cabeça do rosto do fantasma, quase que o tocando.

— Não tem o direito de estar aqui, bem sabe disso.

A forma devolveu o olhar para seu antagonista, com um sorriso pleno de significado, mas que ninguém ali compreendeu.

— Cuidado com o que está fazendo — disse Backhouse, rapidamente.

— Qual o problema, mestre-escola de espíritos?

— Não sei quem é o senhor, mas, se for empregar violência física com *isto*, como parece inclinado a proceder, as consequências poderão ser desagradáveis.

— E se a nossa noite não for agradável estará arruinada, não é mesmo, querido amigo mercenário?

O bom humor desapareceu de seu rosto, como a luz do sol em uma paisagem, dando-lhe um aspecto rígido e petrificado. Antes que os convidados percebessem o que ele estava fazendo, o intruso agarrou o suave e esbranquiçado pescoço da forma materializada com as mãos peludas e, com um giro duplo, realizou uma torção completa. Todos ouviram um fraco e inumano gemido, e depois o corpo desabou no chão, com o rosto voltado para cima. Os convidados ficaram indescritivelmente chocados ao perceberem que a expressão da forma se alterou do sorriso misterioso, mas fascinante, para um esgar sórdido, vulgar, bestial, que lançava uma sombra gélida de repugnância moral a todos os corações presentes. Essa transformação foi acompanhada por um fedor nauseante de cemitério.

Os traços se esvaneceram rapidamente e o corpo perdeu a consistência, passando do estado sólido para uma condição de sombra e, depois de contados dois minutos, a forma-espírito desaparecera completamente.

O estranho de baixa estatura voltou-se e confrontou o grupo com uma longa e estridente gargalhada, diferente de tudo o que havia na natureza.

O professor conversava, entusiasmado, com Kent-Smith, mantendo a voz em tom baixo. Faull conduziu Backhouse para um local atrás do cenário e deu a ele o cheque sem dizer uma palavra. O médium colocou o pagamento no bolso, abotoou o casaco e deixou o salão. Lang o seguiu, pois desejava servir-se de um drinque.

O desconhecido levantou o rosto na direção de Maskull.

— Bem, gigante, o que achou disso tudo? Gostaria de conhecer a terra na qual aquele tipo de fruto cresce normalmente?

— Que tipo de fruto?

— Duendes[4] dessa classe.

---

4 No original, "goblin". Termo bastante difícil de traduzir devido ao fato de estar consideravelmente enraizado nas tradições dos contos populares em língua inglesa. Optou-se por "duende" como tradução para preservar a associação imediata desse tipo de ser furtivo ao lado mais escuro e maléfico do sobrenatural, como uma espécie de assombração ou espectro familiar de más intenções. (N.T.)

Maskull o afastou com um gesto da imensa mão.

— Quem é você e como chegou até aqui?

— Chame o seu amigo. Talvez ele me reconheça.

Nightspore moveu uma cadeira para perto do fogo e observava as brasas com olhar fixo e expressão fanática.

— Deixe que Krag se aproxime de mim, se assim desejar — disse ele em um tom de voz singular.

— Veja só, ele me conhece — disse Krag, com uma expressão divertida.

Krag caminhou até Nightspore e colocou a mão no encosto da cadeira dele.

— Ainda se sente consumido pela mesma ânsia?

— O que aconteceu durante os últimos dias? — questionou Nightspore com desprezo, sem alterar a atitude.

— Surtur[5] se foi e teremos de ir atrás dele.

— Como vocês se conheceram? De quem você está falando? — perguntou Maskull, olhando para um e para outro com perplexidade.

— Krag tem alguma coisa para nós. Vamos sair — respondeu Nightspore.

Ele se levantou e olhou por sobre o ombro. Maskull, seguindo a direção de seu olhar, percebeu que os poucos que restavam daquela assembleia observavam atentamente seu pequeno grupo.

---

5   Na mitologia nórdica, "Surt", "Surtr" ou "Surtur", o gigante de fogo que guarda *Musphelhein* (lar dos gigantes de fogo). No *Ragnarok*, Surt deverá incendiar os nove mundos. (N.T.)

CAPÍTULO 2 – NA RUA

Os três homens se reuniram na rua em frente à casa. A noite estava ligeiramente fria, mas particularmente clara, com o vento leste soprando. A multidão de estrelas flamejantes fazia o céu parecer um vasto pergaminho de símbolos hieroglíficos. Maskull parecia estranhamente empolgado; tinha a sensação de que algo extraordinário estava para acontecer.

— O que o trouxe a esta casa justamente nesta noite, Krag, e o que o fez proceder daquela forma? Como podemos entender a aparição?

— O que surgiu naquele rosto deve ter sido a expressão do Cristalino[6] — murmurou Nightspore.

— Nós discutimos isso, não foi, Maskull? Maskull está ansioso por contemplar esse fruto rato em suas terras nativas.

Maskull olhou para Krag cuidadosamente, tentando analisar seus sentimentos em relação a ele. Sentia uma nítida repulsa pessoal pelo homem, ainda que, ao mesmo tempo, uma energia viva, que parecia brotar de seu coração, de alguma forma estranha, parecesse estar conectada à figura de Krag.

— Por que insiste em falar daquele sorriso? — perguntou.

— Porque tem um significado. Nightspore está certo. Aquele era o rosto do Cristalino, e nós vamos visitar o país dele.

— Onde fica esse misterioso lugar?

— Tormance.

— É um nome evocativo, mas onde se localiza?

Krag sorriu, mostrando os dentes amarelados à luz da lamparina de rua.

— É o subúrbio residencial de Arcturus.

— Do que ele está falando, Nightspore? — perguntou ele, e então voltou-se para Krag e prosseguiu: — Trata-se da estrela com esse nome?

---

6   No original, "Crystalman", literalmente "homem-cristal". Para evitar uma expressão excessivamente rebuscada e artificial, seguimos a opção usada pela tradutora do espanhol, Susana Prieto Mori, e traduzimos esse termo por uma expressão simples e próxima, "Cristalino". (N.T.)

— A que está diante de vossa pessoa neste exato minuto — disse Krag, apontando o grosso dedo indicador para a estrela mais brilhante na constelação do sudeste.

— Ali está Arcturus. Tormance é um de seus planetas habitados.

Maskull observou aquela estrela de aparência densa, brilhante. Depois, voltou os olhos mais uma vez para Krag. Sacou, então, o cachimbo e começou a enchê-lo de tabaco.

— Creio que tenha cultivado um novo tipo de humor, Krag.

— Fico feliz por conseguir diverti-lo, Maskull, ainda que por pouco tempo.

— Gostaria de perguntar algo: como sabe meu nome?

— Seria estranho se eu não soubesse, já que só estou aqui por sua causa. De fato, Nightspore e eu somos velhos amigos.

Maskull fez uma pausa, com o fósforo aceso, suspenso, na mão.

— Veio para cá por minha causa?

— Certamente. Por sua causa e por Nightspore. Nós três seremos companheiros de viagem.

Maskull acendeu o cachimbo e deu boas tragadas, calmamente, durante algum tempo.

— Sinto muito, Krag, mas admito que você deve ser louco.

Krag jogou a cabeça para trás e soltou uma áspera gargalhada.

— Estou louco, Nightspore?

— Surtur foi para Tormance? — exclamou Nightspore, a voz estrangulada, sem despregar os olhos do rosto de Krag.

— Sim, e ele exige que o sigamos imediatamente.

O coração de Maskull começou a bater de forma estranha. Tudo aquilo soava como uma conversa ouvida em sonhos.

— E desde quando, Krag, há uma *exigência* para que eu faça algo a um completo desconhecido... Além do mais, quem é esse indivíduo?

— O chefe de Krag — disse Nightspore, virando a cabeça e afastando o olhar.

— O enigma é muito elaborado para mim. Desisto.

— Quando está em busca de mistérios — disse Krag —, o mais natural é encontrá-los. Tente simplificar suas ideias, meu amigo. O caso todo é bem simples e sério.

Maskull fitou Krag com olhar intenso, enquanto fumava rapidamente.

— De onde você veio, neste momento? — exigiu saber Nightspore, subitamente.

— Do velho observatório, Starkness...[7] Ouviu falar do célebre Observatório Starkness, Maskull?

— Não. Onde fica?

— Na costa noroeste da Escócia. Algumas descobertas singulares são feitas nesse lugar de tempos em tempos.

— Nesse caso, seria uma descoberta ao estilo de como fazer viagens interplanetárias. Dessa forma, Surtur deve ser um astrônomo. E você também, presumivelmente, não é?

Krag sorriu novamente.

— De quanto tempo necessitaria para resolver seus assuntos? Quando podemos partir?

— Aprecio sua consideração — disse Maskull, soltando uma gargalhada —, pois começava a temer que me obrigaria a partir de imediato... De qualquer forma, não tenho esposa, posses ou profissão, não há por que esperar... Qual seria o itinerário?

— Você é um homem de sorte. Um coração franco, corajoso, sem embaraços. — As feições de Krag se tornaram, repentinamente, graves e rígidas.

— Não seja insensato. Não recuse uma dádiva do acaso. Dádivas recusadas não serão oferecidas uma segunda vez.

— Krag — respondeu Maskull com simplicidade, colocando o cachimbo de volta no bolso —, peço que se coloque em meu lugar. Mesmo se eu fosse algum maníaco por aventuras, como poderia tomar seriamente uma proposta tão insana? O que eu poderia saber sobre seus feitos passados? Pode ser que você seja um adepto de pegadinhas, ou talvez tenha acabado de deixar um hospício. Nada sei sobre isso. Se proclama que é um homem excepcional, e deseja minha cooperação, precisa me oferecer provas excepcionais.

— E quais provas considera adequadas, Maskull?

Enquanto falava, segurou o braço de Maskull. Uma dor aguda, lancinante, imediatamente atravessou o corpo dele, enquanto seu cérebro se incendiou. Uma luz explodiu sobre ele como um

---

7 Em inglês, significa "rudeza", "rigidez", indicando (no caso de *um lugar*) certa natureza inóspita. (N.T.)

sol nascente. Questionou a si mesmo pela primeira vez se aquela conversação fantástica dizia respeito, de fato, a algo real.

— Ouça, Krag — disse lentamente, enquanto imagens peculiares e conceitos extraordinários trafegavam em rica desordem através de sua mente —, você fala de certa jornada. Pois bem, se essa jornada fosse possível, e se eu tivesse a oportunidade de realizá-la, não teria vontade alguma de regressar. Por vinte e quatro horas, nesse planeta arctúrico, darei minha vida. Essa será minha atitude em relação a tal viagem... Agora, chegou o momento de provar que não está a dizer sandices. Mostre suas credenciais.

Krag fixou nele seu penetrante olhar enquanto o outro falava, e em sua face retomava gradualmente a expressão jocosa.

— Oh, terá vinte e quatro horas, talvez um pouco mais, mas não muito tempo. Você é um sujeito audacioso, Maskull, mas essa viagem será bastante cansativa, mesmo para você... Mas, assim como os incrédulos do passado, deseja um sinal dos céus?

Maskull franziu o cenho.

— Pois a coisa toda parece muito ridícula. Nossos cérebros estão muito agitados por causa daquilo que aconteceu *naquele lugar*. Primeiramente, vamos para casa, dormir um pouco.

Krag o deteve com uma mão, enquanto buscava algo no bolso interno do paletó utilizando a outra. Por fim, retirou o que parecia ser uma pequena lente desdobrável. O diâmetro daquilo parecia não exceder cinco centímetros.

— Primeiro, dê uma olhada em Arcturus através disto, Maskull. Servirá como um sinal provisório. Infelizmente, isso é o melhor que posso fazer. Não sou um mágico itinerante... Tome cuidado para não derrubar o objeto. É consideravelmente pesado.

Maskull pegou a luneta, segurando-a com dificuldade por um breve momento, depois olhou espantado para Krag. O pequeno objeto devia pesar pelo menos dez quilos, embora não fosse maior que um soberano.

— De que material foi feita esta lente, Krag?

— Olhe através dela, meu bom amigo. Foi para isso que você a recebeu de mim.

Maskull a levantou com esforço, dirigindo o foco para o brilho de Arcturus, e observou a estrela pelo tempo e com a firmeza que os músculos do braço lhe permitiram. O que viu foi o seguinte: a estrela, que a olho nu parecia um simples ponto de luz amarelado, estava claramente dividida em dois sóis cintilantes, mas pequenos; o maior deles ainda era amarelo, porém sua companhia menor era de um azul belíssimo. Mas isso não era tudo. Circulando, aparentemente, em torno do sol amarelo, um satélite era perceptível — bem menor, quase impossível de enxergar em comparação. Parecia um astro luminoso, contudo não graças à sua própria luz, mas por algum tipo de luminosidade refletida... Maskull baixou e levantou o braço repetidamente. O mesmo espetáculo se revelava de novo, e mais uma vez, mas não conseguia enxergar mais nada. Devolveu, então, a lente para Krag, sem dizer uma única palavra, permanecendo em pé, mordiscando o lábio inferior.

— Dê uma boa olhada também — disse Krag com voz áspera, oferecendo a lente para Nightspore.

Nightspore lhe deu as costas e começou a andar de um lado para o outro. Krag gargalhou sardonicamente, colocando a lente de volta no bolso.

— Muito bem, Maskull, está satisfeito?

— Arcturus, então, é um Sol duplo. E aquele terceiro ponto é o planeta Tormance?

— Nosso futuro lar, Maskull.

Maskull prosseguiu em suas ponderações.

— Você me pergunta se estou satisfeito. Mas eu não sei, Krag. É milagroso, e é tudo o que consigo dizer sobre isso... mas de algo estou convencido. Deve haver astrônomos excelentes em Starkness e, se você me convidar para uma visita a esse observatório, com certeza lhe farei companhia.

— Pois então está convidado. Partiremos desse local.

— E você, Nightspore? — exigiu saber Maskull.

— Tal jornada deve ser feita — respondeu seu amigo, em um tom indistinto —, ainda que eu não consiga perceber o que poderá advir dela.

Krag lançou-lhe um olhar penetrante.

— Aventuras ainda mais extraordinárias que a nossa terão de ser preparadas para poder entusiasmar Nightspore.

— Mas ele virá assim mesmo.

— Sim, embora não *con amore*[8]. Simplesmente o fará para acompanhá-lo.

Maskull novamente procurou a estrela densa, sombria, que brilhava poderosamente em sua solidão no firmamento a sudeste e, enquanto olhava, seu coração se encheu de anseios imensos e dolorosos, os quais, no entanto, não conseguiu explicar através das elucubrações do próprio intelecto. Sentia que seu destino estava de alguma forma ligado ao astro gigantesco e distante. Mesmo assim, ele não se atreveu a admitir para si mesmo a seriedade de Krag.

Ouviu os comentários sobre a partida profundamente abstraído, e somente depois de alguns minutos, sozinho com Nightspore, ele percebeu que se referiam a assuntos mundanos, como rotas de viagem e horários de trens.

— Krag viajará para o norte conosco, Nightspore? Não compreendi esse detalhe.

— Não. Nós vamos na frente. Ele se juntará a nós depois de amanhã, pela noite.

Maskull permaneceu pensativo.

— O que pensa a respeito daquele homem?

— Para sua informação — replicou Nightspore, fatigado —, nunca o vi mentindo.

---

8   "Com amor", em italiano no original. (N.T.)

CAPÍTULO 3 – STARKNESS

Alguns dias depois, às duas da tarde em ponto, Maskull e Nightspore chegaram ao Observatório Starkness, após cobrirem sete milhas desde a estação Haillar a pé. O caminho, inóspito e solitário, se dava, em grande parte, próximo de uma borda de penhascos bastante elevados, tendo como vista o Mar do Norte. O sol brilhava, mas soprava um vento forte do leste e o ar estava salgado e gélido. As ondas verde-escuras do mar pareciam salpicadas de branco. Ao longo da caminhada, foram acompanhados pelo belo e lamentoso grito das gaivotas.

O observatório surgia aos olhos deles como uma pequena comunidade independente, sem vizinhos e alçada na extremidade do terreno. Havia três edifícios: uma pequena casa de pedra, uma oficina de teto baixo e, cerca de duzentos metros mais ao norte, uma torre quadrada, erigida por alvenaria, de granito, com vinte e cinco metros de altura. A casa e a oficina estavam separadas por um pátio aberto, com o solo coberto por detritos. Uma única parede de pedra envolvia ambos, exceto no lado voltado para o mar, onde a própria casa formava uma continuação da falésia. Ninguém apareceu. As janelas estavam todas fechadas e Maskull poderia jurar que todo o estabelecimento estava fechado e deserto.

Cruzou o portão aberto, seguido por Nightspore, para bater vigorosamente à porta de entrada. A aldrava estava coberta por uma grossa camada de poeira e, evidentemente, não era usada havia algum tempo. Colocou o ouvido na porta, mas não conseguiu distinguir movimentos dentro da casa. Tentou, então, a maçaneta; a porta, contudo, estava trancada.

Deram uma volta ao redor da casa, procurando outra entrada, mas havia uma única porta.

— Isso não foi muito promissor — rosnou Maskull —, parece que não há ninguém por aqui... vá até o barracão que visitarei a torre.

Nightspore, que não tinha dito nem meia dúzia de palavras desde que desceram do trem, assentiu em silêncio e começou a atravessar o pátio. Maskull voltou a cruzar o portão. Quando chegou à base da torre, erigida a alguma distância do penhasco, encontrou uma porta fechada por um cadeado bastante pesado. Olhou para o alto e viu seis janelas, uma em cima da outra a distâncias equivalentes, todas situadas no lado leste — ou seja, com vista para o mar. Percebendo que não conseguiria nada ali, voltou para onde estava, ainda mais irritado. Quando encontrou o amigo, Nightspore relatou que a oficina também estava trancada. Maskull perguntou energicamente:

— Fomos convidados ou não?

— A casa está vazia — respondeu Nightspore, roendo as unhas. — Será melhor quebrar uma janela.

— Pois não tenho a menor intenção de acampar por aqui até que Krag nos conceda o privilégio de sua presença.

Ele pegou uma velha barra de ferro do pátio e, recuando a uma distância segura, atirou-a contra uma janela de guilhotina no andar térreo. O vidro que ficava na parte inferior foi completamente estilhaçado. Evitando cuidadosamente o vidro quebrado, Maskull enfiou a mão pela abertura e empurrou para trás o fecho da moldura. Um minuto depois, eles haviam escalado a parede e estavam dentro da casa.

O cômodo, uma cozinha, estava em um estado indescritivelmente sujo e abandonado. Os móveis quase não se mantinham de pé, enquanto utensílios quebrados e sujeira se espalhavam pelo piso em vez de estarem em um cesto de lixo. Uma grossa camada de poeira cobria tudo. A atmosfera ali estava tão ruim que Maskull julgou que nenhum ar fresco havia atravessado aquele recinto havia vários meses. Insetos rastejavam pelas paredes.

Visitaram os cômodos do andar inferior — uma copa, uma sala de jantar pessimamente mobiliada e um pequeno depósito para lenha. Sujeira e umidade impregnavam todo aquele espaço abandonado. Ao menos metade de um ano se passara desde que aqueles cômodos foram utilizados, ou mesmo acessados, pela última vez. Maskull questionou:

— Sua fé em Krag ainda está firme? Confesso que a minha está perto de desaparecer. Se esse negócio todo não for um imenso trote, leva todo o jeito de ser. Krag jamais esteve aqui em toda a vida dele.

— Vamos para o andar superior primeiro — propôs Nightspore.

Os cômodos no andar superior eram uma biblioteca e três quartos. Todas as janelas estavam firmemente fechadas e o ar era irrespirável. Alguém usara as camas, evidentemente muito tempo antes. A roupa de cama desbotada e revolta havia preservado as impressões das pessoas que sobre ela dormiram. Não havia dúvida de que essas impressões eram antigas, pois todos os tipos de sujeira flutuante se acumularam nos lençóis e nas colchas.

— Quem poderia dormir aqui, consegue imaginar? — perguntou Maskull. — O pessoal do observatório?

— Provavelmente viajantes, como nós mesmos. Foram embora repentinamente.

Maskull escancarou as janelas em cada quarto por ele visitado, prendendo a respiração até realizar tal procedimento. Dois dos quartos davam para o mar; o terceiro, e a biblioteca, para a curva ascendente da charneca. A biblioteca, assim, tornou-se o único cômodo ainda não visitado e, se não encontrassem por ali sinais de ocupação recente, Maskull teria certeza de que toda aquela história fora apenas uma gigantesca farsa.

Mas a biblioteca, como todos os outros cômodos, exalava um odor rançoso e estava coberta de poeira. Maskull, depois de subir e descer a janela, desabou pesadamente em uma poltrona e olhou para o amigo, desgostoso.

— Bem, qual a sua opinião sobre Krag agora?

Nightspore se sentou na beirada de uma mesa que estava diante da janela.

— Ele deve ter deixado uma mensagem para nós.

— Qual mensagem? Por quê? Você quer dizer neste lugar? Não vejo nenhuma mensagem.

Nightspore percorreu o local com os olhos, até dar com um armário de vidro, que continha algumas poucas garrafas velhas e nada mais. Maskull olhou para ele e para o armário. Depois, sem dizer uma palavra, levantou-se e foi examinar as garrafas.

Eram quatro, no total, uma das quais maior que as restantes. As menores tinham por volta de vinte centímetros de comprimento. Todas eram em formato de torpedo, embora o fundo fosse achatado, o que permitia que se mantivessem de pé. Duas das menores estavam vazias e destampadas, enquanto as outras continham um líquido incolor, além de estranhas tampas em forma de bocal, conectados por uma fina vareta de metal e uma espécie de lacre situado em um dos lados da garrafa. Havia rótulos nelas, mas estavam amarelados pelo tempo, de maneira que as inscrições se tornaram praticamente ilegíveis. Maskull levou consigo as garrafas cheias até a mesa diante da janela, para analisá-las sob luz mais abundante. Nightspore se levantou, para que houvesse mais espaço.

Maskull pôde ler, então, na garrafa maior, as palavras "Raios Solares de Retorno". Na outra, após um esforço mais árduo de observação, acreditou ter distinguido algo como "Raios Arcturianos de Retorno".

Levantou os olhos e contemplou, com curiosidade, o amigo.

— Já esteve aqui anteriormente, Nightspore?

— Acredito que Krag tenha deixado uma mensagem.

— Pois bem, não estou certo disso... Pode até ser uma mensagem, mas não significa nada para nós ou, em todo caso, para mim. O que são "raios de retorno"?

— Uma luz que retorna para sua fonte — murmurou Nightspore.

— E que tipo de luz seria essa?

Nightspore não parecia muito desejoso de responder, mas, esmagado pelo olhar de Maskull, que permanecia fixo nele, disse o seguinte:

— Se a luz não tiver certa atração, assim como repulsão, como as flores conseguiriam girar para seguir o Sol?

— Não faço ideia. Mas nosso ponto é: para que servem estas garrafas?

Enquanto falava, segurando a garrafa menor, a outra, que estava ao lado, rolou acidentalmente, e o metal bateu sobre a mesa. Maskull fez um movimento para detê-la, e tinha iniciado um movimento descendente com a mão quando a garrafa desapareceu subitamente diante de seus olhos. Não havia rolado para fora da mesa, simplesmente desaparecera — não estava mais ali.

Maskull olhou para a mesa. Depois de um minuto, levantou as sobrancelhas e se voltou para Nightspore com um sorriso no rosto.

— A mensagem ficou mais intrincada.

Nightspore parecia entediado.

— A válvula se abriu. O conteúdo escapou através da janela aberta em direção ao sol, levando a garrafa junto. Contudo, a garrafa deve ter sido destruída na atmosfera da Terra, e seu conteúdo, dissipado, jamais alcançará o Sol.

Maskull ouviu atentamente, e imediatamente seu sorriso desapareceu.

— Há algo que nos impeça de experimentar o mesmo com a outra garrafa?

— Coloque de volta no armário — disse Nightspore —, pois Arcturus ainda não surgiu no horizonte e a destruição desta casa seria o máximo que você conseguiria com essa experiência.

Maskull permaneceu em pé, diante da janela, olhando pensativamente para a charneca iluminada pelo sol.

— Krag me trata como uma criança — comentou então —, e talvez eu seja mesmo... Meu cinismo deve ser muito divertido aos olhos dele. Mas por que me deixou descobrir tudo isso sozinho? Pois, nesse caso, não incluo você, Nightspore... E quando Krag estará por aqui?

— Não antes do entardecer, espero — seu amigo respondeu.

CAPÍTULO 4 – A VOZ

Passava das três horas. Sentindo-se faminto, pois nada comera desde o início da manhã, Maskull desceu as escadas para buscar comida, embora com pouca esperança de encontrar algo que tivesse, ao menos, a forma de alimento. Em um armário da cozinha, encontrou um saco de farinha de aveia mofada, intocada, certa quantidade de chá em bom estado — armazenado em recipiente hermético —, além de uma lata fechada contendo língua de boi. O melhor de tudo foi descobrir, em um armário na sala de jantar, uma garrafa de um excelente uísque intacta. Fez, então, preparativos para uma refeição improvisada.

Uma bomba no pátio forneceu água limpa após um considerável esforço de Maskull. De qualquer forma, ele conseguiu lavar e encher a velha chaleira. Como lenha, utilizou uma das cadeiras da cozinha, depois de despedaçá-la com um machado. A madeira leve e quebradiça fez um bom fogo no fogão, a água ferveu na chaleira e xícaras foram buscadas e lavadas. Dez minutos depois, os amigos jantavam na biblioteca.

Nightspore comeu e bebeu pouco, mas Maskull se serviu com bom apetite. Não havia leite, então usaram uísque em seu lugar; o chá, quase negro, era misturado em igual quantidade de bebida alcóolica. Dessa beberagem, Maskull sorvia xícara após xícara e, mesmo depois de a língua de boi ter terminado, prosseguiu bebendo. Nightspore olhou para ele de maneira peculiar.

— Pretende acabar com a garrafa antes da chegada de Krag?

— Krag não vai querer bebida. Já eu preciso de alguma coisa. Sinto-me inquieto.

— Vamos dar uma olhada nos arredores.

A xícara, que Maskull trazia em direção aos lábios, permaneceu suspensa no ar.

— Tem algo em mente, Nightspore?

— Caminhemos até a Fenda de Sorgie.

— O que é isso?

— Um local turístico — respondeu Nightspore, mordendo o lábio.

Maskull bebeu o restante do conteúdo da xícara e ficou de pé.

— Andar é melhor que embriagar-se, especialmente em um dia como hoje... Esse lugar é muito longe?

— A mais ou menos cinco quilômetros daqui.

— É bem provável que tudo isso tenha algum objetivo — disse Maskull —, uma vez que começo a compreender suas ações como as de um segundo Krag. Mas, se assim for, tanto melhor. Estou começando a me enervar e necessito de incidentes.

Saíram da casa, deixando a porta entreaberta. Estavam imediatamente de volta à estrada da charneca que os trouxera de Haillar. Dessa vez, prosseguiram por ela, ultrapassando a torre. Enquanto caminhavam, Maskull olhou para a construção com interesse perplexo.

— O que é essa torre, Nightspore?

— Zarparemos da plataforma no topo dela.

— Esta noite? — perguntou, lançando ao amigo um rápido olhar.

— Sim.

Maskull sorriu, embora seus olhos permanecessem sérios.

— Então, estamos diante do portal para Arcturus, e Krag, neste instante, segue em viagem para o norte, com o objetivo de abri-lo.

— Você não acha mais que isso seja impossível, penso eu — murmurou Nightspore.

Depois de um ou dois quilômetros, o caminho se separou da costa e se contorceu bruscamente para o interior, através das colinas. Tendo Nightspore como guia, afastaram-se da estrada e caminharam pela grama. Percorreram um vago caminho usado para conduzir ovelhas pela borda do penhasco, mas, no fim de outro quilômetro, até mesmo essa vereda desapareceu. Os dois homens, então, passaram a caminhar com dificuldade, subindo e descendo ladeiras, ultrapassando profundas ravinas. O Sol desapareceu atrás das colinas, e o crepúsculo, imperceptivelmente, chegou. Logo alcançaram um ponto em que o progresso posterior parecia impossível. O flanco da montanha descia em um ângulo agudo até o limite do penhasco, formando um instransponível de relva escorregadia. Maskull se deteve e coçou a barba, imaginando qual seria o próximo passo a partir dali.

— Há uma passagem estreita logo ali — disse Nightspore. — Precisaremos escalar, mas depois estaremos quase lá.

Ele assinalou uma passagem bastante estreita, que dava a volta ao redor da face do precipício poucos metros abaixo de onde estavam. Tinha entre quinze e trinta centímetros de largura. Sem esperar o consentimento de Maskull, Nightspore instantaneamente se lançou para baixo e começou a transpor aquela saliência em ritmo veloz. Maskull, vendo que não havia opção, seguiu o amigo. A saliência se prolongou por apenas meio quilômetro, mas atravessá-la era coisa bastante perturbadora: mais de cem metros de queda livre em pleno mar. Em alguns pontos, eram obrigados a deslizar de lado, sem poder colocar um pé diante do outro. O som das ondas na arrebentação chegava a eles como um rugido baixo e ameaçador.

Após uma curva, a saliente se ampliava até converter-se em uma plataforma de pedra, terminando subitamente. Uma estreita enseada de mar os separava da continuação do penhasco, adiante.

— Como não podemos prosseguir — disse Maskull —, suponho que esta seja sua Fenda de Sorgie, não é mesmo?

— Sim — respondeu o amigo, que ficou de joelhos para depois se deitar com o rosto para baixo.

Ele colocou a cabeça e os ombros acima da borda e olhou diretamente para a água.

— O que há de interessante aí, Nightspore?

Contudo, ao não receber qualquer resposta, continuou seguindo o exemplo do amigo, e no minuto seguinte estava também observando as águas. Não havia nada para ver: estava mais escuro, o que tornava o mar quase invisível. Mas, enquanto permanecia ali, tentando sem sucesso enxergar algo, ouviu o que parecia ser a batida de um tambor no estrito pedaço de mar abaixo. Era fraco, mas razoavelmente nítido. As batidas soavam em um ritmo de quatro tempos, com a terceira ligeiramente acentuada. Seguiu escutando aquele som cadenciado enquanto esteve deitado ali. As batidas já não eram afogadas pelo ruído bem mais intenso da arrebentação, mas pareciam, de alguma forma, proceder de um mundo diferente...

Quando se levantaram, Maskull perguntou a Nightspore:

— Viemos aqui apenas para ouvir isso?

Nightspore lançou a ele um de seus estranhos olhares.

— Chamam, por aqui, de "Os Tambores de Sorgie". Não ouvirá esse nome de novo, mas talvez escute o som mais uma vez.

Maskull perguntou, então, assombrado:

— E, se isso acontecer, o que significará?

— É algo que carrega a própria mensagem. Apenas tente ouvir de forma gradualmente mais nítida... Está ficando escuro; temos de voltar.

Maskull sacou automaticamente o relógio e conferiu o horário. Passava das seis... Mas continuava pensando nas palavras de Nightspore, e não no tempo.

***

A noite já havia caído quando retornaram para a torre. O céu negro era espetacular, com suas estrelas líquidas. Arcturus estava ligeiramente acima do mar, diretamente diante deles, a leste. Ao passarem pela base da torre, Maskull observou, e isso foi uma comoção imediata, que o portão estava aberto. Agarrou o braço de Nightspore violentamente.

— Veja! Krag voltou.

— Sim, devemos apressar nosso retorno para a casa.

— Por que não vamos direto para a torre? Ele provavelmente está lá, uma vez que o portão está aberto. Vou voltar e dar uma olhada.

Nightspore grunhiu alguma coisa, mas não se opôs.

Dentro, a escuridão era total. Maskull acendeu um fósforo, e a luz oscilante revelou a parte inferior de uma escadaria circular de pedras.

— Vamos subir? — perguntou a Nightspore.

— Não, espero por aqui.

Maskull imediatamente começou a subir. Quando tinha subido apenas uma dúzia de degraus, viu-se obrigado a fazer uma pausa, para tomar fôlego. Parecia que carregava, ao subir aquelas escadas, não um, mas três Maskulls. Ao continuar, a sensação de peso esmagador, longe de diminuir, aumentou gradativamente. Era fisicamente impossível prosseguir; os pulmões não obtinham oxigênio suficiente, enquanto que o coração batia como o motor de um navio. O suor cobria-lhe o rosto. Ao chegar ao vigésimo degrau, havia completado a primeira volta da torre e estava diante da primeira janela, em uma elevada seteira.

Percebendo que não conseguiria passar daquele ponto, acendeu outro fósforo e subiu até a seteira, para ver o que era possível vislumbrar da torre. A chama se apagou e ele contemplou as estrelas através da janela. Então, para seu espanto, descobriu que não era uma janela, mas sim uma lente... O céu não era essa imensa extensão de espaço que continha miríades de estrelas, mas uma escuridão borrada, focada apenas em certa parte, onde duas estrelas muito brilhantes, como pequenas luas em tamanho, apareceram em conjunção próxima; perto delas, havia outro objeto planetário, de dimensões bem menores, tão brilhante quanto Vênus e com um disco observável. Um dos sóis lançava uma luz branca cintilante; o outro era de um azul estranho e horrível. Aquela dupla luminosidade, embora quase de intensidade solar, não iluminava o interior da torre.

Maskull percebeu de imediato que o sistema de esferas que contemplava era conhecido, pela astronomia, como a estrela de Arcturus... Havia tido a mesma visão através da lente de Krag, mas em escala muito menor e sem que as cores dos sóis fossem reveladas em sua realidade mais direta... Tais cores, aos seus olhos, eram absolutamente maravilhosas, como se, vistas através dos olhos de um terrestre, não fossem adequadamente evocadas... Mas aquilo que observou por mais tempo e com mais interesse foi Tormance. Naquele planeta misterioso e terrível, a incontáveis quilômetros de distância, foi prometido que ele pisaria e talvez corresse o risco de lá deixar seus ossos. As estranhas criaturas que ele logo veria e tocaria já existiam naquele exato instante.

Um débil murmúrio, como um suspiro, ressoou em seu ouvido, vindo de uma fonte que estava a menos de um metro de distância.

— Não compreende, Maskull, que você é apenas um instrumento para ser usado e, depois, quando inútil, descartado? Nightspore está adormecido no momento, mas, quando ele despertar, essa será sua morte. Ambos partirão, mas apenas ele retornará.

Maskull riscou rapidamente outro fósforo, com dedos trêmulos. Ninguém estava por perto e tudo prosseguia calmo como uma tumba.

A voz não soou novamente. Depois de alguns minutos, desceu para a base da torre. Ao sair do edifício, a sensação de peso foi instantaneamente removida, mas ele continuava ofegante, com o coração batendo acelerado, como se tivesse levantado uma carga imensamente pesada.

A forma escura de Nightspore avançou.

— Krag estava lá?

— Se estava, não cheguei a ver. Mas ouvi a voz de alguém.

— Era Krag?

— Não era Krag. Mas a voz me aconselhou a tomar cuidado com você.

— Sim, ouvirá essas vozes também — disse Nightspore, de forma enigmática.

CAPÍTULO 5 – A NOITE DA PARTIDA

Quando regressaram à casa, as janelas estavam escuras e a porta, entreaberta, exatamente como haviam deixado. Krag, presumivelmente, não estava ali. Maskull percorreu toda a casa, riscando fósforos em cada um dos cômodos. No fim da inspeção, poderia jurar que o sujeito por eles esperado não chegara nem perto daquele lugar. Chegaram, depois de tantas voltas, à biblioteca, onde optaram por se sentar na total escuridão e esperar, já que nada mais restava a se fazer. Maskull acendeu o cachimbo e começou a se servir do restante de uísque. Através da janela aberta, chegava aos ouvidos de ambos um ruído como o de um trem, do choque constante das ondas do mar nos penhascos.

— Krag deve estar na torre, no fim das contas — observou Maskull, quebrando o silêncio.

— Sim, está se preparando.

— Espero que não esteja nos esperando lá. Está além das minhas forças, mas o motivo, só Deus sabe. A escadaria deve ter algum tipo de magnetismo.

— É a gravidade tormântica — murmurou Nightspore.

— Compreendo... ou melhor, não. Mas isso pouco importa.

Continuou fumando em silêncio, ocasionalmente engolindo fartos goles do uísque. Então, fez abruptamente uma pergunta:

— Quem é Surtur?

— Nós somos aficionados pouco hábeis, mas ele é um *mestre*.

Maskull digeriu tal afirmação.

— Creio que você deva ter razão, pois, mesmo não sabendo nada sobre ele, apenas esse nome é suficiente para que meu entusiasmo se inflame... Chegou a conhecê-lo pessoalmente?

— Deveria tê-lo conhecido..., mas esqueci... — respondeu Nightspore com a voz embargada.

Maskull levantou os olhos, surpreendido, mas não conseguiu distinguir nada com a escuridão que dominava o cômodo.

— Você conhece tanta gente extraordinária que acabou esquecendo alguns deles, oras... e talvez possa me responder uma pergunta... Nós o encontraremos no lugar aonde estamos indo?

— Seu encontro será com a morte, Maskull... Não me faça mais perguntas. Não posso respondê-las.

— Então continuemos em nossa vigília por Krag — disse Maskull com frieza.

Dez minutos depois, a porta da frente foi fechada com um estrondo, enquanto passos leves e rápidos puderam ser ouvidos. Maskull se levantou, o coração batendo com força.

Krag surgiu no limiar da porta, carregando uma lanterna que projetava uma luz bastante débil. Estava de chapéu e tinha um aspecto grave e ameaçador. Depois de esquadrinhar os dois amigos por um instante, caminhou até o centro do cômodo e jogou a lanterna sobre a mesa. A luz emitida pelo dispositivo quase não era suficiente para iluminar as paredes.

— Então você veio, Maskull?

— Assim parece. Mas não agradecerei por sua hospitalidade, uma vez que ela brilhou pela ausência.

Krag ignorou tal observação.

— Está pronto para começarmos?

— Completamente: quando quiser. Não está nada divertido por aqui.

Krag o examinou criticamente.

— Ouvi seus tropeços pela torre. Não conseguiu subir, me parece.

— Parece que há um obstáculo, pois Nightspore me informou que se tratava de algo que acontecia no alto daquele edifício.

— Todas as suas outras dúvidas desapareceram?

— Tanto isso é verdade, Krag, que agora tenho a mente aberta. Estou com muita vontade de ver do que você é capaz.

— Nada mais peço..., mas esse problema na torre... Deve saber que, enquanto não conseguir subir a escadaria até o topo, não poderá suportar a gravidade de Tormance.

— Então vou tentar de novo. É um obstáculo desagradável, mas certamente posso superá-lo.

Krag procurou nos bolsos e, por fim, encontrou um canivete.

— Tire o casaco e arregace a manga da camisa — ordenou.

— Pretende fazer uma incisão com isso aí?

— Sim, e não me venha com dificuldades, pois o efeito será certo. Contudo, não será possível que entenda de antemão.

— Mesmo assim, uma incisão com um canivete... — Maskull começou a dizer, gargalhando.

— Dará resultado, Maskull — interrompeu Nightspore.

— Então dobre a manga da camisa você também, aristocrata do universo — disse Krag —, e vejamos do que *seu* sangue é feito.

Nightspore obedeceu.

Krag projetou a grande lâmina retrátil do canivete e fez um talho descuidado, quase selvagem, no braço de Maskull. Era um ferimento profundo, de maneira que o sangue fluía livremente.

— Preciso de uma atadura? — perguntou Maskull, gemendo de dor.

Krag cuspiu na ferida.

— Abaixe a manga da camisa. Não sangrará mais.

Voltou, então, a atenção para Nightspore, que suportou o procedimento com um sorriso indiferente. Krag jogou o canivete no chão.

A agonia lancinante que emanava da ferida começou a circular pelo corpo de Maskull. Ele pensou que desmaiaria, mas quase de imediato a dor passou. Sentia, então, apenas uma dor aguda no braço ferido, cuja intensidade era suficiente para tornar a vida bastante desconfortável.

— Terminamos por aqui — disse Krag. — Agora, podem me seguir.

Ele pegou a lanterna e caminhou na direção da porta. Os outros se apressaram em segui-lo, pois pretendiam aproveitar a fonte de luz. Após um breve momento, seus passos repicavam na escada que não dispunha de carpete, reverberando por toda a casa deserta. Krag esperou a saída dos outros dois para logo fechar a porta de entrada, impelindo-a com tal violência que o estrondo resultante estremeceu as janelas.

Enquanto caminhavam rapidamente na direção da torre, Maskull segurou o braço de Krag.

— Ouvi uma voz enquanto subia as escadas.

— E o que ela dizia?

— Que eu irei, mas Nightspore retornará.

Krag sorriu.

— A jornada está cada vez mais conhecida — observou, após uma pausa. Depois prosseguiu: — Deve haver aves de mau agouro por aqui... Muito bem, deseja retornar?

— Não sei bem o que quero. Mas achei que a situação era curiosa o bastante para ser mencionada.

— Não é algo ruim ouvir vozes — disse Krag —, mas não deve, nem por um minuto, imaginar que tudo o que for procedente do mundo noturno é necessariamente sábio.

Quando chegaram ao portão aberto da torre, o guia que liderava a caminhada imediatamente colocou o pé no primeiro degrau da escadaria e subiu com agilidade, segurando a lanterna. Maskull o seguia, com alguma inquietude, tendo em vista sua dolorosa experiência prévia com aquela escadaria; mas quando, após os primeiros degraus, percebeu que ainda respirava livremente, sua angústia tornou-se alívio e espanto, pois podia, se quisesse, conversar livremente como uma garota.

Diante da janela mais baixa, Krag passou direto, sem parar, mas Maskull subiu na seteira, para ver novamente o milagroso espetáculo do grupo de astros arcturiano. Mas a lente havia perdido suas propriedades mágicas. Tornou-se uma folha de vidro comum, na qual surgia o céu ordinário.

A subida prosseguia, e na segunda e terceira janelas tentou novamente desfrutar de sua observação, mas visões comuns se apresentavam aos seus olhos. Depois disso, ele desistiu e não olhou mais pelas janelas.

Krag e Nightspore, enquanto isso, estavam bem na frente, carregando a luz, de modo que Maskull teve de completar sua subida na escuridão. Quando estava perto do topo, viu uma luz amarela brilhando através da abertura de uma porta meio aberta. Seus companheiros estavam de pé em um pequeno quarto, separado da escadaria por tábuas de madeira rústicas e mobiliado de forma tosca. Nada havia ali que fosse de interesse astronômico. A lanterna estava colocada em uma mesa.

Maskull entrou e olhou ao redor com curiosidade.

— Estamos no topo?

— Exceto pela plataforma acima de nós — respondeu Krag.

— Por que a janela mais baixa não produziu aquele efeito de ampliação, como aconteceu hoje à tarde?

— Oh, você perdeu sua oportunidade — disse Krag, sorrindo. — Se tivesse terminado de escalar, teria visões que expandiriam todas as suas perspectivas. Da quinta janela, por exemplo, você veria Tormance como um continente em relevo; na sexta, sua vista seria como uma paisagem..., agora, contudo, já não há mais necessidade disso.

— Por que não? E o que tem a ver qualquer necessidade com isso?

— As coisas mudaram, meu amigo, desde o momento da sua ferida. Pela mesma razão que agora você é capaz de subir essas escadas, não há mais necessidade de parar para a contemplação de ilusões *en route*[9].

— Muito bem — disse Maskull, sem compreender a totalidade daquilo que queria dizer. — Mas esta é a base de Surtur?

— Ele esteve por aqui, sim.

— Gostaria que me desse uma descrição desse misterioso indivíduo, Krag. Talvez não tenhamos outra oportunidade para tanto.

— O que eu disse sobre as janelas também se aplica a Surtur. Não há necessidade de perder tempo com a visualização dele, pois logo estará diante da realidade.

— Então vamos logo.

Apertou os olhos, exausto, enquanto Nightspore fez uma pergunta:

— Precisamos nos despir?

— Naturalmente — respondeu Krag, e começou a tirar as roupas, com movimentos lentos e rudes.

— Por quê? — Maskull exigiu saber, embora seguisse o exemplo dos outros dois.

Krag bateu em seu amplo peito, coberto por uma camada de pelos grossos, como o de um primata.

— Quem sabe qual será a moda em Tormance? Talvez cresçam em nós novos membros... Impossível saber de antemão.

— A-ha! — exclamou Maskull, fazendo uma pausa em se despir.

Krag lhe deu um soco nas costas.

— Possíveis novos órgãos de prazer, Maskull. Gosta disso?

Os três homens estavam ali, em pé, como foram feitos pela natureza. O ânimo de Maskull melhorava conforme o momento da partida se aproximava. Krag soltou um grito.

— Um brinde de despedida pelo êxito!

---

9   "No caminho", em francês, no original. (N.T.)

Pegou uma garrafa e quebrou o gargalo entre os dedos. Não havia copos, de forma que teve de servir o vinho cor de âmbar em xícaras rachadas e parcialmente quebradas.

Vendo que os outros bebiam, Maskull tragou o conteúdo de sua xícara. Era como se tivesse engolido uma dose de eletricidade líquida... Krag se atirou no chão e rolou, jogando as pernas para o alto. Arrastou Maskull consigo, ficando por cima; logo, uma pequena brincadeira se deu entre os dois. Nightspore não tomou parte nisso, optando por andar de um lado para o outro, como um animal faminto enjaulado.

Repentinamente, vindo do exterior, ouviu-se um gemido longo e prolongado, como costuma ser, na imaginação, o grito de um *banshee*[10]. Cessou abruptamente e não voltou a se repetir.

— O que foi isso? — gritou Maskull, desvencilhando-se, impaciente, de Krag.

Krag rolou, às gargalhadas.

— Um espírito escocês tentando reproduzir a gaita de fole de sua existência terrena, em honra à nossa partida.

Nightspore se voltou para Krag.

— Maskull dormirá durante a jornada?

— Você também, se assim desejar, meu amigo altruísta. Sou apenas o piloto, e vocês, passageiros, podem fazer o que for de seu agrado.

— Então vamos partir, afinal? — perguntou Maskull.

— Sim, você está prestes a cruzar o Rubicão[11], Maskull. Mas que Rubicão... tem conhecimento de que a luz leva mais de cem anos para chegar daqui até Arcturus? Faremos esse mesmo percurso em dezenove horas.

— Então, você garante que Surtur já estará lá?

— Surtur é onde ele está. Ele é um grande viajante.

---

10   Termo oriundo do irlandês arcaico "Ben Síde" — pelo irlandês moderno "Bean sídhe" ou "bean sí", que significa algo como "fada mulher" —, designa uma entidade da mitologia celta na Irlanda, uma fada que previa a morte em uma família através de seus gritos, que podiam ser ouvidos a quilômetros de distância. (N.T.)

11   Referência ao pequeno curso de água na Península Itálica, atravessado por Júlio César em 49 a.C. em direção à Roma para perseguir seu inimigo político, Pompeu, fato que selaria uma primeira guerra civil romana. Conta Suetônio que, nesse momento, César teria dito sua famosa frase "Alma jacta est" ("a sorte está lançada"). (N.T.)

— Não o verei?

Krag se aproximou de Maskull, fixando o olhar nele.

— Não se esqueça de que foi você quem pediu isso, que desejou isso. Pouca gente em Tormance saberá mais sobre ele do que você, mas sua memória será seu pior amigo.

***

Krag liderou o caminho até a pequena escada de ferro e através de uma abertura no telhado plano da torre. Quando chegaram ao alto, ele acendeu uma pequena lanterna elétrica.

Maskull contemplou com admiração o torpedo de cristal que deveria conduzi-los por toda a extensão do espaço visível. Tinha dez metros de comprimento, três de largura e três de altura; o tanque contendo os raios arcturianos de retorno estava na frente, e a cabine, atrás. O nariz do torpedo foi direcionado para o céu do sudeste. A máquina inteira repousava sobre uma plataforma plana, elevada cerca de um metro acima do nível do telhado, de modo a não encontrar obstrução ao iniciar seu voo.

Krag acendeu a luz na porta da cabine para que pudessem entrar. Antes de fazer isso, Maskull olhou severamente mais uma vez para a estrela gigantesca e distante, que seria seu sol de agora em diante. Franziu a testa, estremeceu ligeiramente, e entrou ao lado de Nightspore. Krag passou por eles e se sentou no assento do piloto, então jogou a lanterna pela porta aberta, que foi cuidadosamente fechada, fixada e aferrolhada.

Ele puxou a alavanca de partida. O torpedo deslizou suavemente da plataforma e passou bem devagar para longe da torre, em direção ao mar. A velocidade foi aumentando sensivelmente, embora não excessivamente, até que os limites aproximados da atmosfera terrestre fossem alcançados. Krag então soltou a válvula de velocidade e o carro acelerou com uma velocidade mais próxima à do pensamento do que a da luz.

Maskull não teve oportunidade de examinar através das paredes de cristal o panorama em rápida mutação dos céus. Uma sonolência extrema o oprimia. Ele abriu os olhos violentamente uma dúzia de vezes, mas na décima terceira tentativa falhou. Daquele momento em diante, dormiu pesadamente.

A expressão entediada e faminta nunca deixou o rosto de Nightspore. Parecia que as alterações no aspecto do céu não o interessavam em nada.

Krag sentou-se com a mão na alavanca, observando com ferocidade seus gráficos e medidores fosforescentes.

CAPÍTULO 6 – JOIVINDA[12]

Era noite densa quando Maskull acordou de seu sono profundo. Soprava contra ele uma aragem suave, embora em tudo semelhante a uma parede, algo que ele nunca tinha experimentado na Terra. Permaneceu esparramado no chão, sem conseguir erguer o corpo por causa de seu peso intenso. A dor que sentia resultava em intenso torpor, de modo que ele não conseguia identificar em nenhuma região do corpo a fonte desse incômodo, pois agia como uma nota mais baixa e sincronizada a todas as suas outras sensações. Isso o consumia continuamente; por vezes era fonte de amargura e irritação, mas, outras vezes, parecia se esquecer daquilo.

Ele sentiu algo rígido na testa. Levantando a mão, descobriu ali uma protuberância carnuda do tamanho de uma pequena ameixa, com uma cavidade no meio, da qual não conseguia sentir o fundo. Então, também percebeu grandes inchaços em cada lado do pescoço, uma polegada abaixo da orelha.

Um tentáculo brotou do ponto onde ficava seu coração. Era tão longo quanto seu braço, mas fino como um chicote, além de macio e flexível.

Quando percebeu o significado desses novos órgãos, seu coração começou a golpear no peito. Qualquer que pudesse ser, ou não, seu uso, eram a prova de uma coisa — ele estava em um novo mundo.

Uma parte do céu adquiriu um esplendor maior do que o restante. Maskull chamou, aos gritos, os companheiros, mas não obteve resposta. Isso o assustou. Continuou gritando, em intervalos regulares, tão alarmado pelo silêncio quanto pelo som da própria voz. Finalmente, derrotado pela falta de respostas, pensou ser mais prudente não fazer tanto barulho. Por fim, permaneceu em silêncio, esperando, a sangue frio, o que pudesse acontecer.

Em seguida, percebeu sombras tênues, mas que não pertenciam aos seus amigos.

---

12   Pela sonoridade, o nome original do personagem, *Joiwind*, parece aludir a "joy" ("alegria") e "wind" ("vento"), ou seja, "vento da alegria". Optamos, nesse caso e em outros de nomes no livro, por essa solução de transformação poética, adaptando do inglês para a sonoridade em português. (N.T.)

Um vapor pálido e leitoso que pairava sobre o solo sucedeu à noite negra, enquanto no alto do céu apareciam tons rosados. Na Terra, alguém diria que o dia estava raiando. O brilho continuou aumentando imperceptivelmente por um longo tempo.

Maskull descobriu, então, que estava deitado na areia. Uma estranha areia escarlate. As sombras obscuras que ele vira eram arbustos, com caules pretos e folhas púrpuras. Até aquele momento, nada mais era visível.

O dia despontou. Estava muito nublado para que a luz do sol estivesse diretamente visível, mas em pouco tempo o brilho da luz já era maior do que o do sol do meio-dia na Terra. O calor também era intenso, mas Maskull o saudou — já que aliviava sua dor e diminuía a sensação de peso esmagador. O vento diminuiu com o nascer do sol.

Tentou ficar em pé, mas conseguiu apenas se firmar nos joelhos. Sua visão não alcançava uma distância muito longa. As brumas não haviam se dissolvido mais do que parcialmente — tudo o que ele podia distinguir era um estreito círculo de areia vermelha pontilhada por dez ou vinte arbustos.

Sentiu um toque suave e frio na nuca. Sobressaltou-se de medo e, ao fazer isso, caiu na areia. Olhando rapidamente por cima do ombro, ficou surpreso ao ver uma mulher parada ao seu lado.

Ela trajava uma única vestimenta esvoaçante verde-clara, com drapeado clássico. De acordo com os padrões da Terra, ela não era bonita, pois, embora seu rosto fosse humano, era dotada daqueles órgãos adicionais e desfigurantes que Maskull descobrira em si mesmo — dotada ou acometida por eles. Ela também tinha o tentáculo no coração. Quando Maskull se sentou e seus olhos se encontraram, e assim permaneceram, em contato solidário, ele pareceu ver diretamente uma alma que era o lar do amor, do candor, da bondade, da ternura e da proximidade. Tal era a nobre familiaridade daquele olhar que ele pensou já conhecê-la. Depois disso, reconheceu toda a beleza daquela mulher. Era alta e esguia. Todos os seus movimentos, graciosos como música. Sua pele não era de uma cor opaca e morta, como a de uma beleza terrestre, mas opalescente; seu matiz mudava continuamente, com cada pensamento e emoção, mas nenhum desses matizes era demasiado vívido. Ao contrário, eram delicados, de tons médios, poéticos. Os cabelos muito longos e louros estavam frouxamente trançados. Os novos órgãos, assim que Maskull se familiarizou com eles, transmitiam a seu rosto algo único e impressionante. Ele não conseguia definir isso para si mesmo, mas sutileza e interioridade pareciam adicionados. Os órgãos não contradiziam o amor dos olhos ou a pureza angelical das feições, mas ainda assim soavam uma nota mais profunda — uma nota que a salvava da mera feminilidade.

O olhar dela era tão amigável e desinibido que Maskull quase não sentiu qualquer humilhação por se sentar a seus pés, nu e indefeso. Ela percebeu sua situação e lhe estendeu uma vestimenta que carregava no braço. Era semelhante à que ela mesma estava usando, mas de uma cor mais escura e masculina.

— Acha que pode se vestir sozinho?

Maskull estava nitidamente consciente dessas palavras, embora a voz dela fosse inaudível.

Ele fez um esforço para ficar de pé, e ela o ajudou a dominar as complicações das novas roupas.

— Pobre homem... como está sofrendo! — disse ela, na mesma linguagem inaudível.

Desta vez, ele percebeu que o significado daquelas palavras fora recebido por seu cérebro através do órgão em sua testa.

— Onde estou? Aqui é Tormance? — perguntou.

Enquanto falava, cambaleou. Ela o segurou e o ajudou a se sentar.

— Sim. Está entre amigos.

Então, ela olhou para ele com um sorriso e começou a falar em voz alta, em inglês. Aquela voz de alguma forma o fazia lembrar de um dia de abril, pois era tão fresca, nervosa e infantil.

— Agora consigo entender a sua linguagem. No começo, é estranho. No futuro, falarei com você usando a boca.

— Isso é extraordinário! Que órgão é esse? — perguntou, tocando a testa.

— Chama-se "breve". Através dele, podemos ler os pensamentos uns dos outros. Mesmo assim, falar é melhor, já que assim podemos ler o coração também.

Ele sorriu.

— Dizem que a possibilidade de falar nos foi dada para que pudéssemos enganar os outros.

— É possível enganar com pensamentos também. Mas eu penso no melhor, e não no pior.

— Viu meus amigos?

Ela o esquadrinhou atentamente antes de responder.

— Não veio sozinho?

— Vim com mais dois outros homens, em uma máquina. Devo ter perdido a consciência na chegada. Não os vejo desde então.

— Isso é muito estranho! Não, não cheguei a vê-los. Não devem estar aqui, ou eu saberia. Meu marido e eu...

— Qual é o seu nome, e o do seu marido?

— Meu nome é Joivinda. Meu marido se chama Panawe. Mesmo vivendo bem distante daqui, soubemos, na noite passada, que você jazia aqui, inconsciente. Quase brigamos, discutindo qual de nós deveria vir até aqui para ajudá-lo. Mas, no final, eu venci.

Ela soltou uma breve risada.

— Venci, pois tenho o coração mais forte de nós dois. Já ele tem a percepção mais pura.

— Obrigado, Joivinda! — foi a resposta simples de Maskull.

As cores se sucediam rapidamente sobre sua pele.

— Oh, por que diz isso? Qual prazer poderia ser maior que o amor e a amabilidade? Celebrei essa oportunidade... mas agora precisamos permutar sangue.

— O que é isso? — quis saber, intrigado.

— Precisa ser dessa forma. Seu sangue é muito pesado e denso para nosso mundo. Até receber, por transfusão, um pouco do meu, não conseguirá ficar de pé.

Maskull corou.

— Me sinto um completo ignorante nesta terra... Isso não será prejudicial para você?

— Se seu sangue causa dor em seu corpo, suponho que causará em mim. Mas nós compartilharemos a dor.

— Esse tipo de hospitalidade é nova para mim — murmurou ele.

— Não faria o mesmo por mim? — perguntou Joivinda, em parte sorridente e em parte agitada.

— Não posso responder por minhas ações neste mundo. Mal sei onde estou... mas, sim, claro que eu faria, Joivinda.

Enquanto conversavam, o dia se tornou pleno. A névoa se dissipara no solo e apenas nas camadas atmosféricas superiores ainda havia densa neblina. O deserto de areia púrpura expandia-se em todas as direções, exceto uma, onde havia um pequeno oásis — colinas baixas, escassamente trajadas por pequenas árvores púrpuras da base ao topo. Ficava a meio quilômetro de distância.

Joivinda trouxera consigo uma pequena faca de pedra. Sem exibir qualquer traço de nervosismo, ela fez uma cuidadosa e profunda incisão no braço. Maskull, então, protestou.

— Realmente, esta parte é quase nada — disse ela, rindo. — E se fosse mais doloroso... Bem, um sacrifício que não é sacrifício. Qual mérito haveria nele? Muito bem, me dê seu braço!

O sangue fluía, descendo pelo braço dela. Não era sangue vermelho, mas um fluído leitoso, opalescente.

— Não esse! — disse Maskull, recuando. — Já tenho uma incisão nele.

Submeteu o outro braço e seu sangue emanou.

Joivinda, delicadamente, mas com grande habilidade, colocou a abertura das duas incisões juntas para então manter o braço dela firmemente pressionado ao de Maskull por um bom tempo. Ele sentiu um fluxo de prazer penetrando-lhe o corpo através da incisão. A velha leveza e o vigor pareciam retornar. Depois de cerca de cinco minutos, um duelo de gentileza aconteceu entre os dois; ele desejava recolher o braço e ela, continuar com a transfusão. Por fim, ele conseguiu vencer, mas não tão rápido quanto esperava — ela permaneceu ali, pálida e desalentada.

Ela olhou para ele com uma expressão ainda mais séria do que antes, como se estranhas profundezas se abrissem diante dos olhos.

— Qual é o seu nome?

— Maskull.

— De onde você veio, carregando esse sangue terrível?

— De um mundo chamado Terra... Meu sangue, claramente, não é adequado para este mundo, Joivinda, mas, afinal, isso era esperado. Lamento ter consentido essa transfusão.

— Oh, não diga isso! Não havia nada a ser feito, além disso. Nós devemos ajudar uns aos outros. Mesmo assim, de qualquer forma... Me perdoe, mas me sinto contaminada.

— E, de fato, você deveria mesmo, pois é terrível uma garota aceitar nas veias o sangue de um homem estranho, vindo de um planeta distante. Se eu não estivesse tão fraco e aturdido, jamais consentiria com isso.

— Pois eu insistiria. Não somos todos irmãos e irmãs? Por que veio para cá, Maskull?

Ele sentiu um ligeiro embaraço.

— Você pensaria que foi tolice se eu disser que nem eu mesmo sei? Eu vim com os dois homens. Talvez tenha sido atraído pela curiosidade, ou talvez pelo amor pela aventura.

— Talvez — disse Joivinda. — Eu me pergunto... esses seus amigos devem ser homens terríveis. Por que eles vieram?

— Isso eu posso responder. Eles vieram seguindo Surtur.

Uma expressão preocupada surgiu no rosto dela.

— Não compreendo. Ao menos um deles deve ser um homem malvado, mas, se ele segue Surtur, ou o Formador[13], como é chamado aqui, então não deve ser mal de fato.

Espantado, Maskull perguntou:

— O que sabe a respeito de Surtur?

Joivinda permaneceu em silêncio por algum tempo, estudando o rosto de seu interlocutor. O cérebro de Maskull se movia, incansável, como se estivesse sendo sondado por fora. Por fim, ela começou a falar:

— Percebo... E não percebo. É bem difícil... Seu Deus é um Ser horrível, sem corpo, hostil, invisível. Aqui, não veneramos um Deus desse tipo. Diga-me, alguma pessoa chegou a ver seu Deus?

— O que quer dizer, Joivinda? Por que falar de Deus?

— Gostaria de saber.

— Em tempos ancestrais, quando a Terra era jovem e grandiosa, dizem que alguns poucos homens santos caminharam e falaram com Deus, mas são fatos passados.

---

13 No original, em inglês, "Shaping". (N.T.)

— Nosso mundo ainda é jovem — disse Joivinda —, de maneira que o Formador caminha entre nós, conversa conosco. Ele é real e ativo. Um amigo, um amante. Fomos feitos pelo Formador, e ele ama seu trabalho.

— *Você* o conhece? — perguntou Maskull, mal acreditando no que ouvia.

— Não. Pois nada fiz para merecer isso, ainda. Algum dia terei a oportunidade de me sacrificar e então serei recompensada encontrando o Formador e podendo falar com ele.

— Certamente, estou em outro mundo, não há dúvida. Mas por que você disse que ele e Surtur são a mesma entidade?

— Sim, são a mesma. Nós, mulheres, o chamamos de Formador e, da mesma maneira, a maioria dos homens. Mas alguns poucos o chamam de Surtur.

Maskull roeu a unha.

— Já ouviu falar de Cristalino?

— É o Formador novamente. Ele tem muitos nomes, o que mostra como ocupa nossas mentes. Cristalino é um nome mais afetuoso.

— Isso é estranho — disse Maskull —, pois cheguei aqui com ideias bem diferentes a respeito de Cristalino.

Joivinda agitou os cabelos.

— Naquele pequeno bosque há um santuário dele, deserto. Vamos até lá para rezar e depois seguiremos nosso caminho para Políndredo[14]. É onde fica minha casa. É um longo caminho e devemos chegar antes de Blodesombro[15].

— Muito bem, e o que é Blodesombro?

— Durante cerca de quatro horas da metade do dia, os raios de Brancospélio[16] são tão quentes que ninguém consegue suportá-los. Chamamos isso de Blodesombro.

— Brancospélio é outro nome de Arcturus?

O semblante de Joivinda perdeu a seriedade e ela soltou uma risada.

---

14 No original, "Poolingdred". (N.T.)
15 No original, "Blodsombre". (N.T.)
16 No original, "Branchspell". (N.T.)

— Naturalmente não nos inspiramos em você para nossos nomes, Maskull. Não penso que nossos nomes sejam muito poéticos, mas eles seguem a natureza.

Ela tomou o braço dele de forma afetuosa e guiou-lhe os passos na direção das colinas cobertas por árvores. Enquanto caminhavam, o sol atravessou as brumas na alta atmosfera e uma terrível rajada de calor abrasante, como a explosão de uma fornalha, atingiu a cabeça de Maskull. Ele olhou para o alto, involuntariamente, mas baixou a vista imediatamente. Tudo o que viu naquele momento foi uma deslumbrante esfera de um branco elétrico, aparentemente três vezes maior que o diâmetro do Sol. Por alguns minutos, esteve praticamente cego.

— Meu Deus! Se é assim pela manhã, você deve estar corretíssima sobre o Blodesombro.

Ele levou algum tempo para se recuperar parcialmente; então, fez uma pergunta:

— Qual a duração do dia aqui, Joivinda?

Mais uma vez sentiu que o cérebro sendo esquadrinhado.

— Nesta época do ano, para cada hora do dia em seu verão, temos duas.

— O calor é terrível, mas, de alguma forma, não sinto tanto desconforto quanto havia imaginado.

— E eu sinto, agora, mais que o usual o peso de nossa temperatura. Não é difícil de compreender o motivo: você está com uma porção do meu sangue e eu, com uma porção do seu.

— Sim, sim. Sempre que eu penso nisso, eu... Diga-me, Joivinda, meu sangue sofrerá alguma alteração se eu permanecer aqui por mais tempo? Ou seja, perderá a coloração vermelha, a densidade, e se tornará puro, suave, de tons leves, como o seu?

— Por que não? Se viver como nós, com toda certeza passará a ser como nós.

— Você quer dizer em termos de comida e bebida?

— Nós não nos alimentamos e bebemos apenas água.

— E como conseguem sobreviver?

— Bem, Maskull, nossa água é muito boa — respondeu Joivinda, sorrindo.

Assim que recuperou a visão, olhou a paisagem que os rodeava. O imenso deserto púrpura se estendia para todos os lados do horizonte, exceto no ponto em que sua continuidade era quebrada pelo oásis. Estava coberto por um céu sem nuvens, de um azul intenso, quase violeta. A linha do horizonte era bem mais ampla que a da Terra. Por volta de cinquenta quilômetros de onde caminhavam, em ângulo reto, surgia uma cadeia de montanhas. Uma delas, maior que as demais, tinha a forma de uma taça. Maskull poderia se sentir tentado a acreditar que atravessava uma terra de sonhos — mas isso era contrariado pela intensidade da luz, que tornava tudo vividamente real.

Joivinda indicou a montanha em forma de taça.

— Ali, aquela é Políndredo.

Maskull, então, soltou uma exclamação, surpreendido.

— Não pode ser que tenha vindo dali!

— Sim, eu vim. E é para lá que temos de ir agora.

— Mas você veio com o único objetivo de me encontrar?

— Ora, mas é claro.

Maskull corou intensamente.

— Então você é a mais corajosa e valente que existe — disse ele em voz baixa, após uma pausa. Depois prosseguiu: — Não deve haver mais nenhuma exceção conhecida. Ora, esta jornada é para um atleta.

Ela apertou o braço dele, enquanto uma série de delicadas e indescritíveis tonalidades dominavam, em transições velozes, seu rosto.

— Por favor, não fale mais sobre isso, Maskull. Faz eu me sentir mal.

— Muito bem. Mas é possível que cheguemos antes do meio-dia?

— Oh, sim. E você não deve ficar assustado com a distância. As longas distâncias não são motivo de preocupação para nós, pois temos muito no que pensar e sentir. O tempo passa bem depressa.

Durante essa conversação, aproximaram-se da base das colinas. O aclive era suave e não ultrapassava quinze metros de altura. Maskull, então, começou a perceber estranhos espécimes de vida vegetal. Aquilo que parecia um pequeno trecho de relva púrpura, com cerca de dois metros quadrados, movia-se pela areia, aproximando-se deles. Quando estavam bem próximos, ele percebeu que não era relva — não havia folhas, apenas raízes purpúreas. As raízes de cada planta daquele conjunto giravam como os raios de uma roda sem cantos. Alternativamente, mergulhavam e saíam da areia, e dessa forma a planta avançava. Uma espécie de instinto, singular e semi-inteligente, mantinha a totalidade das plantas unidas, movendo-se no mesmo ritmo e na mesma direção, como uma revoada de pássaros migratórios em pleno voo.

Outra planta extraordinária se parecia com uma grande bola emplumada, semelhante a um dente-de-leão, que encontraram flutuando pelo ar. Joivinda pegou um exemplar empregando um movimento extremamente gracioso do braço e o mostrou a Maskull. Tinha raízes e provavelmente vivia no ar, alimentando-se dos componentes químicos da atmosfera. O mais peculiar, contudo, era sua cor: algo inteiramente novo — não uma nova tonalidade ou combinação, mas uma nova cor primária, tão vívida quanto o azul, o vermelho ou o amarelo, embora bastante diferente. Quando Maskull perguntou, ela respondeu que a planta era conhecida como *úlfiro*[17]. Logo ele encontrou uma segunda nova cor. Ela a denominou *jale*[18]. As impressões sensoriais causadas em Maskull por essas duas cores primárias adicionais só podem ser vagamente sugeridas através de analogias. Assim como o azul é delicado e misterioso, o amarelo, claro e nada sutil, e o vermelho, sanguíneo e apaixonado, ele percebia úlfiro como selvagem e doloroso, enquanto jale era onírico, febril e voluptuoso.

As colinas estavam cobertas por um musgo denso e escuro. Árvores pequenas, de formas estranhas, diferentes umas das outras, mas todas de cor púrpura, cobriam as encostas e o topo. Maskull e Joivinda subiram e avançaram. Algumas frutas duras, de um tom azul brilhante, do tamanho de uma grande maçã e com a forma de um ovo, jaziam sob as árvores, em grande profusão.

— Esta fruta é venenosa? Senão, por que você não se alimenta dela? — perguntou Maskull.

Ela olhou para ele com tranquilidade.

— Não comemos coisas vivas. A mera ideia disso nos horroriza.

---

17   No original, "ulfire". (N.T.)
18   No original, "jale". Esse é um dos primeiros exemplos de uma cor ficcional na literatura. (N.P.)

— Nada tenho a dizer contra tal atitude, em termos teóricos. Mas, realmente, conseguem sobreviver apenas com água?

— Supondo que não conseguisse encontrar nada para sua subsistência, Maskull, você se alimentaria de outro homem?

— Não o faria.

— Nem nós comeríamos plantas e animais, que são criaturas vivas como nós. Assim, nada restou para nós a não ser a água, e, como é possível viver de qualquer coisa, a água nos serviu bem para isso.

Maskull pegou um dos frutos, manipulando-o com curiosidade. Assim que fez isso, um de seus novos órgãos sensoriais entrou em ação. Descobriu que os novos inchaços debaixo de suas orelhas permitiam, de alguma forma inédita para ele, acessar as propriedades da fruta. Podia não apenas ver, sentir e cheirar o fruto, mas também detectar sua natureza intrínseca. Essa natureza era dura, persistente e melancólica.

Joivinda respondeu uma questão que ele não chegou a formular.

— Esses órgãos são chamados *puguins*[19]. São usados para que possamos entender todas as criaturas vivas, e assim simpatizamos com elas.

— Qual vantagem seria possível tirar disso, Joivinda?

— A vantagem de não ser cruel e egoísta, caro Maskull.

Ele jogou o fruto para longe e corou novamente.

Joivinda contemplou, sem demonstrar embaraço, o rosto barbado e trigueiro de Maskull, sorrindo lentamente.

— Falei demais? Tomei demasiadas liberdades? Sabe o motivo pelo qual você pensa dessa forma? Porque continua impuro. Pouco a pouco, escutará todo tipo de discurso sem sentir tanta vergonha.

Antes que ele percebesse o que Joivinda estava prestes a fazer, ela lançou o tentáculo em volta do pescoço dele, como outro braço. Maskull não ofereceu resistência àquela pressão fria. O contato daquela carne macia com a dele era tão úmido e sensível que parecia sugerir um outro tipo de beijo. Via quem o abraçava — uma garota linda e pálida. No entanto, estranhamente, não experimentou volúpia ou orgulho sexual. O amor expresso pela

---

19 No original, "poigns". (N.T.)

carícia era rico, brilhante e pessoal, mas não havia o menor traço de sexo ali, e foi dessa forma que ele o recebeu.

Ela removeu o tentáculo, colocou os dois braços em seus ombros e penetrou com o olhar no mais profundo de sua alma.

— Sim, desejo ser puro — murmurou ele. — Sem essa pureza, o que eu poderia ser, além de um pequeno diabo que se contorce?

Joivinda o soltou.

— Nós denominamos isso *magno*[20] — disse ela, indicando o tentáculo. — Através dele, amamos ainda mais aquilo para o qual já dedicamos nosso amor, e começamos a amar aquilo que ainda não amamos.

— Um órgão divino!

— É aquele que nós protegemos zelosamente — disse Joivinda.

A sombra das árvores fornecia uma oportuna tela para os agora quase insuportáveis raios de Brancospélio, que subia continuamente até o zênite. Ao descer do outro lado das pequenas colinas, Maskull procurou ansiosamente vestígios de Nightspore e Krag, mas sem resultado. Depois de olhar em volta por alguns minutos, ele encolheu os ombros; suspeitas já começavam a se formar em sua mente.

Um pequeno anfiteatro natural jazia a seus pés, completamente circundado pelas colinas cobertas por árvores. O centro era de areia vermelha. Bem no meio, erguia-se uma árvore alta e imponente, com tronco e galhos pretos e folhas transparentes como cristal. Ao pé dessa árvore, havia um poço natural, de forma circular, contendo água de tonalidade verde-escura.

Quando chegaram ao fundo, Joivinda o levou direto ao poço.

Maskull olhou para ele atentamente.

— Este é o santuário que você mencionou?

— Sim. Se chama Poço do Formador. O homem ou a mulher que deseja invocar o Formador deve pegar um pouco dessa água e bebê-la.

— Reze por mim — disse Maskull. — Sua oração imaculada terá mais peso.

— O que deseja pedir?

---

20   No original, "magn". (N.T.)

— Pureza — respondeu Maskull, com inquietação na voz.

Joivinda bebeu um pouco da água que pegou nas mãos em concha. E aproximou um pouco da boca de Maskull.

— Você deve beber também.

Ele obedeceu. Então, ela ficou de pé, ereta, fechou os olhos e, em uma voz que lembrava os suaves murmúrios da primavera, rezou em voz alta.

— Formador, meu pai, espero que possa me ouvir. Um desconhecido chegou até nós carregando seu sangue denso e pesado. Ele almeja purificação. Permita-lhe conhecer o sentido do amor, permita que ele viva pelos demais. Que ele não seja poupado da dor, querido Formador, mas que busque a própria dor. Inspire nele uma alma nobre.

Maskull ouviu a oração com lágrimas no coração.

Quando Joivinda terminou de falar, uma névoa cobriu os olhos dele e, parcialmente enterrado na areia escarlate, surgiu um amplo círculo de colunas de um branco deslumbrante. Durante alguns minutos, elas oscilaram, entre o nítido e o indistinto, como um objeto que tenta ganhar foco. Depois, sumiram de vista novamente.

— Seria esse um sinal do Formador? — perguntou Maskull, em voz baixa, expressando admiração.

— Talvez seja. Trata-se de uma miragem temporal.

— E o que é isso, Joivinda?

— Veja bem, querido Maskull: este templo ainda não existe, mas existirá, pois assim deve ser. O que você e eu fizemos agora, de forma tão singela, será feito novamente no futuro, com pleno conhecimento de causa por homens muito mais sábios.

— É bom que rezemos — disse Maskull —, pois o bem e o mal no mundo não surgiram do nada. Deus e o Diabo devem existir. E devemos rezar para um e combater o outro.

— Sim, devemos combater Krag.

— Qual nome você disse? — perguntou Maskull, assombrado.

— Krag. O autor do mal e da desgraça. Aquele que você chamou Diabo.

Ele ocultou imediatamente seus pensamentos. Para evitar que Joivinda soubesse de suas relações com tal criatura, deixou a mente em branco.

— Por que ocultou a mente de mim? — ela exigiu saber, olhando para Maskull de forma estranha e mudando de cor.

— Neste mundo luminoso, puro e radiante, o mal parece algo remoto, e seu significado mal pode ser compreendido — mas ele mentia.

Joivinda seguiu olhando para ele, diretamente, a partir de sua alma pura.

— O mundo é bom e puro, mas muitos estão corrompidos. Panawe, meu marido, viajou muito, e me contou coisas que eu preferiria não ter ouvido. Conheceu uma pessoa, certa feita, que acreditava ser o universo, em sua totalidade, o covil de um feiticeiro.

— Adoraria conhecer seu marido.

— Bem, estamos voltando para casa agora.

Maskull estava a ponto de perguntar se ela tinha filhos, mas receou ofendê-la, de forma que permaneceu em silêncio.

Ela leu a pergunta mental feita.

— Que necessidade haveria nisso? O mundo já não está repleto de adoráveis crianças? Por que eu desejaria posses egoístas?

Uma criatura extraordinária passou voando, emitindo um pungente lamento de cinco notas diferenciadas. Não era um pássaro, pois tinha o corpo em forma de balão, impulsionado por cinco patas palmadas. Desapareceu no meio das árvores.

Joivinda apontou para aquilo, quando passou sobre eles.

— Eu amo aquele animal, por mais grotesco que seja. Talvez, ainda mais exatamente pelo fato de sê-lo. Mas, se tivesse meus filhos, seguiria amando esse animal? O que é melhor: amar dois, ou três, ou amar tudo?

— Nem todas as mulheres podem ser como você, Joivinda, mas é bom que haja algumas de mesmo feitio. Não deveríamos — prosseguiu —, já que vamos atravessar essa terra selvagem abrasada pelo sol, fazer turbantes para proteger a cabeça com essas folhas largas?

Ela sorriu de forma quase patética.

— Você deve pensar que sou tola, mas pegar uma única folha feriria meu coração... podemos cobrir a cabeça com a túnica.

— Não há dúvida de que sua proposta atende à mesma proposta, mas, diga-me: não procedem estas vestes de uma criatura viva?

— Oh, não... não. Foram feitas com as teias de certo animal, mas nunca estiveram vivas em si mesmas.

— Você reduz a vida a uma simplicidade extrema — comentou Maskull, meditativo —, mas muito bela.

Voltaram a subir as colinas e, sem maior cerimônia, começaram sua marcha através do deserto.

Caminhavam lado a lado, e Joivinda os dirigia diretamente para Políndredo. Da posição do Sol, Maskull julgou que seguiam para o norte. A areia era suave e granulada, e era exaustivo caminhar sobre ela com os pés nus. O esplendor avermelhado o atordoava, deixando-o parcialmente cego. Estava com calor e sede, atormentado pela vontade de beber algo. A dor que sentia como um pano de fundo, começou a emergir de forma plenamente consciente.

— Não vejo meus amigos em parte alguma, e isso é muito estranho.

— Sim, é estranho... se é que foi acidental — disse Joivinda, com uma entonação peculiar.

Maskull concordou.

— Exatamente! Se tivesse havido algum acidente, os corpos estariam aqui. Parece que aprontaram comigo. Devem ter seguido adiante e me deixado para trás... bem, estou aqui e tentarei fazer o melhor possível. Não vou me incomodar com eles doravante.

— Não quero falar mal de ninguém — disse Joivinda —, mas meu instinto diz que é melhor permanecer longe desses homens. Eles não vieram por sua causa, e sim por eles.

Caminharam por um longo tempo. Maskull começou a sentir as forças lhe faltarem, então ela enroscou o magno ao redor da cintura dele e uma poderosa corrente de confiança e bem-estar instantaneamente atravessou-lhe as veias.

— Obrigado, Joivinda! Mas, fazendo isso, *você* não ficará enfraquecida?

— Sim — respondeu ela, com um olhar rápido e eletrizante —, mas não muito; além disso, é algo que me deixa muito feliz.

Naquele momento, encontraram uma criaturinha fantástica, do tamanho de um cordeiro recém-nascido, valsando sobre três pernas. Cada perna, por sua vez, movia-se para a frente, e era assim que a pequena monstruosidade prosseguia em seu caminho por meio de uma série de rotações completas. Tinha cores vivas, como se tivesse sido mergulhado em potes de tinta azul brilhante e amarela.

O ser levantou os olhos pequenos e brilhantes enquanto passavam por ele.

Joivinda assentiu e sorriu.

— É um amigo meu, Maskull. Cada vez que venho para cá, eu o vejo. Está sempre dançando, apressado, embora pareça não se deslocar de fato para lugar algum.

— Me parece que a vida por aqui é tão autossuficiente que ninguém necessita se deslocar para parte alguma. O que não consigo compreender é como procedem para que os dias passem sem sinal de tédio.

— Que palavra estranha. Significa ânsia por emoções novas, não é mesmo?

— Algo nesse sentido — disse Maskull.

— Deve ser uma doença resultante da comida muito pesada.

— Mas você nunca se aborrece?

— Como poderíamos? Nosso sangue é veloz, leve, livre, nossa carne é limpa e imaculada, por dentro e por fora... espero que em breve possa compreender o tipo de pergunta que chegou a fazer.

Mais adiante, encontraram um fenômeno estranho. No coração do deserto, uma fonte elevava-se perpendicularmente a quinze metros no ar, com um som sibilante, fresco e agradável. No entanto, diferia das fontes conhecidas por Maskull pelo fato de que a água de que era composta não retornava ao solo, mas era absorvida pela atmosfera no alto. Na verdade, era uma coluna alta e graciosa de fluido verde-escuro, com um capitel de vapores que giravam, retorcidos ao feitio de volutas.

Quando se aproximaram, Maskull percebeu que essa coluna de água era a continuação e o término de um riacho que descia da direção das montanhas. A explicação do fenômeno era evidente — a água, naquele local, encontrou afinidades químicas no ar da parte superior, atmosférica, e, consequentemente, abandonou o solo.

— Agora, devemos beber — disse Joivinda.

Ela se jogou sem afetação na areia, com o rosto para baixo, ao lado do riacho, e Maskull não demorou a seguir seu exemplo. Ela se recusou a saciar a sede até que viu o companheiro bebendo tal líquido. Maskull considerou a água densa, borbulhante com gás, e então bebeu copiosamente. A água afetou seu paladar de uma nova maneira — a pureza e a limpeza combinavam com a euforia de um vinho espumante, elevando-lhe o ânimo. Mas, de alguma forma, a embriaguez trouxe à tona o melhor de seu caráter, e não o pior.

— Nós a chamamos de *água alimentar* — disse Joivinda —, embora esta aqui não seja particularmente pura, como é possível atestar por sua cor. Em Políndredo, a água é clara como cristal. Mas seríamos ingratos se expressássemos alguma queixa. Depois de bebê-la, logo verá como será muito mais fácil continuar o caminho.

Maskull começou a perceber o ambiente como se fosse pela primeira vez. Todos os seus órgãos dos sentidos passaram a mostrar belezas e maravilhas das quais ele não havia suspeitado até então. O escarlate fulgurante e uniforme das areias se separou em vários tons de vermelho claramente distintos. O céu estava igualmente dividido em diferentes tons de azul. O calor radiante de Brancospélio, descobriu então, afetava todas as partes de seu corpo com intensidades desiguais. Seus ouvidos despertavam — a atmosfera estava cheia de murmúrios, as areias zumbiam, até mesmo os raios do sol tinham um som próprio, uma espécie de débil harpa eólica. Perfumes sutis e intrigantes invadiram suas narinas. O paladar da água alimentar demorou-se na memória. Todos os poros da pele foram estimulados e acalmados por correntes de ar até então não percebidas. Seus puguins exploraram ativamente a natureza interna de tudo em sua vizinhança imediata. Seu magno tocou Joivinda e extraiu dela um imenso fluxo de amor e alegria. Finalmente, por meio do breve, trocou pensamentos com ela em silêncio. Essa poderosa sinfonia de sentidos o abalou profundamente e, durante a caminhada daquela manhã interminável, não voltou a sentir fadiga.

Quando estavam próximos de Blodesombro, chegaram à margem junçosa de um lago verde-escuro, que ficava embaixo de Políndredo.

Panawe estava sentado em uma rocha escura, esperando por eles.

CAPÍTULO 7 – PANAWE

O marido se levantou para encontrar a esposa e seu convidado. Estava vestido de branco. Tinha um rosto imberbe, com breve e puguins. A pele, tanto no rosto quanto no restante do corpo, era tão branca, fresca e macia que mal parecia pele, e sim um novo tipo de carne pura como a neve, estendendo-se até os ossos. Não tinha nada em comum com a pele artificialmente esbranquiçada de uma mulher dita civilizada. Sua brancura e delicadeza não despertavam pensamentos voluptuosos; eram, obviamente, a manifestação de uma castidade fria e quase cruel da natureza. Os cabelos, que caíam até a nuca, também eram brancos; mas, novamente, expressavam vigor, e não decadência. Os olhos eram negros, silenciosos e insondáveis. Ele ainda era jovem, mas suas feições eram tão severas que tinha a aparência de um legislador, apesar da considerável beleza e harmonia.

O magno daquele homem e o de Joivinda se entrelaçaram por um único momento, e Maskull percebeu o rosto dele se suavizar com amor, enquanto ela parecia exultante. Ela colocou Maskull nos braços do marido com suave pressão e recuou, mantendo o olhar e o sorriso. O convidado sentiu-se um tanto constrangido ao ser abraçado por um homem, mas se submeteu a isso; uma sensação de langor frio e agradável o atravessou naquele momento.

— O forasteiro tem sangue vermelho, então?

Maskull espantou-se pelo fato de Panawe falar inglês, com uma voz igualmente extraordinária. Era absolutamente tranquila, aparentando ser, de forma curiosa, uma ilusão, procedendo de pensamentos e sensações tão velozes que resultava impossível determinar seu movimento. Como aquilo acontecia, não sabia dizer. Mas Maskull, ainda assim, fez uma pergunta:

— Como consegue falar meu idioma se nunca chegou a ouvi-lo antes?

— O pensamento é algo rico, complexo. Não posso dizer que eu saiba falar sua língua por instinto ou se é você quem traduz meus pensamentos para sua língua conforme eu os pronuncio.

— Você pode ver que Panawe é bem mais sábio do que eu — disse Joivinda alegremente.

— Qual é o seu nome? — perguntou o marido.

— Maskull.

— Esse nome deve ter um significado... mas, novamente, o pensamento se revela algo curioso. Consigo relacionar esse nome com alguma coisa, mas com o quê?

— Tente descobrir — disse Joivinda.

— Houve um homem, em seu mundo, que roubou algo do Criador do universo para tornar seus congêneres mais nobres?

— Existe, sim, esse mito. O nome do herói é Prometeu.

— Bem, parece que minha mente associa você a essa ação; o que isso significa exatamente eu não saberia dizer, Maskull.

— Aceite isso como um bom presságio, pois Panawe nunca mente e nunca fala sem pesar as palavras.

— Deve haver algum equívoco, pois isso tudo supera minha compreensão — disse Maskull calmamente, mas parecendo perdido em contemplação.

— De onde você veio?

— Do planeta que orbita uma estrela distante, chamado Terra.

— Para quê?

— Estava cansado da vulgaridade — respondeu Maskull, laconicamente.

Ele evitou, intencionalmente, mencionar os companheiros de viagem, para que o nome de Krag não viesse à luz.

— É um motivo honroso — disse Panawe — e, de mais a mais, poderia até ser verdade, ainda que o tenha dito como uma espécie de logro.

— Pelo que me diz respeito, é totalmente verdade — disse Maskull, olhando para seu interlocutor com desagrado e surpresa.

O lago pantanoso se estendia por cerca de um quilômetro a partir de onde estavam até os contrafortes mais baixos da montanha. Juncos roxeados como penas apareciam aqui e ali pela parte rasa. A água era verde-escura. Maskull não percebia uma maneira de atravessá-lo.

Joivinda agarrou seu braço.

— Talvez não saiba, mas o lago vai carregar todos nós.

Panawe andou sobre as águas; eram tão densas que suportaram seu peso. Joivinda o seguiu, acompanhada de Maskull. Ele imediatamente começou a deslizar — o movimento, contudo, era divertido, e ele aprendeu rápido a ter controle, apenas observando e imitando Panawe, de forma que logo foi capaz de se equilibrar sem ajuda. Depois disso, considerou aquele esporte excelente.

Pela mesma razão que as mulheres se destacam na dança, as quedas e recuperações de Joivinda foram muito mais graciosas e seguras que as de qualquer um dos dois homens. Sua forma esguia e drapeada — mergulhando, realizando curvas, subindo, balançando, girando sobre a superfície da água escura — era algo de que Maskull não conseguia desviar os olhos.

O lago ficou mais profundo. O verde da água alimentar aproximou-se do preto. Os penhascos, as ravinas e os precipícios da costa agora podiam ser percebidos detalhadamente. Uma cachoeira era visível, descendo várias centenas de metros. A superfície da água ficou agitada — tanto que Maskull teve dificuldade em manter o equilíbrio. Ele então mergulhou e começou a nadar na superfície da água. Joivinda virou a cabeça e riu com tanta felicidade que todos os seus dentes brilharam ao sol.

Minutos depois, aportaram em um promontório de rocha negra. A água na roupa e no corpo de Maskull evaporou muito rapidamente. Ele olhou para cima, para a montanha alta, mas naquele momento alguns movimentos estranhos da parte de Panawe chamaram sua atenção. Seu rosto estava tremendo convulsivamente e ele começou a cambalear. Então colocou a mão na boca e tirou dela o que parecia ser uma pedra de cor brilhante. Ele olhou para aquilo com atenção por alguns segundos. Joivinda se uniu nessa observação, por cima do ombro dele, enquanto suas cores mudavam rapidamente. Após essa inspeção, Panawe deixou o objeto — seja lá o que fosse — cair no chão e não se interessou mais por ele.

— Posso olhar? — questionou Maskull e, sem esperar permissão, pegou o pequeno objeto. Era um delicado e belíssimo cristal em forma de ovo, de cor verde pálida. — De onde saiu isto? — perguntou, dominado pela sensação de estranheza.

Panawe voltou-se, mas Joivinda respondeu à pergunta:

— Isso veio do meu marido.

— Foi isso que pensei, mas ainda não consigo acreditar. Contudo, o que é isto?

— Não sei se tem nome ou algum uso. Trata-se apenas de um transbordamento de beleza.

— Beleza?

Joivinda sorriu.

— Se você considerar a natureza como o marido e Panawe como a esposa, Maskull, talvez tudo fique mais claro.

Maskull refletiu.

— Na Terra — disse, após um minuto —, homens como Panawe são chamados de artistas, poetas, músicos. A beleza transborda deles também, e mais de uma vez. A única diferença é que a produção feita por *eles* costuma ser mais humana e inteligível.

— Não há nada aqui além de vaidade — disse Panawe, e, tomando o cristal das mãos de Maskull, o atirou ao lago.

O precipício que precisavam transpor tinha várias centenas de metros de altura. Maskull estava mais ansioso por Joivinda do que por si mesmo. Ela estava perceptivelmente cansada, mas recusou qualquer ajuda e, na verdade, ainda era a mais ágil de todos. Ela fez uma careta de zombaria para o visitante. Panawe parecia perdido em pensamentos tranquilos. A rocha era sólida e não se desintegrou com o peso deles. O calor de Brancospélio, no entanto, a essa altura poderia matar um ser vivo; o brilho era assombroso em sua intensidade branca. Entrementes, a dor de Maskull piorava continuamente.

Quando chegaram ao topo, um platô de rocha escura, desprovido de vegetação, surgiu, estendendo-se em ambas as direções até onde a vista alcançava. Tinha uma largura quase uniforme de quinhentos metros, a contar da borda dos penhascos até as encostas mais baixas da cordilheira no interior. As colinas variavam em altura. Políndredo, com seu formato de taça, estava cerca de trezentos metros acima deles. A parte superior era coberta por uma espécie de vegetação cintilante, que escapava à compreensão do visitante.

Joivinda colocou a mão no ombro de Maskull e apontou adiante.

— Aquele é o mais alto pico de toda a região... até chegar ao Mareste de Ifdawn.

Ao ouvir aquele estranho nome, experimentou momentaneamente uma inexplicável sensação de inquietude e vigor selvagem, que logo se desvaneceu.

Sem perder tempo, Panawe liderou o caminho montanha acima. A metade inferior era de rocha nua, fácil de escalar. No meio do caminho, porém, o aclive se tornou mais íngreme e eles começaram a encontrar arbustos e pequenas árvores. A vegetação se tornava mais densa à medida que eles continuavam a subida. Quando se aproximaram do cume, surgiram bosques de árvores altas.

Esses arbustos e árvores tinham troncos e galhos pálidos e vítreos, mas os pequenos ramos e as folhas eram de tons translúcidos e cristalinos. Não projetavam sombras do alto, mas, ainda assim, proporcionavam algum frescor. As folhas e os ramos tinham formas fantásticas. O que mais surpreendeu Maskull, entretanto, foi o fato de que, até onde ele podia ver, quase nenhuma daquelas plantas, talvez duas, pertencia à mesma espécie.

Então Joivinda disse, puxando o braço do marido:

— Deseja auxiliar Maskull em sua dificuldade?

Panawe sorriu.

— Se ele me perdoar pelo fato de que voltei a entrar em sua mente. Mas a dificuldade é pequena, de fato. A vida em um novo planeta, Maskull, é necessariamente vigorosa e anárquica, e não tranquila e imitativa. A natureza aqui ainda é fluida, nada rígida, e a matéria, plástica. A vontade se bifurca e entra em disputas constantes, e, assim, não há possibilidade de haver duas criaturas idênticas.

— Pois bem, compreendo tudo isso — respondeu Maskull, após ouvir atentamente —, só o que não consigo entender é, se criaturas vivas disputam seu espaço, neste planeta, de forma tão enérgica, como os seres humanos têm uma forma tão semelhante no meu mundo?

— Posso explicar isso também — disse Panawe. — Todas as criaturas semelhantes ao Formador devem, necessariamente, ter uma aparência próxima.

— Então a disputa é a vontade cega de se tornar como o Formador?

— Exato.

— Isso é absolutamente maravilhoso — disse Maskull —, pois então a irmandade humana não é apenas uma fábula criada por idealistas, mas um fato sólido.

Joivinda olhou para ele e mudou de cor. Panawe retomou o ar austero.

Maskull começou a se interessar por um novo fenômeno. Certas florações cor de jale de um arbusto de cristal emitiam ondas mentais e ele, através do breve, conseguia distingui-las claramente. Gritavam silenciosamente: "Em mim! Em mim!". Enquanto observava, um verme voador guiou-se pelo ar até uma dessas florações e começou a sugar seu néctar. O grito floral cessou imediatamente.

Alcançaram, então, o topo da montanha e olharam além. Um lago ocupava a cavidade central, semelhante a uma cratera. Um conjunto de árvores interceptava parcialmente a vista, mas Maskull foi capaz de perceber que o lago da montanha era quase circular e talvez tivesse um quilômetro e meio de diâmetro. Suas margens se situavam trinta metros abaixo deles.

Percebendo que os anfitriões não pretendiam descer, implorou que esperassem por ele e desceu até a superfície do lago. Ao chegar lá, encontrou a água perfeitamente imóvel, de uma transparência extraordinária. Entrou no lago, virou-se de barriga para baixo e olhou em direção às profundezas. Havia uma estranha claridade: ele podia ver por uma distância indefinida, sem chegar ao fundo. Alguns objetos escuros e sombrios, quase fora do alcance de seus olhos, moviam-se. Então um som, débil e misterioso, pareceu subir através da água alimentar, vindo de uma imensa profundidade. Era como o ritmo de um tambor. Houve quatro batidas de igual duração, mas o acento estava na terceira. Isso continuou por um tempo considerável, depois parou.

O som lhe pareceu pertencer a um mundo diferente daquele em que estava viajando. Este último era místico, onírico, inacreditável... o som de batidas era como um tom muito sombrio da realidade. Parecia o tique-taque de um relógio em uma sala cheia de vozes, apenas ocasionalmente passível de captação pelos ouvidos.

Ele voltou para perto de Panawe e Joivinda, mas não lhes disse nada sobre a experiência que teve. Eles então contornaram a borda da cratera e olharam para o lado oposto. Precipícios semelhantes aos que dominavam o deserto formavam o limite de uma vasta planície pantanosa, cujas dimensões não podiam ser medidas a olho nu. Era uma terra sólida, mas ele não conseguia distinguir a cor predominante. Era como se fosse feito de vidro transparente, mas não brilhava ao sol. Não conseguia distinguir objeto algum, exceto um rio ondulante ao longe e, ainda mais longe, no horizonte, uma linha de montanhas escuras, de formas estranhas. Em vez de circulares, cônicas ou arredondadas como corcovas, essas altas montanhas foram esculpidas pela natureza com a aparência das ameias de um castelo, mas com reentrâncias extremamente profundas.

O céu imediatamente acima das montanhas era de um azul vívido e intenso. Contrastava, de modo espetacular, com os tons azulados que havia no restante do firmamento. Parecia mais luminoso e radiante e, na verdade, era como o resplendor de um lindo pôr do sol *azul*.

Maskull permaneceu contemplando. Quanto mais fixava aquela paisagem, mais inquietos e nobres se tornavam seus sentimentos.

— O que é aquela luz?

Panawe parecia mais sério do que de costume, enquanto a esposa se agarrava a seu braço.

— Alpaím[21], nosso segundo sol — respondeu ele —, e aquelas montanhas são o Mareste de Ifdawn... Agora, devemos buscar nosso abrigo.

— É a minha imaginação ou estou sendo realmente afetado... atormentado por aquela luz?

— Não, não é a sua imaginação. É real. Como poderia ser diferente, quando dois sóis, de naturezas diferentes, exercem sua atração ao mesmo tempo? Afortunadamente, você não está olhando para a Alpaím de fato. É invisível daqui. Precisaria ir até Ifdawn, pelo menos, para ter uma visão completa.

— Por que usou a expressão "afortunadamente"?

— Porque a agonia causada por essas forças opostas poderia ser, talvez, tão intensa que se tornaria insuportável... mas não sei.

Durante a curta distância que restou a percorrer, Maskull esteve muito pensativo e inquieto. Ele não entendia nada do que se passava. Qualquer objeto em que pousava o olho ganhava imediatamente a natureza de um quebra-cabeça. O silêncio e a quietude do pico da montanha pareciam taciturnos, misteriosos e *plenos de expectativa*. Panawe lançou um olhar amistoso e preocupado a ele, e então abriu o caminho por uma pequena trilha,

---

21   No original, "Alppain". (N.T.)

que atravessava a encosta da montanha e terminava na entrada de uma caverna.

Essa caverna era a casa de Panawe e Joivinda. Estava escuro lá dentro. O hospedeiro pegou uma concha e, enchendo-a com o líquido de um poço, borrifou descuidadamente no chão arenoso do seu interior. Uma luz fosforescente, esverdeada, espalhou-se gradualmente até os limites mais distantes da caverna e continuou a iluminá-la durante todo o tempo em que lá estiveram. Não havia móveis. Algumas folhas secas parecidas com samambaias serviam como sofás.

No momento em que entrou, Joivinda caiu exausta. O marido cuidou dela com serena preocupação. Ele lavou seu rosto, colocou a bebida em seus lábios, energizou-a com o magneto e, finalmente, a deitou para dormir. Ao ver aquela nobre mulher sofrendo por causa dele, Maskull ficou angustiado.

Panawe, contudo, tentou tranquilizá-lo.

— É verdade que foi uma viagem de ida e volta muito longa e cansativa, mas no futuro essa experiência tornará mais suave todas as jornadas dela... tal é a natureza do sacrifício.

— Não consigo conceber como pude caminhar tanto em uma única manhã — disse Maskull —, e ela percorreu a mesma distância duas vezes.

— É o amor, e não o sangue, que flui nas veias dela, e esse é o motivo de sua imensa força.

— Você deve saber que ela me deu um pouco de sangue.

— Sim, pois de outra forma você não conseguiria sequer iniciar esta jornada.

— Nunca me esquecerei disso.

O calor letárgico do dia no lado de fora, a entrada brilhante da caverna, a reclusão fria do interior, com seu brilho verde pálido, convidavam Maskull ao sono. Mas a curiosidade venceu o torpor.

— Nós perturbaremos sua esposa se conversarmos?

— Não.

— Mas e você, como se sente?

— Minha necessidade de sono é pouca. De qualquer forma, é mais importante que você possa ouvir algo a respeito de sua nova vida.

Nem tudo é inocente e idílico como isso. Se sua intenção é seguir adiante, precisa ser instruído a respeito dos perigos existentes.

— Oh, claro, eu imaginava algo assim. Mas como devemos proceder? Coloco questões ou você me dirá aquilo que considera o mais essencial?

Panawe fez um gesto para Maskull, indicando que ele se sentasse sobre uma pilha de samambaias, e ao mesmo tempo se reclinou, apoiado em um braço, com as pernas estendidas.

— Contarei alguns incidentes da minha vida. Você aprenderá, a partir deles, em que espécie de lugar se encontra agora.

— Fico muito grato — disse Maskull, preparando-se para ouvir.

Panawe fez uma pausa por alguns momentos, depois começou sua narrativa de maneira calma, comedida, e ainda assim compassiva.

A HISTÓRIA DE PANAWE

Minha primeira lembrança é de ter sido levado, aos três anos de idade (o que equivale a quinze dos seus, pois nos desenvolvemos mais lentamente aqui), por meu pai e minha mãe para ver Brodovil[22], o homem mais sábio de Tormance. Ele morava na grande floresta Wombflash. Caminhamos por entre as árvores durante três dias, dormindo à noite. As árvores ficavam mais altas à medida que avançávamos, até que as copas sumiram de vista. Os troncos eram de uma cor vermelho-escura e as folhas eram de um fogo ulfiroso pálido. Meu pai se detinha para pensar a todo momento. Se não fosse interrompido, ele permaneceria meio dia em profunda abstração. Minha mãe veio de Políndredo e era de distinta natureza. Era belíssima, generosa e encantadora — mas também ativa. Continuou a lutar para que seu marido agisse. Isso gerou muitas disputas entre eles, o que me deixou muito infeliz. No quarto dia, passamos por uma parte da floresta que fazia fronteira com o Mar do Naufrágio, repleto de bolsas de água que não suportavam o peso de um homem e, como essas partes leves não diferem do restante na aparência, era arriscado cruzá-lo. Meu pai apontou um contorno vago no horizonte e me disse que era a Ilha de Swaylone. Os homens por vezes vão lá, mas nenhum retorna. Na noite do mesmo dia, encontramos Brodovil parado em uma cova profunda e lamacenta na floresta, cercado por todos os lados por árvores de cem metros de altura. Ele era um ancião grande, robusto, enrugado e nodoso. Ele tinha naquela época cento e vinte dos nossos anos, ou quase seiscentos dos seus. Seu corpo era trilateral: tinha três pernas, três braços e seis olhos, dispostos a distâncias iguais ao redor da cabeça. Isso dava a ele um aspecto de grande vigilância e sagacidade. Estava mergulhado em uma espécie de transe. Posteriormente, ouvi um ditado dele: "Deitar-se é dormir, sentar é sonhar, ficar em pé é pensar". Meu pai foi contagiado e mergulhou na meditação, mas minha mãe despertou os dois completamente. Brodovil fez uma careta selvagem para ela e exigiu saber o que ela queria. Então eu também soube o objetivo de nossa jornada. Eu era um prodígio

---

22 No original, "Broodviol". (N.T.)

— isto é, não tinha sexo. Meus pais ficaram preocupados com isso e desejaram consultar o mais sábio dos homens.

O rosto do velho Brodovil suavizou-se e ele começou a falar:

— Talvez não seja tão difícil. Explicarei o prodígio. Cada homem e mulher entre nós é um assassino ambulante. Se for macho, lutou e aniquilou a mulher que nasceu em seu próprio corpo; se for fêmea, matou o macho. Mas, nesta criatura, a luta persiste.

— E como podemos fazer que termine? — questionou a mãe.

— Deixe que a criatura dirija sua vontade para o campo de batalha e escolha o sexo que desejar.

— Você deseja, sem dúvida, ser um homem, não é verdade? — dirigiu-se a mim, muito séria, minha mãe.

— Para isso, eu teria de matar sua filha, o que seria um crime.

Algo no tom de minha voz atraiu a atenção de Brodovil.

— Não falou de forma egoísta, mas magnânima. Portanto, o macho falou pela criatura e já não há com o que se preocupar. Antes de chegar em vossa casa, já será um varão.

Meu pai se distanciou, caminhando, até desaparecer de vista. Minha mãe fez uma profunda referência diante de Brodovil, por cerca de dez minutos, e ele permaneceu todo o tempo olhando para ela com ternura.

Eu soube que, pouco depois desses fatos, Alpaím começou a iluminar aquela terra algumas horas por dia. Brodovil tornou-se mais e mais melancólico e morreu.

Sua profecia se concretizou. Antes de chegarmos em casa, conheci o significado da vergonha. Refleti, contudo, muitas vezes a respeito das palavras dele, nos anos subsequentes, ao tentar compreender minha própria natureza. Cheguei à conclusão de que, embora Brodovil fosse o mais sábio, não enxergou com clareza naquela ocasião. Entre mim e minha irmã gêmea, encerrados em um corpo, nunca houve qualquer luta — pois apenas a reverência instintiva pela vida nos impediu de lutar pela existência. O temperamento dela era mais forte, e ela se sacrificou — embora não conscientemente — por mim.

Assim que compreendi isso, fiz um voto: nunca comer ou destruir nada que tivesse vida. Tenho mantido essa minha promessa desde então.

Eu mal havia chegado à idade adulta quando meu pai morreu. A morte de minha mãe veio imediatamente depois, e passei a odiar as conexões com a terra. Portanto, decidi viajar para o país de minha mãe, onde, como ela sempre me disse, a natureza era mais sagrada e solitária.

Em uma manhã escaldante, vim para o Arrecife do Formador. É chamado assim porque o Formador o atravessou apenas por conta de seu caráter estupendo. É um dique natural, com trinta e dois quilômetros de extensão, que liga as montanhas que fazem fronteira entre minha terra natal e o Mareste Ifdawn. O vale fica embaixo, a uma profundidade que varia de dois a três quilômetros, formando um terrível precipício de cada lado. O fio da crista, em geral, não tem mais de trinta centímetros de largura. A passagem vai para o norte e para o sul. O vale à minha direita estava mergulhado nas sombras; já à minha esquerda, brilhava com a luz do sol e o orvalho. Andei com medo ao longo desse caminho precário por alguns quilômetros. No extremo leste, o vale era fechado por um planalto elevado, que ligava as duas cadeias de montanhas, mas ultrapassava até os pináculos mais altos. O nome desse lugar é Planícies de Sant. Nunca estive lá, mas já ouvi dois fatos curiosos sobre seus habitantes. O primeiro é que eles não têm mulheres; o segundo afirma que, embora sejam aficionados a viagens, nunca adquirem os costumes das pessoas com as quais residem.

Senti tontura e fiquei deitado por um bom tempo, segurando as duas bordas do caminho com as duas mãos e olhando para o chão em que estava deitado com os olhos bem abertos. Quando a sensação passou, eu me senti um homem diferente, pois me percebia mais alegre e enfatuado. Na metade do caminho, vi alguém se aproximando de mim, bem longe. Isso despertou medo em meu coração novamente, pois eu não via como poderíamos passar. No entanto, continuei devagar, e logo nos aproximamos o suficiente para que eu reconhecesse o caminhante. Era Slofork, o suposto feiticeiro. Eu nunca o havia visto antes, mas o conhecia por suas peculiaridades pessoais. Sua pele era de um tom amarelo brilhante e tinha um nariz muito comprido, quase uma tromba, que parecia ser um órgão útil, embora não aumentasse sua beleza, pelo menos aquilo que eu acreditava ser beleza. Foi apelidado de "feiticeiro" devido à sua habilidade maravilhosa de fazer brotar membros e órgãos. Conta-se a história de que, certa noite, ele cortou lentamente a perna com uma pedra sem fio de corte e depois ficou dois dias em agonia enquanto a nova perna estava germinando. Não tinha a reputação de ser um homem de grande sabedoria, mas tinha lampejos periódicos de profundidade e audácia que ninguém conseguiria igualar.

Nós nos sentamos e nos encaramos, a cerca de dois metros de distância.

— Qual de nós caminhará sobre o outro? — Slofork me perguntou.

Sua postura era tão calma quanto o dia propriamente dito, mas, para minha jovem natureza, escondia terrores horríveis. Sorri para ele, embora não desejasse aquela humilhação. Permanecemos, assim, sentados, nessa atitude amistosa, por vários minutos.

— O que é maior que o Prazer? — perguntou subitamente.

Na idade em que eu estava, o maior desejo era estar à altura de qualquer circunstância. Assim, ocultando minha surpresa, dediquei-me àquela conversação como se fosse ela o motivo de nosso encontro.

— A Dor — respondi —, pois a dor expulsa o prazer.

— E o que é maior que a Dor?

Refleti por um momento.

— O Amor. Pois aceitamos compartilhar a dor com aqueles que amamos.

— Mas então o que seria maior que o Amor? — persistiu ele.

— Nada, Slofork.

— E o que é o Nada?

— Isso você me dirá.

— Direi a você, sim. Este é o mundo do Formador. Aquele que se portar bem aqui, conhecerá o prazer, a dor e o amor, e terá sua recompensa. Mas existe outro mundo, que não é do Formador, e no qual tudo isso é desconhecido e existe outra ordem para as coisas. Esse mundo nós chamamos de Nada, mas não é Nada, é Algo.

Fez uma pausa.

— Ouvi dizer — disse eu — que você é bom em fazer surgir e desaparecer órgãos.

— Isso não é suficiente para mim. Cada órgão me diz a mesma história. Quero ouvir histórias diferentes.

— É verdade o que dizem, que seu conhecimento flui em refluxos e impulsos?

— Totalmente verdadeiro — respondeu Slofork —, mas o que não te disseram é que sempre confundiram as idas com as vindas.

— Pela minha experiência — disse sentenciosamente —, essa sabedoria é uma desgraça.

— Talvez seja, meu jovem, mas você nunca aprendeu nada disso, nem aprenderá. Em sua visão, o mundo seguirá exibindo um rosto nobre e espantoso. Sua ascensão nunca ultrapassará o misticismo... mas será feliz, à sua maneira.

Antes que eu percebesse o que fazia, ele saltou tranquilamente do caminho para o vazio. Sua queda ganhava impulso cada vez maior em direção ao vale abaixo. Eu gritei, me atirei ao chão e fechei os olhos.

Muitas vezes me perguntei qual das minhas observações juvenis e irrefletidas foi a que causou essa resolução repentina da parte dele e o levou a cometer suicídio. Seja o que for, desde então adotei uma lei rígida: nunca falar para meu próprio prazer, apenas para ajudar os outros.

Por fim, alcancei o Mareste. Durante quatro dias atravessei, aterrorizado, seus labirintos. Estava com medo da morte, mas ainda mais apavorado com a possibilidade de perder minha atitude sagrada em relação à vida. Quando eu estava perto do fim, e comecei a me parabenizar, encontrei o terceiro personagem extraordinário de minha experiência — o sisudo Murmador[23]. Foi em circunstâncias horríveis. Numa tarde nublada e tempestuosa, vi, suspenso no ar, sem apoio visível, um homem aparentemente vivo. Estava pendurado em posição vertical, diante de um penhasco, e um abismo enorme, com 300 metros de profundidade, estava sob seus pés. Eu me aproximei, escalando o máximo que pude, e o observei. Ele me viu e fez uma careta irônica, como quem deseja transformar sua humilhação em humor. O espetáculo me surpreendeu tanto que nem pude compreender inteiramente o que havia acontecido.

---

23   No original, "Muremaker". (N.T.)

— Eu sou Murmador — clamou em uma voz áspera que me feriu os ouvidos —, e por toda a minha vida absorvi os outros. Mas agora sou eu o absorvido. Nuclamp e eu brigamos por uma mulher. Agora Nuclamp me suspendeu no ar dessa forma. Enquanto a força de vontade dele persistir, minha suspensão permanecerá. Mas, quando se cansar, o que não deve demorar muito, cairei nessas profundezas.

Se fosse outra criatura, eu teria tentado ajudar, mas aquele ser semelhante a um ogro era célebre por ter passado toda a sua existência atormentando, matando e absorvendo os outros, exclusivamente para o próprio deleite. Me afastei depressa e não interrompi meu caminho novamente durante aquele dia.

Em Políndredo conheci Joivinda. Caminhamos e conversamos por um mês e, nessa época, descobrimos que nos amávamos muito para nos separarmos.

Panawe parou de falar.

— É uma história fascinante — destacou Maskull. — Agora começo a conhecer melhor o meu caminho. Mas uma coisa me intriga.

— E o que seria?

— Como é possível que homens que desconheçam ferramentas e habilidades, que não tenham civilização, consigam ter costumes sociais e pensamentos sábios?

— Você imagina, então, que amor e conhecimento brotem de ferramentas? Mas sei de onde veio essa ideia. Em seu mundo, vocês dispõem de poucos órgãos sensoriais e, como compensação para tal deficiência, convocaram a assistência de pedras e metais. De modo algum esse procedimento poderia ser uma marca de superioridade.

— Não, creio que não — disse Maskull —, mas percebo que terei trabalho em desaprender tantas coisas.

Conversaram por mais algum tempo e, depois, mergulharam gradualmente no sono. Joivinda abriu os olhos, sorriu e voltou a dormir.

CAPÍTULO 8 – CAMPINA DE LUSION

Maskull despertou antes dos outros. Ficou de pé, espreguiçou-se e saiu para a luz do sol. Brancospélio já estava declinando. Maskull escalou até o topo da cratera e desviou o olhar na direção de Ifdawn. O brilho crepuscular de Alpaím havia desaparecido completamente. As montanhas se erguiam selvagens e grandiosas.

Eles o impressionaram como um tema musical simples, cujas notas estivessem amplamente separadas na escala: um espírito de temeridade, ousadia e aventura parecia chamá-lo a partir delas. Foi nesse momento que a determinação brilhou em seu coração para caminhar até o Mareste e explorar seus perigos.

Retornou para a caverna com o objetivo de se despedir de seus anfitriões. Joivinda olhou para ele com seus olhos corajosos e honestos.

— É por egoísmo, Maskull — questionou ela —, ou há algo que o impele, algo mais forte que você mesmo?

— Precisamos ser razoáveis — respondeu ele, sorrindo —, não posso me instalar em Políndredo antes de conhecer outras paragens deste surpreendente planeta que é vosso lar. Lembre-se do longo caminho que percorri... Mas, muito provavelmente, voltarei para cá.

— Faria uma promessa para mim?

Maskull hesitou.

— Não me peça nada tão difícil, pois ainda desconheço minhas capacidades.

— Não é difícil, e esse é meu desejo. Prometa-me que nunca levantarás a mão contra um ser vivo, para golpeá-lo, arrancá-lo de seu lugar ou comê-lo, sem pensar primeiro em sua mãe, que sofreu por ele.

— Talvez não possa lhe fazer essa promessa — disse Maskull, lentamente —, mas me comprometo a algo mais tangível. Não levantarei a mão contra qualquer criatura viva sem antes me lembrar de você, Joivinda.

Ela empalideceu ligeiramente.

— Pois bem, se Panawe soubesse que Panawe existia, ficaria enciumado.

Panawe colocou suavemente a mão sobre ela.

— Não deveria falar assim na presença do Formador — repreendeu ele.

— Não. Perdoe-me! Não me reconheço. Talvez seja o sangue de Maskull em minhas veias... Agora, devemos nos despedir dele. Oremos para que seus atos sejam sempre honrados, onde quer que esteja.

— Ensinarei a Maskull o caminho — disse Panawe.

— Não há necessidade — respondeu Maskull —, pois o caminho é bem evidente.

— Uma boa conversa encurta as distâncias.

Maskull se voltou para partir. Joivinda o puxou suavemente para perto de si.

— Não deve pensar mal de outras mulheres por minha culpa, sim?

— Você é um espírito abençoado — respondeu ele.

Ela caminhou silenciosamente até a extremidade interna da caverna, onde permaneceu absorvida por seus pensamentos. Panawe e Maskull emergiram ao ar livre. No meio da descida da face do penhasco, encontraram uma pequena fonte. Sua água era transparente, mas gasosa. Assim que Maskull satisfez sua sede, sentiu-se diferente. O ambiente ao redor era tão concreto para ele, em sua vivacidade e cor, tão irreal em seu mistério fantasmagórico, que ele desceu a colina como se percorresse um sonho de inverno.

Quando chegaram à planície, viram-se diante de um bosque interminável de árvores altas, cujas formas surgiam extraordinariamente estranhas para Maskull. As folhas eram cristalinas e, ao olhar para o alto, era como se seus olhos buscassem seu foco através de um telhado de vidro. Quando estavam debaixo das árvores, os raios de luz do sol continuavam a chegar — brancos, selvagens, ardentes —, mas desprovidos de calor. Então não era difícil imaginar que eles vagavam por clareiras élficas, frescas e brilhantes de duendes.

Atravessando o bosque, havia, logo aos pés deles, uma avenida perfeitamente reta e não muito larga, que avançava até os limites daquilo que era possível ver.

Maskull queria falar com seu companheiro de viagem, mas não conseguia encontrar palavras. Panawe olhou para ele com um sorriso inescrutável — sério, mas encantador e algo feminino. Então quebrou o silêncio, mas, estranhamente, Maskull não conseguia distinguir se ele estava cantando ou falando. De seus lábios saiu um lento recitativo musical, exatamente como um adágio extasiante de um instrumento de cordas em tom baixo, mas havia uma diferença. Em vez da repetição e variação de um ou dois temas curtos, como na música, o tema de Panawe era prolongado, não terminava nunca, e se assemelhava a uma conversa em termos de ritmo e melodia. E, ao mesmo tempo, não era de fato recitativo, nem declamatório. Tratava-se de um fluxo longo e silencioso de adorável emoção.

Ouviu em transe, embora ainda agitado. A canção, se poderia ser chamada assim, parecia estar sempre a ponto de se tornar clara e inteligível — não com a inteligibilidade das palavras, mas da maneira como alguém simpatiza com o humor e sentimentos de outro. Maskull sentiu que algo importante estava para ser proferido, o que explicaria tudo o que acontecera até então. Mas era algo sempre, invariavelmente, adiado, e ele não chegava a entender... mas, mesmo assim, de certa forma compreendia.

No fim da tarde, chegaram a uma clareira e, nesse ponto, Panawe interrompeu seu recitativo. Diminuiu o passo e estacou, como um homem que deseja transmitir algo e que não pretende caminhar mais longe. Maskull fez então uma pergunta:

— Qual o nome deste lugar?

— É a Campina de Lusion.

— E essa música? Um tipo de tentação? Não deseja que eu siga adiante?

— Seu trabalho está diante de seus olhos, e não no caminho já percorrido.

— Do que se tratava, então? A que trabalho você alude?

— Soou semelhante a algo para você, Maskull.

— Me pareceu a música do Formador, de fato.

No instante em que proferiu distraidamente essas palavras, Maskull se perguntou por que havia dito aquilo, já que pareciam sem sentido para ele. Panawe, no entanto, não demonstrou surpresa.

— Vais encontrar o Formador em todos os lugares.

— Estou sonhando ou estou acordado?

— Está acordado.

Maskull mergulhou em pensamentos profundos.

— Que assim seja — disse, animando-se. — Agora, prosseguirei meu caminho. Mas onde devo dormir esta noite?

— Você alcançará um grande rio. Nele, poderá viajar para o sopé do Mareste amanhã; mas, por esta noite, é melhor repousar onde a floresta e o rio se encontram.

— Então adeus, Panawe! Não deseja me dizer mais nada?

— Apenas isto, Maskull: para onde quer que vá, tente fazer do mundo um local mais belo, e não mais feio.

— Isso é muito mais do que qualquer um de nós poderia se comprometer a fazer. Sou um homem simples, e não tenho ambições no sentido de ampliar a beleza da vida... Mas diga para Joivinda que tentarei me manter puro.

A separação de ambos foi um pouco fria. Maskull se manteve erguido onde estavam parados e contemplou Panawe desaparecer na distância. Suspirou mais de uma vez.

Percebeu, então, que algo estava prestes a acontecer. O ar era irrespirável. A luz solar do fim da tarde o envolvia, sem obstáculos, em um calor voluptuoso. Uma nuvem solitária, perdida na imensidão, corria pelo céu acima de sua cabeça.

Uma única nota de trombeta soou ao longe, em algum lugar atrás dele. De início, teve a impressão de que tal som estava a muitos quilômetros de distância; mas então, lentamente, ganhou volume e aproximou-se cada vez mais, ao mesmo tempo que o volume se elevava. Era sempre a mesma nota, mas como se tivesse sido executada por um trompetista gigante imediatamente sobre sua cabeça. Em seguida, a força dessa sonoridade diminuiu gradualmente e avançou adiante dele. Por fim, tornou-se muito tênue e distante.

Sentiu-se a sós com a Natureza. Uma quietude sagrada tomou seu coração. Passado e futuro foram esquecidos. A floresta, o Sol, o dia não existiam para ele. Estava inconsciente de si mesmo — não tinha pensamentos nem sentimentos. Ainda assim, a Vida nunca teve tal magnitude para ele.

Um homem estava de braços cruzados bem no meio do caminho. Estava vestido de tal forma que os membros ficavam expostos, enquanto o corpo estava coberto. Era mais jovem do que velho. Maskull observou que em seu semblante não havia nenhum dos órgãos especiais de Tormance, com os quais ele ainda não havia se reconciliado. Tinha uma expressão serena. A totalidade daquele ser parecia irradiar excesso de vida, como o tremor do ar em um dia de calor intenso. Seus olhos transmitiam tanta força que Maskull não conseguia fixá-los.

Chamou Maskull pelo nome, com uma voz extraordinária, com dupla entonação. A primeira soava aparentemente distante, enquanto a segunda era em meio tom, como uma corda tangida de forma simpática.

Maskull sentiu uma alegria crescente ali, em pé, na presença daquele indivíduo. Acreditava que algo bom estava acontecendo consigo. Descobriu ser fisicamente difícil expressar-se em palavras.

— Por que interrompe minha jornada?

— Maskull, olhe para mim. Quem sou eu?

— Penso que você é o Formador.

— Sou Surtur.

Maskull, mais uma vez, tentou olhá-lo nos olhos, mas sentiu como se estivesse sendo esfaqueado.

— Bem sabe que este é o meu mundo. Por que acha que eu o trouxe aqui? Quero que me sirva.

Maskull não conseguiu continuar falando.

— Quem fez piadas de meu mundo — prosseguiu falando a visão —, quem tripudiou seu ritmo rígido e eterno, sua beleza e excelência, que não se localizam na profundidade da pele, mas procedem de raízes insondáveis... Não escapará.

— Não tripudiei nada disso.

— Faça-me suas perguntas e eu as responderei.

— Não tenho nenhuma.

— Isso é necessário para que você possa me servir, Maskull. Não compreende? Você é meu serviçal e meu ajudante.

— Não falharei.

— Isto é para o meu bem, e não para o seu.

Imediatamente após pronunciar essas últimas palavras, Surtur saltou repentinamente para cima e para fora. Olhando para a abóbada do céu, Maskull viu toda a extensão compreendida por seu campo de visão preenchida pela forma de Surtur — não como a forma concreta de um homem, mas como uma vasta imagem materializada em uma nuvem côncava, olhando para baixo e franzindo a testa para ele. Logo o espetáculo desapareceu, como quando a luz se apaga.

Maskull permaneceu imóvel, com o coração batendo descompassado. Voltou a ouvir a nota solitária da trombeta. O som começou. Desta vez, mais débil. Na distância que tinha adiante, viajou lentamente em direção a ele com intensidade regular, crescente, ultrapassou a posição em que estava e atingiu sua intensidade máxima, depois ficou cada vez mais tênue, extraordinário, solene, enquanto ressoava ao fundo, até que a nota se fundiu no silêncio mortal do bosque. Pareceu a Maskull o encerramento de um capítulo maravilhoso, de grande importância.

Simultaneamente, com o desaparecimento do som, os céus pareceram se abrir com a rapidez do relâmpago em uma abóbada azulada de altura incomensurável. Maskull respirou fundo, esticou todos os membros e olhou em volta com um leve sorriso.

Depois de algum tempo, retomou a jornada. Seu cérebro estava sombrio e confuso, mas uma ideia começava a se destacar do restante — enorme, sem forma e grandiosa, como a imagem crescente na alma de um artista criativo: o pensamento surpreendente de que ele era um homem com um destino.

Quanto mais refletia sobre tudo o que ocorrera desde sua chegada àquele novo mundo — e mesmo antes de deixar a Terra —, mais claro e indiscutível se tornava o fato de que ele não poderia estar naquele lugar para atender a seus próprios objetivos, pois devia estar ali com uma finalidade. Mas qual seria, isso ele não conseguia sequer imaginar.

Através da floresta, ele viu Brancospélio, afinal, naufragando a oeste. Parecia uma bola de fogo vermelha, estupenda — podia, então, inspecionar sem pressa a natureza daquele Sol! A avenida fez uma curva abrupta para a esquerda e se inclinou acentuadamente.

Um rio largo e ondulante de águas claras e escuras era visível à sua frente, a uma distância relativamente breve. Fluía de norte a sul. O caminho da floresta o levou diretamente para suas margens. Maskull ficou ali, parado, olhando pensativamente para as águas borbulhantes, gorgolejantes. Na margem oposta, o bosque prosseguia. Milhas ao sul, Políndredo podia ser visto. No horizonte norte, as montanhas Ifdawn surgiram — altas, selvagens, belas e perigosas. Não ficavam nem a uma dúzia de quilômetros de distância.

Como os primeiros murmúrios de uma tempestade, as primeiras lufadas de vento frio, Maskull sentiu o estremecimento passional no coração. Apesar do cansaço corporal, desejava testar sua força contra alguma coisa. Esse desejo ele identificou com os penhascos do Mareste. Eles pareciam ter a mesma espécie de atração mágica direcionada à sua vontade que a magnetita tinha para com o ferro. Ainda roía as unhas, enquanto voltava os olhos em tal direção, perguntando a si mesmo se não seria possível conquistar as alturas naquela noite. Mas, quando voltou a olhar para Políndredo, lembrou-se de Joivinda e Panawe e ficou mais tranquilo. Decidiu fazer seus preparativos para repousar naquele local e partir assim que acordasse após o amanhecer. Bebeu do rio, lavou-se e deitou-se à margem para dormir. A essa altura, suas ideias — de que não havia por que se importar com os possíveis perigos da noite — progrediram e ele passou a confiar em sua estrela.

Brancospélio se pôs, o dia desapareceu, a noite com seu peso terrível chegou e, durante todo esse tempo, Maskull dormiu. Muito antes da meia-noite, porém, ele foi acordado por um brilho carmesim vindo do céu. Abriu os olhos e se perguntou onde estaria. Sentiu peso e dor. O brilho vermelho era um fenômeno terrestre, emitido do meio das árvores. Levantou-se e partiu na direção da fonte de luz. Longe do rio, a menos de trinta metros de distância, quase tropeçou na forma de uma mulher adormecida. O objeto que emitia os raios carmesim estava caído no chão, a vários metros dela. Era como uma pequena joia, lançando fagulhas de luz vermelha. Contudo, mal percebeu tal objeto.

A mulher trajava uma grande pele de animal. Ela tinha membros grandes, lisos e bem torneados, mais musculosos do que gordos. O magno não era um tentáculo fino, mas um terceiro braço, que terminava em uma mão. O rosto, que estava voltado para cima, era selvagem, poderoso e extremamente belo. Mas ele viu com surpresa que, no lugar de um breve em sua testa, ela dispunha de outro olho. Todos os três estavam fechados. A cor da pele, refletida no brilho carmesim, era impossível de determinar.

Ele a tocou suavemente. Ela acordou, tranquila, e olhou para ele sem mexer um músculo. Os três olhos o encararam; mas os dois inferiores eram opacos e vazios — meros transmissores da visão. O olho central, localizado em um nível superior, solitário, expressava sua natureza interior. Seu brilho altivo e inabalável não deixava de sugerir algo de sedutor e atraente. Maskull sentiu um desafio naquele olhar de vontade feminina, senhorial, e sua atitude crispou-se instintivamente. Ela se sentou.

— Pode falar minha língua? — perguntou ele. — Não deveria perguntar isso, mas outros dispunham dessa capacidade.

— Por que imaginou que eu não conseguiria ler sua mente? É tão complexa assim? — disse ela com uma voz suntuosa, persistente e musical, encantadora de se ouvir.

— Não. É que você não tem breve.

— Pois bem, mas tenho um sorbo[24], que é muito melhor — disse ela, apontando para o olho em sua testa.

— Qual é o seu nome?

— Oceaxa[25].

— E de onde você veio?

— De Ifdawn.

As respostas desdenhosas começaram a irritar Maskull, mas o simples som daquela voz era fascinante.

— Vou para lá amanhã — comentou ele.

Ela riu, como que contra a vontade, mas não fez comentário algum.

— Meu nome é Maskull — prosseguiu ele. — Sou um forasteiro, vindo de outro mundo.

— Assim me pareceu, pelo absurdo da sua aparência.

— Talvez fosse melhor que disséssemos logo — disse Maskull, sem rodeios — se vamos ou não ser amigos.

Ela bocejou e esticou os braços, sem se levantar.

— Por que devemos ser amigos? Se eu pensasse que você fosse um homem, poderia aceitá-lo como amante.

— Para isso, terá de procurar em outro local.

---

24 No original, "sorb". (N.T.)
25 No original, "Oceaxe". (N.T.)

— Que assim seja, Maskull! Pois então vá embora e me deixe em paz.

Ela voltou a apoiar a cabeça no chão, mas não fechou os olhos imediatamente.

— O que está fazendo aqui? — perguntou ele.

— Oh, o povo de Ifdawn vem ocasionalmente para cá, para dormir, pois *lá*, muito frequentemente, a noite para nós não tem manhã seguinte.

— Sendo um lugar tão terrível, e considerando o fato de que eu sou um completo estrangeiro, seria cortês de sua parte me informar sobre o que devo esperar em relação aos perigos existentes.

— Sou perfeita e completamente indiferente ao que possa acontecer a você — respondeu Oceaxa.

— Retornará pela manhã?

— Se eu quiser.

— Pois seguiremos juntos.

Ela se apoiou novamente no cotovelo.

— Em vez de fazer planos para outras pessoas, eu, em seu lugar, faria algo muito necessário.

— Diga-me, te peço.

— Pois bem, não há razão que me impelisse a isso, mas farei. Eu converteria meus órgãos de fêmea em órgãos de macho. Este é um país de homens.

— Fale mais claramente.

— Oh, acho que fui bem clara. Se pretende atravessar Ifdawn sem um sorbo, será simplesmente um suicídio. E esse magno também, pode-se dizer que é praticamente inútil.

— Você provavelmente sabe do que fala, Oceaxa. Mas qual seria seu conselho, no meu caso?

De forma despreocupada, ela apontou para a pedra que emitia luz, ainda no solo.

— Ali está a solução. Se colocar aquela druda[26] em seus órgãos por algum tempo, talvez você comece a mudar, e talvez a natureza faça o restante do trabalho durante a noite. Não prometo nada.

Oceaxa, então, virou as costas para Maskull.

---

26   No original, "drude". (N.T.)

Ele considerou a hipótese por alguns minutos e então foi até onde a pedra estava e a pegou. Tinha o tamanho de um ovo de galinha, e era radiante, com sua luz carmesim, como se em brasa, lançando uma chuva contínua de pequenas faíscas vermelho-sangue.

Finalmente decidindo que o conselho de Oceaxa era bom, aplicou a druda primeiramente no magno e depois na breve. Experimentou uma sensação de cauterização — algo como uma dor curativa.

CAPÍTULO 9 – OCEAXA

Amanheceu o segundo dia de Maskull em Tormance. Brancospélio já estava acima do horizonte quando ele acordou. Percebeu imediatamente que seus órgãos haviam mudado durante a noite. O breve carnudo foi alterado para um sorbo semelhante a um olho; o magno havia inchado e se desenvolvido em um terceiro braço, saltando do peito. O braço deu-lhe de imediato uma sensação de maior segurança física, mas com o sorbo foi obrigado a experimentar, antes que pudesse compreender sua função.

Enquanto jazia à luz branca do sol, abrindo e fechando cada um dos três olhos por vez, descobriu que, enquanto os dois inferiores serviam ao seu entendimento, o superior servia à sua vontade. Ou seja, com os olhos inferiores ele via as coisas com detalhes claros, mas sem interesse pessoal; com o sorbo, ele não enxergava nada como existente por si mesmo — tudo aparecia unicamente como objeto importante ou não importante para suas próprias necessidades.

Um tanto intrigado sobre como aquilo tudo acabaria, ele se levantou e olhou em volta. Havia dormido fora da vista de Oceaxa. Estava ansioso para saber se ela ainda estava por ali, mas, antes de verificar, decidiu se banhar no rio.

Era uma manhã gloriosa. O sol escaldante e esbranquiçado já começava a brilhar, mas seu calor era temperado por forte vento, que soprava por entre as árvores. Uma série de nuvens fantásticas preencheu o céu. Assemelhavam-se a animais e estavam sempre mudando de forma. O solo, assim como as folhas e os galhos das árvores da floresta, ainda retinha vestígios de intenso orvalho ou chuva durante a noite. O cheiro pungente e doce da natureza penetrou em suas narinas. Sua dor estava apaziguada e seu ânimo, elevado.

Antes de se banhar, avistou as montanhas do Mareste Ifdawn. À luz do sol da manhã, destacavam-se em termos pictóricos. Calculou que tivessem de um a dois quilômetros de altura. A silhueta elevada, irregular e encastelada assemelhava-se às muralhas de uma cidade mágica. Os penhascos à sua frente eram compostos de rochas vistosas — vermelhão, esmeralda, amarelo, úlfiro e preto. Enquanto olhava para aquele cenário, sentiu o coração batendo como um tambor lento e pesado, e estremeceu intensamente — esperanças, aspirações e emoções indescritíveis tomaram conta dele. Era mais do que a conquista de um novo mundo que ele sentia, mas algo diferente...

Ele se banhou e bebeu daquela água. Enquanto se vestia, Oceaxa surgiu, como se passeasse, indolente.

Ele agora podia perceber a cor de sua pele: era uma mistura vívida, mas delicada, de carmim, branco e jale. O efeito era assombroso, literalmente de outro mundo. Com essas novas cores, ela parecia uma verdadeira representante de um planeta estranho. O corpo também tinha algo de curioso. As curvas eram femininas, os ossos eram caracteristicamente femininos; mas todos pareciam de alguma forma expressar uma ousada e masculina vontade subjacente. O olho dominante na testa definia esse mesmo quebra-cabeça em uma linguagem mais simples. Seu egoísmo ousado e dominador era disparado para todos os lados, com reflexos de lascívia e suavidade.

Ela chegou à beira do rio e o avaliou da cabeça aos pés.

— Agora, sim, você está com a constituição adequada a um homem — disse ela, com sua voz adorável e persistente.

— Veja só, o experimento foi um sucesso — respondeu ele, sorrindo alegremente.

Oceaxa continuou olhando para ele.

— Foi alguma mulher que lhe deu essa túnica ridícula?

— Foi uma mulher que me deu — disse Maskull, deixando de sorrir —, mas nada percebi de ridículo nesta dádiva naquele momento, e continuo nada percebendo nesse sentido.

— Acredito que ficaria melhor em mim.

Ela falava lentamente, e começou a tirar a roupa, que combinava tão bem com sua forma, enquanto fazia um sinal para que trocassem de vestimenta. Maskull obedeceu, um tanto envergonhado, pois percebeu que a troca proposta resultaria, de fato, em trajar uma indumentária mais apropriada ao seu sexo. Descobriu que o traje de pele animal oferecia mais liberdade de movimento. Oceaxa, em sua túnica drapeada, parecia mais perigosamente feminina para ele.

— Não desejo que receba mais dádivas de outras mulheres — observou ela, lentamente.

— Por que não? O que sou eu para Oceaxa?

— Pensei em você durante a noite.

Sua voz era lânguida e desdenhosa, e soava como uma viola. Ela se sentou no tronco caído de uma árvore e olhou ao longe.

— Em que sentido?

Ela não respondeu à pergunta, e começou a arrancar pedaços da casca do tronco.

— Noite passada, sua conduta foi de uma arrogância sem par.

— A noite passada não é hoje. Sempre caminha pelo mundo olhando por cima do ombro?

Foi a vez de Maskull não responder.

— Além disso, se você tiver instintos masculinos, como eu suponho ser o caso, não poderá resistir a mim para sempre.

— Mas isso é ridículo — disse Maskull, arregalando os olhos —, pois, admitindo que eu esteja diante de uma mulher belíssima... não podemos ser tão primitivos.

Oceaxa suspirou e se levantou.

— Não importa. Posso esperar.

— Isso me dá a certeza de que pretende prosseguir sua jornada em minha companhia. Não tenho, quanto a isso, qualquer objeção, aliás, ficarei até bastante feliz, mas com a condição de que abandone essa sua linguagem.

— Mesmo assim, me considera bonita?

— Por que não consideraria, se é um fato? Mas não consigo entender qual a relação disso com meus sentimentos. Deixe esse seu desejo de lado, Oceaxa. Encontrará muitos homens para admirar... Que terão amor por você.

A observação de Maskull incitou sua cólera.

— Acaso o amor escolhe, insensato? Acredita que estou em tal desespero que saio por aí à caça de amantes? Não estaria Crimtifão[27] esperando por mim neste exato momento?

— Muito bem, peço perdão por ter ferido seus sentimentos. Peço que não leve essa tentação adiante... Pois *é* uma tentação, se houver uma bela mulher envolvida. Mas, de qualquer forma, não sou mais senhor de mim mesmo.

---

27   No original, "Crimtyphon". (N.T.)

— Não estou propondo nada assim tão odioso, não é verdade? Por que me humilha tanto?

Maskull colocou as mãos nas costas.

— Repito: não sou mais senhor de mim mesmo.

— E quem é o seu senhor?

— Ontem, vi Surtur, e desde hoje estou a serviço dele.

— Falou com ele? — perguntou ela, curiosa.

— Isso mesmo.

— Conte o que ele disse.

— Não, eu não posso... Não devo. Mas, independentemente do que ele tenha dito, a beleza dele é mais atormentadora que a sua, Oceaxa, e é por isso que consigo olhar para você e manter o sangue frio.

— Surtur te proibiu de ser homem?

Maskull franziu o cenho.

— O amor é um jogo tão masculino assim? Eu sempre o considerei efeminado.

— Não importa. Não será sempre assim, tão imaturo. Apenas não teste minha paciência.

— Falemos de outra coisa... Aliás, acima de tudo, devemos retomar nosso caminho na estrada.

Ela começou, subitamente, a rir — uma risada tão intensa, doce e cativante que a paixão de Maskull tornou-se mais abrasadora e ele quase desejou enlaçar o corpo dela nos braços.

— Oh, Maskull, Maskull... Você é um grande tolo!

— Em que sentido seria eu um tolo? — perguntou ele, franzindo o cenho, não por causa das palavras dela, mas pela sua própria fraqueza.

— Por acaso o mundo todo não passa do trabalho de inumeráveis pares de amantes? Mesmo assim, você acredita estar acima de tudo isso. Tenta fugir da natureza, mas onde encontrará um buraco para se esconder?

— Além da beleza, creio reconhecer em você uma segunda qualidade: persistência.

— Ouça-me com atenção, pois é a lei natural que o faz pensar duas ou até três vezes antes de me expulsar... Agora, antes de partirmos, precisamos comer algo.

— Comer? — disse Maskull, pensativo.

— Não se alimenta? A comida está na mesma categoria que o amor?

— Que comida seria essa?

— Peixe do rio.

Maskull lembrou-se da promessa que fez a Joivinda. Ao mesmo tempo, sentia bastante fome.

— Não há nada mais leve?

Ela fez um esgar de desdém.

— Veio através de Políndredo, não foi? Todos por lá são iguais. Pensam que a vida é para ser vista, e não vivida. Agora que visitará Ifdawn, precisa mudar seus conceitos.

— Vá pegar seu peixe — disse ele, franzindo o cenho.

As águas amplas e claras passavam por eles em ondulações crescentes, vindas das montanhas. Oceaxa ajoelhou-se na margem e olhou para as profundezas. Logo seu olhar ficou tenso e concentrado; ela enfiou a mão e puxou uma espécie de monstro em pequena escala. Parecia mais um réptil do que um peixe, com os dentes e as placas escamosas. Ela jogou a criatura no chão, que começou a se retorcer. Repentinamente, a mulher concentrou toda a sua vontade em seu sorbo, direcionando-a. A criatura saltou no ar e caiu morta.

Oceaxa pegou, então, uma pedra lisa e afiada e, fazendo uso dela, removeu as escamas e vísceras do animal morto. Durante esse procedimento, suas mãos e vestes ficaram manchadas suavemente pelo sangue escarlate.

— Vá buscar a druda, Maskull — disse ela, com um sorriso preguiçoso —, pois ela estava em sua posse noite passada.

Ele procurou. Foi difícil de encontrar, pois seus raios se debilitaram e escureceram com a luz do sol, mas por fim a encontrou. Oceaxa a colocou no interior do monstro e deixou o corpo no solo.

— Enquanto cozinha, vou lavar um pouco deste sangue que o assusta tanto. Nunca viu sangue antes?

Maskull olhou para ela, perplexo. O velho paradoxo voltou — as características sexuais contrastantes de Oceaxa. O egoísmo expresso de forma ousada, autoritária e masculina parecia bastante incongruente com a feminilidade fascinante e perturbadora da voz. Uma ideia surpreendente surgiu em sua mente.

— Me disseram que em seu país há um ato de vontade denominado "absorver". Do que se trata?

Ela manteve as mãos, que gotejavam vermelho, distantes das vestes e soltou uma deliciosa e sonora gargalhada.

— Pensa que sou meio homem?

— Responda à minha pergunta.

— Sou uma mulher de uma ponta a outra, Maskull. Até nos ossos. Mas isso não quer dizer que eu nunca tenha absorvido homens.

— E isso significa...

— Novas cordas para minha harpa, Maskull. Uma gama mais ampla de paixões, um coração mais turbulento...

— Para você, sim. Mas e para eles?

— Não sei. As vítimas não costumam descrever suas experiências. Provavelmente algum tipo de infelicidade... se é que ainda sentem algo.

— Isso é terrível! — exclamou, olhando para ela com tristeza. — Seria possível acreditar que Ifdawn é uma terra de demônios.

Oceaxa fez um lindo muxoxo enquanto dava alguns passos em direção ao rio.

— Homens melhores que você, melhores em todos os sentidos da palavra, que andam por aí com vontades estrangeiras em seu interior. Pode optar por ser tão moralista quanto possível, Maskull, mas os fatos seguem: os animais foram criados para serem comidos e as naturezas simples, para serem absorvidas.

— E os direitos humanos não têm qualquer valor?

Ela havia se inclinado sobre o rio para lavar as mãos e os braços, mas olhou para ele por cima do ombro para responder àquele comentário.

— Têm, claro. Mas somente consideramos um homem como humano se ele for capaz de se defender dos demais.

A carne logo foi cozida e eles fizeram o desjejum em silêncio. De vez em quando, Maskull lançava olhares obscuros e cheios de dúvida para a companheira. Não sabia se era pela estranha qualidade da comida ou por sua longa abstinência, mas a refeição tinha um gosto nauseante e até canibal. Ele comeu pouco, e no momento em que se levantou, sentiu-se contaminado.

— Deixe-me enterrar essa druda em um lugar conveniente, para que possa encontrá-la novamente — disse Oceaxa —, e, nessa ocasião futura, não terei comigo um Maskull para se escandalizar... agora, vamos para o rio.

Deixaram a terra e caminharam pela água. O rio fluía contra eles com indolência, mas essa contracorrente, em vez de retardar seu avanço, tinha efeito contrário, e eles moviam-se depressa. Escalaram o rio dessa maneira por vários quilômetros. O exercício melhorou gradualmente a circulação do sangue de Maskull, e ele começou a ver as coisas de uma forma muito mais jovial. O sol quente, o vento suave, o maravilhoso cenário de nuvens, as silenciosas florestas de cristal — tudo era plácido e encantador. Eles se aproximaram cada vez mais dos picos alegremente pintados de Ifdawn.

Maskull foi atraído por algo de enigmático que havia naquelas muralhas claras, mas sentia também uma espécie de temor reverente. Pareciam reais, mas ao mesmo tempo bastante sobrenaturais. Se alguém pudesse ver o retrato de um fantasma, pintado com um contorno duro e firme, em cores substanciais, os sentimentos produzidos por tal visão seriam exatamente semelhantes às impressões de Maskull enquanto estudava os precipícios de Ifdawn.

Ele quebrou o longo silêncio que havia se estabelecido.

— Essas montanhas têm formas extraordinárias. Todas as linhas são retas e perpendiculares... não há curvas ou elementos oblíquos.

Ela começou a andar de costas na água, para poder ficar de frente para ele.

— Isso é típico de Ifdawn. Aqui a natureza funciona a golpes de martelo. Nada é suave ou gradual.

— Ouço, mas não compreendo.

— Por todo o Mareste você encontrará áreas de terreno afundando ou se elevando. As árvores crescem rapidamente. Homens e mulheres não pensam duas vezes antes de agir. Poderíamos dizer que Ifdawn é um lugar de decisões rápidas.

Maskull estava impressionado.

— Uma terra nova, selvagem e primitiva.

— E como é no lugar de onde você veio? — perguntou Oceaxa.

— Oh, o meu mundo é decrépito. A natureza leva cem anos para mover trinta centímetros de terra sólida. Homens e animais se movem em rebanhos. O hábito da originalidade foi, há muito, perdido.

— Há mulheres nesse lugar?
— Sim, semelhantes a você, sem muitas diferenças anatômicas.
— E fazem amor?

Ele riu.

— Tanto que isso as levou a mudar roupas, maneira de falar e pensamentos de todo seu sexo.

— Provavelmente elas devem ser mais belas do que eu, não?
— Não, penso que não.

Houve outro longo silêncio, enquanto seguiam avançando, vacilantes.

— O que veio fazer em Ifdawn? — Oceaxa subitamente exigiu saber.

Ele hesitou sobre qual resposta dar.

— Consegue entender que é possível ter um propósito justo diante de si, tão imenso que não se pode vê-lo em sua totalidade?

Ela lançou um longo olhar inquisitivo para ele.

— Que tipo de propósito?
— Um propósito moral.
— Sua proposta é consertar o mundo?
— Não proponho nada; espero.
— Não espere em demasia, pois o tempo mesmo não espera. Especialmente em Ifdawn.
— Algo vai acontecer — disse Maskull.

Oceaxa esboçou um sorriso sutil.

— Assim, não tem um destino em especial no Mareste?
— Não, e, se me permite, vou acompanhá-la até sua casa.
— Que homem peculiar — disse ela, com uma breve e eletrizante risada, e então prosseguiu: — Era isso que eu oferecia desde o princípio. Claro que você virá comigo. Quanto a Crimtifão...
— Já mencionou esse nome antes, Oceaxa. Quem é ele?
— Oh, meu amante ou, como você diria, meu marido.
— Isso não melhora em nada a situação — disse Maskull.
— A deixa exatamente como estava. Apenas precisamos tirá-lo de lá.
— Sem dúvida, não estamos nos entendendo — disse Maskull, um pouco espantado —, pois me leva a crer que você acredita termos selado um pacto.
— Não fará nada contra a sua vontade. Mas me prometeu vir até minha casa comigo.

— Diga-me como daremos um jeito no seu marido em Ifdawn.

— Você deverá matá-lo, ou quem sabe eu mesma o farei.

Ele a fitou por pelo menos um minuto.

— Agora passou da tolice para a insanidade.

— Nem um pouco — replicou Oceaxa —, pois essa é a triste verdade. E, quando conhecer Crimtifão, perceberá exatamente isso.

— Tenho ciência de que estou em um planeta estranho — disse Maskull, lentamente —, onde todo tipo de acontecimento inaudito pode surgir e onde até mesmo as leis morais podem ser diferentes. Ainda assim, até onde me diz respeito, assassinato é assassinato, de modo que não almejo ter qualquer relação com uma mulher que pretende me usar para se livrar do marido.

— Você pensa que sou perversa? — Oceaxa exigiu saber, sem se alterar.

— Ou louca.

— Então é melhor me deixar, Maskull, a não ser que...

— A não ser que o quê?

— Quer ser coerente, não é verdade? Então deixe que todos os loucos e perversos o sejam também. Assim, vai ver como será mais fácil reformar o restante.

Maskull franziu o cenho e calou-se.

— E então? — perguntou Oceaxa, com um meio sorriso.

— Irei contigo e verei esse Crimtifão, mesmo que seja apenas para alertá-lo.

Oceaxa irrompeu em uma cascata de intensa gargalhada feminina, mas Maskull não sabia dizer se ela ria da imagem evocada por suas últimas palavras ou por outro motivo. A conversa amainou.

A uma distância de alguns quilômetros dos penhascos que se tornaram vertiginosamente altos, o rio fazia uma curva fechada em ângulo reto para o oeste e não era mais útil na jornada deles. Maskull olhou para cima, nem um pouco convencido.

— É uma escalada árdua para uma manhã tão quente.

— Descansemos aqui, por algum tempo — propôs ela, indicando uma suave ilha plana, feita de rocha negra, que se sobressaía no meio do rio.

Assim fizeram. Maskull logo se sentou. Oceaxa, por sua vez, permaneceu em pé, graciosa e ereta, voltada na direção dos penhascos que tinha diante dela, para logo emitir um grito singular e penetrante.

— Para que faz isso?

Ela não respondeu. Após esperar um minuto, voltou a gritar. Maskull, naquele momento, viu um grande pássaro deixar um dos precipícios e descer, planando lentamente, até eles. Era seguido por outros dois. O voo daqueles pássaros era incrivelmente lento e desajeitado. Ele, então, fez outra pergunta:

— Quem são?

Ela, novamente, não respondeu, mas sorriu de forma estranha e se sentou ao lado dele. Depois de alguns minutos, Maskull conseguiu distinguir as formas e cores daquelas monstruosas criaturas voadoras. Não eram pássaros, mas seres com corpos alongados, como cobras, cada um munido de dez patas reptilianas, terminadas em barbatanas que funcionavam como asas. Os corpos eram de um tom azul-claro, enquanto as pernas e as barbatanas eram amareladas. Voavam sem pressa, mas de forma bastante sinistra, na direção em que estavam. Era possível distinguir um ferrão largo e fino em cada uma daquelas cabeças.

— Esses são os surocos[28] — explicou Oceaxa, afinal. — E, se você deseja saber qual a intenção deles, eu digo: nos comer. Em primeiro lugar, os ferrões nos atravessariam o corpo, e logo aquelas bocas, na verdade ventosas, chupariam nosso sangue todo. Não há meio-termo com os surocos. Eles não têm dentes, por isso não devoram a carne.

— Com toda essa sua demonstração de sangue frio — disse Maskull, secamente —, vou assumir que esses animais não oferecem particular perigo.

Mesmo assim, ele instintivamente tentou se levantar, mas falhou. Testemunhava um novo tipo de paralisia, que o aguilhoava ao solo. Oceaxa perguntou, suavemente:

— Está tentando ficar de pé?

— Bem, sim, mas esses malditos répteis aparentemente me prenderam nesta rocha com a vontade concentrada deles. Posso perguntar se você tinha algum objetivo em especial ao despertá-los?

---

28 No original, "shrowks". (N.T.)

— Posso garantir que o perigo que eles representam é bem real, Maskull. Em vez de falar e fazer perguntas, seria bem melhor se você se aplicasse em descobrir aquilo que pode fazer com a *sua* vontade.

— Infelizmente, parece que não tenho vontade.

Oceaxa foi dominada por mais uma saraivada de gargalhadas histéricas, mas sempre intensas e belas.

— Me parece óbvio que está longe de ser um protetor heroico, Maskull. É bem provável que eu tenha de assumir o papel de homem, e você, o de mulher. Esperava coisas melhores de seu corpo enorme, não nego. Ora, meu marido dispersaria essas criaturas dançarinas pelos ares para fazer algum gracejo antes de se desfazer delas. Contemple o que farei. Dois deles, eu matarei; o terceiro nos levará até minha casa. Qual deles devo escolher?

Os surocos continuavam seu voo lento, oscilante, na direção deles. Seus corpos eram imensos. Eles produziam em Maskull uma sensação de repulsa similar àquela provocada pelos insetos. Compreendeu instintivamente que eles, por caçarem usando a vontade, não necessitavam voar velozmente.

— Escolha o que melhor lhe aprouver — disse ele brevemente —, pois todos me parecem igualmente desagradáveis.

— Então escolherei o líder, que presumivelmente deve ser o mais enérgico do grupo. Agora, assista.

Ela ficou de pé, e seu sorbo subitamente resplandeceu em chamas. Maskull sentiu um estalo no interior do cérebro e seus membros estavam livres de novo. Os dois monstros que voavam atrás cambalearam e se atiraram de cabeça no solo, um depois do outro. Ele viu toda a cena, da queda até o momento em que permaneceram no solo, imóveis. O líder continuou vindo na direção deles, mas para Maskull parecia que seu voo assumiu, então, outra natureza: deixara de ser ameaçadora para se tornar mansa e tímida.

Oceaxa o guiou, usando a vontade, até a margem situada diante da ilha rochosa onde ambos estavam. Seu vasto corpo ficou ali, estendido, ao bel-prazer dela. Imediatamente cruzaram a água.

Maskull pôde ver o suroco de perto. Media cerca de dez metros de comprimento. Sua pele de cores brilhantes era reluzente, escorregadia e coriácea; uma crina de pelos negros cobria o alongado pescoço. O animal tinha um rosto impressionante e antinatural, com olhos carnívoros, lâmina assustadora e cavidade preparada para sugar sangue. Tinha autênticas barbatanas no dorso e na cauda.

— Está confortável? — assim perguntou Oceaxa, dando tapinhas no flanco da criatura. — Como terei de guiar, deixe-me subir primeiro.

Ela levantou o vestido, depois subiu e montou nas costas do animal, logo atrás da crina, que ela prontamente agarrou. Entre o lugar ocupado por Oceaxa e a barbatana havia espaço apenas para Maskull. Ele agarrou os dois flancos com as mãos externas; seu terceiro braço, o mais novo, ficou pressionado contra as costas de Oceaxa e, para segurança adicional, foi obrigado a envolver a cintura dela.

Assim que fez isso, percebeu que caíra em um logro e que aquela cavalgada fora planejada com uma única finalidade — inflamar seus desejos.

O terceiro braço possuía uma função própria, que ele, até aquele momento, desconhecia. De fato, tratava-se de um magno desenvolvido. Mas o fluxo de amor que foi comunicado a ele não era mais puro e nobre — era cálido, apaixonado, torturante. Ele cerrou os dentes e ficou quieto, mas Oceaxa não havia planejado essa aventura para permanecer inconsciente de seus sentimentos. Ela olhou para trás, com um sorriso dourado e triunfante.

— A viagem vai durar algum tempo, então se segure bem!

Sua voz era suave como uma flauta, mas bastante maliciosa.

Maskull esboçou um sorriso e nada disse. Não se atrevia a remover o braço.

O suroco ergueu-se em suas pernas. Ele se lançou para a frente e subiu lenta e grosseiramente no ar. Começaram como que a nadar para o alto, em direção aos penhascos coloridos. O movimento era instável, oscilante e nauseante; o contato da pele viscosa da criatura era nojento. Tudo isso, contudo, não passava de um pano de fundo para Maskull, enquanto ele estava sentado ali com os olhos fechados, segurando Oceaxa. Na frente e no centro de sua consciência estava o conhecimento de que ele segurava uma bela mulher, e que sua carne estava respondendo ao seu toque como uma encantadora harpa.

Seguiram subindo e subindo. Ele abriu os olhos e se aventurou a olhar ao redor. A essa altura, já estavam no nível do topo da muralha externa dos precipícios. Avistava um arquipélago selvagem de ilhas, com contornos recortados, emergindo de um pélago de ar. Tais ilhas eram cumes de montanhas; ou, falando mais precisamente, aquela localidade era um planalto elevado, fissurado em toda a sua extensão por fendas estreitas e aparentemente sem fundo. Essas fendas eram, em alguns casos, semelhantes a canais, em outros, como lagos, e, em um terceiro grupo, apenas como buracos no solo, fechados em toda a sua volta. Os lados perpendiculares das ilhas — isto é, as partes superiores, visíveis das inúmeras faces do penhasco — eram de rocha nua, de cores berrantes. Mas as superfícies planas estavam cobertas por um emaranhado de plantas selvagens. As árvores mais altas, sozinhas, eram distinguíveis desde o dorso do suroco. Tinham formas diferentes e não pareciam antigos — mas, sim, esguios e oscilantes, embora não parecessem graciosos. Seu aspecto era duro, magro e agreste.

Enquanto Maskull continuava a explorar a paisagem, esqueceu Oceaxa e sua paixão. Outros sentimentos estranhos vieram à tona. A manhã estava alegre e brilhante. O sol era ardente, enquanto nuvens em rápida sucessão cruzavam o céu e a terra parecia viva, feroz e solitária. No entanto, não experimentou nenhuma sensação estética — ele não sentiu nada além de um desejo intenso de ação e posse. Quando olhava para qualquer coisa, imediatamente sentia o desejo de lidar com aquilo. A atmosfera daquela região não parecia livre, mas pegajosa; atração e repulsão eram seus constituintes. À parte esse desejo de desempenhar um papel pessoal no que acontecia ao seu redor e abaixo dele, o cenário não tinha qualquer significado para ele.

Estava tão preocupado que seu braço se soltou parcialmente. Oceaxa se virou para ver o que acontecia. Estando satisfeita ou não com o que viu, ela soltou uma risada baixa, como um acorde peculiar.

— Esfriou tão rápido, Maskull?

— O que quer? — perguntou distraído, ainda olhando para o lado. — É incrível como tudo isto me atrai.

— Deseja interferir?

— Desejo descer.

— Oh, ainda temos um bom caminho a percorrer... Então, você se sente, de fato, diferente?

— Diferente do quê? Do que você está falando? — perguntou Maskull, ainda perdido em sua abstração.

Oceaxa riu novamente.

— Seria estranho se não conseguirmos fazer de você um homem, pois o material é excelente.

Depois disso, deu-lhe as costas de novo.

As ilhas aéreas difeririam das ilhas aquáticas de outra maneira. Não estavam em uma superfície plana, mas se inclinavam para o alto, como uma sucessão de terraços irregulares, conforme a jornada progredia. O suroco, até então, havia voado bem acima do solo; mas agora, quando uma nova linha de penhascos altos surgia, Oceaxa não impeliu a besta para cima, mas a fez entrar em um desfiladeiro estreito, que cruzava as montanhas como um canal. Eles foram imediatamente mergulhados na sombra profunda. O canal não tinha mais de dez metros de largura; as paredes se estendiam para cima em ambos os lados por muitas centenas de metros. Estava tão frio quanto uma câmara de gelo. Quando Maskull tentou sondar o abismo com os olhos, não viu nada além de escuridão profunda.

— O que há no fundo? — perguntou.

— Para você, a morte, se desejar buscá-la.

— Isso já sabemos... O que eu quero dizer é se existe alguma forma de vida por lá.

— Não que eu tenha ouvido falar — disse Oceaxa —, mas, claro, tudo é possível.

— Penso que deve, sim, haver vida — respondeu pensativo.

A risada irônica da mulher soou na escuridão.

— Deseja descer para verificar?

— Pensa que isso é divertido?

— Não, isso não. O que me diverte é o estrangeiro de barba, que se interessa tanto por tudo, menos por si mesmo.

Maskull, então, riu também.

— Acontece que não sou uma novidade, em Tormance, para mim.

— Sim, mas eu sou uma novidade para você.

O canal ziguezagueava pelo ventre da montanha e, por todo esse período, elevava-se gradativamente.

— Ao menos, nunca tinha ouvido nada parecido com sua voz — disse Maskull que, diante da escuridão que impedia a contemplação dos arredores, estava finalmente disposto a conversar.

— Qual o problema com a minha voz?

— É tudo o que posso distinguir de sua pessoa, neste momento. Por isso fiz essa menção.

— Por acaso não é nítida? Não falo com clareza?

— Oh, mas ela é bem nítida, sim, contudo... me parece inadequada.

— Inadequada?

— Não darei mais explicações — disse Maskull —, mas, seja falando ou rindo, sua voz é, de longe, o instrumento musical mais encantador e estranho que já escutei. E mesmo assim, repito, inadequado.

— Quer dizer que não corresponde à minha natureza?

Ele estava pensando em sua resposta quando a conversa foi interrompida abruptamente por um som imenso, assustador, embora não muito alto, e que vinha do golfo diretamente abaixo deles. Foi um trovão baixo, estridente e atroador.

— O solo está se elevando debaixo de nós — exclamou Oceaxa.

— Podemos escapar?

Ela não respondeu, mas apressou o voo do suroco para o alto, em uma inclinação tão brusca que se mantiveram sentados com dificuldade. O fundo do desfiladeiro, levantado por alguma poderosa força subterrânea, podia ser ouvido, e quase sentido, vindo atrás deles, como um gigantesco deslizamento de terra na direção errada. Os penhascos racharam e fragmentos começaram a cair. Uma centena de ruídos horríveis encheu o ar, ficando a cada segundo mais altos — rachando, sibilando, estalando, triturando, crescendo, explodindo, rugindo. Quando ainda faltavam cerca de quinze metros para chegar ao topo, uma espécie de mar escuro e indefinido de rochas estraçalhadas e solo apareceu debaixo dos pés deles, subindo rapidamente, com força irresistível, acompanhado de alguns ruídos ainda mais horríveis. O canal ficou repleto, por duzentos metros, adiante e atrás deles. Milhões de toneladas de matéria sólida pareciam estar subindo. O suroco, em sua subida, foi pego pelos destroços erguidos. A criatura e seus cavaleiros experimentaram, naquele momento, todos os horrores de um terremoto — foram rolados violentamente e jogados entre as rochas e a sujeira. Tudo era trovão, instabilidade, movimento, caos.

Antes que tivessem tempo de perceber sua posição, estavam à luz do sol. Mas a agitação prosseguia. Em mais um minuto ou dois, o fundo do vale formou uma nova montanha, trinta metros ou mais ainda mais alta que a anterior. Então seu movimento cessou repentinamente. Cessaram os ruídos, como por mágica — nenhuma pedra se moveu. Oceaxa e Maskull se levantaram e se examinaram em busca de cortes e hematomas. O suroco estava deitado de lado, ofegando violentamente e suando de medo.

— Foi terrível — disse Maskull, sacudindo a sujeira do corpo e das vestes.

Oceaxa limpou um corte em seu rosto com a barra da túnica.

— Poderia ter sido bem pior… quero dizer, é bem ruim quando sobe, mas quando baixa é a morte. E o pior é que acontece com frequência.

— O que te leva a viver neste lugar?

— Não sei, Maskull. Hábito, suponho. Já pensei várias vezes em ir embora.

— Há muito que deve ser perdoado em sua conduta, uma vez que passou sua vida em um lugar como este, onde não há segurança nem por um minuto sequer.

— Aprenderá gradualmente — respondeu ela, sorrindo. Então, olhou com dureza para o monstro, que se levantou. — Suba de novo, Maskull — ordenou ela enquanto tomava seu lugar —, não temos tempo a perder.

Ele obedeceu. Retomaram o voo interrompido, desta vez sobre as montanhas, e em plena luz do sol. Maskull se acomodou novamente em seus pensamentos. A atmosfera peculiar do país continuou a penetrar em seu cérebro. Sua vontade tornou-se tão inquieta e ansiosa que simplesmente ficar ali, sentado, sem fazer nada, era uma tortura. Ele mal podia suportar não estar fazendo algo.

— Como nosso Maskull é cheio de segredos — disse Oceaxa, em voz baixa, sem voltar a cabeça.

— Quais segredos? A que se refere?

— Oh, sei perfeitamente o que se passa em sua mente. Bem, creio que não seria impróprio perguntar… Nossa amizade ainda é o suficiente?

— Oh, não me faças mais perguntas — grunhiu Maskull —, pois já tenho muitos problemas na cabeça. Gostaria de achar resposta para alguns deles.

Olhou fixamente para a paisagem. A besta voava em direção a uma montanha distante, de formato singular. Era uma enorme pirâmide quadrilateral, erguendo-se em grandes terraços e terminando em um topo amplo e plano, no qual persistia algo que parecia neve verde.

— Que montanha é essa? — perguntou Maskull.

— Discórnio[29]. O ponto mais alto de Ifdawn.

— Vamos para ele?

— Por que deveríamos? Mas, se quiser subir mais um pouco, pode valer a pena visitar o topo. Dali de cima, é possível ver até o Mar do Naufrágio, a Ilha de Swaylone e além. Pode ver até mesmo Alpaím de lá.

— É algo que desejo ver antes de terminar minha jornada.

— Deseja mesmo, Maskull?

Ela se virou e colocou a mão no pulso dele.

— Fique comigo e um dia iremos para Discórnio juntos.

Ele grunhiu algo ininteligível.

Não havia sinais de existência humana nos arredores. Enquanto Maskull seguia em sua severa observação, uma grande extensão de floresta, não muito longe, provida de muitas árvores e pedras, de repente veio abaixo com um rugido terrível, desaparecendo em um golfo invisível. O que era terra firme em um minuto, tornou-se um abismo bem definido no minuto seguinte. Maskull teve um violento sobressalto diante daquilo.

— É assustador!

Oceaxa permaneceu impassível.

— Ora, a vida por aqui deve ser absolutamente impossível — prosseguiu ele, quando conseguiu se recuperar —, feita para indivíduos com nervos de ferro... Não há meio de antecipar uma catástrofe como essa?

— Oh, suponho que não estaríamos vivos se não houvesse — respondeu Oceaxa, com serenidade — e, portanto, somos mais ou

---

29 No original, "Disscourn". (N.T.)

menos espertos sobre isso. Mas nem toda a nossa precaução é capaz de antecipar tudo, de forma que, por vezes, somos surpreendidos.

— Seria melhor que me ensinasse como são esses sinais.

— Há muitas coisas que precisamos fazer juntos. Entre elas, espero, está a decisão de ficar na região... mas, primeiro, vamos até minha casa.

— Que fica a qual distância?

— Está bem diante de você — disse Oceaxa, apontando com o dedo indicador. — Já pode vê-la.

Maskull seguiu a direção do dedo e, após algumas perguntas, descobriu o local indicado. Era uma ampla península, cerca de três quilômetros de distância. Três de seus lados se erguiam de um lago aéreo, cujo fundo era invisível; o quarto ficava em uma garganta, ligada ao continente. Estava coberto de vegetação brilhante, nítida na atmosfera luminosa. Uma única árvore alta, que crescia no meio da península, tornava tudo pequeno; era imensa e fornecia sombra com folhas verde-mar.

— Me pergunto se Crimtifão está lá — observou Oceaxa —, pois vejo duas figuras, ou estou enganada?

— Também vejo algo — disse Maskull.

Em vinte minutos estavam diretamente acima da península, a uma altura de cerca de quinze metros. O suroco diminuiu a velocidade e veio para a Terra no continente, exatamente na entrada do istmo. Os dois desceram. Maskull sentia as coxas doloridas.

— O que devemos fazer com o monstro? — questionou Oceaxa.

Sem esperar uma sugestão, deu uma carinhosa palmadinha na horrorosa face da criatura.

— Voe para casa! Posso precisar de você em outro momento.

A coisa deu um grunhido estúpido, elevou-se novamente nas pernas e, depois de se deslocar entre a corrida e o voo por alguns metros, alçou voo instável e se distanciou, deslocando-se na mesma direção de onde tinham vindo. Observaram o animal até ele se perder de vista, então Oceaxa iniciou a travessia daquela estreita extensão de terra, seguida por Maskull.

Os raios brancos de Brancospélio atingiam os dois com impiedosa potência. O céu ficou gradualmente sem nuvens e o vento diminuiu completamente. O solo era uma rica profusão de samambaias em cores vivas, arbustos e relva. Através deles podia ser visto, aqui e ali, o solo, de formação calcária e cor dourada. Ocasionalmente, surgiam pedras metálicas, esbranquiçadas e brilhantes. Tudo ali parecia extraordinário e bárbaro. Maskull estava finalmente caminhando no estranho Mareste Ifdawn que criara sentimentos tão estranhos nele quando visto à distância... Naquele momento, contudo, não sentia nenhum estranhamento ou curiosidade, apenas desejava encontrar seres humanos — tão intensa se tornara sua vontade. Ele ansiava por testar seus poderes em seus semelhantes, e nada mais parecia ter a menor importância para ele.

Na península, tudo era frescor e sombras delicadas. Parecia um grande bosque, com cerca de um hectare de extensão. No coração do emaranhado de pequenas árvores e vegetação rasteira havia um espaço parcialmente limpo — talvez as raízes da árvore gigante que crescia no centro tivessem matado os alevinos menores ao redor. Ao lado da árvore brilhava uma pequena fonte borbulhante, cuja água era vermelha como ferro. Os precipícios por todos os lados, cobertos de espinhos, flores e trepadeiras, conferiam ao recinto um ar de reclusão selvagem e encantadora — um deus mitológico da montanha poderia ter vivido ali.

Alguém estava reclinado, à antiga moda grega dos convidados dos banquetes, em um divã alto feito de musgos, salpicado de flores. Ele se apoiava em um braço e comia uma espécie de ameixa com um prazer sereno. Uma pilha dessas ameixas estava no sofá ao lado dele. Os galhos espalhados da árvore serviam-lhe de proteção do sol. A pessoa de constituição pequena e infantil trajava um tecido áspero, deixando os membros nus. Maskull não sabia dizer só de olhar para aquele rosto se era um menino ou um homem adulto. Tinha feições suaves, delicadas e infantis, uma expressão beatificamente tranquila; mas o olho violeta superior era sinistro e adulto. A pele era da cor de um marfim amarelado. Os cabelos, longos e encaracolados, combinavam com o sorbo — violeta. O segundo homem estava ereto diante do primeiro, a poucos metros dele. Baixo e musculoso, tinha o rosto largo, barbudo e bastante comum, mas havia algo terrível em sua aparência. As feições estavam distorcidas por um olhar profundo de dor, desespero e horror.

Oceaxa, sem deter-se, caminhou com leveza e indolência até as sombras mais distantes da árvore, afastadas do divã.

— Nós tivemos de enfrentar um cataclismo — comentou despreocupadamente, olhando para o jovem.

Ele olhou para ela, mas nada disse.

— Como está seu homem-planta?

O tom de voz dela era artificial, mas extremamente belo.

Enquanto esperava por uma resposta, ela sentou-se no chão, as pernas graciosamente colocadas sob o corpo, além de puxar a saia do manto. Maskull permaneceu parado logo atrás dela, com os braços cruzados.

Houve silêncio por um minuto inteiro. Oceaxa, então, disse ao garoto no divã, com sua voz tranquila e ressonante:

— Por que não responde à sua patroa, Sature?

Sem alterar a expressão, o homem a quem ela se dirigiu respondeu com voz estrangulada:

— Estou muito bem, Oceaxa. Já tenho brotos nos pés. Amanhã, espero ter raízes.

Maskull sentiu uma tempestade crescendo dentro de si. Ele estava perfeitamente ciente de que, embora essas palavras fossem pronunciadas por Sature, foram, na verdade, ditadas pelo menino.

— O que disse é certo — observou aquele —, pois amanhã as raízes alcançarão o solo e, em poucos dias, estarão bem fixas. Então poderei me dedicar à tarefa de converter seus braços em ramos, seus dedos em folhas. Vai levar algum tempo para transformar sua cabeça em copa, mas eu espero... Na verdade, posso até mesmo prometer que, dentro de um mês, você e eu, Oceaxa, estaremos colhendo e saboreando os frutos dessa árvore nova e extraordinária. Adoro esses experimentos naturais — concluiu, estendendo a mão para pegar outra ameixa —, me excitam.

— Isso só pode ser uma piada — disse Maskull, dando um passo adiante.

O jovem olhou para ele serenamente. Não respondeu, mas Maskull sentiu como se fosse levado para trás por uma mão de ferro agarrada à sua garganta.

— O trabalho da manhã está concluído, Sature. Volte para cá novamente, após Blodesombro. Depois desta noite, ficará aqui permanentemente, creio eu, então é melhor começar a limpar uma área do terreno para suas raízes. Nunca se esqueça: mesmo que pareçam tão frescas e encantadoras, essas plantas serão suas rivais e inimigas mortais. Agora, deve ir.

O homem partiu, dolorosamente, em sua travessia do istmo, sumindo de vista. Oceaxa bocejou.

Maskull abriu caminho adiante como se empurrasse uma parede.

— Isso é uma piada ou você é um demônio?

— Sou Crimtifão e nunca faço piadas. Por esse nome que usou para mim, vou imaginar um novo castigo para você.

O duelo de vontades começou sem muita cerimônia.

Oceaxa se levantou, esticou os lindos membros, sorriu e se preparou para testemunhar a luta entre seu antigo amante e o novo. Crimtifão sorriu também; ele estendeu a mão para pegar mais frutas, mas não as comeu. O autocontrole de Maskull foi vencido de súbito e ele correu na direção do adversário, sufocado de fúria sangrenta — tinha a barba arrepiada e o rosto, intensamente vermelho. Quando percebeu com quem tinha de lidar, Crimtifão parou de sorrir, escorregou do sofá e lançou um olhar terrível e maligno com o sorbo. Maskull cambaleou. Então, reuniu toda a força bruta de sua vontade, e, pelo peso considerável de seu corpo, prosseguiu o avanço. O rapaz gritou e correu para trás do sofá, tentando fugir. Sua oposição, de repente, desmoronou. Maskull tropeçou para a frente, recuperou-se e então saltou sobre a alta pilha de musgo para chegar até o adversário. Caiu em cima dele usando a corpulência. Agarrou o adversário pela garganta, depois virou aquela pequena cabeça completamente, de modo que o pescoço foi quebrado. Crimtifão pereceu imediatamente.

O cadáver ficou estendido, com o rosto para cima, debaixo da árvore. Maskull o olhou com atenção e, ao fazê-lo, uma expressão de assombro e surpresa surgiu em seu semblante. No momento da morte, o rosto de Crimtifão sofreu uma alteração surpreendente e até chocante. Seu caráter pessoal havia desaparecido por completo, dando lugar a uma máscara vulgar e sorridente que nada expressava.

Não precisou vasculhar a memória por muito tempo para lembrar onde havia visto uma expressão como aquela. Era idêntica àquela no rosto da aparição na sessão espírita, depois de Krag ter se ocupado dela.

CAPÍTULO 10 – TIDOMINA[30]

Oceaxa se sentou despreocupadamente no divã de musgo, e passou a comer as ameixas.

— Veja só, você teve de matá-lo, Maskull — disse ela com voz zombeteira.

Ele se afastou do corpo e olhou para ela, ainda vermelho e ofegante.

— Isso não é brincadeira. Você, especialmente, deveria manter-se em silêncio.

— Por quê?

— Porque ele era seu marido.

— Acredita que eu deveria estar triste... Quando nada sinto?

— Não finja, mulher.

Oceaxa sorriu.

— Pelo seu modo de agir, seria possível imaginar que me acusa de algum tipo de crime.

Maskull bufou de desdém pelas palavras dela.

— Ora, você vivia com aquela imundície... Vivia nos braços de uma monstruosidade mórbida, então...

— Oh, agora entendo — disse ela, em tom de perfeita indiferença.

— Me alegro.

— Pois bem, Maskull — prosseguiu ela, depois de uma pausa —, e quem lhe concedeu o direito de governar minha conduta? Não sou senhora de mim mesma?

Ele olhou para ela enojado, mas nada disse. Houve outro longo intervalo de silêncio.

— Eu nunca o amei — disse Oceaxa por fim, olhando ao redor.

— Isso torna tudo muito pior.

— O que isso tudo significa? O que quer?

— De você, nada, absolutamente nada... Graças aos céus!

Ela riu de maneira ríspida.

— Veio para cá com suas ideias estrangeiras preconcebidas e espera que todos nos curvemos a elas.

— Quais ideias preconcebidas?

---

30   No original, "Tydomine". (N.T.)

— Apenas porque o entretenimento de Crimtifão era diferente, você o matou... E agora gostaria de me matar também.

— Entretenimento! Aquela crueldade diabólica.

— Oh, temos um sentimental aqui — disse Oceaxa com desprezo —, mas para que tanto alvoroço com aquele homem? Vida é vida, por todo o mundo, e uma forma é tão boa quanto outra. Ele apenas seria transformado em árvore, como milhões de outras. Se elas suportam essa vida, por que não ele?

— E essa é a moralidade de Ifdawn!

Oceaxa começou a se irritar.

— É você que tem ideias singulares. Você se entusiasma com a beleza das flores e árvores, pensa nelas como coisas divinas. Mas, quando se trata de assumir, em sua própria pessoa, essa beleza divina, fresca, pura e encantadora, imediatamente se torna uma degradação cruel e perversa. Aqui temos um enigma estranho, em minha opinião.

— Oceaxa, você é uma bela e impiedosa besta selvagem, nada além disso. Se não fosse mulher...

— Bem, — disse ela, com um esgar de desdém —, estou curiosa para ouvir o que aconteceria se eu não fosse mulher.

Maskull roeu as unhas.

— Não importa. Não posso tocar em um fio de cabelo seu... mesmo que, certamente, não haja a menor diferença entre seus fios de cabelo e os de seu marido-menino. A isso pode agradecer minhas "ideias estrangeiras preconcebidas"... Adeus!

Ele se virou para ir embora. Os olhos de Oceaxa se voltaram para ele através dos longos cílios.

— Para onde vai, Maskull?

— Isso não tem importância, pois, para onde eu for, será uma mudança para melhor. Pois você é um redemoinho de crime!

— Espere um minuto. Só quero dizer o seguinte: Blodesombro apenas começou. Seria melhor permanecer aqui até a tarde. Podemos esconder o corpo rapidamente e, já que parece me detestar tanto, o lugar é bem grande. Não precisamos conversar ou mesmo nos ver.

— Não desejo respirar o mesmo ar que você.

— Que homem singular!

Ela se sentou, ereta e imóvel, como uma linda estátua.

— E o que aconteceu com sua entrevista com Surtur e todas as coisas pendentes que desejava realizar?

— Não é contigo que devo falar disso. Mas — a observou, meditativo —, se terei de ficar aqui, poderá me explicar algo. Qual o significado daquela expressão no rosto do cadáver?

— Isso é outro crime para você, Maskull? Todos os mortos têm esse mesmo aspecto. Não deveriam ter, por acaso?

— Certa vez, alguém chamou essa expressão de "o rosto do Cristalino".

— Por que não? Todos nós somos filhas e filhos do Cristalino. Sem dúvida, essa deve ser uma semelhança pelo parentesco.

— Também ouvi dizer que Surtur e Cristalino são a mesma entidade.

— Seus conhecidos são sábios e confiáveis.

— Então como pode ter sido Surtur quem eu vi? — disse Maskull, mais para si mesmo do que para ela. — Aquela aparição carregava algo de diferente.

Ela deixou de lado seus modos zombeteiros e, deslizando imperceptivelmente na direção dele, puxou-o delicadamente pelo braço.

— Pois veja... precisamos conversar. Sente-se ao meu lado e faça suas perguntas. Não sou muito inteligente, mas tentarei ajudar.

Maskull se permitiu ser arrastado para baixo com suave ímpeto. Ela se curvou na direção dele, como se tivesse confiança nisso, e se ajustou para que seu hálito doce, fresco e feminino chegasse ao rosto dele.

— Será que não está aqui para mudar o mal para bem, Maskull? Então, qual a importância de quem o enviou?

— O que você poderia saber sobre bem e mal?

— Teu método só pode ser ensinado aos iniciados?

— Quem sou eu para instruir quem quer que seja? Contudo, você está certa. Quero fazer o que for possível... não por estar qualificado para isso, mas porque estou aqui...

A voz de Oceaxa tornou-se um sussurro.

— Você é um gigante, de corpo e alma. O que deseja fazer, pode fazer.

— Essa é sua opinião honesta ou está me bajulando para obter seus fins?

Ela suspirou.

— Percebe como é difícil manter uma conversa contigo? Falemos sobre seu trabalho, e não sobre nós.

Maskull percebeu subitamente uma estranha luz azul que brilhava no céu ao norte. Era de Alpaím, que estava atrás das montanhas. Enquanto observava tal fenômeno, foi atravessado por uma onda peculiar de abnegação, cuja natureza era inquietante. Ele olhou para Oceaxa e pela primeira vez percebeu que estava sendo desnecessariamente brutal com ela. Havia esquecido que ela era uma mulher indefesa.

— Não vai ficar? — perguntou ela subitamente, de forma aberta e franca.

— Sim, penso que ficarei — respondeu lentamente. — E mais uma coisa, Oceaxa... se a julguei de forma equivocada, peço perdão. Sou um homem precipitado e equivocado.

— Há milhares de homens fáceis. Críticas duras são um bom remédio para os corações maliciosos. E digo que não julgou meu caráter de forma equivocada, pelo menos até o momento... o caso é que todas as mulheres têm mais de uma forma de ser. Não sabia disso?

Durante a pausa que se seguiu, houve um estalo de galhos, e ambos olharam em volta, assustados. Viram uma mulher caminhando lentamente pela garganta que os separava do continente.

— Tidomina — murmurou Oceaxa, com uma voz entre assustada e irritada.

Ela imediatamente se afastou de Maskull, ficando de pé.

A recém-chegada era de estatura média, muito franzina e graciosa. Não era mais uma jovem. O rosto denotava a expressão de uma mulher que conhece o mundo. Era intensamente pálido e, sob sua quietude, apenas vislumbrava-se algo estranho e perigoso. Era curiosamente atraente, embora não exatamente bonito. Os cabelos chegavam-lhe ao pescoço e ela tinha um aspecto jovial e masculino. Era de uma estranha cor índigo. A vestimenta era igualmente peculiar, uma túnica e calças, feitas das escamas quadradas e azul-esverdeadas de algum réptil. Os pequenos seios de cor branco-marfim estavam expostos e seu sorbo era negro e triste, além de bastante contemplativo.

Sem sequer olhar para Oceaxa e Maskull, ela deslizou em silêncio até o cadáver de Crimtifão. Quando estava a poucos centímetros dele, deteve-se e olhou para baixo, com os braços cruzados.

Oceaxa afastou Maskull discretamente e sussurrou para ele:

— Essa é a outra esposa de Crimtifão. Vive em Discórnio e é uma mulher muito perigosa. Tenha cuidado com o que disser. Se ela lhe solicitar que faça algo, recuse imediatamente.

— A pobre alma parece inofensiva.

— Sim, parece... mas a pobre alma é capaz de engolir o próprio Krag... Agora, aja como homem.

Aquele murmúrio de vozes aparentemente atraiu a atenção de Tidomina, pois ela voltou lentamente os olhos para ambos.

— Quem o matou? — exigiu saber.

Sua voz era tão suave, baixa e refinada que Maskull mal conseguia entender as palavras. Os sons, entretanto, permaneciam em seus ouvidos e, curiosamente, pareciam ficar mais fortes, em vez de desvanecer.

Oceaxa sussurrou para Maskull:

— Não diga uma palavra, deixe comigo.

Oceaxa então deslizou o corpo para enfrentar Tidomina e disse em voz alta:

— Eu o matei.

As palavras de Tidomina, nesse momento, ainda ressoavam na cabeça de Maskull como um som físico, de fato. Não havia como ignorá-lo — teria de fazer uma confissão de seu ato, quaisquer que fossem as consequências. Silenciosamente, puxou Oceaxa pelo ombro, colocando-a atrás dele, depois disse de forma lenta, mas com um tom de voz perfeitamente nítido:

— Fui eu quem matou Crimtifão.

Oceaxa parecia ao mesmo tempo altiva e amedrontada.

— Maskull disse isso para me proteger, ou assim ele pensa. Mas não preciso de proteção, Maskull. Eu o matei, Tidomina.

— Acredito em suas palavras, Oceaxa. Você o matou. Não pela própria força, mas trouxe consigo este homem para tal propósito.

Maskull deu alguns passos na direção de Tidomina.

— Não tem importância quem o matou, pois ele é melhor morto do que vivo, em minha opinião. Ainda assim, fui eu. Oceaxa não teve participação no caso.

Tidomina parecia não o ouvir. Olhou para além de Maskull, para Oceaxa, com ar distraído.

— Ao matá-lo, não lhe ocorreu que eu viria aqui averiguar?

— Não pensei em sua pessoa nem por um momento sequer — replicou Oceaxa, com uma risada colérica. — E imagina mesmo que carrego sua imagem aonde quer que eu vá?

— E se alguém matasse esse seu amante, o que faria?

— Hipócrita mentirosa! — exclamou Oceaxa, como se cuspisse. — Sei que nunca esteve apaixonada por Crimtifão. Sempre me odiou e agora acredita que encontrou uma ótima oportunidade para uma desforra... Agora que Crimtifão se foi... Pois nós duas sabemos que ele a usaria como descanso para os pés, se eu assim solicitasse. Ele me idolatrava, enquanto ria às suas custas. Para ele, você sempre foi muito feia.

Tidomina dirigiu um amável sorriso a Maskull, veloz como uma fagulha.

— Precisa ouvir esse tipo de coisa?

Sem questionar, sentindo que era o melhor a fazer, ele caminhou para longe, onde não pudesse ouvir.

Tidomina aproximou-se de Oceaxa.

— Talvez pelo fato de minha beleza desvanecer e eu não ser mais tão jovem, eu precisasse dele ainda mais.

Oceaxa soltou uma espécie de rosnado.

— Bem, ele está morto, e isso é tudo. O que pretende fazer agora, Tidomina?

A outra mulher sorriu levemente, de forma um tanto patética.

— Não há nada a fazer, exceto enlutar-se pelo morto. Não ficará ressentida comigo por esse último rito?

— Pretende fazer aqui mesmo? — Oceaxa exigiu saber, desconfiada.

— Sim, querida Oceaxa, desejo ficar sozinha.

— Então o que será de nós?

— Pensei que você e seu amante... como é o nome dele?

— Maskull.

— Pensei que talvez vocês dois pudessem ir até Discórnio, passar Blodesombro em minha casa.

Oceaxa chamou Maskull em voz alta.

— Viria comigo agora para Discórnio?

— Se assim preferir — respondeu Maskull.

— Vá primeiro, Oceaxa. Desejo interrogar seu amigo sobre a morte de Crimtifão. Não pretendo retê-lo por muito tempo.

— Ora, por que não me interroga, então? — reclamou Oceaxa, olhando para ela com dureza.

Tidomina ofereceu a sombra de um sorriso.

— Nos conhecemos muito bem.

— Sem artimanhas — advertiu Oceaxa, e se virou para partir.

— Deve estar sonhando — disse Tidomina. — É por ali, a não ser que você queira despencar do penhasco.

O caminho escolhido por Oceaxa atravessava o istmo. A direção proposta por Tidomina levava à beirada do precipício, para o vazio.

— Formador! Devo estar louca — gritou Oceaxa, com uma risada.

E ela obedientemente seguiu a indicação da outra mulher.

Ela caminhou diretamente para a beira do abismo, a vinte passos de distância. Maskull puxou a barba e se perguntou o que ela estaria fazendo. Tidomina permaneceu em pé com o dedo estendido, observando-a. Sem hesitar, sem afrouxar o passo uma única vez, Oceaxa seguiu em frente. Quando chegou ao extremo da terra, deu mais um passo.

Maskull viu seus membros se retorcerem quando ela tropeçou na borda. Seu corpo desapareceu e, ao fazê-lo, um grito terrível soou.

O fim da ilusão veio para ela tarde demais. Ele se desvencilhou de seu estupor, correu para a beira do penhasco, se jogou no chão, enlouquecido, e olhou... Oceaxa havia desaparecido.

Continuou olhando fixamente para baixo por vários minutos e então começou a soluçar. Quando Tidomina se aproximou, ele se levantou.

O sangue subia e descia pelo rosto dele em uma feroz circulação. Demorou algum tempo para que ele pudesse falar, e mesmo assim as palavras saíam com dificuldade.

— Pagará por isto, Tidomina. Mas, primeiro, me diga por que fez isso.

— Por acaso eu não tinha motivos? — perguntou, com os olhos baixos.

— Foi por pura maldade?

— Foi por Crimtifão.

— Ela nada teve a ver com a morte dele, eu já disse.

— Você é leal a ela, e eu sou a ele.

— Leal? Então cometeu um erro terrível, mulher. Ela não era minha amante. Matei Crimtifão por outro motivo. Ela não teve participação nisso.

— Ela não era sua amante? — perguntou Tidomina pausadamente.

— Cometeu um erro terrível — repetiu Maskull. — Eu o matei por ele ser uma besta selvagem. Ela era tão inocente pela morte dele quanto você.

O olhar de Tidomina se endureceu.

— Então é culpado por duas mortes.

Houve um silêncio terrível.

— Por que não pode acreditar em mim? — perguntou Maskull, que estava pálido e suava dolorosamente.

— Quem lhe deu o direito de matá-lo? — Tidomina exigiu saber, com severidade.

Ele nada disse e, talvez, sequer tenha ouvido a pergunta.

Ela suspirou algumas vezes, sentindo a agitação crescer.

— Já que é o responsável pela morte dele, precisa me ajudar a enterrá-lo.

— O que vamos fazer? É um crime espantoso.

— Você é espantoso. Por que veio para cá? Para fazer tudo isso? O que somos para você?

— Infelizmente, você está certa.

Outra pausa se seguiu.

— Não adianta nada continuar aqui — disse Tidomina —, pois nada pode ser feito. Venha comigo.

— Para onde?

— Para Discórnio. Lá, existe um lago de chamas em sua região mais distante. Ele sempre desejou ser jogado naquele local quando morresse. Podemos fazer isso depois de Blodesombro... entrementes, temos de levá-lo para casa.

— Você é uma mulher cruel e impiedosa. Por que enterraria esse sujeito, se a pobre garota permanecerá sem sepultura?

— Sabe que isso está fora de questão — respondeu Tidomina em voz baixa.

Maskull dirigiu vagamente o olhar em todas as direções, agitado, sem aparentemente ver nada.

— Devemos fazer algo — prosseguiu ela. — Vou embora. Quer ficar aqui, sozinho?

— Não, não posso ficar aqui... por que deveria? Quer que eu leve o corpo?

— Não pode se livrar dele sozinho, já que você o matou. Talvez alivie sua consciência carregá-lo.

— Aliviar minha consciência? — disse Maskull, um pouco abobalhado.

— Existe apenas um alívio para o remorso: a dor voluntária.

— E você, não tem remorso? — perguntou ele, olhando-a com dureza.

— Esses crimes são seus, Maskull — disse ela em voz baixa, mas incisiva.

Os dois se aproximaram do corpo de Crimtifão e Maskull o colocou nos ombros. Era bem mais pesado do que imaginara. Tidomina não ofereceu ajuda para que ele acomodasse melhor aquela carga abominável.

Ela cruzou o istmo, seguida por Maskull. Era um caminho de sol e de sombras. Brancospélio brilhava em um céu sem nuvens, o calor era insuportável. Com jorros de suor escorrendo pelo rosto, Maskull sentia o cadáver cada vez mais pesado. Tidomina sempre caminhava na frente. Maskull mantinha os olhos cravados, um olhar cego, naquelas panturrilhas brancas e femininas. Não desviava o olhar para a direita ou para a esquerda. Suas feições ficaram sombrias. Ao cabo de dez minutos, ele permitiu que o fardo escorregasse de seus ombros para o chão, onde ficou esparramado de qualquer jeito, então chamou Tidomina.

Ela rapidamente se voltou para olhar.

— Venha aqui. Acaba de me ocorrer uma coisa... — riu ele. — Por que eu deveria carregar este corpo, e por que eu deveria estar seguindo você? O que me surpreendeu foi não ter me dado conta disso antes.

Ela voltou imediatamente para o lado dele.

— Suponho que esteja cansado, Maskull. Vamos nos sentar. Talvez tenha percorrido um longo caminho esta manhã.

— Oh, não, não é cansaço, mas um repentino acesso de lucidez. Sabe de alguma razão pela qual eu deveria agir como seu carregador?

Riu de novo, mas mesmo assim sentou-se no chão ao lado dela.

Tidomina não olhou para ele nem respondeu. Sua cabeça estava meio inclinada, de modo a ficar diante do céu do norte, onde a luz de Alpaím ainda brilhava. Maskull seguiu o olhar dela e também observou o brilho por um ou dois momentos em silêncio, e por fim perguntou:

— Por que não diz nada?

— O que essa luz sugere a você, Maskull?

— Não falo daquela luz.

— Não sugere nada?

— Talvez não. O que é?

— Não sugere sacrifício?

Maskull ficou taciturno novamente.

— Sacrifício do quê? O que quer dizer?

— Ainda não passou pela sua cabeça — disse Tidomina, olhando diretamente para a frente, falando em sua maneira delicada e severa — que essa sua aventura não poderá chegar ao fim até você ter feito algum tipo de sacrifício?

Ele não respondeu e ela não disse mais nada. Em alguns minutos, Maskull se levantou por vontade própria e, de forma irreverente e quase colérica, jogou o cadáver de Crimtifão por cima do ombro novamente.

— A que distância está nosso destino? — perguntou, mal-humorado.

— A uma hora de caminhada.

— Bem, vá na frente.

— Contudo, este não é o sacrifício a que me refiro — disse Tidomina em tom baixo, quando abria o caminho.

Quase imediatamente, alcançaram uma região mais difícil, escarpada. Tiveram de passar de cimo a cimo, de ilha a ilha. Em alguns casos, conseguiram avançar ou pular, mas em outros precisaram fazer uso de pontes rústicas de madeira apenas parcialmente funcionais. Parecia um caminho bem frequentado. Embaixo, havia apenas os abismos negros e impenetráveis; na superfície, o sol forte, as pedras alegres e pintadas, o emaranhado caótico de plantas singulares. E incontáveis répteis e insetos. Os últimos eram maiores do que os da Terra; as dimensões monstruosas tinham por consequência o fato de serem ainda mais repulsivos. Um inseto monstruoso, grande como um cavalo, parou bem no meio do caminho sem se mover. Parecia ter uma armadura, além de mandíbulas afiadas como cimitarras, e, por baixo, seu corpo era uma floresta de pernas. Tidomina lançou um olhar maligno para ele e o lançou contra o golfo.

— O que posso oferecer além da minha vida? — Maskull explodiu subitamente.

— E de que serviria? Não traria aquela pobre garota de volta à vida.

— O sacrifício não é algo que sirva, uma utilidade. É um preço que devemos pagar.

— Sei disso. O ponto é se você consegue prosseguir seu caminho, desfrutar a vida, após tudo o que aconteceu.

Ela esperou até que Maskull a alcançasse.

— Talvez imagine que eu não seja homem o suficiente... E isso, talvez, seja motivado pelo fato de que a pobre Oceaxa tenha morrido por mim, com meu consentimento...

— Ela morreu por você, de fato — disse Tidomina, em voz pausada, enfática.

— Esse foi o seu segundo erro — respondeu Maskull, com a mesma firmeza dela na voz —, eu não estava apaixonado por Oceaxa nem pela vida.

— Não é necessário que dê sua vida.

— Então não entendo o que quer ou do que está falando.

— Não sou eu quem deve pedir seu sacrifício, Maskull. Isso seria complacência de sua parte, e não sacrifício. Precisa esperar até sentir que não haja mais nada que possa ser feito.

— Tudo isso é muito misterioso.

A conversa foi abruptamente interrompida por um som prolongado e assustador, como o de uma colisão, que rugiu de uma curta distância à frente, acompanhado por uma violenta oscilação do solo em que estavam. Eles olharam para cima, assustados, bem a tempo de testemunharem o desaparecimento final de uma enorme massa de floresta, a menos de duzentos metros à frente. Vários acres de árvores, plantas, pedras e solo, com toda a sua abundante vida animal, desapareceram diante de seus olhos, como uma história fantasiosa. O novo abismo foi aberto, como se cortado por uma faca. Além de seu limite mais distante, o brilho de Alpaím queimava em azul, logo acima do horizonte.

— Agora, teremos de fazer um desvio — disse Tidomina, interrompendo sua caminhada.

Maskull a segurou com sua terceira mão.

— Ouça-me enquanto tento descrever o que estou sentindo. Quando vi aquele deslizamento de terra, tudo que ouvi sobre a destruição do mundo veio-me à mente. Pareceu-me que estava realmente testemunhando isso, e que o mundo estava se despedaçando. Então, onde estava a terra, agora temos este abismo vazio e terrível, isto é, nada. Parece-me que nossa vida obedecerá a esta lógica: onde havia algo, não haverá nada. E o terrível clarão azul no lado oposto é exatamente como o olho do destino. Acusa-nos e exige o que fizemos da nossa vida, que já não existe. Ao mesmo tempo, é grandioso e jovial. A alegria consiste em saber que está em nosso poder dar livremente aquilo que, mais tarde, será tirado de nós pela força.

Tidomina o observou atentamente.

— Então sente que sua vida não tem valor e que poderia oferecê-la ao primeiro que fizer tal solicitação?

— Não, vai além disso. Sinto que a única coisa pela qual vale a pena viver é ser tão magnânimo que o próprio destino se surpreenda conosco. Me compreenda. Não é cinismo, amargura ou desespero, mas heroísmo... Algo difícil de explicar.

— Agora ouça o sacrifício que eu ofereço a você, Maskull. É árduo, mas parece ser o que deseja.

— De fato. Em meu estado atual, não pode ser tão árduo no final das contas.

— Então, se fala sério, entregue seu corpo para mim. Agora que Crimtifão está morto, estou cansada de ser mulher.

— Não compreendo.

— Ouça, então. Desejo começar uma nova existência em seu corpo. Desejo ser um homem. Percebo que não vale a pena ser mulher. Minha intenção é dedicar meu próprio corpo a Crimtifão. Amarrarei meu corpo ao dele e darei a ambos um funeral comum no lago de chamas. Esse é o sacrifício que lhe ofereço. Como eu disse, trata-se de algo bastante árduo.

— Então, me pede que eu morra. Embora seja difícil entender como pretende fazer uso de meu corpo.

— Não, não peço que morra. Você seguiria vivendo.

— Como seria possível sem um corpo?

Tidomina olhou para ele com seriedade.

— Existem muitos desses seres, mesmo em seu mundo. Lá você os chama de espíritos, aparições, fantasmas. Eles são, na realidade, vontades vivas, privadas de corpos materiais, sempre desejosas de agir e desfrutar, mas totalmente incapazes de fazê-lo. Você é nobre o suficiente para aceitar tal estado, não acha?

— Se for possível, eu aceito — responde Maskull pausadamente —, não apesar da dificuldade, mas por causa dela. Contudo, como é possível?

— Sem dúvida, há muitas coisas possíveis em nosso mundo que você sequer chega a conceber... Por ora, esperemos chegar em minha casa. Não aceito sua palavra, pois o único sacrifício que considero válido é aquele feito voluntariamente.

— Não sou homem que fala leviandades. Se puder operar tal milagre, terá meu consentimento, definitivamente.

— Então ficamos assim, por enquanto — disse Tidomina com tristeza.

Eles seguiram pelo caminho. Devido ao afundamento, Tidomina parecia ter dúvidas, a princípio, quanto à estrada certa; mas, percorrendo uma longa volta, acabaram contornando o outro lado do abismo recém-formado. Um pouco mais tarde, em um bosque estreito que coroava um minúsculo cimo isolado, cruzaram com um homem. Estava apoiado em uma árvore e parecia cansado, afogueado e abatido. Era jovem; sua face imberbe exibia uma expressão de sinceridade incomum, mas, por outro lado, parecia um jovem resistente e trabalhador, de um tipo intelectual. Seu cabelo era espesso, curto e louro. Ele não tinha um sorbo nem um terceiro braço — então, provavelmente, não era um nativo de Ifdawn. Sua testa, no entanto, surgia desfigurada pelo que parecia ser uma variedade aleatória de olhos, oito em número, de diferentes tamanhos e formas. Eles iam aos pares e, sempre que um par estava em uso, isso era indicado por um brilho peculiar — o restante permanecia opaco até chegar a vez deles. Além dos olhos superiores, ele tinha os dois inferiores, mas estavam vazios e sem vida. Essa extraordinária bateria de olhos, alternadamente vivos e mortos, dava ao jovem uma aparência de atividade mental quase alarmante. Ele estava vestindo apenas uma espécie de *kilt* de pele. Maskull, aparentemente, reconhecia de alguma maneira aquele rosto, embora com toda certeza nunca o tivesse visto anteriormente.

Tidomina sugeriu-lhe que largasse o cadáver e os dois se sentaram para descansar à sombra.

— Interrogue-o, Maskull — disse ela despreocupadamente, indicando o desconhecido com a cabeça.

Maskull suspirou e fez sua pergunta, em voz alta, do lugar em que estava sentado.

— Qual é o seu nome, e de onde veio?

O homem o estudou por alguns instantes, primeiramente com um par de olhos, depois com outro, e então com um terceiro. Depois, voltou a atenção para Tidomina, que o ocupou por um tempo ainda maior. Por fim, respondeu, com voz seca, varonil e nervosa:

— Sou Digrungo[31]. Venho de Matterplay.

Sua cor seguia mudando e Maskull, de repente, percebeu quem ele lhe lembrava. Era Joivinda. Perguntou, interessado:

— Talvez esteja indo para Políndredo, Digrungo?

---

31   No original, "Digrung". (N.T.)

— De fato, é isso mesmo. Se ao menos eu encontrasse o caminho neste maldito lugar.

— Talvez conheça uma das residentes, Joivinda?

— Ela é minha irmã. Estou a caminho para encontrá-la. Ora, você a conhece?

— Eu a encontrei ontem.

— E qual é o seu nome?

— Maskull.

— Direi a ela que o encontrei. Esse será nosso primeiro encontro em quatro anos. Ela está bem, feliz?

— Ambos, ao menos assim me pareceu. Conhece Panawe?

— O marido dela? Sim. Mas de onde você veio? Nunca vi ninguém como você antes.

— De outro mundo. Onde fica Matterplay?

— É o primeiro país além do Mar do Naufrágio.

— E como é? Como se divertem? Os mesmos velhos assassinatos e mortes súbitas?

— Está doente? — perguntou Digrungo. — E quem é essa mulher que você segue como um escravo? Ela me parece enlouquecida. E esse corpo, por que o carrega para todo lado?

Tidomina sorriu.

— Já ouvi falar de Matterplay, um lugar em que, se for plantada uma resposta, haverá imediatamente uma rica colheita de perguntas. Mas por que me ataca sem eu o ter provocado de forma alguma, Digrungo?

— Não a ataquei, mulher, mas a conheço bem. Olho para você e vejo loucura. Isso não importa. É que não aprecio ver um homem inteligente, como Maskull, capturado em suas redes imundas.

— Suponho que mesmo o sábio povo de Matterplay por vezes se equivoca no julgamento de um caráter. Contudo, não me importo com isso. Sua opinião nada significa para mim, Digrungo. É melhor, creio eu, que você responda às perguntas dele, Maskull. Não por ele, mas porque a sua amiga ficará curiosa ao saber que você foi visto carregando um cadáver.

Maskull projetou o lábio inferior adiante.

— Não diga nada para a sua irmã, Digrungo. Não mencione meu nome em hipótese alguma. Não quero que ela saiba deste nosso encontro.

— Por que não?

— Porque não quero. Isso não basta?

Digrungo permaneceu impassível.

— Pensamentos e palavras — disse ele — que não correspondem a eventos reais do mundo são vistos como motivo de extrema desonra em Matterplay.

— Não peço que minta, apenas que permaneça em silêncio.

— Para ocultar a verdade, um desdobramento peculiar da mentira. Não posso lhe conceder esse desejo. Devo contar a Joivinda tudo o que eu souber.

Maskull se levantou e Tidomina seguiu seu exemplo. Ela tocou o braço de Digrungo e o olhou com estranheza.

— O cadáver é do meu marido. Maskull o matou. Agora compreende o motivo pelo qual ele deseja que você segure a língua.

— Já supunha que havia aqui algum jogo infame — disse Digrungo —, mas não importa. Não posso falsear os fatos. Joivinda deve saber.

— Recusa-se a considerar os sentimentos dela? — disse Maskull, empalidecendo.

— Sentimentos que florescem na ilusão, mas que murcham e morrem na realidade, não são dignos de consideração. Mas Joivinda não é desse tipo.

— Se não deseja fazer o que peço, pelo menos volte para casa sem vê-la. Sua irmã desfrutará muito pouco de sua visita se ficar sabendo dessas notícias a meu respeito.

— Que estranhas relações travou com ela? — exigiu saber Digrungo, olhando para Maskull com repentina suspeita.

Maskull devolveu o olhar, perplexo.

— Bom Deus! Não deve duvidar de sua irmã. Aquele anjo de pureza!

Tidomina agarrou Maskull com delicadeza.

— Não conheço Joivinda, mas, quem quer e como quer que seja, teve mais sorte com o amigo do que com o irmão. Agora, se você realmente dá valor à felicidade dela, terá de tomar alguma atitude mais firme.

— É isso o que farei. Digrungo, devo interromper sua viagem.

— Se deseja cometer um segundo assassinato, será fácil, pois é bem grande para executar tal ação.

Maskull se voltou para Tidomina e riu.

— Parece que vou deixar um rastro de cadáveres atrás de mim nesta jornada.

— Por que um cadáver? Não há necessidade de matá-lo.

— Agradeço por isso — disse secamente Digrungo —, mas, de qualquer forma, um crime será cometido. Posso sentir isso.

— O que devo fazer, então? — perguntou Maskull.

— Não é um assunto que me diga respeito e, para dizer a verdade, também não estou muito interessada... se eu estivesse em seu lugar, Maskull, não hesitaria por muito tempo. Não sabe como absorver essa criatura, que emprega sua débil e obstinada vontade contra a sua?

— Esse crime é ainda pior — disse Maskull.

— Quem poderá saber? Viverá, mas não falará demais.

Digrungo riu, mas sua cor mudou.

— Eu estava certo. O monstro saltou para a luz do dia.

Maskull colocou a mão no ombro dele.

— Você tem uma escolha e não estamos de brincadeira. Faça o que eu pedi.

— Caiu nas profundezas, Maskull. Você está caminhando em meio a um sonho, então não posso dizer nada. Mas, para você, mulher... o pecado deve parecer-lhe um banho delicioso.

— Existem estranhos laços entre Maskull e eu. Mas você é um estrangeiro, de passagem. Não me importo em absoluto com o seu destino.

— Apesar de tudo, essas ameaças não me amedrontam a ponto de me fazerem mudar de planos, pois são bons e legítimos.

— Faça o que preferir — disse Tidomina. — Se vai sofrer, seus pensamentos dificilmente correspondem aos eventos verdadeiros do mundo, embora assim o presuma. Mas isso não é da minha conta.

— Seguirei adiante e não voltarei! — exclamou Digrungo, com ênfase colérica.

Tidomina dirigiu um rápido sorriso maldoso para Maskull.

— Foi testemunha de que tentei persuadir este jovem. Agora, tome uma decisão, rápida e voluntária, tendo em vista o que importa mais para você: a felicidade de Digrungo ou de Joivinda. Digrungo não permitirá a preservação de ambas.

— Não me tomará muito tempo decidir. Digrungo, dou-lhe a última oportunidade para mudar de ideia.

— Enquanto eu for capaz, seguirei adiante e advertirei minha irmã de seus amigos criminosos.

Maskull novamente o agarrou, mas desta vez com violência. Instruído em suas ações por algum novo e medonho instinto, ele pressionou o jovem com força contra o corpo, com os três braços. Uma sensação de selvagem e doce deleite imediatamente o atravessou. Então, pela primeira vez, compreendeu as alegrias triunfantes de "absorver". Satisfazia a fome da vontade, exatamente como o alimento satisfaz a fome do corpo. Digrungo se mostrou fraco — ofereceu pouca resistência. Sua personalidade passou lenta e uniformemente para a de Maskull. Este último ficou forte e farto. A vítima, gradativamente, tornou-se mais pálida e flácida, até que Maskull segurava apenas um cadáver nos braços. Ele largou o corpo e ficou tremendo. Havia cometido seu segundo crime. Não sentiu nenhuma diferença imediata na alma, mas...

Tidomina lançou um sorriso triste para ele, como o sol de inverno. Ele esperava que ela falasse algo, mas ela não disse nada. Em vez disso, fez um sinal para que ele pegasse o cadáver de Crimtifão. Enquanto obedecia, Maskull se perguntava por que o rosto morto de Digrungo não havia se transformado na terrível máscara do Cristalino.

— Por que o rosto dele não se alterou? — murmurou para si mesmo.

Tidomina ouviu o que ele disse, então chutou Digrungo de leve, com o delicado pé.

— Ele não está morto... Esse é o motivo. A expressão a que você se refere espera a sua morte.

— Então, esta é a minha verdadeira personalidade?

Ela riu suavemente.

— Veio para cá desbravar um estranho mundo, mas parece agora que este estranho mundo o está desbravando. Disso, não tenha dúvida, Maskull. Não há motivo para tanto espanto. Você pertence ao Formador, assim como o restante de nós. Não é um rei, nem um deus.

— Desde quando pertenço a ele?

— E isso tem alguma importância? Talvez desde que respirou pela primeira vez o ar de Tormance, ou talvez não faça nem cinco minutos que isso tenha ocorrido.

Sem esperar resposta, ela saiu pelo bosque rumo à próxima ilha. Maskull a seguiu; estava fisicamente angustiado e aparentava preocupação.

A viagem prosseguiu por mais meia hora sem incidentes. O aspecto do cenário foi mudando gradativamente. Os topos das montanhas tornaram-se mais elevados e separados uns dos outros. Os espaços eram preenchidos por nuvens brancas e ondulantes, que banhavam as margens dos picos como um mar misterioso. Passar de ilha em ilha era um trabalho árduo, pois os espaços intermediários eram bem mais amplos. Tidomina, entretanto, conhecia o caminho. A luz intensa, o céu azul-violeta, os fragmentos de paisagem viva, emergindo daquele oceano de vapor branco, causaram uma profunda impressão na mente de Maskull. O brilho de Alpaím foi escondido pela enorme massa do Discórnio, que surgiu bem diante deles.

A neve esverdeada no topo da gigantesca pirâmide, naquele momento, estava completamente derretida. O preto, o dourado e o carmesim dos penhascos poderosos destacavam-se com um brilho extraordinário. Estavam diretamente abaixo do volume central da montanha, que não ficava a menos de um quilômetro de distância. Não parecia perigoso subir, mas Maskull não sabia de que lado ficava o destino daquela viagem.

Estava dividido de cima a baixo por numerosas fissuras retas. Algumas cachoeiras verde-claras desciam aqui e ali, como fios estreitos e imóveis. A face da montanha era acidentada e nua, repleta de penhascos avulsos, além de grandes rochas que pareciam os dentes de ferro de uma serra, projetadas por toda parte. Tidomina apontou para um pequeno buraco negro perto da base, que poderia ser uma caverna.

— É ali que eu moro.
— Vive nesse lugar, sozinha?
— Sim.
— Opção estranha para uma mulher. E você está longe de ser destituída de beleza, aliás.
— A vida de uma mulher acaba aos vinte e cinco anos — replicou ela, suspirando —, e sou bem mais velha que isso. Dez anos atrás, seria eu quem viveria lá com ele, e não Oceaxa. E então nada disso teria acontecido.

***

Um quarto de hora depois, estavam na entrada da caverna. Tinha três metros de altura e seu interior era de um negro impenetrável.

— Coloque o corpo na entrada, longe do Sol — ordenou Tidomina.

Maskull fez conforme ela lhe solicitara. Ela lançou-lhe um olhar profundo e perscrutador.

— Ainda mantém seu propósito, Maskull?
— Por que não manteria? Meu cérebro não é feito de plumas.
— Pois então siga-me.

Os dois entraram na caverna. Naquele exato momento, um estrondo assustador, como uma trovoada intensa sobre a cabeça de ambos, fez o coração enfraquecido de Maskull bater violentamente. Uma avalanche de pedregulhos, pedras e poeira varreu a entrada da caverna. Se tivessem demorado um minuto a mais para entrar ali, estariam mortos.

Tidomina nem ao menos ergueu os olhos. Ela segurou Maskull pela mão e começou a caminhar na escuridão. A temperatura tornou-se gélida. Na primeira curva, a luz do mundo exterior desapareceu, deixando-os na escuridão absoluta. Maskull continuou tropeçando no terreno irregular, mas ela segurou a mão dele com força e o apressou.

O túnel parecia interminável. Naquele momento, porém, a atmosfera sofreu uma mudança — pelo menos foi essa a impressão de Maskull. Ele imaginou que haviam chegado a uma câmara maior. Então, Tidomina parou e o forçou a se sentar, empurrando-o sem dizer nada. Ao tatear o local, ele sentiu uma pedra. Percebeu, assim, que estava sobre uma espécie de laje de pedra, ou divã desse mesmo elemento, elevada a trinta centímetros do solo. Ela lhe pediu que se deitasse.

— Chegou a hora? — perguntou Maskull.

— Sim.

Ele ficou esperando na escuridão, sem saber o que aconteceria. Sentiu a mão dela segurando a dele. Sem perceber qualquer gradação, perdeu toda a consciência corporal — não era mais capaz de sentir os membros ou órgãos internos. Sua mente permaneceu ativa e alerta. Nada, em particular, parecia estar acontecendo.

Então, a câmara começou a se iluminar, como se estivesse sendo penetrada pela luz da manhã. Ele não conseguia ver nada, mas a retina de seus olhos foi afetada. Parecia ouvir música, que subitamente parou enquanto ele tentava distinguir as notas. A luz ficou mais intensa, o ar ficou mais quente; ele percebia o som confuso de vozes distantes.

De repente, Tidomina apertou fortemente sua mão. Ele ouviu o grito débil de alguém, mas então se fez a luz e ele viu tudo claramente.

Estava deitado em um sofá de madeira, em uma sala estranhamente decorada, iluminada por eletricidade. Alguém lhe apertava a mão, mas não era Tidomina, e sim um homem vestido com roupas da civilização, cujo rosto certamente lhe era familiar, mas em quais circunstâncias ele não conseguia se recordar. Outras pessoas estavam atrás; e todas igualmente suscitavam-lhe um vago reconhecimento. Ele se sentou e começou a sorrir, sem nenhum motivo especial. Então, ficou de pé.

Todos pareciam observá-lo com ansiedade e expectativa — e ele se perguntava o motivo disso. Mesmo assim, sentia que todos eram conhecidos. Dois deles, em particular, ele tinha a impressão de conhecer bem — o homem no outro extremo da sala, que andava inquieto de um lado para o outro, com o rosto transfigurado por uma grandeza santa e austera; e um outro, grande e barbudo — que era ele mesmo. Sim, ele estava olhando para o próprio duplo. Mas era como se um homem de meia-idade, sobrecarregado de crimes, de repente fosse confrontado com a própria fotografia, de quando era um jovem sério e idealista.

Seu outro eu falou com ele. Ele ouviu os sons, mas não compreendeu o sentido. Então a porta foi abruptamente aberta e um indivíduo baixo e de aparência abrutalhada entrou. Ele começou a se comportar de maneira extraordinária com todos ali. Depois disso, veio direto para ele — Maskull. Disse algumas palavras, mas eram incompreensíveis. Uma expressão terrível surgiu no rosto do recém-chegado e ele agarrou-o pelo pescoço com terríveis mãos peludas. Maskull sentiu os ossos envergando e quebrando-se, e então uma dor insuportável percorreu todos os nervos de seu corpo, trazendo uma sensação de morte iminente. Gritou e caiu, desamparado, no chão. O salão e o grupo de pessoas desapareceram — a luz se apagou.

Mais uma vez estava na escuridão da caverna. Permanecia deitado no chão, mas Tidomina ainda estava com ele, segurando sua mão. Sentia uma terrível agonia física, mas era apenas o cenário para a angústia desesperadora que preenchia sua mente.

Tidomina se dirigiu a ele em tom de suave reprovação.

— Por que voltou tão rápido? Não me deu tempo. Precisa retornar.

Ele a agarrou e ficou de pé. Ela emitiu um grito surdo, como se aquilo lhe causasse dor.

— O que significa isto? O que está fazendo, Maskull?

— Krag... — Maskull começou a dizer, mas o esforço em produzir tais palavras o fez engasgar.

— Krag... O que há com Krag? Diga-me agora o que aconteceu. Solte o meu braço.

Ele segurou o braço dela com ainda mais força.

— Sim, vi Krag. E agora estou desperto.

— Oh! Está desperto, desperto.

— E você deve morrer — disse Maskull, com voz imponente.

— Mas por quê? O que aconteceu...

— Você deve morrer e eu devo matá-la. Porque despertei, e por nenhuma outra razão adicional. Sua maldita dançarina ensanguentada!

Tidomina respirou com dificuldade por algum tempo. Então, recobrou o controle de si mesma.

— Não vai agir com violência na escuridão desta caverna, certamente?

— Não, o Sol deve ser testemunha, pois não será um assassinato. Mas garanto que você vai morrer. Deve expiar seus espantosos crimes.

— Já disse isso, e vejo que tens poder para executar essa tarefa. Você escapou de minhas mãos. E isso é muito singular. Bem, então vamos para fora. Não tenho medo. Apenas desejo que minha morte aconteça de forma cortês, pois o tratei com cortesia. Apenas peço isso.

CAPÍTULO 11 – EM DISCÓRNIO

Quando alcançaram a entrada da caverna, Blodesombro estava no auge. Na frente deles, o cenário parecia projetar-se para baixo: uma longa sucessão de ilhas de montanha em um mar de nuvens. Atrás deles, os penhascos brilhantes e estupendos de Discórnio se erguiam por trezentos metros ou mais. Maskull estava com os olhos vermelhos e parecia entorpecido. Ainda segurava a mulher pelo braço. Ela não fez nenhuma tentativa de falar ou fugir. Parecia perfeitamente tranquila e serena.

Depois de contemplar em silêncio a paisagem por um longo tempo, voltou-se para ela.

— Onde está o tal lago de chamas que você mencionou?

— Fica do outro lado da montanha. Mas por que pergunta?

— Me fará bem caminhar um pouco. Vai me acalmar, e é isso o que eu quero. Necessito que compreenda... Aquilo que lhe acontecerá em breve não será um assassinato, mas uma execução.

— Terá o mesmo sabor — disse Tidomina.

— Quando eu deixar este território, não quero ficar com a sensação de que deixei um demônio para trás, à solta. Não seria justo com os outros. Assim, vamos até esse lago, que parece oferecer a promessa de uma morte rápida para você.

Ela deu de ombros.

— Temos de esperar o término de Blodesombro.

— Por acaso é este um momento para luxos? Mesmo que esteja muito quente agora, estaremos desfrutando de um tempo mais ameno à noite. Devemos prosseguir agora mesmo.

— Sem dúvida, você é o mestre, Maskull... Não tenho autorização para carregar Crimtifão?

Maskull olhou para ela com estranheza.

— Não negarei um funeral a homem algum.

Ela ergueu com grande esforço o corpo sobre os ombros estreitos, e ambos saíram para a luz do sol. O calor os atingiu como um golpe na cabeça. Maskull se moveu para o lado, para permitir que ela o precedesse, mas nenhuma compaixão penetrou-lhe o coração. Meditava sobre os males que aquela mulher lhe fizera.

O caminho seguia pelo lado sul da grande pirâmide, perto da base. Era uma estrada acidentada, obstruída por pedregulhos e atravessada por rachaduras e ravinas; era possível ver a água, mas não podiam alcançá-la. Não havia sombra. Bolhas se formaram na pele de ambos, enquanto toda a água do sangue deles parecia ter secado.

Maskull esqueceu seu tormento pessoal ao desfrutar, de forma maligna, a condição de Tidomina.

— Cante uma canção — ordenou ele. — Algo típico.

Ela virou a cabeça e lançou a ele um olhar longo, peculiar; então, sem reclamar ou demonstrar má vontade, começou a cantar. Sua voz era baixa e singular. A música era tão extraordinária que ele teve de esfregar os olhos para saber se estava acordado ou sonhando. As lentas surpresas da melodia grotesca começaram a agitá-lo terrivelmente; as palavras eram totalmente destituídas de sentido ou então o significado era muito profundo para a sua compreensão.

— De onde, em nome de tudo o que for amaldiçoado, arrancou isso, mulher?

Tidomina abriu um sorriso perverso, enquanto o cadáver oscilava em espasmos horríveis sobre seu ombro esquerdo. Ela o segurou na posição com seus dois braços esquerdos.

— Uma pena não termos nos conhecido antes, não termos ficado amigos, Maskull. Eu lhe mostraria um lado de Tormance que talvez nunca conheça. O lado louco, selvagem. Mas agora é muito tarde, e isso nem mesmo importa.

Fizeram uma curva no ângulo da montanha e começaram a atravessar a base ocidental.

— Qual é a forma mais rápida de deixar esta terra miserável? — perguntou Maskull.

— É mais fácil ir para Sant.

— É possível ver daqui esse local?

— Sim, embora esteja bem longe.

— Já esteve lá?

— Sou mulher, é proibido para mim.

— É verdade. Ouvi algo sobre isso.

— Mas não me faça mais perguntas — disse Tidomina, quase desfalecendo.

Maskull parou em uma pequena fonte. Bebeu primeiro, depois fez uma taça com a mão para a mulher, pois assim ela não teria de largar o fardo. A água alimentar agia como mágica, parecia reabastecer todas as células de seu corpo como se fossem esponjas sedentas, absorvendo o líquido. Tidomina recuperou o autodomínio.

Cerca de três quartos de hora depois, contornaram a segunda esquina, e o lado norte de Discórnio tornou-se completamente visível.

Cem metros mais abaixo, na encosta em que estavam caminhando, a montanha terminava abruptamente em um abismo. O ar acima estava repleto de uma névoa verde, que tremia violentamente como a atmosfera acima de uma fornalha.

— O lago está logo abaixo.

Maskull olhou ao redor com curiosidade. Além da cratera, a terra se inclinava em uma descida contínua até o horizonte. Atrás deles, um caminho estreito subia pelas rochas em direção ao cume da pirâmide. A quilômetros de distância, a nordeste, um longo planalto de topo plano erguia-se muito acima de toda a região circundante. Era Sant — então, decidiu que aquele deveria ser seu destino naquele dia.

Enquanto isso, Tidomina havia caminhado direto para o golfo e colocado o corpo de Crimtifão na borda. Em um ou dois minutos, Maskull juntou-se a ela. Chegando àquela extremidade, imediatamente se jogou ao solo com a cabeça voltada para baixo, tentando ver o que fosse possível do lago de fogo. Foi atingido no rosto por uma rajada de ar quente e asfixiante. Tossiu um pouco, mas não se levantou até que olhou para o imenso mar de lava derretida verde, agitando-se e girando a pouca distância, logo abaixo, como uma vontade viva.

Surgiu um distante e enfraquecido som de tambores. Maskull ouviu atentamente e, ao fazê-lo, seu coração disparou e as negras preocupações desapareceram de sua alma. Todo o mundo e seus acidentes pareciam, naquele momento, falsos e sem sentido...

Ficou de pé, distraído. Tidomina estava conversando com o marido morto. Olhava para o horrível rosto de marfim, acariciando os cabelos violeta. Ao perceber Maskull, ela beijou apressadamente os lábios enrugados e se levantou. Erguendo o cadáver com os três braços, ela cambaleou com ele até a borda extrema do golfo e, após hesitar por um instante, permitiu que caísse na lava. Ele desapareceu imediatamente sem fazer ruído, e um borrifo metálico se elevou do lago. E foi assim o funeral de Crimtifão.

— Agora estou pronta, Maskull.

Ele não respondeu, apenas olhou para além dela. Outra figura estava de pé, ereta e triste, não muito distante de Tidomina. Era Joivinda. Tinha o rosto pálido e uma expressão acusadora nos olhos. Maskull sabia que se tratava de um fantasma e que a verdadeira Joivinda estava a quilômetros de distância, em Políndredo.

— Vire-se, Tidomina — disse ele, de modo estranho —, e me diga o que há atrás de você.

— Não vejo nada — respondeu ela, olhando ao redor.

— Mas eu vejo Joivinda.

Enquanto ele falava, a aparição desapareceu.

— Vou oferecer-lhe um presente, Tidomina: sua vida. Ela deseja que eu faça isso.

A mulher levou os dedos ao rosto, pensativa.

— Nunca pensei que seria salva por alguém do mesmo sexo que eu... mas que assim seja. O que, de fato, aconteceu na caverna?

— Eu realmente vi Krag.

— Sim, algum milagre aconteceu.

Ela estremeceu repentinamente.

— Venha, deixemos este lugar horrível. Nunca mais voltarei aqui.

— Sim — disse Maskull —, exala um odor de morte e matança. Mas, no lugar para onde vamos... o que faremos? Leve-me até Sant, desejo afastar-me desta terra infernal.

Tidomina permaneceu de pé, entorpecida, com os olhos fundos. Então, deu uma breve risada, abrupta e amarga.

— Faremos nossa jornada juntos em etapas singulares. Em vez de ficar sozinha, vou com você. Mas você sabe que, se eu colocar os pés em Sant, vão me matar.

— Pelo menos me indique o caminho. Desejo chegar lá antes do anoitecer. É possível?

— Se está disposto a correr riscos com a natureza. E por que não deveria correr riscos hoje? Sua sorte parece duradoura. Mas vai chegar o dia em que não será bem assim.

— Bem, comecemos nossa jornada — disse Maskull —, pois a sorte que tive até agora não é nada para se vangloriar.

Blodesombro havia terminado quando começaram a marcha. Era o início da tarde, mas o calor parecia mais sufocante do que nunca. Não fingiram mais estabelecer conversas, pois ambos estavam imersos nos próprios pensamentos dolorosos. A terra descia Discórnio seguindo todas as direções, mas, no caso de Sant, havia uma elevação suave e persistente. Seu planalto escuro e distante continuava a dominar a paisagem. Depois de caminharem por uma hora, a distância não parecia ter diminuído. O ar estava viciado e estagnado.

Aos poucos, um objeto vertical, aparentemente obra do homem, atraiu a atenção de Maskull. Era um tronco de árvore delgado, ainda com a casca, incrustado no solo rochoso. Da extremidade superior surgiram três ramos despojados dos galhos e das folhas apontando para o alto em um ângulo agudo. Ao se aproximar, Maskull viu que foram fixados artificialmente, seguindo distâncias iguais uns dos outros.

Enquanto observava o objeto, um estranho e repentino rubor de vaidade confiante, de autossuficiência, pareceu atravessá-lo, mas foi tão momentâneo que ele não pôde ter certeza de que isso de fato ocorreu.

— O que poderia ser aquilo, Tidomina?

— É o Tridente de Hator.

— Qual o seu propósito?

— É um sinal que serve de guia para Sant.

— Mas quem ou o que foi Hator?

— Hator foi o fundador de Sant, milhares de anos atrás. Ele estabeleceu os princípios nos quais eles vivem, e aquele tridente é o seu símbolo. Quando eu era criança, meu pai me contou as lendas, mas acabei esquecendo todas.

Maskull observou aquilo atentamente.

— Ele exerce algum efeito sobre você?

— E por que deveria? — disse ela, com um esgar de desdém. — Sou mulher, e esses são mistérios masculinos.

— Uma espécie de felicidade desabou sobre mim — disse Maskull —, mas talvez eu esteja equivocado.

Seguiram adiante. A paisagem mudou gradualmente. As partes sólidas da terra tornaram-se mais contínuas, enquanto as fissuram ficaram mais estreitas e bem menos frequentes. Já havia menos catástrofes. A natureza peculiar do Mareste Ifdawn parecia dar lugar a uma ordem diferente de coisas.

Mais tarde, encontraram um bando de medusas azul-claras flutuando no ar. Eram animais minúsculos. Tidomina pegou uma delas na mão e começou a comê-la, como alguém come uma deliciosa fruta arrancada da árvore. Maskull, em jejum desde cedo, não demorou a seguir o exemplo dela. Uma espécie de vigor elétrico imediatamente penetrou seus membros e seu corpo, e ele agora sentia os músculos recuperarem a elasticidade, o coração bater com pulsações fortes, lentas e poderosas.

— Parece que o corpo e a comida combinam bem neste mundo — comentou, sorrindo.

Ela olhou para ele.

— Talvez a explicação não esteja na comida, mas em seu corpo.

— Trouxe esse meu corpo do mundo de onde vim.

— Trouxe sua alma igualmente, mas ela está se alterando rapidamente também.

Em um bosque, encontraram uma árvore baixa e larga, sem folhas, mas que dispunha de uma infinidade de galhos finos e flexíveis, como os tentáculos de um polvo. Alguns desses galhos se moviam rapidamente. Um animal peludo, semelhante a um gato selvagem, saltou entre eles da maneira mais extraordinária. Mas, no minuto seguinte, Maskull ficou chocado ao perceber que o animal não estava pulando, e sim sendo jogado de galho em galho pela vontade da árvore, exatamente como um rato capturado por um gato, que o atira de uma pata para a outra.

Ele assistiu ao espetáculo por um tempo, com interesse mórbido.

— É uma horripilante inversão de papéis, Tidomina.

— É fácil perceber que você está enojado — replicou ela, segurando um bocejo —, mas é pelo fato de estar escravizado pelas palavras. Se chama a essa planta animal, perceberia tais ações perfeitamente naturais e agradáveis. E por que não denominaria tal ser um animal?

— Sou consciente de que, enquanto permanecer no Mareste Ifdawn, seguirei ouvindo esse tipo de linguagem.

Caminharam penosamente por uma hora ou mais, sem se falar. O dia ficou nublado. Uma névoa fina envolveu, aos poucos, a paisagem, e o Sol se transformou em um imenso disco avermelhado que podia ser observado sem machucar os olhos. Um vento frio e úmido soprou contra eles. Logo ficou mais escuro e o Sol desapareceu. Olhando primeiro para a companheira e depois para si mesmo, Maskull percebeu que a pele e as roupas deles estavam cobertas por uma espécie de geada verde.

A terra adquiriu consistência plenamente sólida. Cerca de oitocentos metros à frente deles, contra um fundo de névoa escura, uma floresta móvel de cascatas de água altas girava lenta e graciosamente, de um lado para o outro. Eram verdes, luminosas, além de possuírem um aspecto assustador. Tidomina explicou que não eram cascatas, mas colunas móveis de relâmpagos.

— Então representam perigo?

— Acreditamos que sim — respondeu ela, olhando atentamente para o fenômeno antes de prosseguir.

— Mas há alguém passeando por ali que parece divergir dessa opinião.

Entre as cascatas, inteiramente rodeado por elas, havia um homem que caminhava com passo lento, calmo, medido, dando as costas para Maskull e Tidomina. Havia algo de insólito na aparência dele — seu perfil parecia extraordinariamente nítido, sólido e real.

— Se houver perigo, temos de avisá-lo — disse Maskull.

— Quem está sempre ansioso em ensinar, nunca aprenderá nada — respondeu a mulher, com frieza.

Ela reteve Maskull, segurando-lhe o braço, e prosseguiu assistindo à cena.

A base de uma das colunas tocou o homem. Ele nada sofreu, mas se voltou bruscamente, como se percebesse pela primeira vez a proximidade daqueles dançarinos em suas valsas mortais. Então, ergueu-se em toda a sua altura e esticou os braços acima da cabeça, como um mergulhador. Parecia estar se dirigindo às colunas.

Enquanto olhavam, as cascatas elétricas descarregaram, com uma série de fortes explosões. O estranho ficou sozinho, ileso; então, baixou os braços. No momento seguinte, ele avistou os dois e ficou parado, esperando que subissem em sua direção. A clareza pictórica de sua pessoa ficava cada vez mais notável à medida que se aproximavam; seu corpo parecia composto de alguma substância mais pesada e densa do que a matéria sólida.

Tidomina parecia perplexa.

— Deve ser um homem de Sant. Nunca encontrei ninguém como ele antes. Hoje é um dia único em minha vida.

— Deve ser alguém de grande importância — murmurou Maskull.

Foram até ele. Era alto, forte, barbado e trajava camisa e calças de pele. Desde que virou as costas para o vento, o depósito verde no rosto e nos membros havia se transformado em uma umidade fluida, através da qual sua cor natural era visível: ferro claro. Não dispunha de um terceiro braço. Seu rosto era grave e carrancudo, com um queixo saliente que projetava a barba para a frente. Na testa havia duas membranas planas, como olhos rudimentares, mas sem um sorbo visível. Essas membranas eram inexpressivas, mas, de alguma forma estranha, pareciam adicionar vigor aos olhos severos abaixo delas. Quando pousou o olhar em Maskull, ele sentiu como se seu cérebro fosse completamente devassado. O homem já não era mais jovem.

Sua distinção física transcendia a natureza. Em contraste com ele, cada objeto próximo parecia vago e borrado. A pessoa de Tidomina tornou-se repentinamente borrada, como um esboço sem significado. Maskull percebeu que sua situação não era melhor. Um fogo estranho e vívido começou a correr por suas veias.

Se voltou para a mulher.

— Se este homem pretende ir a Sant, serei sua companhia. Podemos nos separar. Sem dúvida, deve estar impaciente.

— Deixe Tidomina vir também.

O homem pronunciou tais palavras em um rude idioma estrangeiro, mas que soou tão compreensível para Maskull como se fosse inglês.

— Você, que conhece meu nome, sabe também meu sexo — disse Tidomina, pausadamente —, e será a minha morte se eu entrar em Sant.

— Essa é a velha lei. Sou o portador da nova lei.

— É assim... Mas ela será aceita?

— A velha pele está rachando, enquanto a nova forma-se silenciosamente por baixo, e assim o momento da troca chegou.

A tempestade ficou mais intensa. A neve verde os açoitava enquanto conversavam, e o clima tornou-se gélido. Ninguém se deu conta de nada disso.

— Qual é o seu nome? — perguntou Maskull, com o coração batendo acelerado.

— Meu nome, Maskull, é Spadevil[32]. Que você, o viajante do obscuro oceano espacial, seja a primeira testemunha de meus feitos e meu primeiro seguidor. Tidomina, uma filha do sexo desprezado, será a segunda.

— A nova lei? Mas como será?

— Até que o olho veja, qual a utilidade de o ouvido escutar? Venham, os dois, até mim.

Tidomina se aproximou dele sem vacilar. Spadevil apertou o sorbo por alguns minutos, com os olhos fechados. Quando ele afastou a mão, Maskull percebeu que o sorvo se transformara em membranas gêmeas, como as de Spadevil.

Tidomina parecia aturdida. Olhou ao seu redor em silêncio por um breve período, aparentemente testando suas novas faculdades. Logo seus olhos se encheram de lágrimas e, tomando a mão de Spadevil, curvou-se e a cobriu de beijos.

— Meu passado foi terrível — disse ela —, fiz mal a muitos e bem a ninguém. Assassinei... E fiz coisas ainda piores. Mas, agora, posso deixar tudo isso para trás e rir. Agora, nada pode me ferir. Oh, Maskull, você e eu fomos tão tolos!

— Não se arrepende de seus crimes? — perguntou Maskull.

— Deixe o passado em paz — disse Spadevil —, pois não é possível refazê-lo. Apenas o futuro é nosso. Começa novo, purificado, neste exato minuto. Por que hesita, Maskull? Terá medo?

— Qual o nome desses órgãos e qual a função deles?

---

32 É um dos personagens mais fascinantes da trama, e seu nome tem uma complexa carga simbólica — a junção de "spade" (espada ou pá) e "devil" (diabo) uma sonoridade tão curiosa em inglês que optei por não traduzi-lo. (N.T.)

— São *probos*[33], e são as portas que se abrem para um novo mundo.

Maskull parou de resistir e deixou que Spadevil cobrisse seu sorbo.

Enquanto a mão de ferro ainda pressionava-lhe a testa, a nova lei fluiu silenciosamente na consciência dele, como um fluxo suave de água limpa que até então tinha sido represada por sua vontade. A lei era seu dever.

---

33   No original, "probes". (N.T.)

CAPÍTULO 12 – SPADEVIL

Maskull descobriu que seus novos órgãos não tinham função independente alguma, apenas intensificavam e alteravam seus outros sentidos. Quando usava os olhos, os ouvidos ou as narinas, os mesmos objetos se apresentavam para ele, mas seu julgamento a respeito era diferente. Anteriormente, todas as coisas externas existiam para ele; agora, era ele que existia para elas. Se servissem ao seu propósito, ou se estivessem em harmonia com sua natureza, ou qualquer outra forma, seriam agradáveis ou dolorosos. Agora, as palavras "prazer" e "dor" simplesmente não tinham significado.

Os outros dois o observavam enquanto ele se familiarizava com sua nova perspectiva mental. Sorriu para eles.

— Tem razão, Tidomina — disse ele, com voz alegre e impávida —, nós fomos tolos. O tempo todo tão próximos da luz e nunca imaginamos isso. Sempre soterrados pelo passado ou pelo futuro, ignorando sistematicamente o presente; mas agora percebemos que, a não ser pelo presente, não temos vida alguma.

— Obrigada por isso, Spadevil — disse ela, em um tom mais elevado que o usual.

Maskull observou a forma obscura e concreta daquele homem.

— Spadevil, tenho a intenção de segui-lo até o fim. Não posso fazer menos que isso.

Ele não demonstrou sinais de satisfação no rosto severo, não relaxou um único músculo.

— Tenha cuidado para não perder a dádiva — disse bruscamente.

— Prometeu que eu entraria em Sant com você — disse Tidomina.

— Está se apegando à verdade, e não a mim. Eu posso morrer antes de você, mas a verdade a acompanhará até sua morte. Contudo, chegou o momento de nós três iniciarmos nossa jornada.

As palavras não haviam saído de sua boca antes que ele encostasse o rosto na neve fina e forte e seguisse empreendendo a marcha na direção de seu destino. Caminhava com passos largos; Tidomina foi obrigada a correr para acompanhá-lo. Os três caminhavam lado a lado — Spadevil seguia no meio. A névoa tornou-se tão densa que era impossível ver cem metros adiante.

O chão estava coberto pela neve verde. O vento soprava em rajadas das montanhas de Sant e seu frio era penetrante.

— Spadevil, você é humano ou mais que humano? — perguntou Maskull.

— Quem não é mais que humano não é nada.

— De onde veio, agora?

— Da meditação, Maskull. A verdade não poderia nascer de uma mãe diferente. Meditei, rejeitei aquilo que obtive, meditei novamente. Agora, depois de muitos meses ausente de Sant, a verdade afinal resplandeceu diante de mim em seu brilho simples, como um diamante bruto.

— Eu vejo esse brilho — disse Maskull —, mas quanto é devido ao antigo Hator?

— O conhecimento tem suas estações. A flor que desabrocha é devida a Hator; já os frutos são de minha lavra. Hator também foi adepto da meditação, mas seus seguidores já não mais meditam. Em toda Sant só há egoísmo gélido, uma morte em vida. Odeiam o prazer, e esse ódio é o maior prazer possível para eles.

— Mas de que modo se distanciaram dos ensinamentos de Hator?

— Para ele, na sombria pureza de seu caráter, todo o mundo era uma armadilha, um galho a ser cortado. Sabia que o prazer estava em todos os lugares, como um inimigo feroz e zombeteiro, agachado, apenas esperando a cada curva na estrada da vida, pronto para matar, com seu doce aguilhão, a grandeza nua da alma. Para se proteger, ele se escondeu atrás da dor. Isso é algo que seus seguidores fazem, não pelo bem da alma, mas por vaidade e orgulho.

— O que significa o tridente?

— O tronco, Maskull, é o ódio ao prazer. O primeiro dente é desapegar da doçura do mundo. O segundo dente é o poder sobre aqueles que ainda se contorcem nas redes da ilusão. O terceiro dente é o rubor saudável de quem pisa em água gelada.

— Qual é a terra originária de Hator?

— Não se sabe. Viveu em Ifdawn algum tempo. Há diversas lendas a respeito do período em que ele esteve por lá.

— Temos ainda um longo caminho pela frente — disse Tidomina.

— Nos conte alguma dessas lendas, Spadevil.

A neve cessara e o dia estava brilhante, pois Brancospélio reapareceu como um sol fantasma, mas a planície em que estavam persistia continuamente varrida por intensas rajadas de vento.

— Naqueles dias — começou Spadevil —, existia em Ifdawn uma ilha de montanha separada por amplos espaços da terra ao redor. Uma bela garota, que conhecia feitiçaria, fez com que uma ponte fosse construída, através da qual homens e mulheres poderiam passar. Ela conseguiu atrair ardilosamente Hator para tal rocha, e então empurrou a ponte com o pé até que ela desabasse nas profundezas. "Você e eu, Hator, agora estamos juntos, e não há como nos separar. Eu quero ver por quanto tempo o famoso homem do gelo pode suportar o hálito, os sorrisos e o perfume de uma mulher." Hator não disse nada, nem naquele momento nem durante todo aquele dia. Ele ficou até o pôr do sol como o tronco de uma árvore, pensando em outras coisas. Então a mulher ficou apaixonada e balançou os cachos. Ela se levantou de onde estava sentada, olhou para ele e tocou seu braço; mas ele não a viu. Ela olhou para ele intensamente, com toda a alma resplandecendo nos olhos. Então, caiu morta. Hator despertou de seus pensamentos e viu o cadáver ali, estirado, ainda quente, a seus pés. Ele deixou a ilha; mas não foi registrado de que forma fez isso.

Tidomina estremeceu.

— Você também encontrou sua mulher perversa, Spadevil. Mas seu método foi bem mais nobre.

— Não se compadeça de outras mulheres — disse Spadevil —, mas ame o justo. Hator, certa vez, também conversou com Formador.

— Com o Criador do Mundo? — perguntou Maskull, pensativo.

— Com o Criador do Prazer, sim. Conta-se como o Formador defendeu seu mundo e tentou forçar Hator a reconhecer e aceitar os prazeres e o deleite. Mas Hator, respondendo a todos os seus discursos maravilhosos com poucas palavras, concisas e duras como o ferro, mostrou como essa alegria e essa beleza eram apenas outro nome para a bestialidade das almas, que chafurdavam no luxo e na preguiça. Formador sorriu e disse: "Como a sua sabedoria pode ser maior que aquela pertencente ao Mestre da sabedoria?". Hator respondeu: "Minha sabedoria não vem de você, nem do seu mundo, mas daquele outro mundo que você, Formador, busca em vão imitar."

Ao que Formador questionou: "O que, então, você faz no meu mundo?" E Hator disse: "Estou aqui falsamente e, portanto, sujeito aos seus falsos prazeres. Mas eu me envolvo na dor, não porque seja bom, mas porque desejo me manter o mais longe possível de você. Pois a dor não é sua, nem pertence ao outro mundo: é a sombra lançada por seus falsos prazeres." Formador, então, redarguiu: "O que é este outro mundo distante do qual você diz 'Isto é assim e isto não é?' Como seria possível somente você, de todas as minhas criaturas, ter conhecimento dele?" Mas Hator cuspiu a seus pés e disse: "Você mente, Formador. Todos têm conhecimento disso. Apenas você, com seus lindos brinquedos, pretende obscurecer nossa visão." E Formador perguntou: "O que, então, eu sou?" Hator respondeu: "Você é o sonhador de sonhos impossíveis." Conta-se que, então, Formador partiu, nada satisfeito com aquilo que fora dito.

— Que outro mundo é esse ao qual Hator se referia? — perguntou Maskull.

— Um em que reina a grandeza, Maskull, da mesma forma que aqui reina o prazer.

— Grandeza ou prazer, não há diferença — disse Maskull —, pois o espírito individual que vive e deseja viver é mesquinho e corrupto.

— Tenha cautela com o orgulho — replicou Spadevil. — Não faça leis eternas e universais, mas apenas de você mesmo e dessa sua pequena e falsa existência.

— Como morreu esse homem rígido e inconquistável? — perguntou Tidomina.

— Viveu até avançada velhice, mas caminhou ereto e com agilidade até a última hora. Quando percebeu que não conseguiria manter a morte distante por mais tempo, decidiu tirar a própria vida. Reuniu os amigos, não por vaidade, mas para mostrar até onde a alma humana poderia ir em sua guerra perpétua contra a voluptuosidade da carne. Mantendo-se de pé, sem apoio, morreu prendendo a respiração.

Fez-se então entre eles um pesado silêncio, que durou por volta de uma hora. A mente de cada um se negava a reconhecer os ventos gelados, mas a corrente de seus pensamentos congelou.

Contudo, quando Brancospélio brilhou novamente, embora com potência reduzida, a curiosidade de Maskull aumentou de novo.

— Então seus compatriotas estão enfermos de amor-próprio, Spadevil?

— Os homens de outros países — disse Spadevil — são escravos do prazer e do desejo, tendo plena ciência disso. Mas os homens de meu país são escravos do prazer e do desejo sem saber.

— Mesmo assim, esse prazer orgulhoso, que se regala com a autotortura, tem algo de nobre.

— Quem se dedica a analisar a si mesmo é ignóbil. Apenas pelo desprezo da alma e do corpo é possível alcançar a vida autêntica.

— Com base em que rejeitam as mulheres?

— No fato de que a mulher tem o amor ideal e não pode viver para si mesma. O amor ao outro é prazeroso para o amado, portanto prejudicial.

— Uma floresta de ideias falsas aguarda o machado — disse Maskull —, mas permitiram que isso ocorra?

— Maskull — disse Tidomina —, Spadevil sabe que, seja hoje, seja amanhã, o amor não pode ser expulso de uma terra, mesmo pelos discípulos de Hator.

— Acautele-se do amor, acautele-se da emoção — exclamou Spadevil —, pois o amor não é nada além do que resta com a eliminação do prazer. Não pense em comprazer os outros, e sim em servi-los.

— Perdoe-me, Spadevil, por seguir sendo feminina.

— O justo não tem sexo. Enquanto persistir, Tidomina, recordando que é mulher, não alcançarás a divina apatia da alma.

— Mas onde não há mulheres, não há crianças — disse Maskull. — Então como foi possível haver tantas gerações de homens de Hator?

— A vida alimenta a paixão, a paixão alimenta o sofrimento, o sofrimento alimenta o desejo de deixar de sofrer. Multidões de homens chegam a Sant de diversas terras distantes para curar as cicatrizes da alma.

— Em vez de ódio ao prazer, que é algo compreensível a todos, qual fórmula simples tua visão oferece?

— Obediência férrea ao dever — respondeu Spadevil.

— E se perguntarem: "Até que ponto isso é consistente com o ódio ao prazer?", qual será sua resposta?

— Não responderei a eles, mas respondo a você, Maskull, que me fez a pergunta. Ódio é paixão, e toda paixão brota das obscuras chamas do eu. Não odeie o prazer em absoluto, apenas passe ao seu lado, tranquilo e imperturbável.

— Qual é o critério do prazer? Como podemos estar certos de reconhecê-lo e evitá-lo?

— Cumpra rigidamente o dever e essas perguntas jamais se apresentarão.

Posteriormente, naquela mesma tarde, Tidomina colocou timidamente os dedos no braço de Spadevil.

— Persistem dúvidas terríveis em minha mente — disse ela —, pois creio que essa expedição a Sant pode ter um desfecho ruim. Tive uma visão de você, Spadevil, e eu, deitada, coberta de sangue, mas Maskull não estava nela.

— Podemos deixar cair a tocha, mas a chama não será extinta, e haverá outros para erguê-la.

— Mostre-me um sinal de que não é como os outros homens, para que eu possa saber que nosso sangue não será derramado em vão.

Spadevil olhou para ela severamente.

— Não sou um mago. Não persuado os sentidos, mas a alma. O dever clama por sua presença em Sant, Tidomina? Então vá. Seu chamado não é esse? Não vá. Não é algo bem simples? De qual outro sinal necessita?

— Não o vi dispersando as cascatas de raios? Nenhum homem comum poderia fazer aquilo.

— Quem pode saber do que um homem é capaz? Alguém pode fazer algo, outro, alguma coisa diversa. Mas o que todos devem fazer é cumprir seu dever. E, para abrir os olhos de todos sobre isso, devo ir a Sant e, se necessário, sacrificar minha vida. Já não deseja me acompanhar?

— Sim — disse Tidomina. — O seguirei até o fim. É ainda mais importante, pois sigo desagradando-o com meus comentários, o que significa que ainda não compreendi minha lição corretamente.

— Não seja humilde, pois a humildade nada mais é que o julgamento de si, e, enquanto pensamos em nós mesmos, podemos negligenciar alguma ação que poderíamos planejar ou formar em nossa mente.

Tidomina ainda estava inquieta e preocupada. Por isso, fez uma pergunta.

— Por que Maskull não estava na cena?

— Mortifica a si mesma com essa premonição, pois imagina que se trata de uma tragédia. Não há nada de trágico na morte, Tidomina, nem na vida. Existe apenas certo e errado. Os resultados das ações certas ou erradas não importam. Não somos deuses que constroem um mundo, mas simples homens e mulheres que realizam seu dever imediato. Podemos morrer em Sant, pois você teve essa visão, mas a verdade permanecerá viva.

— Spadevil, por que escolheu Sant para começar seu trabalho? Esses homens, de ideias fixas, parecem bem pouco inclinados a seguir uma nova luz — perguntou Maskull.

— Onde cresce uma árvore ruim, crescerá outra boa. Mas onde não houver qualquer tipo de árvore, nada crescerá.

— Compreendo — disse Maskull —, talvez estejamos nos dirigindo ao martírio, mas em qualquer outro local seria como pregar para o gado.

Pouco antes do pôr do sol, chegaram à extremidade da planície montanhosa, acima da qual se erguiam os penhascos negros das Planícies de Sant. Uma escada vertiginosa, construída artificialmente, de mais de mil degraus de profundidade variável, girando e bifurcando-se para se conformar aos ângulos dos precipícios, conduzia ao mundo acima. Estavam em um local protegido dos ventos cortantes. Brancospélio finalmente brilhava radiante, mas, perto de se pôr, preenchia o céu nublado com cores violentas e lúgubres, com algumas combinações completamente novas para Maskull. O círculo do horizonte era tão gigantesco que, se ele tivesse sido repentinamente levado de volta à Terra, teria imaginado que estava se movendo sob a cúpula de alguma pequena catedral em comparação. Percebeu que estava em outro planeta. Mas tal conhecimento não o comoveu ou emocionou; estava consciente apenas de ideias morais. Olhando para trás, viu a planície, que havia vários quilômetros não apresentava vegetação, estendendo-se até Discórnio. Tão regular tinha sido a subida, e tão grande era a distância, que a enorme pirâmide parecia nada mais do que uma ligeira protuberância na superfície do solo.

Spadevil parou e olhou a paisagem em silêncio. À luz do sol da tarde, sua forma parecia mais densa, escura e real do que nunca.

Sua fisionomia estava rígida de severidade. Voltou-se aos seus companheiros e perguntou:

— Qual a maior maravilha de toda esta cena espetacular?

— Nos ilumina — disse Maskull.

— Tudo o que a visão abarca nasceu do prazer e avança de prazer em prazer. Não há nada justo para ser encontrado. Esse é o mundo do Formador.

— Há outra maravilha — disse Tidomina, e apontou o céu.

Uma pequena nuvem, tão baixa que talvez não estivesse mais do que cem metros acima deles, flutuava diante da parede escura do penhasco. Tinha o formato exato de uma mão humana aberta, com dedos apontando para baixo. Estava tingido de vermelho pelo sol; e uma ou duas pequenas nuvens sob os dedos pareciam gotas de sangue que caíam.

— Quem pode duvidar de que nossa morte está próxima? Estive perto da morte duas vezes hoje. Da primeira vez, estava preparada, mas agora estou ainda mais, pois vou morrer junto ao homem que me forneceu minha primeira felicidade — disse Tidomina.

— Não pense na morte, mas na persistência do certo — replicou Spadevil. — Não estou aqui para tremer diante dos portentos do Formador, mas para arrebatar dele os homens.

Ele imediatamente começou a liderar o caminho escada acima. Tidomina olhou para cima, atrás dele, por um momento, com uma luz estranha de adoração nos olhos. Então ela foi a segunda a seguir. Maskull foi o último a iniciar a escalada. Estava sujo pela viagem, desgrenhado e muito cansado; mas sua alma estava em paz. À medida que eles subiam continuamente as escadas quase perpendiculares, o Sol ficava mais alto no céu. A luz tingiu o corpo deles de um ouro avermelhado.

Chegaram ao topo. Lá, encontraram diante deles, até onde a vista alcançava, um deserto árido de areia branca, interrompido aqui e ali por grandes massas irregulares de rocha negra. O sol poente tornava a areia avermelhada. A vasta extensão do céu foi preenchida por nuvens de formas malignas e cores selvagens. O vento gélido, que soprava através do deserto, impulsionava as finas partículas de areia que lhes atingiam dolorosamente o rosto.

— Para onde nos levará agora? — perguntou Maskull.

— Aquele que custodia a velha sabedoria de Sant deve entregá-la a mim, para que eu possa alterá-la. Aquilo que ele diz, os outros dirão. Encontrarei Maulger.

— E onde poderá encontrá-lo, nesta terra árida?

Spadevil começou a andar para o norte, sem hesitar.

— Não é longe — disse —, e ele tem o costume de ficar na parte de Sant que domina o Bosque de Ventrax[34]. Talvez esteja lá, mas não posso sabê-lo de antemão.

Maskull analisou Tidomina. O rosto encovado e os círculos negros abaixo dos olhos indicavam o extremo cansaço dela.

— A mulher está exausta, Spadevil — disse ele.

Ela sorriu.

— Isso é apenas um passo a mais na terra da morte. Posso dar um jeito. Dê-me seu braço, Maskull.

Ele colocou o braço em volta da cintura dela e a ajudou durante o caminho.

— O sol está se pondo — disse Maskull. — Será que chegaremos antes do anoitecer?

— Nada temam, Maskull e Tidomina: essa dor devorará o mal de vossa natureza. O caminho que seguem não pode permanecer sem ser percorrido. Chegaremos antes da noite.

O Sol, então, desapareceu atrás das cristas distantes que formavam a fronteira oeste do Mareste Ifdawn. O céu brilhou em cores mais vivas. O vento ficou mais frio.

Passaram por alguns açudes de água alimentar incolor, com árvores frutíferas plantadas nas margens. Maskull comeu algumas das frutas. Eram duras, amargas e adstringentes; não conseguia se livrar do gosto que ficara na boca, mas se sentia estimulado e revigorado pelos sucos que fluíam delas. Nenhum tipo de árvore ou arbusto foi visto em lugar algum. Não havia animais, nenhum pássaro ou inseto. Era uma terra desolada.

Somente uma ou duas milhas depois eles novamente se aproximaram dos limites do planalto. Bem lá embaixo, sob seus pés, o grande Bosque de Ventrax começava. Mas a luz do dia havia desaparecido dali. Os olhos de Maskull pousaram apenas em uma

---

34   No original, "Wombflash Forest". (N.T.)

vaga escuridão. Ele ouviu, imprecisamente, o que parecia ser o suspiro distante de inúmeras copas de árvores.

No crepúsculo que escurecia rapidamente, encontraram abruptamente um homem. Ele estava de pé em uma charneca, em cima de uma perna. Diversos penhascos o ocultaram da visão deles. A água chegava-lhe até a panturrilha. Um tridente, semelhante ao que Maskull vira em Discórnio, mas menor, estava preso na lama perto de sua mão.

Pararam ao lado do lago e esperaram. Imediatamente, o homem percebeu a presença deles, baixou a outra perna e saiu da água em sua direção, segurando o tridente.

— Este não é Maulger, mas Cátice[35] — disse Spadevil.

— Maulger está morto — disse Cátice, falando no mesmo idioma de Spadevil, mas com um sotaque ainda mais ríspido, que afetava dolorosamente os tímpanos de Maskull.

Estava agora diante deles um indivíduo curvado, de idade avançada, mas poderoso. Ele não usava nada além de um exíguo calção. O tronco era largo e pesado, mas as pernas eram bastante curtas. O rosto imberbe, amarelado, transparecia ansiedade. Estava desfigurado por vários sulcos longitudinais, de meio centímetro de profundidade, cujas cavidades pareciam obstruídas por sujeira antiga. O cabelo na cabeça era preto e ralo. Em vez dos órgãos gêmeos e membranosos de Spadevil, tinha apenas um, no centro da testa.

A figura sombria e sólida de Spadevil se destacava dos demais como uma realidade entre sonhos.

— O tridente lhe foi passado? — exigiu saber.

— Sim. Por que trouxe uma mulher a Sant?

— Trouxe outra coisa a Sant. Uma nova fé.

Cátice permaneceu imóvel, com ar preocupado.

— Exponha.

— Prefere que eu conte em muitas ou em poucas palavras?

— Se deseja dizer o que não é, muitas palavras não bastarão. Se deseja dizer o que é, poucas devem servir.

Spadevil franziu o cenho.

---

35   No original, "Catice". (N.T.)

— Odiar o prazer trouxe consigo o orgulho. Orgulho é prazer. Para matar o prazer, devemos nos apegar ao dever. Enquanto a mente planeja a ação certa e justa, não dispõe de tempo para pensar no prazer.

— E isso é tudo? — perguntou Cátice.

— A verdade é simples, mesmo para o mais simplório dos homens.

— Pretende destruiu Hator e todas as suas gerações com uma única palavra?

— Destruo a natureza e estabeleço a lei.

Seguiu-se um prolongado silêncio.

— Meu probo é duplo — disse Spadevil. — Permita que eu duplique o seu para que consiga ver o que vejo.

— Aproxime-se, homenzarrão — disse Cátice a Maskull, e ele obedeceu.

— Segue Spadevil em sua nova fé?

— Até a morte — exclamou Maskull.

Cátice pegou uma pedra afiada.

— Com esta pedra, arrancarei um de seus probos. Quando tiver apenas um, verá da mesma forma que eu, assim poderá se lembrar da experiência com Spadevil. Escolha, então, a fé superior, e eu seguirei sua escolha.

— Suporte essa pequena dor, Maskull, pelo bem das pessoas no futuro — pediu Spadevil.

— A dor não é nada — replicou Maskull —, mas temo o resultado.

— Permita que eu, embora seja apenas uma mulher, tome o lugar dele, Cátice — pediu Tidomina, estendendo a mão.

Ele a atingiu violentamente com a pedra, abrindo um corte do pulso ao polegar, do qual jorrou um pálido sangue carmesim aos borbotões.

— O que trouxe esta amante de beijos a Sant? — disse ele. — Como se atreve a impor normas aos filhos de Hator?

Ela mordeu os lábios e recuou.

— Muito bem, aceite, Maskull! Eu certamente jamais enganaria Spadevil, mas você nem tentaria.

— Se isso me foi solicitado, devo fazê-lo — disse Maskull. — Mas quem sabe qual será o resultado?

— De todos os descendentes de Hator — disse Spadevil —, Cátice é o mais sincero e devotado. Pisoteará minha fé, pensando que sou um demônio enviado por Formador para destruir o trabalho realizado nesta terra. Mas uma semente sobreviverá e o nosso sangue, meu e de Tidomina, servirá para a irrigação dela. Então, os homens saberão que minha destruição do mal é seu maior bem. Mas nenhum de nós, aqui, viverá para contemplar isso.

Maskull aproximou-se de Cátice e ofereceu sua cabeça. Cátice levantou a mão e, depois de manter a pedra afiada em suspensão durante um instante, a descarregou com força e habilidade no probo esquerdo de Maskull, que gritou de dor. O sangue correu e a funcionalidade do órgão foi destruída.

Houve uma pausa, enquanto ele caminhava de um lado para o outro, tentando estancar o sangue.

— Como se sente, Maskull? O que você vê? — perguntou Tidomina ansiosamente.

Ele parou e olhou para ela.

— Agora vejo com clareza — disse pausadamente.

— O que isso significa?

Continuou limpando o sangue da fronte. Parecia perturbado.

— Doravante, enquanto viver, lutarei com minha natureza e me recusarei a sentir prazer. E eu aconselho vocês a fazerem o mesmo.

Spadevil o olhou com seriedade.

— Renuncia aos meus ensinamentos?

Maskull, contudo, devolveu a ele o olhar sem desalento. A intensidade da imagem de Spadevil havia se diluído. Aquele conhecido rosto transformou-se agora no pórtico enganoso de um intelecto fraco e confuso.

— São falsos.

— É falso se sacrificar pelos outros? — exigiu saber Tidomina.

— Ainda não consigo argumentar — disse Maskull —, pois neste momento o mundo, com seu deleite, me parece uma espécie de sepultura. Sinto repulsa por tudo o que nele existe, inclusive por mim mesmo. Não sei de mais nada.

— Não existe o dever? — perguntou Spadevil, em tom áspero.

— O vejo como um manto debaixo do qual compartilhamos o prazer dos outros.

Tidomina puxou o braço de Spadevil.

— Maskull o traiu, como fez com muitos outros. Vamos embora.

Ele permaneceu firme.

— Mudou rápido, Maskull.

Maskull não respondeu e voltou-se para Cátice.

— Por que as pessoas seguem vivendo neste doce mundo vergonhoso, quando poderiam se matar?

— A dor é o ar nativo dos filhos de Surtur. Que outro ar quer que eles respirem?

— Os filhos de Surtur? Mas Surtur não é o Formador?

— Essa é a maior de todas as mentiras. A obra-prima de Formador.

— Responda, Maskull! Repudia a ação justa? — perguntou Spadevil.

— Deixe-me em paz. Vá embora! Já não penso em você e em suas ideias. Não desejo feri-lo.

A escuridão veio rápido. Houve outro silêncio prolongado.

Cátice atirou longe a pedra afiada e recolheu o tridente.

— A mulher deve voltar para casa — disse ele —, pois foi persuadida a vir até aqui. Não ceio por livre vontade. Já você, Spadevil, deve morrer, por ser reincidente.

Tidomina disse pausadamente:

— Não dispõe de poder para isso. Vai permitir que a verdade caia por terra, Spadevil?

— Ela não perecerá pela minha morte, mas pelos meus esforços em escapar da morte. Aceito sua sentença, Cátice.

Tidomina sorriu.

— De minha parte, estou cansada demais para caminhar um passo que seja hoje. Assim, morrerei com ele.

Cátice voltou-se para Maskull.

— Prove sua sinceridade. Mate este homem e sua amante, seguindo as leis de Hator.

— Não posso fazer isso. Viajei compartilhando minha amizade com eles.

— Você renegou o dever. Agora, deve cumprir seu dever — disse Spadevil, acariciando calmamente a barba —, pois, qualquer que seja a lei que doravante aceitou, precisa obedecê-la, sem se voltar para a esquerda ou para a direita. Sua lei comanda que devemos ser apedrejados e logo estará escuro.

— Não sobrou nada de homem em você, nem mesmo para isto? — exclamou Tidomina.

Maskull se moveu pesadamente.

— Seja minha testemunha, Cátice, de que fui forçado a isso.

— Hator observa e aprova — respondeu Cátice.

Maskull então se dirigiu à pilha de pedras espalhadas ao lado da charneca. Olhou ao redor e selecionou dois grandes fragmentos de rocha, os mais pesados que, conforme avaliou, conseguiria carregar. Com essa carga nos braços, cambaleou para trás.

Largou as rochas no chão e se levantou, recuperando o fôlego.

— Não sinto nada de bom neste assunto — disse, quando conseguiu falar novamente. — Há alguma alternativa? Durma aqui esta noite, Spadevil, e pela manhã volte para o lugar de onde veio. Ninguém pensará em feri-lo.

O sorriso irônico de Spadevil se perdeu nas trevas.

— Devo voltar a meditar, Maskull, por mais um ano, e depois disso voltar para Sant com outras verdades? Venha, sem perda de tempo, mas escolha para mim a pedra mais pesada, pois sou mais forte que Tidomina.

Maskull levantou uma das rochas e se afastou quatro passos. Spadevil o confrontou ereto, em tranquila espera.

A enorme pedra foi arremessada pelo ar. Seu voo parecia uma sombra escura. Atingiu Spadevil no rosto, esmagando suas feições e quebrando-lhe o pescoço. Morreu instantaneamente.

Tidomina desviou o olhar do homem caído.

— Seja bem rápido, Maskull, e não permita que eu o deixe esperando.

Ele ofegou e ergueu a segunda pedra. Ela se colocou na frente do corpo de Spadevil, sem sorrir, indiferente.

O golpe a atingiu entre o seio e o queixo, e ela caiu. Maskull foi até ela e ajoelhou-se, e a ergueu parcialmente nos braços. Logo, ela deu seus últimos suspiros.

Depois disso, ele a deitou novamente e apoiou-se pesadamente sobre as mãos, enquanto espiava o rosto morto. A transição de sua expressão espiritual heroica para a máscara vulgar e sorridente de Cristalino veio como uma fagulha. Mas ele conseguiu ver.

Maskull, então, levantou-se na escuridão e puxou Cátice em sua direção.

— Essa é a verdadeira aparência de Formador?

— É Formador destituído de ilusões.

— Como este mundo horrível veio a existir?

Cátice não respondeu.

— Quem é Surtur?

— Chegará perto dele amanhã, mas não aqui.

— Estou vadeando em meio a muito sangue — disse Maskull —, e nada de bom virá disso.

— Não tema a mudança e a destruição, mas o riso e a alegria.

Maskull meditou.

— Diga-me uma coisa, Cátice: se eu tivesse escolhido seguir Spadevil, você realmente aceitaria o credo dele?

— Era um homem de alma imensa — respondeu Cátice. — E percebo, de fato, que o orgulho de nossos homens é apenas outra fonte de prazer. Amanhã, deixarei Sant para meditar a respeito disso.

Maskull estremeceu.

— Então essas duas mortes não foram uma necessidade, mas um crime!

— Ele já havia cumprido seu papel; além disso, a mulher jogou por terra suas ideias, com seu doce amor e sua lealdade. Nada lamente, estrangeiro, apenas deixe esta terra de imediato.

— Esta noite? Para onde irei?

— Para Ventrax, onde encontrará as mentes mais profundas. Ensinar-lhe-ei o caminho.

Ele enlaçou o braço de Maskull e caminharam pela noite. Contornaram a beira do precipício por mais de um quilômetro. O vento era penetrante e lançava areia no rosto deles. Através das fendas nas nuvens, estrelas, fracas e brilhantes, apareceram. Maskull não viu nenhuma constelação familiar. Ele se perguntou se o Sol da terra era visível e, em caso afirmativo, qual delas seria.

Chegaram ao topo de uma escada tosca, que descia pelo penhasco. Parecia aquela que havia utilizado para subir anteriormente; mas essa descia para o Bosque de Ventrax.

— Este é o teu caminho — disse Cátice —, mas eu não vou adiante.

Maskull o deteve.

— Diga-me apenas uma coisa, antes que nossos caminhos se separem: por que o prazer nos parece tão vergonhoso?

— Porque, ao sentir prazer, nos esquecemos de nosso lar.
— E qual é?
— Muspel[36] — respondeu Cátice.

Após isso, separou-se de Maskull e, dando-lhe as costas, desapareceu na escuridão.

Maskull desceu escada abaixo aos tropeços, fazendo o melhor que pôde. Estava cansado, mas desprezava as dores. Seu probo ileso começou a supurar. Descia medindo cada degrau, cada passo, durante o que lhe pareceu um tempo interminável. O farfalhar e o suspiro das árvores ficavam mais altos à medida que ele se aproximava do solo. O ar estava imóvel e quente. Uma escuridão densa o cercava.

***

Finalmente alcançou o solo. Ainda tentando prosseguir, tropeçou em raízes e colidiu com troncos de árvores. Depois que isso aconteceu algumas vezes, decidiu não ir adiante naquela noite. Juntou algumas folhas secas para servir de travesseiro e imediatamente se jogou no chão para dormir. Mergulhou em uma inconsciência profunda e pesada quase que instantaneamente.

---

36 Mais uma expressão derivada da mitologia nórdica. "Muspell" ou "Muspelheim" (do nórdico antigo Múspellsheimr) é a cintilante e tórrida terra do fogo, guardada por Surtur, outro nome bastante importante na mitologia pessoal de David Lindsay. (N.T.)

CAPÍTULO 13 – O BOSQUE DE VENTRAX

Maskull despertou para seu terceiro dia em Tormance. Os membros doíam-lhe. Permaneceu deitado de lado, olhando estupidamente ao redor. O bosque era escuro como a noite, mas o período da noite em que o amanhecer cinzento está prestes a romper e os objetos começam a ser adivinhados, em vez de vistos. Duas ou três formas sombrias, incríveis, amplas como casas, surgiram do crepúsculo. Não percebeu que eram árvores, até que se virou de costas e seguiu seu caminho ascendente. Bem acima, tão alto que ele não ousou calcular a altura, viu as copas brilhando ao sol, contra um pequeno pedaço de céu azul.

Nuvens de nevoeiro, rolando acima do solo daquele bosque, obstruíam sua visão. Em sua passagem silenciosa, eram como fantasmas que passavam, revoluteando entre as árvores. As folhas, embaixo dele, estavam encharcadas, e pesadas gotas de orvalho respingavam em sua cabeça de vez em quando.

Continuou deitado, tentando reconstruir os acontecimentos do dia anterior. Seu cérebro estava letárgico e confuso. Algo terrível havia acontecido, mas demorou para que pudesse recordar o que era. Então, de repente, surgiu diante de seus olhos aquela horrível cena final ao anoitecer no planalto de Sant — as feições esmagadas e sangrentas de Spadevil e os suspiros moribundos de Tidomina... Estremeceu convulsivamente e sentiu náuseas.

A perspectiva moral peculiar que ditara esses assassinatos brutais havia desaparecido durante a noite, mas agora se deu conta do que tinha feito! Durante todo o dia anterior ele parecia ter penado, subjugado por uma série de feitiços poderosos. Primeiro, Oceaxe o escravizou, depois Tidomina, depois Spadevil e, por último, Cátice. Eles o forçaram a matar e transgredir regras... E ele não tinha percebido nada, embora imaginasse a si mesmo como um viajante estrangeiro, livre e esclarecido. Qual o propósito daquela jornada de pesadelo? E prosseguiria da mesma maneira?

O silêncio do bosque era tão intenso que ele não percebia nenhum som, apenas o sangue correndo em suas artérias.

Levou a mão ao rosto e descobriu que o restante de seu probo havia desaparecido e que ele tinha três olhos. O terceiro olho estava na testa, na mesma posição do velho sorbo. Ainda não conseguia adivinhar seu uso. Também mantinha o terceiro braço, mas estava inerte.

Matutou por um bom tempo, tentando, sem sucesso, lembrar o nome que havia sido a última palavra dita por Cátice.

Maskull se levantou com a intenção de retomar sua jornada. Não tinha como fazer seu asseio, nenhuma refeição para preparar. O bosque era descomunal. A árvore mais próxima parecia ter uma circunferência de pelo menos trinta metros. Outros troncos escuros pareciam igualmente gigantescos. Mas o que deu à cena seu aspecto de imensidão foram os vastos espaços que separavam cada árvore. Era como um gigantesco salão sobrenatural da vida após a morte. Os galhos mais baixos estavam a cinquenta metros ou mais do solo. Não havia vegetação rasteira; o solo era acarpetado apenas pelas folhas mortas e úmidas. Ele olhou ao redor para encontrar sua direção, mas os penhascos de Sant, de onde descera, eram invisíveis — todos os caminhos eram aparentemente iguais, de modo que não tinha ideia de qual lado tomar. Ficou assustado e murmurou para si mesmo. Esticando o pescoço para trás, ele olhou para cima e tentou descobrir os pontos cardeais na direção da luz do sol, mas era impossível.

Enquanto ele estava lá, ansioso e hesitante, ouviu um som de tambor. As batidas rítmicas procediam de alguma distância. O percussionista invisível parecia estar marchando pela floresta, distanciando-se dele.

— Surtur! — disse ele sem fôlego, quase num sussurro.

No momento seguinte, ficou maravilhado consigo mesmo por ter pronunciado esse nome. Aquele ser misterioso não estava em seus pensamentos, nem havia qualquer conexão ostensiva entre ele e o som do tambor.

Começou a refletir, e, enquanto isso, os ruídos se distanciaram. Automaticamente, começou a andar na direção deles. As batidas do tambor tinham essa peculiaridade — embora estranhas e místicas, não tinham nada de impressionante, pelo contrário, lembravam-no de um lugar e uma vida com os quais estava perfeitamente familiarizado. Mais uma vez, fizeram todas as suas outras impressões sensoriais parecerem falsas.

Os sons eram intermitentes. Persistiam por um minuto, ou por cinco minutos, e então paravam por talvez um quarto de hora.

Maskull seguiu essa pista aural o melhor que pôde. Caminhou arduamente entre as árvores enormes e indistintas, na tentativa de descobrir a origem do ruído, mas a mesma distância parecia sempre existir. A floresta começou a descer. O declive era quase sempre suave, cerca de trinta centímetros para cada três metros. Em alguns lugares, era muito mais íngreme e, em outras partes, era praticamente terreno plano por trechos bastante longos. Havia grandes charcos pantanosos, que obrigaram Maskull a mergulhar neles para que pudesse atravessá-los. Era indiferente o quão molhado ele ficasse, se ao menos pudesse avistar o tal indivíduo com o tambor. Percorreu milha após milha e, ainda assim, não sentia que estava mais próximo de seu objetivo.

A melancolia daquele bosque influenciou seu ânimo, e ele estava desanimado, cansado e violento. Fazia algum tempo que não ouvia mais as batidas do tambor e estava inclinado a interromper tal busca.

Ao dar a volta por um grande tronco de árvore em forma de coluna, quase tropeçou em um homem, parado no lado oposto. Ele estava encostado no tronco, apoiando-se em uma das mãos, em atitude de repouso. A outra mão estava apoiada em um bastão. Maskull parou e olhou para ele.

Estava quase nu e tinha uma envergadura gigantesca. Ultrapassava Maskull por uma cabeça em altura. Seu rosto e corpo eram ligeiramente fosforescentes. Os olhos — três, no total — eram verdes, claros e luminosos, brilhantes como lâmpadas. A pele não tinha pelos, mas os cabelos se amontoavam em grossas espirais pretas e estavam presos como os de uma mulher. Suas feições eram absolutamente tranquilas, mas uma energia terrível e silenciosa parecia estar logo abaixo daquela superfície. Maskull se dirigiu a ele:

— Estava tocando um tambor?

O homem balançou a cabeça.

— Qual é o seu nome?

Ele respondeu com uma voz estranha, tensa, perversa. Maskull entendeu ele dizer "Devanistir"[37].

— O que era aquele som de tambor?

---

37 No original, "Dreamsinter". (N.T.)

— Surtur — respondeu Devanistir.
— Você me aconselharia a segui-lo?
— Por quê?
— Talvez seja isso o que ele espera de mim. Me trouxe da Terra para cá apenas para isso.

Devanistir o agarrou, inclinou-se e esquadrinhou-lhe o rosto.
— Não você, mas Nightspore.

Era a primeira vez que Maskull ouvia esse nome desde a sua chegada ao planeta. Ficou tão abalado que não conseguiu elaborar outras perguntas.

— Coma isto — disse Devanistir —, e depois perseguiremos o som juntos.

Ele estendeu algo que tinha pegado do chão, mas Maskull não conseguiu ver claramente o que era. Parecia uma noz dura e redonda, do tamanho de um punho.

— Não consigo quebrá-la.

Devanistir pegou o fruto com os punhos e o quebrou em pedaços. Maskull, então, comeu o interior carnudo da noz, que tinha sabor intensamente desagradável. Depois de comer, perguntou:

— O que estou fazendo em Tormance, então?

— Veio para cá roubar o fogo de Muspel, para dar uma vida mais profunda aos homens... sem nunca ter se perguntado se sua alma poderia suportar essas queimaduras.

Maskull quase não conseguiu decifrar aquelas palavras entrecortadas.
— Muspel... Esse é o nome de que estava tentando me lembrar desde que acordei.

Devanistir girou repentinamente a cabeça; parecia estar ouvindo algo. Fez um gesto a Maskull, para que se calasse.
— É o som do tambor?
— Cale-se! Estão vindo.

Ele olhava para a parte superior do bosque. O agora familiar ritmo do tambor podia ser ouvido, dessa vez acompanhado pelo som de passos.

Maskull viu, marchando por entre as árvores e seguindo na direção de onde estavam, três homens em fila indiana separados uns dos outros por apenas um metro. Desciam a colina em ritmo rápido e não olhavam para os lados. Estavam nus. Suas figuras brilhavam contra o fundo negro da floresta com uma pálida luz sobrenatural, esverdeada e fantasmagórica. Quando estavam bem perto, a cerca de cinco metros de distância, Maskull percebeu quem eram. O primeiro homem era ele mesmo — Maskull. O segundo, Krag. O terceiro homem era Nightspore. Tinham um sorriso fixo no rosto.

A fonte do som de tambor continuava invisível. O som parecia vir de algum ponto diante deles. Maskull e Devanistir colocaram-se em movimento para acompanhar o trio, que se movia rapidamente. Ao mesmo tempo, uma música baixa e tênue começou a soar.

Seu ritmo acompanhava as batidas do tambor, mas não parecia proceder de qualquer parte específica da floresta. Assemelhava-se à música subjetiva ouvida nos sonhos, que acompanha o sonhador por toda parte, como uma espécie de atmosfera natural, dotando todas as experiências oníricas carregadas em termos emocionais. Parecia sair de uma orquestra sobrenatural e era intensamente perturbadora, patética e trágica. Maskull caminhava e escutava; e percebeu que ficava mais alta e tempestuosa. Mas a pulsação do tambor se interpenetrava em todos os outros sons, como a pulsação cadenciada da realidade.

A emoção que sentia se tornou mais profunda. Não poderia afirmar se minutos ou horas se passaram. A procissão espectral continuou marchando, um pouco à frente, por um caminho paralelo ao seu próprio e ao de Devanistir. A música pulsava violentamente. Krag ergueu o braço e exibiu uma longa faca de aparência assassina. Ele saltou para a frente e, erguendo-a sobre as costas do fantasma de Maskull, esfaqueou-o duas vezes, deixando a faca na ferida quando desferiu o segundo golpe. Maskull ergueu os braços e caiu morto. Krag saltou para a floresta e desapareceu de vista. Nightspore avançou sozinho, severo e impassível.

A música subiu em um *crescendo*. Toda a floresta escura e gigantesca rugia com aquele som. Os tons vinham de todos os lados, de cima, mesmo do chão sob seus pés. Aquilo parecia tão intensamente apaixonado que Maskull sentiu a alma se soltar do invólucro corporal.

Continuou a seguir Nightspore. Um estranho fulgor começou a resplandecer na frente deles. Não era a luz do dia, mas um brilho como nunca tinha visto antes, como nunca poderia ter imaginado que fosse possível. Nightspore moveu-se diretamente na direção de tal luminosidade. Maskull sentiu o peito explodir. A luz brilhou mais forte. As terríveis harmonias da música se seguiam, uma após a outra, com força, como as ondas de um oceano selvagem e mágico... Seu corpo era incapaz de suportar tais choques e, de repente, sucumbiu a um êxtase similar à morte.

CAPÍTULO 14 – POLIGRUÁ[38]

A manhã passou lentamente. Maskull fez alguns movimentos convulsivos e abriu os olhos. Depois se sentou, piscando. Tudo parecia noturno e silencioso no bosque. A luz estranha se fora, enquanto a música cessara. Devanistir havia desaparecido. Ele tocou a barba, carregada com o sangue coagulado de Tidomina, e submergiu em profundos devaneios.

"De acordo com Panawe e Cátice, há nesta floresta homens sábios. Talvez Devanistir fosse um deles. Talvez aquela visão que tive agora há pouco fosse uma manifestação de tal sabedoria. Foi uma quase resposta para a minha pergunta... Não deveria ter perguntado sobre mim, mas sobre Surtur. Então, poderia ter recebido uma resposta diferente. Teria aprendido algo... Teria visto ele."

Permaneceu silencioso e apático por algum tempo.

"Mas não consegui fazer enfrentar aquele medonho esplendor", prosseguiu. "Estava queimando meu corpo. Ele me advertiu disso. Pois, então, Surtur existe de fato e minha jornada teve um propósito. Mas por que estou aqui e o que posso fazer? Quem é Surtur? Onde posso encontrá-lo?"

Havia algo de selvagem em seus olhos.

"O que Devanistir quis dizer quando afirmou 'Não você, Nightspore?' Por acaso sou um personagem secundário? Ele, então, seria alguém de suma importância, e eu não? Onde está Nightspore e o que ele está fazendo? Tenho de esperar o momento que lhe aprouver surgir... Será que eu não posso fazer algo?"

Permaneceu sentado, com as pernas estendidas.

"Tenho de aceitar que esta é uma jornada estranha e que as coisas mais inusitadas acontecerão. De nada vale elaborar planos, pois não consigo antecipar dois passos adiante... tudo é desconhecido. Mas uma coisa é evidente: nada além da mais selvagem audácia permitirá que eu chegue até o fim, e será necessário sacrificar tudo o mais para isso. E, portanto, se Surtur

---

38   No original, "Polecrab". O termo "crab" parte da palavra-valise que compõe o termo "Polecrab" e poderia ser traduzido como "caranguejo"; daí nossa opção por reimaginar esse termo em português. (N.T.)

se mostrar novamente, irei adiante para encontrá-lo, mesmo que isso signifique a morte."

Pelos corredores negros e silenciosos do bosque, as batidas dos tambores foram ouvidas novamente. O som estava muito distante e fraco, como se fossem os últimos murmúrios de um trovão após intensa tempestade. Maskull ouvia, sem se levantar. O som da percussão diminuiu até silenciar e não voltou.

Ele sorriu de maneira estranha e falou em voz alta:

— Obrigado, Surtur! Aceito o presságio.

Quando estava prestes a se levantar, descobriu que a pele enrugada que fora seu terceiro braço balançava desconcertantemente a cada movimento de seu corpo. Ele fez perfurações em toda a volta do órgão, o mais próximo possível do peito, com as unhas de ambas as mãos; então puxou e torceu cuidadosamente o que restava dele. Naquele mundo de rápido crescimento e decrescimento, julgou que o coto logo desapareceria. Depois disso, levantou-se e perscrutou a escuridão.

O bosque, naquele ponto, tinha uma inclinação bastante acentuada. Sem pensar duas vezes, ele tomou a direção do declive, e não tinha qualquer dúvida de que tal caminho o levaria a algum lugar. Assim que começou a andar, seu temperamento se tornou sombrio e taciturno — estava perturbado, cansado, sujo e morto de fome; além disso, percebeu que a caminhada não seria curta. Seja como for, decidiu não se sentar até que o bosque sombrio tivesse ficado para trás.

Uma após a outra, as árvores sombrias que se assemelhavam a casas foram vistas, evitadas, ultrapassadas. Lá em cima, o pequeno pedaço de céu brilhante permanecia sempre visível; caso contrário, ele não teria a menor ideia de que horas seriam. Continuou vagando, trôpego, encosta abaixo, por muitos quilômetros úmidos e escorregadios — em alguns lugares, através de charcos. Quando, naquele momento, a penumbra pareceu atenuar-se, imaginava que o mundo aberto não estava longe. O bosque se tornou mais palpável e cinzento e Maskull conseguia distinguir melhor sua majestade. Os troncos das árvores eram como torres redondas, e os intervalos eram tão amplos que pareciam anfiteatros naturais. Ele não conseguiu distinguir a cor da casca. Tudo o que viu o surpreendeu, mas sua admiração o fazia rosnar, ressentido. A diferença de luz entre a floresta que deixava para trás e a floresta diante dele tornou-se tão marcada que não podia mais duvidar de que estava a ponto de sair.

A luz real estava bem diante dele. Olhando para trás, percebeu que tinha uma sombra. Os troncos adquiriram uma tonalidade avermelhada. Apressou o passo. Com o passar dos minutos, o fragmento brilhante à frente tornou-se luminoso e vívido, com uma tonalidade azul. Imaginou ouvir, por sua vez, o som da arrebentação de ondas.

Toda aquela parte do bosque para a qual ele se dirigia tinha as cores mais intensas. Os troncos das árvores eram de um vermelho escuro e profundo; as folhas, bem acima de sua cabeça, eram da cor do fogo. As folhas mortas no chão eram de uma cor que ele não conseguia definir. Ao mesmo tempo, descobriu o uso de seu terceiro olho. Ao adicionar um terceiro ângulo para a visão, cada objeto observado se destacava com maior relevo. O mundo parecia menos plano, mais realista e significativo. Tinha uma atração mais forte pelo ambiente — parecia, de certo modo, perder o egoísmo para se tornar mais livre e reflexivo.

Filtrada através das últimas árvores, viu a luz do dia em sua plenitude. Menos de seiscentos metros o separavam dos limites do bosque e, ansioso para descobrir o que havia além, começou a correr. O barulho das ondas ficou mais forte. Era um som sibilante e peculiar, que só podia vir da água em grandes proporções, embora diferisse do mar. Quase imediatamente avistou um enorme horizonte de ondas dançantes, que ele sabia ser o Mar do Naufrágio. Voltou a andar rapidamente, mantendo o olhar atento. O vento que bateu nele era quente, fresco e doce.

Ao chegar à última orla do bosque, que se juntava às largas areias da costa sem qualquer mudança de nível, encostou-se em uma grande árvore e contemplou, imóvel, a plenitude que havia diante de si. As areias continuavam a leste e oeste em linha reta, interrompidas apenas em alguns pontos por alguns riachos. Eram de um alaranjado brilhante com manchas violetas. O bosque parecia ser a sentinela da costa em toda a sua extensão. O restante era mar e céu — ele nunca tinha visto tanta água. O semicírculo do horizonte era tão vasto que ele poderia ter se imaginado em um mundo plano, com um ângulo de visão determinado apenas pelo poder do terceiro olho. O mar era diferente de qualquer mar da Terra. Parecia uma imensa opala líquida, de uma massa em magnífico e intenso verde-esmeralda, tendo certas porções em vermelho, amarelo e azul surgindo e desaparecendo em toda parte. O movimento das ondas era extraordinário. Pináculos de água formavam-se lentamente até atingirem uma altura de talvez três ou seis metros, para logo desabarem para baixo e para fora, criando em sua descida uma série de anéis concêntricos que se estendiam a longas distâncias ao redor. Correntes que se moviam rapidamente, como rios no mar, podiam ser vistas vindas da terra; eram de um verde mais escuro e não apresentavam pináculos. Onde o mar encontrava a costa, as ondas batiam nas areias mais longínquas, com uma rapidez quase sinistra, acompanhadas por um som estranho, sibilante, como uma expectoração, que fora ouvido por Maskull. As línguas verdes rolavam sem produzir espuma.

Cerca de trinta quilômetros de distância, pelos seus cálculos, bem em frente a ele, uma ilha longa e baixa se erguia do mar, negra e de relevo indistinto. Era a Ilha de Swaylone. Maskull estava menos interessado nisso do que no pôr do sol azul que brilhava atrás dela. Alpaím havia se posto, mas todo o céu ao norte estava mergulhado na tonalidade menor por sua luz crepuscular. Brancospélio, no zênite, era branco e insuportável, o dia estava sem nuvens e sufocante; mas, onde o sol azul se punha, uma sombra lúgubre parecia pairar sobre o mundo. Maskull teve a sensação de estar se desintegrando — como se duas forças quimicamente distintas estivessem agindo simultaneamente sobre as células de seu corpo. Uma vez que o brilho de Alpaím o afetava dessa forma, pensou que era mais do que provável que nunca seria capaz de enfrentar aquele sol diretamente e seguir vivo. Ainda assim, alguma modificação poderia acontecer, tornando isso possível.

O mar parecia tentador. Decidiu se banhar e imediatamente caminhou em direção à praia. No instante em que saiu da linha de sombras das árvores da floresta, os raios ofuscantes do sol o atingiram com tanta violência que por alguns minutos ele sentiu náuseas e sua cabeça girou. Caminhou rapidamente pela areia. As partes alaranjadas eram tão quentes que poderiam assar comida, ele avaliou, mas as partes violetas eram como o próprio fogo. Ele pisou em um trecho desses sem saber disso e imediatamente saltou alto no ar com um grito assustado.

O mar estava voluptuosamente quente. Não sustentava seu peso, então decidiu nadar. Primeiro, ele tirou a roupa de pele, lavou-a bem com areia e água e colocou-a ao sol para secar. Em seguida, esfregou-se o melhor que pôde e lavou a barba e os cabelos. Depois, avançou bastante, até a água estar na altura do peito, e começou a nadar, evitando os pináculos o máximo possível. Não foi nem um pouco agradável. A água estava em toda parte, com densidade desigual. Em alguns lugares ele conseguia nadar, mas em outros mal conseguia se livrar do afogamento; em outros, novamente, sequer conseguia submergir. Não havia sinais exteriores que mostrassem o que a água que tinha diante de si reservava para ele. Era tudo muito perigoso.

Saiu da água sentindo-se limpo e revigorado. Por um tempo, caminhou para cima e para baixo na areia, secando-se ao sol quente e olhando ao redor. Era um estranho, nu, em um mundo estranho, imenso e místico — para qualquer lado que se virasse, forças desconhecidas e ameaçadoras olhavam para ele. O gigantesco, esbranquiçado e fulminante Brancospélio, o terrível Alpaím, que transformava os corpos, o belo, mortal e traiçoeiro mar, a escura e misteriosa Ilha de Swaylone, o bosque que devastava espíritos, do qual ele acabara de escapar... Diante de todas essas poderosas forças, cercando-o por todos os lados, quais recursos ele tinha, um viajante débil e ignorante de um minúsculo planeta do outro lado do espaço, para se opor, para evitar ser totalmente destruído? Então sorriu para si mesmo.

"Já estou aqui há dois dias e sobrevivi. Tenho sorte; com isso será possível equilibrar o universo. Mas o que é sorte... uma expressão verbal ou uma coisa real?"

Quando voltou a se vestir com a pele, que já estava seca, surgiu-lhe a resposta, e, desta vez, ele ficou bastante sério.

"Surtur me trouxe até aqui e vela por mim. Essa é a minha 'sorte'... mas o que é Surtur neste mundo? Como é capaz de me proteger das cegas e ingovernáveis forças da natureza? Será ele mais poderoso que a natureza?"

Por mais que estivesse faminto por comida, sentia ainda mais fome de companhia humana, pois desejava indagar sobre todas essas coisas. Perguntou-se para que lado deveria dirigir seus passos. Havia apenas dois caminhos: ao longo da costa, a leste ou a oeste. O riacho mais próximo ficava a leste, cortando as areias a cerca de um quilômetro de distância. Caminhou em direção a ele.

A face do bosque era ameaçadora e imensamente elevada. Estava tão perpendicular com o mar que parecia ter sido aplainada por ferramentas. Maskull caminhava à sombra das árvores, mas mantinha a cabeça constantemente voltada para longe delas, em direção ao mar — uma vista mais alegre. Ao alcançar o riacho, descobriu que era largo e de margens achatadas. Não era um rio, mas um braço de mar. A água parada, verde-escura, dobrava em uma curva fora de vista no bosque. As árvores em ambas as margens se projetavam sobre a água, de modo que ela estava completamente protegida pela sombra.

Foi até a curva, além da qual outro braço de água curto surgiu. Um homem estava sentado em uma plataforma estreita na margem, com os pés na água. Trajava uma pele áspera e tosca, que deixava seus membros nus. Ele era baixo, gordo e robusto, com pernas curtas e braços longos, poderosos, e tinha mãos extraordinariamente grandes. Era bem mais velho. O rosto, simples, liso e inexpressivo, era cheio de rugas e da cor da noz. O rosto e a cabeça eram calvos, e a pele era dura e áspera. Parecia ser um camponês ou pescador; não havia em seu rosto nenhum traço de pensamento pelos outros, ou delicadeza de sentimento. Dispunha de três olhos de cores diferentes: verde-jade, azul e úlfiro.

Diante dele, atracada à margem, mas ainda sobre a água, estava uma jangada simples, construída com galhos de árvores amarrados desajeitadamente. Maskull se dirigiu a ele.

— Você é outro dos sábios que vivem no Bosque de Ventrax?

O homem respondeu com voz rouca e ríspida, enquanto elevava os olhos.

— Sou um pescador. Nada sei da sabedoria.

— Como é seu nome?

— Poligruá. E o seu?

— Maskull. Se você é pescador, talvez tenha algum peixe consigo. Estou faminto.

Poligruá grunhiu e ficou em silêncio por um minuto antes de responder.

— Há peixe em abundância. Meu jantar está cozinhando na areia. Será fácil conseguir algo para saciar sua fome.

Aquelas palavras agradaram Maskull.

— Mas quanto tempo vai levar? — perguntou.

O homem deslizou as palmas das mãos, produzindo um ruído penetrante e estridente. Ergueu os pés da água e escalou a margem. Em um ou dois minutos, um animalzinho singular levantou-se, rastejando aos seus pés, erguendo o rosto e os olhos afetuosamente, como um cachorro. Tinha cerca de sessenta centímetros de comprimento e lembrava um pouco uma pequena foca, mas tinha seis pernas, que terminavam em garras fortes. Poligruá falou para o animal, com voz rouca:

— Arg, vá pescar!

O animal imediatamente se lançou da margem para a água. Nadou graciosamente até o meio do riacho e submergiu, permanecendo sob as águas por um longo tempo.

— Pesca fácil — comentou Maskull. — Mas para que serve a jangada?

— Para ir ao mar. O melhor peixe está em mar aberto. Estes são, no máximo, comestíveis.

— Aquele arg me pareceu uma criatura de considerável inteligência.

Poligruá grunhiu de novo.

— Treinei centenas deles. Os de cabeça grande aprendem melhor, mas são nadadores muito lentos. Os de cabeça pequena nadam como enguias, mas não aprendem nada. Comecei a cruzar os dois tipos... Este é um deles.

— Vive por aqui sozinho?

— Não, tenho esposa e três filhos. Minha esposa está dormindo em algum lugar, mas só Formador sabe onde estão os garotos.

Maskull começou a se sentir em casa na companhia daquele indivíduo pouco sofisticado.

— Essa jangada é bem arriscada — observou, olhando para a embarcação. — Se for mais longe com ela, você tem mais fibra que eu.

— Fui até Matterplay com ela — disse Poligruá.

O arg reapareceu e começou a nadar para a margem, mas desta vez desajeitadamente, como se estivesse carregando um grande peso sob a superfície. Quando ele chegou aos pés de seu mestre, era perceptível que cada conjunto de garras segurava um peixe — seis ao todo. Poligruá pegou todos eles. Começou a cortar cabeças e caudas com uma pedra de gume afiado que encontrou; os restos, atirou para o arg, que os devorou sem fazer cerimônia.

Poligruá acenou para Maskull, indicando que deveria segui-lo. De posse dos peixes, caminhou em direção à praia aberta, pelo mesmo caminho por onde ele viera. Quando chegaram à areia, cortou o peixe, removeu as entranhas e, cavando um buraco raso em um pedaço de areia violeta, colocou o restante das carcaças nele e cobriu-as novamente. Então, desenterrou o próprio jantar. Maskull sentiu as narinas estremeceram com o cheiro saboroso, mas seu jantar ainda não estava pronto.

Poligruá voltou-se, fazendo menção de partir com o peixe cozido nas mãos.

— Este é meu, e não seu. Quando o seu estiver pronto, pode voltar e se reunir a mim, se é que deseja companhia.

— Quanto tempo levará?

— Cerca de vinte minutos — respondeu o pescador, olhando por cima do ombro.

Maskull se refugiou nas sombras do bosque e esperou. Quando o tempo definido passou, de forma aproximada, desenterrou sua refeição, queimando os dedos ao fazê-lo, embora apenas a superfície da areia estivesse quente, a ponto de queimar. Logo voltou a se encontrar com Poligruá.

No ar quente, estático, e na sombra tranquila da enseada, mastigavam em silêncio, os olhos voltados da comida para a água lenta e vice-versa. A cada garfada, Maskull sentia as forças voltando. Terminou antes de Poligruá, que comeu como um homem para quem o tempo não tem valor. Quando o velho terminou, levantou-se.

— Venha beber — disse, com sua voz rouca.

Maskull o observou, inquisitivamente.

O homem foi com ele para o interior do bosque e caminhou diretamente até certa árvore. A uma altura conveniente no tronco, um buraco fora feito e depois tapado. Poligruá removeu o tampão e colocou a boca na abertura, sugando por um longo tempo, como uma criança no seio da mãe. Maskull, observando-o, imaginou que seus olhos ficaram mais brilhantes durante esse processo.

Quando chegou sua vez de beber, percebeu que o suco da árvore era um pouco parecido com leite de coco, com a diferença de ser inebriante. Tratava-se de um novo tipo de intoxicação, porém, porque nem sua vontade nem suas emoções eram excitadas, apenas seu intelecto — e apenas de uma determinada maneira. Seus pensamentos e as imagens mentais não se soltaram e afrouxaram, ao contrário, seguiram crescendo penosa e laboriosamente, até atingirem a beleza plena de um *aperçu*[39], que então se incendiava em sua consciência, e depois explodia e desaparecia. Depois disso, todo o processo recomeçava. Mas nunca houve um momento em que ele não fosse perfeitamente tranquilo, senhor de seus sentidos. Depois de cada um ter bebido duas vezes, Poligruá tapou o buraco novamente e eles voltaram para a margem.

— Já é Blodesombro? — perguntou Maskull, espalhando-se no chão, satisfeito.

Poligruá retomou a posição anterior, com a coluna ereta e os pés na água.

— Está apenas no começo — foi a resposta, com a habitual voz rouca.

— Então ficarei aqui até que termine... Podemos conversar?

— Podemos — respondeu o outro, sem entusiasmo.

Maskull o observou com os olhos semicerrados, perguntando-se se era o que realmente parecia ser. Acreditou detectar em seus olhos a luz da sabedoria.

— Viajou muito, Poligruá?

— Não aquilo que você denomina viajar.

— Disse que esteve em Matterplay. Que tipo de país é esse?

— Não sei. Fui lá buscar uma pederneira.

— Que países há depois de tal localidade?

---

[39]   Panorama ou visão global (em francês, no original). (N.T.)

— Depois há Treal[40], ao norte. Dizem que é uma terra de místicos, mas não sei...

— Místicos?

— Assim me disseram... Ainda mais ao norte, está Lichstorm.

— Nos distanciamos bastante, então.

— Há montanhas por lá... E deve ser um lugar muito perigoso, especialmente para um homem vigoroso como você. Tome cuidado.

— Isso é um pouco prematuro, Poligruá. Como sabe se eu vou para essa terra?

— Como chegou do sul, suponho que se dirija ao norte.

— Bem, sim, isso é certo — disse Maskull, olhando para ele com dureza —, mas como soube que vim do sul?

— Bem, pois é, talvez não fosse o caso... mas tens um ar de Ifdawn.

— Que tipo de ar?

— Um ar trágico — disse Poligruá.

Ele não olhou para Maskull nem uma vez sequer, pois tinha os olhos fixos, sem piscar, em um ponto na água. Maskull retomou então a conversa após um minuto ou dois.

— O que existe depois de Lichstorm?

— Barey, onde há dois sóis ao invés de um... mas, a não ser por isso, não há nada lá... Depois há o oceano.

— E o que há do outro lado do oceano?

— Isso você terá de descobrir por si mesmo, pois não acredito que alguém tenha feito essa travessia e voltado depois para contar.

Maskull permaneceu em silêncio por algum tempo.

— Como pode ser sua gente tão pouco dada às aventuras? Pareço ser o único que viaja por curiosidade neste lugar.

— O que quer dizer com "sua gente"?

— É verdade... Você não sabe que não sou de seu planeta. Venho de outro mundo, Poligruá.

— Veio em busca de quê?

— Vim para cá com Krag e Nightspore... Seguindo Surtur. Devo ter desmaiado no momento de nossa chegada. Quando despertei, era noite e os outros dois haviam desaparecido. Desde então, tenho viajado sem rumo.

---

40   No original, "Threal". (N.T.)

Poligruá coçou o nariz.

— Não encontrou Surtur ainda?

— Ouvi o tambor dele, algumas vezes. No bosque, nesta manhã, creio que cheguei bem perto dele... E há dois dias tive uma visão de um ser em forma humana que se denominava Surtur.

— Bem, talvez fosse Surtur, de fato.

— Não, isso é impossível — respondeu Maskull, pensativo —, pois era Cristalino. E isso não é uma suspeita, mas algo que sei.

— Como?

— Porque este é o mundo de Cristalino, e o mundo de Surtur seria algo totalmente distinto.

— É estranho, então — disse Poligruá.

— Desde que deixei o bosque para trás — prosseguiu Maskull, meio que falando para si mesmo —, aconteceu uma mudança em mim, pois vejo as coisas de forma diferente. Tudo por aqui parece muito mais sólido e real aos meus olhos do que em outros lugares... Chego ao ponto de não ter dúvidas a respeito de sua existência. Não apenas parece real, mas é real... E nisso apostaria minha vida... mas, ao mesmo tempo que é real, é falso.

— Como um sonho?

— Não, não como um sonho, em absoluto, e é isso que desejo explicar. Esse seu mundo, e talvez o meu também, em todo caso, não me dá a menor impressão de ser um sonho, uma ilusão, ou algo desse tipo. Sei de tudo que está aqui neste momento, que é de verdade, e é exatamente o que estamos vendo, você e eu. Ainda assim, é falso. Falso quanto ao seu sentido, Poligruá. Ao seu lado, de forma paralela, existe outro mundo, e esse outro mundo é o verdadeiro, enquanto neste aqui tudo é falso e enganoso até a medula... E é por isso que me ocorre que realidade e falsidade são duas palavras para designar a mesma coisa.

— Talvez exista esse outro mundo — disse Poligruá, com voz rouca —, mas aquela visão também pareceu a você real e falsa ao mesmo tempo?

— Muito real, mas sem traço de falsidade. Não quando aconteceu, pois ainda não compreendia tudo isso. Mas, precisamente por ser real, não podia ser Surtur, que não tem conexão com a realidade.

— E essas batidas de tambor, soam reais para você?

— Tive de ouvi-las com meus ouvidos, e assim soaram reais... Contudo, eram de alguma forma diferentes e certamente procedem de Surtur. Se não as escuto bem, a culpa é minha, e não dele.

Poligruá grunhiu sutilmente.

— Se Surtur escolheu se comunicar com você dessa maneira, parece que está tentando lhe dizer algo.

— Que outra coisa posso pensar? Mas, Poligruá, qual é sua opinião? Está me chamando para a vida depois da morte?

O velho se agitou, incomodado.

— Sou um pescador — disse, depois de alguns minutos —, vivo de matar, e é isso o que todo mundo faz. Essa vida me parece totalmente equivocada. Assim, pode ser que todo tipo de vida seja equivocado e o mundo de Surtur não seja vida, afinal, mas outra coisa.

— Sim, mas seria através da morte que eu chegaria a isso, independentemente do que seja?

— Pergunte isso aos mortos — disse Poligruá —, e não a um dos vivos.

Maskull prosseguiu.

— No bosque, ouvi música e vi uma luz que não poderia ser deste mundo. Era forte demais para os meus sentidos e devo ter desmaiado, e ficado sem sentidos por um longo tempo. Tive também uma visão, e me vi sendo assassinado, enquanto Nightspore caminhava na direção da luz, sozinho.

Poligruá emitiu um grunhido.

— Tem bastante no que pensar.

Um breve silêncio se seguiu, quebrado por Maskull.

— Minha sensação de falsidade desta vida presente é tão poderosa que eu poderia chegar ao ponto de colocar fim à minha vida.

O pescador continuou silencioso e imóvel. Maskull, por sua vez, virou-se de barriga para baixo, apoiou a cabeça nas mãos e olhou para ele.

— O que pensa disso, Poligruá? É possível para qualquer homem, em seu corpo material, ter uma visão mais próxima desse outro mundo que a minha, em vida?

— Sou um ignorante, estrangeiro, então nada posso dizer. Talvez haja muitos outros, como você, que adorariam saber.

— Onde? Eu gostaria de conhecê-los.

— Pensa que é feito de um material e o restante da humanidade, de outro?

— Não posso ser tão presunçoso. Possivelmente, todos os seres humanos aspiram chegar a Muspel, embora, na maioria dos casos, sem ter consciência disso.

— Na direção errada — disse Poligruá.

Maskull o olhou com estranheza.

— Não falo por meu próprio conhecimento — disse Poligruá —, pois não tenho nenhum, mas acabo de me lembrar do que Brodovil certa vez me disse, quando eu era jovem e ele, um velho. Ele disse que Cristalino tenta converter todas as coisas em uma só, independentemente do lugar para onde iam suas formas, enquanto tentavam fugir dele, já que acabavam se encontrando cara a cara com Cristalino e se transformando em novos cristais. Mas essa marcha de formas (que chamamos de "bifurcação"), que surge do desejo inconsciente de encontrar Surtur, toma, contudo, uma direção oposta à correta. Pois o mundo de Surtur não fica do lado daquele que era o início da vida, mas do outro lado. Para chegar a ele, devemos repassar por aquele. Mas isso só pode acontecer se renunciarmos à nossa própria vida e nos reunirmos à totalidade do mundo de Cristalino. E, quando isso for feito, será apenas a primeira etapa da jornada. Embora muitos homens bons imaginem que seja toda a jornada... Pelo que me lembro, foi isso que Brodovil me disse, mas talvez, como eu era jovem e ignorante na época, posso ter deixado de fora algumas palavras que explicariam melhor seu significado.

Maskull, depois de ter ouvido atentamente tudo aquilo, ficou pensativo.

— É bastante simples, de fato — disse ele —, mas o que ele quis dizer com se reunir à totalidade do mundo de Cristalino? Se for falso, temos de ser falsos também?

— Não fiz essa pergunta a ele, e você está tão bem qualificado quanto eu para respondê-la.

— Ele, provavelmente, quis dizer que, assim como são as coisas, cada um de nós vive em um falso mundo privado próprio, um mundo de sonhos, apetites e percepções distorcidas. Ao abraçar o grande mundo, não perderíamos, de fato, nada em verdade e realidade.

Poligruá tirou os pés da água, levantou-se, bocejou e esticou os braços.

— Acabei de dizer tudo o que eu sabia — disse ele, em tom ríspido —, agora me deixe dormir.

Maskull manteve os olhos fixos nele, mas não respondeu. O velho se acomodou rigidamente no solo e se preparou para dormir.

Enquanto Poligruá ainda se ajeitava para ficar na posição preferida para o repouso, passos soaram atrás dos dois homens, vindos do bosque. Maskull virou a cabeça e viu uma mulher se aproximando. Imediatamente adivinhou que era a esposa de Poligruá. Ele se sentou, mas o pescador não se mexeu. A mulher veio e ficou na frente deles, olhando para baixo daquilo que parecia ser uma grande altura.

Suas vestes eram semelhantes às do marido, mas cobriam melhor seus membros. Ela era jovem, alta, esguia e incrivelmente ereta. A pele era levemente bronzeada e ela parecia forte, embora nada tivesse de camponesa. O refinamento estava estampado naquela mulher. O rosto expressava muita energia para uma mulher, mas estava longe de ser bonito. Os três grandes olhos continuaram brilhando, faiscando. Os cabelos finos e amarelos eram uma grande massa enrolada e atada em tranças, mas tão descuidados que alguns fios caíam pelas costas.

Ela falou com a voz um pouco enfraquecida, mas carregada de nuances, luzes e sombras, e de alguma forma uma paixão mais intensa não chegava a estar ausente.

— Peço perdão por ter ouvido a conversa de vocês — desculpou-se ela, dirigindo-se a Maskull. — Estava repousando atrás da árvore e ouvi tudo.

Ele ficou de pé vagarosamente.

— É a esposa de Poligruá?

— Sim, ela é minha esposa — disse Poligruá —, e seu nome é Glamila[41]. Pode sentar-se, estrangeiro, e você também, mulher, já que está aqui.

Ambos obedeceram.

---

41 No original, "Gleameil". (N.T.)

— Ouvi tudo — repetiu Glamila —, mas não sei para onde vai, Maskull, depois de nos deixar.

— Tanto quanto você, não sei nada sobre isso.

— Escute, então. Só existe um lugar para onde possa ir; a Ilha de Swaylone. Posso levá-lo na jangada antes do anoitecer.

— O que encontrarei lá?

— Ele poderá ir, mulher — interveio o velho, com voz rouca —, mas não permito que você vá. Eu mesmo o levarei.

— Não, você sempre me fez adiar isso — disse Glamila, com certa emoção. — Desta vez, eu quero ir. Quando Lagral[42] brilha durante a noite e eu me sento aqui, na margem, ouvindo a distante música de Értride[43] que viaja, diáfana, pelo mar, sinto-me atormentada a ponto de não poder suportar mais... faz tempo que decidi visitar a ilha e ver o que é essa música. Se for algo ruim, mortal, bem...

— O que tenho eu a ver com o homem e essa música, Glamila? — exigiu saber Maskull.

— Penso que a música responderá a todas as suas perguntas de maneira mais satisfatória do que Poligruá fez... e possivelmente de forma surpreendente.

— Que tipo de música é essa, capaz de atravessar quilômetros pelo mar?

— Um tipo muito peculiar de música, dizem. Nada tem de agradável, pois é muito dolorosa. E quem puder tocar o instrumento de Értride poderá conjurar as formas mais assombrosas, que não são fantasmas, mas realidades.

— Talvez possa ser dessa forma — grunhiu Poligruá —, mas estive na ilha durante o dia. E sabem o que encontrei? Ossos humanos, recentes e antigos. Eram das vítimas de Értride. E você, mulher, não irá.

— Mas a música vai tocar hoje à noite? — perguntou Maskull.

— Sim — respondeu Glamila, olhando para ele de forma intensa —, quando Lagral sair, pois essa é a nossa Lua.

— Se Értride toca sua música até matar uma pessoa, parece-me que merece morrer. Em todo caso, eu mesmo gostaria de ouvir esses

---

42 No original, "Teargeld". (N.T.)
43 No original, "Earthrid". (N.T.)

sons. Mas, sobre levá-la comigo, Glamila... as mulheres morrem muito facilmente em Tormance. Eu mesmo acabo de limpar o sangue resultante da morte de outra mulher.

Glamila riu, mas não disse nada.

— Agora, vou dormir — disse Poligruá. — Quando chegar o momento, eu o levo.

Ele voltou a se deitar e fechou os olhos. Maskull seguiu seu exemplo; mas Glamila permaneceu ereta, sentada sobre as pernas.

— Quem era a outra mulher, Maskull? — perguntou, então.

Fingindo que dormia, Maskull não respondeu.

CAPÍTULO 15 – A ILHA DE SWAYLONE

Quando Maskull despertou, já não havia tanta luz, então supôs que estava entardecendo. Poligruá e a esposa estavam de pé, e outra refeição de peixe o esperava.

— Já decidiram quem vai comigo? — perguntou Maskull antes de se sentar.

— Eu irei — respondeu Glamila.

— Concorda com isso, Poligruá?

O pescador emitiu um pequeno grunhido gutural e fez um sinal aos dois para que se sentassem. Respirou profundamente antes de responder.

— Algo poderoso a atrai, e não posso detê-la. Não creio que voltarei a vê-la, mulher, mas os garotos já quase têm idade para se virarem sozinhos.

— Não seja tão pessimista — replicou Glamila com rispidez. Ela não comia. — Regressarei e o compensarei. Será apenas por esta noite.

Maskull olhou para ambos com perplexidade.

— Deixe-me ir sozinho. Lamentarei muito se acontecer algo com qualquer um de vocês.

Glamila balançou a cabeça.

— Não tome isso como um capricho feminino — pediu ela. — Ainda que você não tivesse passado por aqui, eu teria ouvido a música novamente. Tenho ânsia por ela.

— Não sente nada parecido, Poligruá?

— Não. As mulheres são criaturas nobres e sensíveis, e há na natureza atrativos demasiado sutis para os homens. Leve-a contigo, pois está decidida. Pode ser que tenha razão. Talvez a música de Értride responda às suas perguntas, e as dela também.

— Quais são as suas perguntas, Glamila?

A mulher sorriu de forma estranha.

— Pode estar certo de que tais perguntas, ao exigirem música em sua resposta, não podem ser expressas em palavras.

— Se não estiver de volta pela manhã — observou o marido —, saberei que estará morta.

A refeição foi finalizada em silêncio forçado. Poligruá limpou a boca e tirou uma concha de uma espécie de bolso.

— Vai se despedir dos garotos? Devo chamá-los?

Ela pensou por um momento.

— Sim... sim, devo vê-los.

Ele aproximou a concha dos lábios e soprou; e uma nota intensa e fúnebre atravessou o ar.

Poucos minutos depois, surgiu um som de passos apressados e os meninos emergiram do bosque. Maskull olhou com curiosidade para as primeiras crianças que viu em Tormance. O menino mais velho carregava o mais novo nas costas, enquanto o terceiro trotava um pouco atrás. O maior descarregou o pequeno e os três formaram um semicírculo na frente de Maskull, olhando para ele com os olhos bem abertos. Poligruá olhava impassível, mas Glamila desviou o olhar deles, com a cabeça orgulhosamente erguida e uma expressão desconcertante.

Maskull calculou a idade dos meninos, e imaginou que tinham cerca de nove, sete e cinco anos, respectivamente; calculava, entretanto, de acordo com o tempo da Terra. O mais velho era alto, magro, mas de constituição forte. Ele, assim como os irmãos, estava nu, e sua pele, da cabeça aos pés, era da cor do fogo. Os músculos faciais indicavam uma natureza aventureira e ousada, e os olhos eram como chamas verdes. O segundo prometia ser um homem amplo e poderoso. A cabeça, grande e pesada, estava inclinada. O rosto e a pele eram avermelhados; os olhos, quase sombrios, eram penetrantes demais para uma criança.

— Este aqui — disse Poligruá, beliscando a orelha do menino — talvez seja um novo Brodovil quando for adulto.

— Quem era esse? — exigiu saber o menino, inclinando a cabeça para a frente para, assim, ouvir a resposta.

— Um velho homem muito grande que tinha um conhecimento maravilhoso das coisas. Ele se tornou sábio depois que decidiu nunca fazer perguntas, mas descobrir tudo por si mesmo.

— Se eu não tivesse feito essa pergunta, não teria descoberto quem era ele.

— Isso não importa — replicou o pai.

O filho mais novo era mais pálido e magro que os irmãos. O rosto era, de modo geral, tranquilo e inexpressivo, mas tinha uma peculiaridade: a cada poucos minutos, sem qualquer causa aparente, enrugava-se e parecia perplexo. Nessas ocasiões, os olhos, de um tom âmbar dourado, pareciam conter segredos difíceis de associar a alguém de sua idade.

— Ele me desconcerta — disse Poligruá —, pois parece ter seiva nas veias e não se interessa por nada. Pode ser que acabe se tornando o mais notável do grupo.

Maskull pegou a criança em um dos braços e o levantou na altura de seu rosto. Deu uma boa olhada nele antes de colocá-lo no chão. A expressão do menino em nenhum momento se alterou.

— O que acha? O que ele será? — perguntou o pescador.

— Tenho a resposta na ponta da língua, mas não encontro palavras. Deixe-me beber de novo e lembrarei.

— Vá beber, então.

Maskull foi até a árvore, bebeu e regressou.

— Em épocas vindouras — disse, falando pausadamente —, ele pertencerá a uma tradição grandiosa e terrível... possivelmente, um profeta, ou mesmo uma divindade... cuide bem dele.

O menino mais velho parecia desdenhar daquilo.

— Não quero ser nenhuma dessas coisas. Queria ser como esse sujeito enorme — e indicou Maskull com o dedo.

Maskull riu, deixando à mostra o branco dos dentes em meio à barba.

— Obrigado pelo cumprimento, velho guerreiro — disse.

— Ele é grande e forte — continuou o garoto —, e sabe se defender. Consegue me levantar usando um único braço, como fez com o pequeno?

Maskull assentiu.

— Isso, sim, é ser homem — exclamou o menino.

— Basta — disse Poligruá impaciente. — Chamei vocês, rapazes, para dizer adeus à sua mãe. Ela partirá com esse homem. Penso que não retornará mais, mas não sabemos.

O rosto do segundo garoto inflamou-se subitamente.

— E ela fará isso de vontade própria?

— Sim — respondeu o pai.

— Então ela é má. — O menino a acusou com tal intensidade e ênfase que soou como o estalo de um chicote.

O velho lhe deu duas bofetadas.

— É assim que fala de sua mãe?

O menino manteve a postura sem mudar de expressão, e não disse nada.

O pequeno, então, falou pela primeira vez:

— Minha mãe não voltará, mas sua morte será dançando.

Poligruá e a esposa se entreolharam.

— Para onde você vai, mãe? — perguntou o mais velho.

Glamila se inclinou para beijá-lo.

— Para a ilha.

— Pois bem, então. Se amanhã pela manhã não estiver de volta, eu vou procurá-la.

Maskull estava cada vez mais inquieto.

— Parece-me que essa viagem é para um homem — disse —, e creio que o melhor seria que não viesse, Glamila.

— Não serei dissuadida — replicou ela.

Ele acariciou a barba, perplexo.

— Chegou a hora de partir?

— Faltam quatro horas para o pôr do sol e precisaremos do mesmo período de tempo para chegar ao nosso destino.

Maskull suspirou.

— Vou até a foz do riacho e esperarei lá a jangada. Creio que deseja se despedir, Glamila.

Ele segurou, então, a mão de Poligruá.

— Adeus, pescador!

— Me retribuiu bem pelas minhas respostas — disse rispidamente o velho. — Mas não é culpa sua, e no mundo do Formador as piores coisas costumam acontecer.

O menino mais velho se aproximou de Maskull e franziu o cenho para ele.

— Adeus, homenzarrão — disse ele. — Cuide bem da minha mãe, tão bem quanto puder, ou ficarei em seu encalço até conseguir matá-lo.

Maskull caminhou lentamente ao longo da margem do riacho até chegar à curva. Voltou a ver o glorioso sol e o mar cintilante em seu brilho, de modo que toda a melancolia foi varrida de sua mente. Continuou até a praia e, saindo das sombras da floresta, caminhou até a areia e sentou-se ao sol. O esplendor de Alpaím tinha desaparecido havia algum tempo. Ele tragou o vento quente e revigorante, ouviu o barulho das ondas e olhou para além do mar colorido com seus pináculos e corredeiras, diretamente na direção da Ilha de Swaylone. Meditava sobre os acontecimentos.

"Que música pode ser essa que separa uma esposa e mãe daquilo que mais ama? Parece algo nefasto. Dirá aquilo que desejo saber? Terá poder para tanto?"

Após um breve intervalo, percebeu um movimento atrás de si e, virando a cabeça, viu a jangada flutuando ao longo do riacho em direção ao mar aberto. Poligruá estava de pé em cima da embarcação, impulsionando-a com uma vara rústica. Passou por Maskull, sem olhar para ele ou fazer qualquer saudação, e continuou mar adentro. Enquanto ele se perguntava sobre esse estranho comportamento, Glamila e os meninos apareceram, caminhando ao longo da margem da enseada. O mais velho segurava a mão dela e conversava. Os outros dois vinham atrás. Ela parecia calma, mesmo sorridente, embora distante.

— O que seu marido está fazendo com a jangada? — perguntou Maskull.

— Ele a está colocando em posição, então teremos de caminhar até ele — respondeu ela, falando baixo.

— Mas como vamos chegar à ilha, sem remos ou velas?

— Não vê essa corrente que corre desde a terra? Veja, ele está perto dela. Será ela que nos levará diretamente para lá.

— Mas como você voltará?

— Há uma maneira, mas não é necessário pensar nela agora.

— Por que não posso ir também? — exigiu saber o mais velho.

— Porque a jangada não suporta três pessoas. Maskull é um homem bem pesado.

— Isso não importa — disse o garoto —, pois sei onde há madeira para fazer outra jangada. Assim que você partir, começarei a trabalhar nisso.

A essa altura, Poligruá havia manobrado a frágil embarcação para a posição desejada, a poucos metros da corrente, que naquele ponto fazia uma curva acentuada a leste. Gritou palavras ininteligíveis para a esposa e Maskull. Glamila beijou os filhos convulsivamente e chorou um pouco. O filho mais velho mordeu o lábio até sangrar e as lágrimas brilharam em seus olhos; mas as crianças mais novas observavam tudo com olhos arregalados, sem demonstrar emoção.

Glamila começou então a andar sobre o mar, seguida por Maskull. A água lhe cobriu primeiro os tornozelos, depois os joelhos, mas, quando chegou à altura da cintura, estavam bem perto da jangada. Poligruá entrou na água e ajudou a esposa a subir. Quando já estava a bordo, ela se abaixou e o beijou. Nenhuma palavra foi trocada. Maskull subiu na parte da frente da balsa. A mulher se sentou de pernas cruzadas na popa e agarrou o bastão.

Poligruá os empurrou na direção da corrente enquanto ela manejava o bastão, até que se viram arrastados pelo movimento da água. A jangada imediatamente começou a se distanciar velozmente da terra, com um suave movimento oscilante.

Os garotos acenavam da margem. Glamila respondeu; mas Maskull deu as costas para a terra e olhou adiante. Poligruá caminhava de volta para a margem.

Por mais de uma hora, Maskull não mudou um centímetro de posição. Nenhum som foi ouvido, exceto o bater de estranhas ondas ao redor deles e o gorgolejar semelhante ao de um riacho, que serpenteava suavemente pelo mar agitado e tumultuoso. De seu caminho seguro, os belos perigos que os cercavam constituíam uma experiência excitante. O ar estava fresco e limpo, e o calor de Brancospélio, já baixo a oeste, era finalmente suportável. A profusão de cores do mar havia muito tinha banido toda tristeza e ansiedade do coração de Maskull. No entanto, ele sentia tanto ressentimento daquela mulher por ela ter abandonado egoisticamente seus entes queridos que não conseguia iniciar uma conversa.

Mas quando, sobre a forma agora ampliada da ilha escura, ele avistou uma longa cadeia de montanhas elevadas e distantes, brilhando na cor salmão à luz do sol da tarde, foi obrigado a quebrar o silêncio e perguntar o que era aquilo.

— É Lichstorm — respondeu Glamila.

Maskull não fez perguntas a respeito disso; mas, ao se virar para se dirigir a ela, seus olhos pousaram no Bosque de Ventrax, que se afastava rapidamente, e ele continuou a olhar fixamente para ela. Já haviam viajado cerca de treze quilômetros e então ele podia estimar melhor a enorme altura das árvores. Por sobre elas, ao longe, viu Sant. Imaginou, mas não tinha certeza, que também poderia distinguir Discórnio.

— Agora que estamos sozinhos neste lugar desconhecido — disse Glamila, desviando os olhos para o lado da jangada que estava na água —, diga-me o que pensa de Poligruá.

Maskull fez uma pausa antes de responder.

— Ele me pareceu como uma montanha rodeada por nuvens. Como é possível ver os contrafortes inferiores, pensamos que isso é tudo. Mas então, na parte mais elevada, bem acima das nuvens, percebe-se que há mais montanha, e que estamos longe do topo.

— Sua leitura do caráter é acurada, assim como é grande sua percepção — observou Glamila, em tom baixo, e prosseguiu: — Agora, fale de mim.

— No lugar de um coração humano, você tem uma harpa selvagem, e isso é tudo o que sei a seu respeito.

— O que disse para meu marido sobre os dois mundos?

— Você ouviu.

— Sim, eu ouvi. Também tenho consciência desses dois mundos. Meu marido e meus filhos são reais para mim, e dedico a eles um amor verdadeiro. Mas há esse outro mundo para mim, Maskull, assim como para você, que torna falso e vulgar meu mundo real.

— Talvez estejamos em busca da mesma coisa. Mas será correto satisfazer à própria natureza às custas de outras pessoas?

— Não, não é correto. É errado e vil. Mas, nesse outro mundo, essas palavras perdem o significado.

Ficaram em silêncio.

— É inútil discutir tais assuntos — disse Maskull —, pois a escolha já não está em nossas mãos e precisamos ir até onde desejamos. Prefiro falar a respeito do que nos espera na ilha.

— Ignoro por completo... Exceto que encontraremos Értride lá.

— Quem é Értride e por que esse local se chama Ilha de Swaylone?

— Dizem que Értride veio de Treal, mas nada sei sobre ele além disso. Quanto a Swaylone, se quiser, posso contar sua lenda.

— Por favor — pediu Maskull.

— Em uma época muito antiga — começou Glamila —, quando os mares estavam quentes, as nuvens pesavam sobre a terra e a vida era rica em transformações, Swaylone veio a esta ilha, na qual os homens nunca haviam pisado antes, e começou a tocar sua música: a primeira música em Tormance.

— Todas as noites, quando a Lua brilhava, as pessoas costumavam se reunir nessa costa que ficou para trás de nós e ouvir as notas suaves e doces que flutuavam sobre o mar. Uma noite, Formador (a quem você chama de Cristalino) estava passando por aqui na companhia de Krag. Eles ouviram um pouco a música, e Formador disse: "Já ouviu sons mais belos antes? Este é o meu mundo e minha música". Krag bateu o pé no solo e riu. "Terá de fazer melhor do que isso se quiser que eu o admire. Vamos cruzar a água para ver esse palerma em ação". Formador consentiu, e eles passaram para a ilha. Swaylone não foi capaz de perceber a presença deles. Formador ficou atrás dele e soprou pensamentos em sua alma, de modo que sua música se tornou dez vezes mais bela e as pessoas que o ouviam naquela praia enlouqueceram devido ao deleite doentio. "Acaso existem compassos mais nobres?", exigiu saber Formador. Krag sorriu e disse: "Você é naturalmente afeminado. Agora, deixe-me tentar". Então, ele ficou atrás de Swaylone e lançou feias dissonâncias em sua mente. Seu instrumento se quebrou de tal maneira que nunca mais foi possível tocar direito com ele. Desse momento em diante, Swaylone só conseguia emitir música distorcida; ainda assim, essa sonoridade atraía mais o povo do que qualquer outro tipo de música. Muitos homens cruzaram para a ilha durante sua vida para ouvir os tons surpreendentes, mas nenhum poderia suportá-los e todos morreram. Após a morte de Swaylone, outro músico retomou a lenda, e assim a luz passou de tocha em tocha até que chegou em Értride, que é quem a carrega agora.

— Uma lenda interessante — comentou Maskull. — Mas quem é Krag?

— Dizem que, quando o mundo nasceu, Krag nasceu com ele... um espírito composto daqueles vestígios de Muspel que Formador não soube transformar. Depois disso, nada deu certo com o mundo, pois ele segue os passos de Formador em todos os lugares, como um cão, e tudo o que este faz, ele desfaz. Ao amor ele une a morte; ao sexo, vergonha; ao intelecto, loucura; à virtude, crueldade; e para o exterior belo, entranhas sangrentas. Estas são as ações de Krag, então os amantes do mundo o chamam de "diabo". Eles não entendem, Maskull, que sem ele o mundo perderia sua beleza.

— Krag e beleza! — exclamou com um sorriso cínico.

— Exatamente. Essa mesma beleza que você e eu buscamos descobrir nesta viagem. Essa beleza pela qual renunciei a meu marido, meus filhos, minha felicidade... acredita que a beleza seja agradável?

— Certamente.

— Essa beleza agradável é um insípido componente de Formador. Para ver a beleza em seu estado mais puro e terrível, ela precisa deixar de ser agradável.

— Você diz que busco a beleza, Glamila? Tal coisa está muito distante de minha mente.

Ela não respondeu ao comentário dele. Depois de esperar alguns minutos para saber se a mulher falaria novamente, ele lhe deu as costas novamente. Não houve mais conversa até chegarem à ilha.

O ar estava frio e úmido quando finalmente se aproximaram da costa. Brancospélio estava prestes a tocar o mar. A ilha parecia ter cinco ou seis quilômetros de comprimento. Em primeiro lugar, havia uma ampla faixa de areia, depois penhascos baixos e escuros e, atrás deles, colinas quase indistinguíveis desprovidas de vegetação. A correnteza os conduziu a cerca de cem metros da costa, e logo virou bruscamente em um ângulo agudo para contornar toda a extensão da terra.

Glamila saltou e se pôs a nadar até a costa. Maskull seguiu seu exemplo, e a jangada, abandonada, foi rapidamente carregada pela corrente. Eles logo tocaram o solo e conseguiram caminhar o restante do caminho. Quando chegaram à terra firme, o Sol já havia se posto.

Glamila dirigiu-se imediatamente para as colinas. Maskull, depois de lançar um único olhar para o contorno baixo e escuro do Bosque de Ventrax, a seguiu. Eles escalaram os penhascos. A subida foi suave e tranquila, pois o musgo abundante, seco e marrom, tornava fácil a caminhada.

Um pouco adiante, à esquerda, algo branco brilhava.

— Não é necessário que se aproxime daquilo — disse a mulher. — Talvez não seja nada além dos esqueletos mencionados por Poligruá. E veja: há outro, ali adiante.

— Agora tudo faz sentido — observou Maskull, sorrindo.

— Não há nada cômico em morrer pela beleza — disse Glamila, franzindo o cenho para ele.

E quando, no curso da caminhada, ele viu os inúmeros ossos humanos espalhados, em gradações que iam do branco cintilante ao amarelo sujo, como se o lugar fosse um cemitério nu entre as colinas, concordou com ela e se viu dominado por um humor sombrio.

Ainda estava claro quando alcançaram o ponto mais alto e puderam ver o que havia do outro lado. O mar ao norte da ilha não era diferente daquele que eles haviam cruzado, mas as cores vivas se tornavam rapidamente invisíveis.

— Ali é Matterplay — disse a mulher, apontando para um ponto baixo no horizonte, que parecia estar ainda mais longe que Ventrax.

— Eu queria saber como Digrungo conseguiu fazer sua travessia desde aquele ponto — meditou Maskull.

Não muito longe, em uma depressão cercada por um círculo de pequenas colinas, viram um pequeno lago circular, com menos de um quilômetro de diâmetro. As cores do pôr do sol eram refletidas em suas águas.

— Esse deve ser Irontique[44].

— O que é isso?

— Ouvi dizer que é o instrumento tocado por Értride.

— Estamos chegando perto — respondeu ele. — Vamos investigar.

Quando estavam mais próximos, avistaram um homem, reclinado ao outro extremo, em posição de repouso.

— Se este não é o homem em pessoa, quem poderia ser? — disse Maskull. — Atravessemos a água, se suportar nosso peso, para que ganhemos tempo.

Ele então assumiu a liderança e desceu a largas passadas para a encosta que delimitava o lago. Glamila o seguiu mantendo a compostura, com os olhos fixos no homem deitado, como se estivesse fascinada. Quando Maskull chegou à beira da água, ele

---

44   No original, "Irontick". (N.T.)

experimentou com o pé, para averiguar se suportaria seu peso. Algo incomum em sua aparência o levou a ter dúvidas. Era um painel de água tranquilo, escuro e lindamente reflexivo — quase um espelho de metal líquido. Ao descobrir que aquilo suportava seu peso e que nada aconteceria, colocou o segundo pé na superfície. Instantaneamente, sofreu um choque violento por todo o corpo, como se uma poderosa corrente elétrica o atravessasse. Foi arremessado de volta para a margem.

Ele se levantou, limpou a sujeira do corpo e começou a andar ao redor do lago. Glamila juntou-se a ele e completaram o meio circuito juntos. Dirigiram-se ao homem e Maskull o cutucou com o pé. Ele acordou e piscou para eles.

Seu rosto era pálido, fraco, dotado de um olhar vazio. Tinha uma expressão desagradável. Havia esparsos focos de cabelos pretos no queixo e na cabeça. Na testa, no lugar de um terceiro olho, dispunha de um órgão perfeitamente circular, com convoluções elaboradas, como uma orelha. Um odor repulsivo emanava dele. Parecia estar entre a juventude e a meia-idade.

— Acorde, homem — disse Maskull bruscamente —, e diga-nos se é Értride.

— Que horas são? — perguntou o homem por sua vez. — Falta muito para o surgimento da Lua?

Sem se preocupar, aparentemente, com a resposta, ele se sentou e, dando-lhes as costas, começou a recolher terra solta com as mãos, para logo comê-la, embora sem muita vontade.

— Mas como pode comer essa imundície? — questionou Maskull, enojado.

— Não se deixe perturbar, Maskull — disse Glamila, agarrando-lhe o braço e sorrindo ligeiramente pare ele —, porque esse é mesmo Értride, o homem que poderá nos ajudar.

— Ele não disse isso.

— Sou Értride — disse o outro, com voz débil e abafada, mas que surpreendeu imediatamente Maskull por ser autocrática. — O que buscam aqui? Ou, antes, seria melhor que ambos fugissem o mais rápido possível, pois será muito tarde quando Lagral sair.

— Não é necessário explicar — exclamou Maskull. — Conhecemos sua reputação e viemos ouvir a sua música. Mas o que é esse órgão em sua testa?

Értride o fulminou com o olhar, depois sorriu, depois o fulminou de novo.

— É para o ritmo, que transforma o ruído em música. Não percamos tempo discutindo, pois vocês precisam partir. Não me satisfaz povoar esta ilha com cadáveres. Contaminam o ar e não servem para nada.

A escuridão, naquele momento, cobriu velozmente a paisagem.

— Tens uma boca bem grande — comentou Maskull com frieza. — Mas, depois de ouvirmos você tocar sua música, talvez eu me atreva a executar uma melodia.

— Você? Por acaso é músico, então? Nem ao menos sabe o que é música.

Uma chama transpôs os olhos de Glamila.

— Maskull pensa que a música repousa no instrumento — disse ela, com sua intensidade habitual —, mas está, de fato, na alma do Mestre.

— Sim — concordou Értride. — Mas isso não é tudo. Vou dizer o que é. Em Treal, onde nasci e cresci, aprendemos o mistério da Trindade natural. Este mundo, que se estende diante de nós, tem três direções. Comprimento é a linha que separa o que é do que não é. A largura é a superfície, que nos mostra de que maneira uma coisa do que é convive com outra. A profundidade é o caminho, que conduz do que é ao nosso próprio corpo. Na música, não é diferente. O tom é a existência, sem a qual nada pode ser. A simetria e a métrica são a maneira pela qual os tons coexistem. A emoção é o movimento de nossa alma em direção ao mundo maravilhoso que está sendo criado. Ora, os homens, quando fazem música, costumam construir belos tons pelo deleite que causam. Portanto, seu mundo musical é baseado no prazer; sua simetria é regular e encantadora; sua emoção é doce e adorável... Mas minha música se baseia em tons dolorosos; portanto, sua simetria é selvagem, difícil de perceber. A emoção por ela suscitada é amarga e terrível.

— Se não tivesse imaginado que era original, não teria vindo para cá — disse Maskull. — Mas ainda precisa explicar: por que os tons ásperos não teriam simetria em sua forma? E por que devem necessariamente causar emoções mais profundas em seus ouvintes?

— Os prazeres podem se harmonizar. As dores devem se confrontar e, em razão desse confronto, a simetria é estabelecida. As emoções seguem a música, que é dura e sincera.

— Pode chamar isso de música — observou Maskull, reflexivamente —, mas, para mim, mais parece a vida real.

— Se os planos de Formador tivessem sido bem-sucedidos, a vida seria como esse outro tipo de música. Quem partir nessa busca, poderá encontrar rastros dessa intenção no mundo natural. Mas, como as coisas saíram, a vida real se parece com a minha música, e ela é a única verdadeira.

— Vamos ver formas vivas?

— Não sei qual será meu estado de ânimo — respondeu Értride —, mas, quando eu terminar, poderá se aventurar a produzir formas com sua melodia... A menos, claro, que a melodia saia do seu corpo enorme.

— As comoções preparadas poderão matar nós dois — disse Glamila, com voz grave e tensa —, mas morreremos vendo a beleza.

Értride olhou para ela com ar circunspecto.

— Nem você nem mais ninguém consegue suportar os pensamentos que coloco em minha música. Mas o fará da sua maneira. Preciso de uma mulher para chamar isso de "beleza". Mas, se o que faço é belo, o que será a feiura?

— Isso eu posso dizer, Mestre — respondeu Glamila, sorrindo para ele —, pois a feiura é a rançosa vida anterior, enquanto a sua surge nova a cada noite, diretamente da natureza matriz.

Értride a olhou fixamente, sem responder.

— Lagral está saindo — disse, por fim —, e agora vocês verão... Mas não por muito tempo.

Naquele momento a lua cheia apareceu sobre as colinas no escuro céu oriental. Eles a observaram em silêncio, pois logo estava tudo pronto e a Lua, no alto. Era maior que a Lua da Terra e parecia mais próxima. Suas partes sombrias se destacavam com o mesmo relevo, mas de alguma forma não davam a Maskull a impressão de ser um mundo morto. Brancospélio brilhava em toda parte, enquanto Alpaím apenas em um ponto. O amplo quarto crescente que refletia apenas os raios de Brancospélio era branco e brilhante;

mas a parte iluminada por ambos os sóis tinha um esplendor esverdeado que quase emitia energia solar e, ainda assim, era fria e sem vida. Ao contemplar aquela luz combinada, Maskull teve a mesma sensação de desintegração que a luz crepuscular de Alpaím sempre causava nele; naquele momento, porém, a sensação não era física, mas meramente estética. A Lua não parecia romântica aos seus olhos, e sim perturbadora e mística.

Értride se levantou e ficou em silêncio por um minuto. À luz da lua forte, seu rosto parecia ter mudado. Perdeu a aparência solta, fraca e desagradável e adquiriu uma espécie de grandeza astuta. Bateu palmas, meditativamente, duas ou três vezes e caminhou para cima e para baixo. Maskull e Glamila ficaram juntos, olhando para ele.

Em seguida, sentou-se à beira do lago e, inclinando-se de lado, colocou no chão a mão direita, com a palma aberta para baixo, ao mesmo tempo que estendia a perna direita, de modo que o pé ficasse em contato com a água.

Enquanto Maskull olhava fixamente para ele e para o lago, sentiu uma pontada no coração, como se tivesse sido perfurado por um florete, mal conseguindo evitar a queda. Ao fazê-lo, viu que um esguicho havia se formado na água, mas já estava caindo de novo. No momento seguinte, ele foi derrubado por um violento golpe na boca, desferido por uma mão invisível. Ele se levantou e observou que um segundo esguicho havia se formado. Assim que ficou de pé, uma dor horrível martelou dentro do cérebro, como se causada por um tumor maligno. Em sua agonia, ele tropeçou e caiu novamente, desta vez no braço que Krag tinha ferido. Todos os seus outros percalços foram esquecidos por conta daquele, anterior, algo que o deixou meio atordoado. Durou apenas um momento, e depois ele sentiu um alívio repentino e descobriu que a música áspera de Értride havia perdido seu poder sobre ele.

Ele o viu, ainda esticado na mesma posição. Esguichos grossos e rápidos surgiam no lago, que estava pleno de movimento. Mas Glamila não estava de pé. Jazia estirada no chão, desmazelada, sem se mover. A postura dela não era natural e Maskull supôs que estivesse morta. Quando ele a alcançou, descobriu que sua suposição estava correta. Em que estado de espírito ela morrera, não sabia dizer, pois seu rosto exibia o sorriso vulgar do Cristalino. Toda a tragédia não durou cinco minutos.

Ele foi até Értride e arrastou-o à força para longe do recital.

— Cumpriu sua palavra, músico — disse ele. — Glamila está morta.

Értride tratou de se recompor.

— Eu a adverti — defendeu-se ele, sentando-se. — Não disse a ela que fosse embora? Mas ela morreu muito facilmente. Não esperou a beleza de que falava. Nada ouviu da paixão, nem mesmo do ritmo. Você tampouco.

Maskull olhou para ele indignado, mas nada disse.

— Não deveria me interromper — prosseguiu Értride —, pois, quando estou tocando, nada mais tem importância. Poderia ter perdido o fio de minhas ideias. Felizmente, nunca esqueço. Começarei de novo.

— Se a música vai continuar, na presença dos mortos, então eu tocarei.

O homem levantou rapidamente os olhos.

— Isso não é possível.

— Terá de ser — disse Maskull, decidido. — E, de fato, prefiro tocar a escutar. A outra razão é que você tem todas as noites, enquanto eu só tenho esta.

Értride fechou e abriu os punhos, empalidecendo.

— Com sua temeridade, o mais provável é que nos mate a ambos. Irontique pertence a mim. Até você aprender a tocar, conseguirá apenas quebrar o instrumento.

— Pois bem, então eu o quebrarei, mas vou tentar usá-lo.

O músico ficou de pé e o confrontou.

— Tem intenção de tomá-lo de mim pela violência?

— Acalme-se! Terá as mesmas escolhas que ofereceu a nós. Darei algum tempo para que possa ir para outro lugar.

— De que isso me servirá se estragar meu lago? Não compreende o que vai fazer.

— Vá ou fique — respondeu Maskull. — Você tem até o momento em que a água ficar calma novamente. Depois, começarei a tocar.

Értride seguiu engolindo saliva. Olhou para o lago e depois novamente para Maskull.

— Promete?

— Deve saber melhor do que eu quanto tempo levará. Mas até então estará seguro.

Értride dirigiu a ele um olhar malévolo, hesitando por um instante. Depois, afastou-se, iniciando a escalada da colina mais próxima. No meio do caminho, voltou-se e olhou apreensivamente, como se quisesse ver o que estava acontecendo. Um minuto depois, ele havia desaparecido sobre a crista, trilhando o caminho na direção da costa que ficava de frente para Matterplay.

Depois, quando a água estava mais tranquila, Maskull sentou-se à beira, imitando a atitude de Értride. Não sabia nem como começar a produzir a música, nem o que resultaria daquilo. Mas projetos audaciosos entraram em seu cérebro e ele desejou criar formas físicas — acima de tudo, uma forma: a de Surtur.

Antes de colocar o pé na água, refletiu um pouco mais.

Disse: "O que são os temas na música comum, as formas estão neste tipo de música aqui. O compositor não encontra seu tema escolhendo notas isoladas, mas o tema como um todo surge em sua mente por inspiração. E assim deve ser com as formas. Quando eu começar a tocar, se tenho algum valor, as ideias unificadas passarão do meu inconsciente para este lago, e, então, serão refletidas de volta nas dimensões da realidade, de modo que vou conhecê-las pela primeira vez. Deve ser assim".

No instante em que colocou o pé na água, sentiu os pensamentos fluírem. Ele não sabia o que eram, mas o mero ato de fluir criava uma sensação agradável de controle, acompanhada pela curiosidade de saber o que viriam a se transformar. Esguichos se formaram no lago em número crescente, mas ele não sentiu dor. Seus pensamentos, que ele sabia serem música, não saíam dele em um fluxo constante e ininterrupto, mas em grandes jatos violentos, seguidos por intervalos de quietude. Quando esses jatos vieram, todo o lago estourou em uma erupção de esguichos.

Percebeu que as ideias que lhe ocorriam não surgiam em seu intelecto, mas tinham base nas profundezas insondáveis de sua vontade. Ele não conseguia decidir qual natureza deveriam ter, mas era capaz de forçá-los a sair, ou retardá-los, pelo exercício da vontade.

No início, nada mudou ao redor. Então a Lua escureceu, e um novo brilho estranho começou a iluminar a paisagem. Aumentou tão imperceptivelmente que demorou algum tempo até que ele reconhecesse aquilo como a luz de Muspel que conhecera no Bosque de Ventrax. Não era capaz de dar-lhe uma cor ou um nome, mas aquilo o impregnava de uma espécie de reverência severa e sagrada. Convocou os recursos de sua poderosa vontade. Os esguichos se engrossaram como uma floresta, e muitos deles tinham seis metros de altura. Lagral parecia fraco e pálido, enquanto o fulgor tornava-se intenso, embora sem projetar sombras. O vento aumentou, mas tudo parecia calmo onde Maskull estava sentado. Pouco depois, surgiram sibilos e zunidos, como em um vendaval. Ele não viu as formas, então redobrou os esforços.

Suas ideias agora corriam para o lago com tanta fúria que toda a sua alma foi tomada pela euforia e pelo desafio. Mas ele ainda não conhecia sua natureza. Um enorme esguicho disparou e, ao mesmo tempo, as colinas começaram a rachar e quebrar. Grandes massas de solo solto irromperam de suas entranhas e, no período seguinte de quietude, ele viu que a paisagem havia se alterado. Ainda assim, a luz misteriosa se intensificou. A Lua desapareceu completamente. O barulho da tempestade invisível era aterrorizante, mas Maskull continuou heroicamente tentando estimular ideias que tomariam forma. As encostas estavam rachadas pelo surgimento de abismos. A água que escapava pelos esguichos inundava a terra. Mas onde ele estava permanecia seco.

O brilho tornou-se terrível e estava em toda parte, mas Maskull imaginou que era muito mais claro em um determinado ponto. Pensou que estava se localizando, em preparação para adquirir uma forma sólida. Continuou tocando e tocando...

Imediatamente depois, o fundo do lago desabou. As águas escoaram e o instrumento estava quebrado.

A luz de Muspel desaparecera. A Lua brilhou novamente, mas Maskull não conseguia vê-la. Depois daquele brilho sobrenatural, parecia estar na escuridão total. O vento uivante cessou e houve um silêncio mortal. Seus pensamentos acabaram de fluir em direção ao lago, e ele não mais encostou o pé na água. Ficou suspenso no espaço.

Estava aturdido demais com a repentina mudança para pensar ou mesmo para sentir. Enquanto jazia deitado, atordoado, uma vasta explosão ocorreu nas profundezas recém-abertas sob o leito do lago. A água encontrou o fogo na descida. Maskull foi levantado fisicamente pelo ar, vários metros de altura, e caiu pesadamente. Depois, perdeu a consciência...

Quando voltou a si, viu tudo. Lagral brilhava intensamente. Estava deitado à beira do antigo lago, que agora era uma cratera cujo fundo ele não conseguia alcançar com o olhar. As colinas ao redor foram dilaceradas, como que por artilharia pesada. Algumas nuvens de tempestade flutuavam no ar sem grande altura, de onde relâmpagos ramificados desciam para a terra incessantemente, acompanhados por estrondos alarmantes e singulares.

Ficou de pé e testou suas ações. Percebendo que não estava ferido, primeiramente observou a cratera de perto e depois começou a caminhar dolorosamente em direção à costa norte.

Quando ele atingiu o topo da colina acima do lago, a paisagem desceu suavemente por três quilômetros até o mar. Por toda parte, havia traços de seu trabalho intenso. O lugar fora esculpido em escarpas, sulcos, canais e crateras. Chegou à linha de penhascos baixos com vista para a praia e descobriu que também tinham sido parcialmente rompidos por deslizamentos de terra. Desceu para a areia e observou o mar, agitado e enluarado, perguntando a si mesmo como poderia escapar daquela ilha de fracasso.

Então ele viu o corpo de Értride, estendido bem próximo. Estava de costas. Ambas as pernas foram violentamente arrancadas e ele não conseguia vê-las em lugar algum. Os dentes de Értride estavam cravados na carne de seu antebraço direito, indicando que o homem havia morrido em uma agonia física irracional. A pele brilhava, esverdeada ao luar, mas estava manchada por descolorações mais escuras, que eram feridas. A areia ao redor dele estava tingida por uma poça de sangue que fazia muito tempo havia se filtrado.

Maskull, consternado, deixou o cadáver para trás e percorreu um extenso caminho ao longo da costa aromática. Sentado em uma pedra, esperou o amanhecer.

CAPÍTULO 16 – LIALFAE[45]

Por volta da meia-noite, quando Lagral estava no sul, jogando sua sombra diretamente sobre o mar, o que iluminava tudo com um brilho tão intenso quanto o do dia, Maskull percebeu uma grande árvore flutuando na água, não muito longe de sua posição. Emergia por volta de dez metros da água, ereta e viva, porquanto suas raízes deviam ser extremamente profundas e largas. Estava à deriva ao longo da costa, através do mar agitado. Maskull olhou-a sem curiosidade por alguns minutos. Então, ocorreu-lhe que seria uma boa coisa investigar sua natureza. Sem pausa para avaliar o perigo, imediatamente nadou até a árvore e agarrou o galho mais baixo, subindo, então, para um ponto mais elevado dela.

Olhou para cima e viu que o tronco central era grosso até o topo, terminando em uma saliência que lembrava um pouco uma cabeça humana. Escalou na direção de tal protuberância, através de uma multidão de ramos, que estavam cobertos por folhas marinhas resistentes e escorregadias, semelhantes a algas. Chegando à copa, descobriu que, na verdade, havia ali uma espécie de cabeça, com membranas como olhos rudimentares em toda a circunferência, algo que indicava alguma forma de baixa inteligência.

Naquele momento, a árvore atingiu o fundo, embora com certa distância da costa; então, começou a sacudir intensamente. Para se equilibrar, Maskull estendeu a mão e, ao fazer isso, acidentalmente cobriu algumas membranas. A árvore se distanciou da terra, como que por um ato de vontade. Quando ficou firme novamente, Maskull removeu sua mão; eles imediatamente voltaram para a costa. Ele pensou um pouco e então começou a fazer experiências com as membranas semelhantes a olhos. Era como havia previsto — os olhos eram estimulados pela luz da lua e, de onde quer que viesse a luz, seria a direção tomada pela árvore em seu trajeto.

Um sorriso desafiador cruzou o rosto de Maskull quando ele percebeu que talvez fosse possível navegar nesse enorme animal vegetal até Matterplay. Ele não perdeu tempo em colocar tal projeto em execução. Arrancando algumas das folhas longas e rígidas,

---

45 No original, "Leehallfae". (N.T.)

bloqueou todas as membranas, exceto as que estavam viradas para o norte. A árvore imediatamente deixou a ilha e saiu definitivamente para o alto-mar. A marcha para o norte se iniciou. Não estava se movendo a mais de um quilômetro por hora, contudo Matterplay estava, possivelmente, a sessenta quilômetros de distância.

A arrebentação de grandes ondas atingia o tronco central com choques intensos; o mar revolto assobiava através dos galhos mais baixos. Maskull permaneceu no alto, onde estava seco, mas se mantinha apreensivo com o lento progresso. Logo avistou uma corrente que se dirigia ao noroeste e isso trouxe-lhe outra ideia à mente. Começou a fazer malabarismos com as membranas novamente e, em pouco tempo, conseguiu pilotar a árvore até a corrente veloz. Assim que atingiu aquela corrente, bloqueou totalmente a visão da cabeça na copa e, a partir daí, a correnteza agiu com a dupla função de caminho e corcel. Maskull se instalou de forma segura entre os galhos e dormiu o restante da noite.

Quando abriu os olhos novamente, a ilha havia desaparecido de vista. Lagral estava se pondo a oeste. O céu a leste estava claro, com as cores do dia que se aproximava. O ar estava fresco e límpido. A luz sobre o mar era deslumbrante, clara e misteriosa. A terra — provavelmente Matterplay — estava à frente, uma linha longa e escura de penhascos baixos, talvez a um quilômetro de distância. A corrente não corria mais em direção à costa, mas começou a contorná-la sem se aproximar dela. Assim que Maskull percebeu o fato, manobrou a árvore para fora daquela corrente, tendo por objetivo levá-la até a costa. O céu oriental brilhou repentinamente com tinturas violentas e a borda externa de Brancospélio se ergueu acima do mar. A Lua já havia submergido.

A costa se aproximava cada vez mais. Em termos físicos, era como a Ilha de Swaylone — a mesma ampla extensão de areia, os pequenos penhascos, as colinas arredondadas e baixas no interior, sem vegetação alguma. À luz do sol da manhã, no entanto, o cenário parecia romântico. Maskull, de olhos fundos e taciturno, não se importou com aquilo, mas, no momento em que a árvore encalhou, desceu rapidamente por entre os galhos e caiu no mar. Quando alcançou a praia a nado, o sol branco e estupendo estava alto, acima do horizonte.

Caminhou pela areia em direção a leste por uma distância considerável, sem nenhuma intenção especial em mente. Pensou em prosseguir até encontrar algum riacho ou vale, e então adentrar por esse novo cenário. Os raios do sol eram alentadores e o aliviaram de seu peso noturno e opressor. Depois de passear ao longo da praia por mais ou menos um quilômetro, teve seu caminho interrompido por um amplo riacho que desaguava no mar por uma espécie de entrada natural na linha de penhascos. A água era de um verde lindo e límpido, toda cheia de bolhas. Parecia tão gelado, arejado e atraente que ele se jogou de cara no chão e tomou um longo gole. Quando ele se levantou novamente, seus olhos começaram a lhe pregar peças, alternando entre o nítido e o turvo... Poderia ser a mais pura imaginação, mas lhe pareceu que Digrungo estava se movendo em seu interior.

Seguiu a margem do riacho através da fenda nas falésias e então, pela primeira vez, viu Matterplay de fato. Um vale surgiu, como uma joia envolvida por rocha nua. Toda aquela região montanhosa era deserta e sem vida, mas tal vale, situado no centro daquela região, era extremamente fértil; nunca tinha visto tamanha fertilidade. Serpenteava entre as colinas e tudo o que havia para ver era aquela ampla extremidade inferior. O fundo do vale tinha cerca de oitocentos metros de largura; o riacho que descia pelo meio media quase trinta metros de largura, mas era extremamente raso — em vários pontos, não contava mais que alguns centímetros de profundidade. Os flancos do vale mediam por volta de vinte metros de altura, mas eram bastante inclinados. Estavam trajados, de cima para baixo, com pequenas árvores de folhas brilhantes — não os vários matizes de uma única cor, como as árvores da Terra, mas de cores amplamente diversas, a maioria das quais brilhantes e positivas.

O próprio solo era como o jardim de um mago. Árvores densamente entrelaçadas, arbustos e trepadeiras parasitas lutavam em todos os lugares para tomar sua posse. As formas eram estranhas e grotescas e todas pareciam diferentes. As cores das folhas, das flores, dos órgãos sexuais e dos caules eram igualmente peculiares — todas as diferentes combinações das cinco cores primárias de Tormance pareciam estar representadas, e o resultado, para Maskull, era uma espécie de caos ocular. A vegetação era tão espessa que não conseguiu abrir caminho por ela, e foi obrigado a ir até o leito do rio. O contato com a água criou uma sensação estranha de formigamento por todo o seu corpo, como um leve choque elétrico. Não havia pássaros, mas alguns pequenos répteis alados de aparência extraordinária continuavam cruzando o vale de colina em colina. Enxames de insetos voadores se aglomeraram ao redor dele, ameaçando algum tipo de ataque, mas afinal perceberam que o sangue de Maskull lhes era desagradável, pois ele não foi picado uma única vez. Miríades de criaturas rastejantes e repulsivas — semelhantes a centopeias, escorpiões, cobras e assim por diante — pululavam às margens do riacho, mas também não fizeram nenhuma tentativa de usar suas armas em suas pernas e pés descalços quando ele passou por eles para chegar à água... Mas, de fato, ele foi confrontado no meio do rio por um monstro horrível, do tamanho de um pônei, mas com a forma, se é que se parecia com alguma coisa, de um crustáceo marinho. Nesse ponto, ele se deteve. Ambos se encararam — a besta, com olhos perversos; Maskull, com olhos frios e cautelosos. Enquanto ele estava olhando, algo singular aconteceu.

Seus olhos ficaram turvos novamente. Mas quando, em um ou dois minutos, esse estado passou e ele voltou a enxergar com clareza, a natureza da visão havia mudado. Conseguia olhar através do corpo do animal e era capaz de distinguir todas as suas partes internas. A crosta externa, entretanto, e todos os tecidos duros eram nebulosos e semitransparentes. Através deles, uma rede luminosa de veias e artérias vermelho-sangue destacava-se com nitidez surpreendente. As partes duras desvaneceram completamente e apenas o sistema circulatório restou visível. Nem mesmo os dutos carnosos permaneceram. Apenas o sangue nu era passível de ser visto, fluindo de um lado para o outro como um esqueleto líquido de fogo, na forma de um monstro. Logo esse sangue também começou a mudar. Em vez de um fluxo contínuo de líquido, Maskull percebeu que era composto de um milhão de pontos individuais. A cor vermelha tinha sido uma ilusão causada pelo movimento rápido dos pontos. Passou a ver claramente que tais pontos pareciam sóis diminutos em seu brilho cintilante, uma dupla corrente de estrelas, fluindo através do espaço. Uma delas viajava em direção a um ponto fixo no centro, enquanto a outra se afastava desse mesmo ponto. Reconheceu o primeiro fluxo como o movimento das veias da besta, o segundo como sendo das artérias, enquanto o ponto fixo era o coração.

Enquanto ainda contemplava tal cena, perdido no próprio assombro, a rede estrelada apagou-se de repente como uma chama extinta. Onde o crustáceo estava, não havia mais nada. No entanto, através desse "nada", não conseguia ver a paisagem. Algo estava lá e interceptava a luz, embora não tivesse forma, cor ou substância. Logo tal objeto, que não podia mais ser percebido pela visão, começou a ser sentido pela emoção. Uma sensação deliciosa e primaveril, de seiva ascendente, de pulsações aceleradas por amor, aventura, mistério, beleza, feminilidade, tomou conta de seu ser e, estranhamente, ele identificou tudo isso com o monstro. Por que aquele bruto invisível deveria fazê-lo se sentir jovem, sensual e audacioso — ele não se perguntou, pois estava totalmente ocupado com o efeito. Mas era como se carne, ossos e sangue tivessem sido descartados, e ele ficasse cara a cara com a própria vida em toda a sua nudez, um estado que, lentamente, passou para seu próprio corpo.

As sensações desvaneceram. Houve um breve intervalo, e então o esqueleto em forma de estrela se ergueu novamente do espaço. Mudou para o sistema circulatório vermelho. As partes duras do corpo reapareceram, com cada vez mais nitidez, e ao mesmo tempo a rede de sangue tornou-se difusa. Em um instante, as partes internas estavam totalmente ocultas pela crosta e a criatura estava na frente de Maskull, em sua velha forma, plena de formidável feiura — sólida, concreta e colorida.

Era visível que algo em Maskull havia desagradado o crustáceo, pois este se virou e começou a se afastar, cambaleando de maneira torpe nas seis patas, empregando laboriosos e repulsivos movimentos até a margem oposta do riacho.

A apatia de Maskull o deixou após tal aventura. Ficou inquieto e pensativo. Imaginou que começava a ver as coisas pelos olhos de Digrungo e que havia estranhas dificuldades imediatamente à frente. Em outro momento, quando seus olhos começaram a turvar novamente, lutou contra esse estado usando a vontade, e então nada aconteceu.

O vale ascendia por numerosas curvas em direção às colinas. Houve considerável estreitamento e as encostas arborizadas de cada lado ficaram mais íngremes e mais altas. O riacho encolheu para cerca de seis metros de largura, mas era mais profundo e estava pleno de movimento, música e bolhas. As sensações elétricas causadas por essa água tornaram-se mais pronunciadas, de forma quase desagradável; mas não havia outro lugar para andar. Com sua confusão ensurdecedora de sons provenientes da multidão de criaturas vivas, o pequeno vale parecia um vasto salão de reuniões da natureza. A vida parecia ainda mais prolífica do que antes — cada metro quadrado de espaço era um emaranhado de vontades em luta, tanto de animais quanto de vegetais. Para um naturalista, teria sido o paraíso, pois não havia duas formas iguais, e todas eram fantásticas, em termos de essência individual.

Parecia que as formas de vida estavam sendo cunhadas tão rapidamente pela natureza que não havia espaço físico para todas. No entanto, não era como na Terra, onde cem sementes se espalhavam para que uma fosse semeada. Ali, as formas jovens pareciam sobreviver, enquanto, para encontrar acomodação para elas, as velhas pereciam; para onde quer que se olhasse, murchavam e morriam, sem nenhuma causa aparente — eram simplesmente eliminadas por uma nova vida.

Outras criaturas tinham uma atividade tão selvagem, diante dos olhos dele, que se convertiam em diferentes "reinos". Por exemplo, uma fruta, do tamanho e da forma de limão, estava no solo, mas com pele mais dura. Ele pegou tal fruto, pretendendo comer a polpa, mas dentro havia uma árvore jovem totalmente formada, apenas ao ponto de explodir a casca. Maskull atirou aquilo à distância, que flutuou de volta para ele. No momento em que o alcançou, seu movimento descendente havia parado e estava nadando contra a corrente. Ele o pescou novamente e descobriu que haviam brotado ali seis patas rudimentares.

Maskull não cantava os louvores daquele vale gloriosamente superlotado. Pelo contrário, sentia-se profundamente cínico e deprimido. Pensava que o poder invisível — fosse ele chamado de natureza, vida, vontade ou Deus —, que estava tão desesperado para avançar e ocupar este mundo pequeno, vulgar e desprezível, não poderia ter objetivos muito elevados e não tinha grandes méritos. Como aquela luta sórdida por uma ou duas horas de existência física poderia ser considerada um assunto profundamente sincero e importante era algo que estava além da compreensão dele... A atmosfera o sufocava, e ele ansiava por ar e espaço. Forçando o caminho para o lado da ravina, começou a subir o penhasco saliente, balançando-se de árvore em árvore.

Quando chegou ao topo, Brancospélio o atingiu com intensidade tão brutal e branca que percebeu de imediato não haver possibilidade de permanecer ali. Olhou ao redor, para verificar de que parte do país havia vindo. Viajara cerca de quinze quilômetros pelo mar, pelo voo do pássaro. As desnudas ondulações do terreno inclinavam-se diretamente na direção dele e a água brilhava a distância. No horizonte, era capaz de divisar a Ilha de Swaylone. Olhando para o norte, a terra continuava ascendente até onde a vista alcançava. Sobre a crista — isto é, a alguns quilômetros de distância — era possível ver uma linha de rochas negras de formas fantásticas e natureza diversa: provavelmente, ali seria Treal. Por trás delas, contra o céu, talvez a cem ou mesmo cento e cinquenta quilômetros, estavam os picos de Lichstorm, a maioria deles coberta por neve esverdeada que brilhava à luz do sol.

Eram formidavelmente elevados e de contornos estranhos. A maioria era cônica até o topo, mas, a partir do topo, grandes massas de montanha se equilibravam no que parecia constituir ângulos impossíveis, pendendo sem apoio aparente. Uma terra como aquela prometia algo novo, ele pensou: habitantes extraordinários. Teve a ideia de viajar até aquele local, deslocando-se tão rapidamente quanto possível. Talvez fosse viável chegar antes mesmo do crepúsculo. Eram menos as próprias montanhas que o atraíram do que o país que estava além delas — a perspectiva de ver com os próprios olhos o sol azul, que ele julgou ser a maravilha das maravilhas em Tormance.

A rota direta era sobre as colinas, mas isso estava fora de questão por causa do calor matador e da ausência de sombra. Fez a suposição, no entanto, de que o vale não o levaria muito longe de seu caminho e decidiu se manter nele por enquanto, por mais que o odiasse e temesse. Portanto, regressou ao alvedrio de vida novamente.

Uma vez de volta para baixo, continuou a seguir os desdobramentos do vale por vários quilômetros através da luz do sol e na sombra. O caminho se tornava cada vez mais difícil. Os penhascos se fecharam em ambos os lados até terem menos de cem metros de distância, enquanto o leito da ravina se achava bloqueada por pedregulhos, grandes e pequenos, de modo que o pequeno curso de água, então reduzido às proporções de um riacho, tinha de baixar aqui e ali como podia. As formas de vida ficaram ainda mais estranhas. As plantas e os animais puros foram gradativamente desaparecendo e surgiram criaturas singulares que pareciam participar de ambas as naturezas. Tinham membros, rostos, vontade e inteligência, mas preferiam permanecer a maior parte do tempo enraizadas no chão e se alimentavam apenas de terra e de ar. Maskull não viu órgãos sexuais e não conseguiu compreender como surgiam as criaturas mais jovens.

Então presenciou algo surpreendente. Um animal-planta grande e totalmente desenvolvido apareceu de repente na frente dele, surgido do nada. Ele não podia acreditar em seus olhos, e ficou olhando para a criatura por um longo tempo, atônito. Prosseguiu, calmamente, sua movimentação, revolvendo a terra diante dele, como se estivesse ali toda a sua vida. Desistindo do enigma, Maskull retomou seu caminho, subindo pelo desfiladeiro de rocha em rocha, e, então, silenciosamente e sem aviso, o mesmo fenômeno ocorreu novamente. Não podia mais duvidar de que estava testemunhando milagres: a natureza atirava suas formas ao mundo sem fazer uso da reprodução... não parecia haver solução para esse problema.

A natureza do riacho também se alterou. Um esplendor trêmulo surgiu de suas águas verdes, como uma força aprisionada que escapava no ar. Fazia algum tempo que não caminhava por ele. Então fez isso para testar a qualidade da água. Sentiu uma nova vida entrando em seu corpo, de seus pés para cima; parecia um licor em movimento lento, em vez de mero calor. A sensação foi bastante nova em sua experiência, mas ele sabia por instinto o que era. A energia emitida pelo riacho subia por seu corpo, não como amiga ou inimiga, mas simplesmente porque aconteceu de ele ser o caminho direto para um objetivo que tivesse em outro lugar. Mas, embora não tivesse intenções hostis, provavelmente seria uma tarefa árdua levá-la como passageira... era evidente que sua passagem através de seu corpo ameaçava trazer alguma transformação física, a menos que pudesse fazer algo para evitar isso. Pulando rapidamente da água, ele se inclinou contra uma rocha, contraiu os músculos e se preparou para enfrentar a mudança iminente. Naquele momento, sua vista ficou novamente nublada e, enquanto lutava contra aquilo, de sua testa brotou uma galáxia de novos olhos. Ele os apalpou e contou seis, além dos antigos.

O perigo passou e Maskull gargalhou, parabenizando-se por ter saído dele tão facilmente. Então, perguntou-se para que serviam os novos órgãos — se eram bons ou ruins. Não chegou a escalar uma dúzia de degraus até a ravina quando descobriu. Bem no momento em que estava para saltar do topo de uma pedra, sua visão se alterou e ele teve uma parada automática. Percebia dois mundos simultaneamente. Com os próprios olhos, viu o desfiladeiro como antes, com todos os seus elementos: pedras, riachos, animais, plantas, sol e sombra. Mas, com os olhos adquiridos, viu tudo aquilo de maneira diferente. Todos os detalhes do vale eram visíveis, mas a luz parecia apagada, e tudo se mostrava tênue, rígido e sem cor. O Sol estava obscurecido por massas de nuvens que enchiam todo o céu, cujo vapor estava em movimento violento e quase vivo. Era espesso em extensão, mas fino em textura. Algumas partes, no entanto, eram muito mais densas do que outras, já que as partículas pareciam ser esmagadas ou separadas por seu próprio movimento. As faíscas verdes do riacho, quando observadas de perto, podiam ser distinguidas individualmente, cada uma delas oscilando, em sua ascensão para as nuvens, mas, no momento em que as alcançavam, parecia principiar uma luta terrível. A faísca se esforçava para escapar até o ar superior, enquanto as nuvens se concentravam em torno dela, evitando qualquer fuga, criando uma prisão tão densa que outros movimentos tornaram-se impossíveis. Até onde Maskull podia ver, a maioria das faíscas conseguia eventualmente escapar depois de esforços frenéticos, mas uma delas, que ele estava observando, prosseguiu capturada, e aconteceu que um anel completo de nuvens a cercou — apesar de seus saltos furiosos e de piscar em todas as direções, como uma criatura viva e selvagem apanhada em uma rede. Não encontrou saída em lugar algum, mas arrastou os elementos de nuvem que a envolviam, onde quer que fosse. Os vapores continuaram a engrossar em torno dela, até se parecerem com as massas do céu negro, pesado e compactado, visível antes de uma tempestade pesada. Então a faísca verde, que ainda era visível no interior, deixou de fazer esforços, e permaneceu por um tempo bastante quieta. A forma da nuvem continuou se consolidando e tornou-se quase esférica. Como crescia, tornando-se mais pesada, começou lentamente a descer até o solo do vale. Quando estava diretamente na frente de Maskull, com sua extremidade inferior a poucos metros do chão, seu movimento parou completamente e houve uma pausa completa por pelo menos dois minutos. De repente, com uma rajada de raios bifurcados, a grande nuvem se consolidou, tornou-se pequena, regular e colorida, e, como um animal-planta, começou a caminhar em suas pernas e a lançar suas raízes ao solo em busca de comida. O estágio conclusivo do fenômeno foi testemunhado com sua visão normal. Mostrou que a criatura parecia milagrosamente surgir do nada.

Maskull ficou impressionado. Seu cinismo o abandonou e deu lugar à curiosidade e ao assombro. "Isso foi exatamente como o nascimento de um pensamento", disse para si mesmo, "mas quem seria o pensador? Alguma grande mente viva está em atividade neste local. Ele tem inteligência, pois todas as suas formas são diferentes, e ele tem caráter, pois todos pertencem ao mesmo tipo geral... Se não estou enganado, e se essa for a força chamada Formador ou Cristalino, vi o suficiente para querer descobrir algo mais sobre ele... Seria ridículo partir para outros enigmas antes de resolver este aqui."

Uma voz o chamou logo atrás e ele, ao dar a volta, viu uma figura humana que se apressava em sua direção desde certa distância na ravina. Parecia mais um homem do que uma mulher. Era bastante alto, embora ágil, e seu traje parecia um hábito que o cobria do pescoço até abaixo dos joelhos. Tinha um turbante na cabeça. Maskull esperou aquela figura se aproximar e, quando estava mais perto, caminhou para encontrá-lo.

Então experimentou outra surpresa, pois essa pessoa, embora claramente um ser humano, não era nem homem nem mulher, nem qualquer coisa entre os dois, mas tratava-se, inconfundivelmente, de um terceiro sexo, que era notável de se ver, mas difícil de entender. A fim de traduzir em palavras a impressão sexual produzida na mente de Maskull pelo aspecto físico daquela pessoa, seria necessário cunhar um novo pronome, uma vez que nenhum em uso na Terra seria aplicável. Em vez de "ele", "ela" ou "isso", será empregado "ae".

Ele se viu incapaz de compreender, a princípio, por que parecia que as peculiaridades corporais daquele ser se deviam ao seu sexo, e não à sua raça, mas não havia dúvidas sobre esse fato em si. Corpo, rosto e olhos não eram absolutamente pertencentes nem ao sexo masculino, nem ao feminino, mas algo bem diferente. Assim como se pode distinguir um homem de uma mulher à primeira vista por algumas diferenças indefiníveis de expressão, independentemente do contorno da silhueta, do mesmo modo o desconhecido se distinguia de ambos em sua aparência. Assim como acontece com homens e mulheres, toda aquela personalidade expressava uma sensualidade latente, que dava tanto ao corpo quanto ao rosto uma natureza peculiar... Maskull decidiu que era amor... mas que amor... ou amor por quem? Não era nem a paixão carregada de vergonha de um macho, nem o instinto profundo de uma mulher para obedecer ao seu destino. Era tão real e irresistível como esses dois princípios, mas bastante diferente.

Enquanto seguia olhando fixamente para aqueles estranhos olhos vetustos, teve uma sensação intuitiva de que tal amante não era outro além do próprio Formador. Percebeu que o desígnio desse amor não era a perpetuação da espécie, mas a imortalidade do indivíduo no mundo. Nenhuma criança era produzida pelo ato "ae"; como amante, era a criança eterna. Além disso, ae desejava como um homem, mas recebia como uma mulher. Todas essas coisas foram vaga e confusamente expressas por esse extraordinário ser, que parecia proceder de outra era, quando a criação era diferente.

De todos os estranhos personagens que Maskull conhecera até aquele momento em Tormance, aquele era o que se mostrava a ele como o mais estrangeiro — ou seja, aquele que estava mais distante dele em termos de estrutura espiritual. Mesmo que vivessem juntos por cem anos, nunca poderiam ser companheiros.

Maskull se obrigou a sair de seu transe meditativo e, observando a chegada do recém-chegado detalhadamente, tentou aplicar seu entendimento para explicar as coisas maravilhosas ditas por sua intuição. Ae dispunha de ombros largos e ossos grandes, além de não ter seios femininos. Até esse ponto, parecia-se com um homem. Mas os ossos eram tão planos e angulares que a carne de ae apresentava algo do caráter de um cristal, com superfícies lisas no lugar de curvas. O corpo parecia não ter sido polido pelo mar das eras até se tornar suave e regular, mas, por seus ângulos e facetas, parecia ter brotado como resultado de uma ideia, única e súbita. O rosto também era acidentado e irregular. Com seus preconceitos raciais, Maskull encontrou pouca beleza em ae, mas beleza havia, embora não fosse nem de tipo masculino, nem feminino, pois tinha os três componentes essenciais do belo: caráter, inteligência e sossego. A pele era cor de cobre e estranhamente luminosa, como se fosse iluminada por dentro. Não tinha barba, mas os cabelos eram tão longos quanto os de uma mulher, recolhidos por uma única trança, que caía para trás até os tornozelos. Tinha apenas dois olhos. A parte do turbante que cobria a testa projetava-se tanto para a frente que, evidentemente, ocultava algum órgão.

A Maskull pareceu impossível calcular sua idade. A constituição aparentava ser ativa, vigorosa e saudável, com a pele limpa e brilhante. Os olhos, poderosos e alertas, indicavam algo como a primeira juventude. Contudo, quanto mais Maskull observava ae, mais a impressão de incrível antiguidade surgia em sua mente — a juventude real daquele ser parecia tão distante quanto a vista desde um telescópio invertido.

Finalmente, ainda que tivesse a impressão de estar conversando com um sonho, dirigiu-lhe a palavra.

— A que sexo você pertence?

A voz na qual chegou a resposta não era nem masculina, nem feminina, mas sugeria estranhamente uma trompa mística ouvida desde uma grande distância.

— Hoje, há homens e mulheres, mas nos velhos tempos o mundo era povoado por *faens*[46]. Penso que sou o único sobrevivente de todos aqueles seres que passavam, então, pela mente de Faceny.

— Faceny?

---

46   No original, "phaens". (N.T.)

— A quem hoje chamam, incorretamente, Formador ou Cristalino. Nomes superficiais são invenção de uma raça de criaturas superficiais.

— Qual é o seu nome?

— Lialfae.

— Como?

— Lialfae. E o seu é Maskull. Li em sua mente que passou por algumas aventuras maravilhosas. Parece que você tem uma sorte singularmente boa. Se durar mais tempo, talvez eu possa fazer uso disso.

— Pensa que minha sorte poderia vir em seu benefício? Mas não se preocupe com isso agora. É o seu sexo que me interessa. Como faz para satisfazer aos próprios desejos?

Lialfae apontou para o órgão oculto em sua testa.

— Com isto obtenho acesso à vida pelos riachos que fluem pelos cem vales de Matterplay. Os riachos emanam diretamente de Faceny. Durante toda a minha vida tentei encontrar Faceny em pessoa. Minha busca levou tanto tempo que, se eu tivesse de declarar o número de anos, você pensaria que estou mentindo.

Maskull observou longamente o faen.

— Em Ifdawn, encontrei outra pessoa de Matterplay, um jovem chamado Digrungo. Eu o absorvi.

— Não pode estar contando isso por vaidade.

— Foi um crime atroz. O que resultará dele?

Um sorriso curioso, cheio de rugas, surgiu no rosto de Lialfae.

— Em Matterplay, ele ficará bem agitado em seu interior, pois consegue sentir o cheiro do ar. Já está com os olhos dele... Eu o conheci... Cuide-se, ou algo mais alarmante poderá ocorrer. Fique fora da água.

— Este vale me pareceu um lugar terrível, em que qualquer coisa pode acontecer.

— Não se atormente a respeito de Digrungo. Os vales pertencem, por direito, aos faens... Aqui, os humanos são intrusos. É bom eliminá-los.

Maskull prosseguiu, pensativo.

— Não diga mais nada, mas percebo que preciso ser cauteloso. O que quer dizer ao afirmar que minha sorte poderia ajudá-lo?

— A sua sorte se debilita rapidamente, mas pode ser que ainda tenha força para me ajudar. Juntos, partiremos em busca de Treal.

— Em busca de Treal... Ora, é tão difícil assim encontrá-lo?

— Eu disse que dediquei toda a minha vida a essa busca.

— Você disse, Lialfae.

O faen olhou para ele com olhos estranhos e antigos, e sorriu de novo.

— Este riacho, Maskull, como todas as outras corredeiras vitais em Matterplay, tem sua fonte em Faceny. Mas, como todas essas corredeiras fluem de Treal, será em Treal que devemos procurar Faceny.

— Mas o que o impede de encontrar Treal? Sem dúvida, deve ser uma localidade muito conhecida.

— Está debaixo da terra. Suas comunicações com o mundo superior são poucas e ninguém com quem tive contato sabe onde fica. Vasculhei os vales e as colinas. Estive nos portões de Lichstorm. Sou de tal forma ancião que os homens mais velhos de seu mundo parecem bebês recém-nascidos se comparados a mim, mas estou tão longe de Treal como quando era bem jovem, vivendo no meio de uma multidão de outros faens.

— Pois então, se minha sorte é boa, a sua é muito ruim... mas qual será a vantagem de encontrar Faceny?

Lialfae olhou para ele em silêncio. O sorriso desapareceu do rosto de ae, substituído por um olhar de dor e tristeza sobrenaturais, de tal forma que Maskull resolveu deixar sua pergunta de lado. Ae estava imerso na dor e no desejo de um amante eternamente separado da pessoa amada, cujos cheiros e traços sempre estiveram presentes. Essa paixão, estampada em suas feições naquele momento com uma beleza selvagem, severa e espiritual, transcendia em muito qualquer beleza feminina ou masculina.

Mas tal expressão desapareceu subitamente e o violento contraste mostrou a Maskull a verdade de Lialfae. Sua sensualidade era solitária, mas vulgar — como o heroísmo de uma natureza desolada, que perseguia objetivos animalescos com persistência incansável. Observou o faen de soslaio e tamborilou com os dedos em sua própria coxa.

— Bem, vamos juntos. Provavelmente encontraremos alguma coisa e, em todo caso, não será tão ruim assim conversar com alguém tão singular quanto você.

— Mas preciso adverti-lo, Maskull. Você e eu somos provenientes de criações diferentes. Um corpo faen contém a totalidade da vida, enquanto um corpo masculino só contém a metade — a outra metade seria a mulher. Pode ser que a corrente de Faceny seja muito forte para seu corpo suportar... Não sente isso?

— Estou embotado por diferentes sensações. Preciso tomar todas as precauções possíveis e arriscar-me com o restante.

Inclinou-se e, agarrando a fina e esfarrapada túnica do faen, rasgou um pedaço, que fixou ao redor da cabeça.

— Não esqueci seu conselho, Lialfae. Não gostaria de começar esta jornada como Maskull e terminá-la como Digrungo.

O faen deu um sorriso distorcido e eles começaram a se mover contra a corrente. O caminho era difícil. Tiveram que saltar de pedra em pedra, e isso não foi nada fácil. Ocasionalmente, um obstáculo pior se apresentava, que só poderia ser superado por escalada. Não conversaram durante um longo tempo. Maskull, na medida do possível, adotou o conselho de evitar a água, mas em alguns pontos ele foi forçado a colocar os pés nela. Na segunda ou terceira vez que fez isso, sentiu uma agonia repentina no braço, onde fora ferido por Krag. Seus olhos se tornaram alegres; seus medos desapareceram; e começou deliberadamente a pisar no riacho.

Lialfae acariciou o próprio rosto enquanto observava o companheiro de viagem com o cenho franzido, tentando compreender o que acontecia.

— Sua sorte está falando com você, Maskull? Ou qual é o problema?

— Você é um ser que teve experiências ancestrais, então deve saber: o que é Muspel?

O rosto do faen permaneceu inexpressivo.

— Não reconheço esse nome.

— É algum tipo de outro mundo.

— Isso não é possível. Existe apenas um mundo: o de Faceny.

Maskull aproximou-se de ae de braços cruzados e começou a falar.

— Alegro-me por tê-lo encontrado, Lialfae, pois este vale e tudo o que está relacionado a ele necessitam de muita explicação. Por exemplo, neste ponto existem apenas formas orgânicas. Por que desapareceram todas? Você chama este riacho de "corrente de vida", mas, quanto mais nos aproximamos de sua fonte, menos vida é produzida. Dois ou três quilômetros rio abaixo, havia animais-planta que surgiam do nada, enquanto próximo ao mar havia plantas e animais que pisavam uns nos outros. Pois bem, se tudo isso está conectado de alguma forma misteriosa a Faceny, parece-me que temi uma natureza bem paradoxal. Sua essência não começa a criar formas até que elas estejam debilitadas e imensamente diluídas... mas talvez ambos estejamos dizendo bobagens.

Lialfae balançou a cabeça.

— Tudo se encaixa. O riacho é vida e está lançando faíscas de vida o tempo todo. Quando essas faíscas são capturadas e aprisionadas pela matéria, tornam-se formas vivas. Quanto mais próximo o riacho estiver da nascente, mais terrível e vigorosa é sua vida. Você verá por si mesmo, quando chegarmos ao topo do vale, que não há formas vivas ali. Isso significa a inexistência de matéria resistente o suficiente para capturar e reter as terríveis faíscas que podem ser encontradas lá. Mais abaixo no riacho, a maioria das faíscas é vigorosa o suficiente para escapar para o ar superior, mas algumas são seguradas quando estão um pouco acima e repentinamente tomam formas. Eu mesmo sou dessa natureza. Mais abaixo ainda, em direção ao mar, o riacho perdeu grande parte da força vital e as faíscas são preguiçosas e lentas. Eles se espalham, em vez de subir no ar. Dificilmente existiria qualquer tipo de matéria, por mais delicada que seja, que não fosse capaz de capturar essas faíscas débeis e elas são capturadas aos milhares; isso explica as inúmeras formas vivas que você viu ali. Mas não apenas isso... As faíscas são passadas de um corpo para outro por meio da geração e nunca podem deixar de fazer isso até que estejam gastas pela decomposição. No mais baixo de tudo, você tem o próprio Mar do Naufrágio. Ali, a vida degenerada e enfraquecida das correntes do Matterplay tem como corpo todo o mar. Seu poder é tão fraco que não consegue criar qualquer forma, mas você pode ver nesses esguichos suas tentativas incessantes e fúteis de fazer isso.

— Assim, o lento desenvolvimento do homem e da mulher se deve à debilidade de seu germe da vida?

— Exatamente. Não pode obter todos os seus desejos de uma vez. E, assim, perceba a incomensurável superioridade de nós, faens, que surgimos espontaneamente das fagulhas elétricas mais vigorosas.

— Mas de onde vem a matéria que aprisiona essas fagulhas?

— Quando a vida morre, transforma-se em matéria. A própria matéria morre, mas há nova matéria ocupando constantemente seu lugar.

— Mas se a vida procede de Faceny, como a morte pode ser possível?

— A vida são os pensamentos de Faceny e, quando esses pensamentos deixam a mente dele, já não são nada. Apenas brasas moribundas.

— É uma filosofia triste — disse Maskull. — Mas então quem é Faceny e por que pensa?

Lialfae exibiu outro sorriso cheio de rugas.

— Também posso explicar isso. É da natureza de Faceny. Ele enxerga o Nada em todas as direções. Não tem lados nem costas, é completamente rosto, e esse rosto é a sua forma. Deve ser assim necessariamente, pois nada pode existir entre ele e o Nada. Seu rosto é todo olhos, pois contempla eternamente o Nada. Daí retira sua inspiração, pois de nenhum outro modo poderia ele mesmo sentir. Pela mesma razão, faens e mesmo os humanos apreciam lugares vazios e vastos espaços solitários, pois cada um é um pequeno Faceny...

— Isso parece verdadeiro — disse Maskull.

— Os pensamentos fluem perpetuamente do rosto de Faceny para a parte de trás dele. Sem dúvida, como seu rosto está em todos os lados, quer dizer que fluem para seu interior. Assim, uma corrente de pensamento flui continuamente do Nada para o interior de Faceny, que é o mundo. Os pensamentos se convertem em formas e povoam o mundo. Esse outro mundo, portanto, que nos rodeia não está em absoluto fora, mas dentro. O universo visível é como um gigantesco estômago, de modo que nunca poderemos ver o verdadeiro exterior do mundo.

Maskull ponderou gravemente a respeito de tudo aquilo por algum tempo.

— Lialfae, não consigo entender qual é sua esperança pessoal, uma vez que não passa de um pensamento descartado, moribundo.

— Nunca amou uma mulher? — perguntou faen, olhando fixamente para ele.

— Talvez tenha amado.

— Quando amava, não houve momentos elevados?

— Isso é fazer a mesma pergunta com outras palavras.

— Nesses momentos, estava próximo de Faceny. Se pudesse se aproximar ainda mais, não o faria?

— Sim, sem me importar com as consequências.

— Mesmo que não tivesse, em termos pessoais, qualquer esperança?

— Mas teria essa esperança.

Lialfae caminhou em silêncio.

— Um homem é a metade da vida — ae irrompeu de repente. — Uma mulher é a outra metade, mas faen é a totalidade. Além disso, quando a vida se dividiu em duas metades, algo foi perdido com isso... algo que pertence apenas à totalidade. Entre o seu amor e o meu não há comparação. Se até seu indolente sangue sente atração por Faceny, sem pensar nas consequências, como supõe que seria para mim?

— Não questiono a autenticidade de sua paixão — responde Maskull —, só é uma pena que não saiba como levá-la para o outro mundo.

Lialfae expressou sabe-se lá qual emoção com um sorriso disforme.

— Os homens podem pensar no que quiserem, mas os faens são feitos de tal modo que só conseguem ver o mundo como ele realmente é.

Aquele comentário encerrou a conversa.

O Sol estava alto no céu e eles pareciam estar se aproximando do topo da ravina. Suas paredes haviam se estreitado ainda mais e, exceto nos momentos em que Brancospélio estava diretamente atrás deles, caminhavam o tempo todo em sombras profundas; mas, ainda assim, o calor provocava desagradável lassidão. Toda a vida cessara. Um belo e fantástico espetáculo era apresentado pelas falésias, pelo terreno rochoso e pelas rochas que obstruíam toda a largura da garganta. Eram de um calcário cristalino, branco como a neve, fortemente marcado por veios de um azul brilhante. O riacho não era mais verde, mas transparente e cristalino. Seu som era musical e ao mesmo tempo tinha um aspecto romântico e encantador, mas

Lialfae parecia encontrar algo mais nele — seus traços ficavam cada vez mais rígidos e torturados.

Cerca de meia hora depois que todas as outras formas de vida desapareceram, outro animal-planta foi precipitado do espaço, na frente de seus olhos. Era tão alto quanto o próprio Maskull e tinha aparência brilhante e vigorosa, como convinha a uma criatura recém-saída da natureza. Começou a andar — mas apenas começou a fazê-lo quando explodiu silenciosamente em pedaços. Nada restou dele, todo o corpo desapareceu instantaneamente na mesma névoa invisível da qual havia surgido.

— Isso confirma o que me contou — comentou Maskull, empalidecendo.

— Sim — respondeu Lialfae. — Nós agora chegamos a uma região de vida terrível.

— Então, já que está certo nisso, devo acreditar em tudo o que me disse.

Enquanto pronunciava essas palavras, viravam uma curva da ravina. Então, surgiu diante deles um penhasco perpendicular de cerca de cem metros de altura, composto de rocha branca, de mármore. Era o topo do vale, e além dele não podiam prosseguir.

— Em troca de minha sabedoria — disse faen —, chegou o momento de me emprestar sua sorte.

Caminharam até a base do penhasco e Maskull analisou-o pensativamente. Era possível escalar, mas a subida seria difícil. O agora minúsculo riacho saía de um buraco na rocha a apenas alguns metros de altura. Além de seu ruído musical, nenhum som era discernível. O fundo da garganta estava na sombra, mas na metade do precipício o sol brilhava.

— O que você quer que eu faça? — exigiu saber Maskull.

— Está tudo em suas mãos e não tenho sugestão alguma. Agora, sua sorte deve nos ajudar.

Maskull prosseguiu observando um pouco mais.

— Será melhor esperar até a tarde, Lialfae. Provavelmente será necessário subir até o topo, mas está muito quente agora. Além disso, estou cansado. Roubarei algumas horas de sono. Depois disso, veremos.

Lialfae pareceu incomodado, mas não colocou objeções.

CAPÍTULO 17 – CORPANG

Maskull não despertou até muito tempo depois de Blodesombro. Lialfae estava de pé, ao seu lado, olhando para ele. Era difícil acreditar que tivesse repousado um instante sequer.

— Que horas são? — perguntou Maskull, esfregando os olhos e recuperando a compostura.

— O dia está passando — foi a vaga resposta.

Maskull ficou de pé e olhou para o topo da parede rochosa.

— Agora, vou escalar aquilo. Não há necessidade de que nós dois arrisquemos o pescoço; portanto, espere por mim aqui que o chamarei, caso encontre algo lá em cima.

Faen o olhou com estranheza.

— Não há nada lá em cima exceto uma colina nua. Estive lá muitas vezes, tem algo especial em mente?

— Altitudes elevadas costumam me inspirar. Sente-se aqui e espere.

Revigorado pelo sono, Maskull imediatamente atacou a face do penhasco e fez os primeiros seis metros em um único impulso. Depois, aquele obstáculo tornou-se abrupto e a subida exigiu maior circunspecção e inteligência. Havia poucos apoios para as mãos ou para os pés: ele precisava refletir antes de cada passo. Por outro lado, era rocha sólida e ele não era novato em escaladas. Brancospélio brilhou diretamente na parede, de modo que ele ficou parcialmente cego com aquela brancura resplandecente.

Depois de muitas dúvidas e pausas, chegou perto do topo. Estava com calor, suando copiosamente e um pouco tonto. Para chegar a uma saliência, ele agarrou duas pedras protuberantes, uma com cada mão, ao mesmo tempo que subia com as pernas entre as pedras. A rocha do lado esquerdo, que era a maior das duas, foi desalojada por seu peso e, voando como uma enorme sombra escura passando por sua cabeça, caiu com um baque terrível ao pé do precipício, seguido por uma avalanche de pedras menores. Maskull se firmou o melhor que pôde, mas demorou alguns momentos antes de ousar olhar para trás.

A princípio, não conseguiu distinguir Lialfae. Então avistou pernas e quartos traseiros a poucos metros do penhasco acima.

Percebeu que o faen tinha a cabeça enfiada em uma cavidade e estava examinando algo, então esperou que tal indivíduo reaparecesse.

Por fim, saiu, olhou para Maskull e chamou com aquela voz semelhante a uma trompa:

— A entrada está aqui!

— Estou descendo — rugiu Maskull. — Espere por mim!

Ele desceu velozmente, sem tomar muito cuidado, pois acreditava reconhecer sua "sorte" naquela descoberta. Em vinte minutos, estava ao lado de faen.

— O que aconteceu?

— A rocha que você soltou atingiu esta outra rocha, localizada logo acima da fonte. A arrancou de seu leito. Veja, agora há espaço para entrarmos.

— Não fique tão entusiasmado — disse Maskull —, pois foi um acidente extraordinário e temos bastante tempo. Deixe-me dar uma olhada.

Ele espiou dentro do buraco, que era espaçoso o suficiente para admitir um homem grande sem que este precisasse se abaixar. Em contraste com a luz do dia do lado de fora, estava escuro, mas um brilho peculiar impregnava o lugar e ele podia ver muito bem. Um túnel de pedra se encaminhava diretamente para as entranhas da colina, fora de vista. O riacho do vale não fluía ao longo do fundo do túnel, como ele esperava, mas surgiu como uma nascente logo depois da entrada.

— Bem, Lialfae, não é preciso deliberar muito, correto? Contudo, perceba que seu riacho nos abandona bem aqui.

Ao se voltar buscando uma resposta, constatou que seu companheiro tremia da cabeça aos pés.

— Mas qual é o problema?

Lialfae pressionava o coração.

— A corrente nos abandonou, mas o que faz do riacho o que ele é prossegue conosco. Faceny está aqui.

— Você por acaso espera encontrá-lo pessoalmente? Por que está tremendo?

— Talvez seja demais para mim, afinal.

— Por quê? Como isso o afeta?

O faen o agarrou pelo ombro e manteve Maskull distante pelo comprimento do braço, tratando de analisá-lo com olhar vacilante.

— Os pensamentos de Faceny são obscuros. Sou amante dele; você é amante de mulheres, mas, ainda assim, ele lhe concede algo que nega para mim.

— O que ele me concede?

— Vê-lo e prosseguir vivo. Vou morrer. Mas isso é irrelevante. Amanhã ambos estaremos mortos.

Maskull, impaciente, agitou-se, tentando se livrar.

— Pode ser que suas impressões sejam válidas em seu caso, mas como pode ter ciência de que eu vá morrer?

— A vida está se incendiando em seu interior — respondeu Lialfae, negando com a cabeça —, mas, quando atingir o clímax, talvez esta noite, se apagará rapidamente e amanhã estará morto. Quanto a mim, se entro em Treal, não voltarei a sair. Este buraco exala um odor de morte.

— Fala como um homem apavorado. Não sinto cheiro de nada.

— Não estou apavorado — disse Lialfae, pausadamente, recobrando gradualmente a tranquilidade —, mas, quando alguém vive o tanto que eu vivi, morrer é um assunto sério. Cada ano na terra representa novas raízes que se agarram à terra.

— Decida o que deseja fazer — disse Maskull, com um toque de menosprezo —, pois eu vou entrar agora mesmo.

O faen dirigiu um olhar meditativo e estranho para a ravina, depois caminhou para a caverna sem dizer nada. Maskull, coçando a cabeça, seguiu os passos de ae de perto.

No momento em que cruzaram a fonte borbulhante, a atmosfera mudou. Sem chegar a ser rançoso ou desagradável, tornou-se frio, claro e refinado, algo que de alguma forma sugeria pensamentos austeros e sombrios. A luz do dia desapareceu na primeira curva do túnel. Depois disso, Maskull não soube dizer de onde vinha a luz. O próprio ar devia ser luminoso, pois, embora fosse tão claro quanto a lua cheia na Terra, nem ele nem Lialfae projetaram sombra. Outra peculiaridade da luz era que tanto as paredes do túnel quanto seus próprios corpos pareciam incolores. Tudo era preto e branco, como uma paisagem lunar. Isso intensificou os sentimentos solenes e fúnebres criados pela atmosfera.

Depois de prosseguir por cerca de dez minutos, o túnel começou a se alargar. O teto estava bem acima de suas cabeças e seis homens poderiam ter caminhado lado a lado. Lialfae enfraquecia visivelmente. Se arrastava lenta e dolorosamente, com a cabeça baixa. Maskull sustentou ae.

— Não pode continuar assim. Deixe-me levá-lo de volta.

O faen sorriu e cambaleou.

— Estou morrendo.

— Não fale assim. É apenas uma indisposição passageira. Deixe-me levá-lo de volta para a luz do sol.

— Não. Ajude-me a prosseguir. Desejo ver Faceny.

— É justo conceder os desejos aos enfermos — disse Maskull.

Colocou o faen nos braços e o levou adiante por mais cem metros. Então, saíram do túnel e se encontraram diante de um mundo que não se parecia com nada do que viram antes.

— Baixe-me — ordenou Lialfae, debilmente —, pois é aqui que morrerei.

Maskull obedeceu e colocou faen no chão rochoso. Lialfae ergueu-se com dificuldade em um braço, depois fitou com olhos vidrados a paisagem mística.

Maskull também olhou, e o que viu foi uma vasta planície ondulante, como que iluminada pela lua, mas é claro que não havia Lua e não havia sombras. Avistou riachos correndo a distância. Ao lado deles, árvores de um tipo peculiar; estavam enraizadas no solo, mas os ramos também eram raízes aéreas, e não havia folhas. Nenhuma outra planta estava visível. O solo era de rocha macia e porosa, lembrando pedra-pomes. Além de um ou dois quilômetros em qualquer direção, a luz se fundia na escuridão. Atrás deles, uma grande parede rochosa se estendia de cada lado; não era quadrangular como uma parede, mas repleta de baías e promontórios como uma linha recortada de falésias. O teto desse enorme submundo estava fora de vista. Aqui e ali, um poderoso eixo de rocha nua, fantasticamente desgastado, erguia-se na escuridão, sem dúvida servindo para sustentar o teto. Não havia cores — cada detalhe da paisagem era preto, branco ou cinza. A cena parecia tão hierática, tão solene e religiosa, que todos os seus sentimentos se aquietaram em absoluta tranquilidade.

Lialfae tombou repentinamente. Maskull caiu de joelhos e assistiu impotente aos últimos lampejos do espírito faen, apagando-se como uma vela no ar fétido. A morte veio... Ele fechou-lhe os olhos. O sorriso horrível de Cristalino imediatamente se fixou nas feições mortas do faen.

Enquanto Maskull ainda estava ajoelhado, percebeu que alguém estava ao lado dele. Olhou para cima rapidamente e viu um homem, mas não se levantou imediatamente.

— Mais um faen morto — disse o recém-chegado em voz grave, intelectual e inexpressiva.

Maskull se levantou.

O homem era baixo e atarracado, mas macilento. Sua testa não estava desfigurada por nenhum órgão. Era de meia-idade. Seus traços eram enérgicos e um tanto rudes, mas Maskull tinha a impressão de que uma vida pura e dura tinha contribuído para refiná-los. Seus olhos sanguíneos exibiam uma aparência distorcida e perplexa; algum problema incomensurável ocupava, aparentemente, a vanguarda de seu cérebro. O rosto era glabro; o cabelo, curto e viril, e ele tinha sobrancelhas largas. Usava uma túnica preta sem mangas e trazia um longo cajado nas mãos. Havia um ar de limpeza e austeridade nele, que não deixava de ser atraente.

Continuou falando com ar de indiferença enquanto passava a mão reflexivamente sobre as bochechas e o queixo.

— Todos eles encontram o caminho para morrer aqui. Vêm de Matterplay. Lá eles vivem até uma idade incrível. Em parte por causa disso, e em parte por causa de sua origem espontânea, consideram-se os filhos favoritos de Faceny. Mas, quando chegam aqui para encontrá-lo, morrem logo.

— Creio que este aqui era o último de sua espécie. Mas a quem me dirijo?

— Sou Corpang. Quem é você, de onde veio e o que faz aqui?

— Meu nome é Maskull. Venho do outro lado do universo. Quanto ao que faço aqui: acompanhava Lialfae, este faen, desde Matterplay.

— Mas um homem não acompanha um faen por amizade. O que busca em Treal?

— Então aqui *é* Treal?

— Sim.

Maskull permaneceu em silêncio. Corpang estudou seu rosto com olhos severos e curiosos.

— Não sabe ou apenas se sente receoso, Maskull?

— Vim fazer perguntas, e não as responder.

A quietude do lugar era quase opressiva. Não havia nem ao menos uma brisa, e nenhum som cruzava o ar. Eles falavam baixo, como se estivessem em uma catedral.

— Pois bem, deseja minha companhia ou não? — perguntou Corpang.

— Sim, se você se adaptar ao meu estilo, que é... Não falar a meu respeito.

— Mas, ao menos, precisa me dizer para onde deseja ir.

— Quero ver o que for possível por aqui, depois desejo ir a Lichstorm.

— Posso guiá-lo, se é tudo o que quer. Venha, comecemos.

— Primeiro, permita-me cumprir meu dever e enterrar o morto, se for possível.

— Vire-se — ordenou Corpang.

Maskull olhou ao redor de si rapidamente. O corpo de Lialfae havia desaparecido.

— O que isso significa? O que aconteceu?

— O corpo retornou ao local de onde veio. Não havia nenhum lugar aqui em que pudesse permanecer, sendo assim, desapareceu. Nenhum funeral será necessário.

— Então, faen era uma ilusão?

— De forma alguma.

— Bem, explique depressa o que aconteceu. Parece que estou ficando louco.

— Não há nada incompreensível nisso: apenas escute com calma. Faens pertencem, de corpo e alma, ao mundo exterior, visível. Ou seja, Faceny. Este submundo não é o mundo de Faceny, mas de Thire, e as criaturas de Faceny não podem sequer respirar este ar. Como isso se aplica não apenas aos corpos, mas até mesmo às partículas com as quais estão compostos, faens se dissolvem no Nada.

— Mas você e eu não pertenceríamos ao mundo exterior também?

— Pertencemos aos três mundos.

— Quais três mundos? Como assim?

— Existem três mundos — disse Corpang serenamente —, sendo o primeiro pertencente a Faceny, o segundo a Amfuse e o terceiro a Thire. Daí surgiu o nome Treal.

— Mas isso tudo é mera nomenclatura. Em que sentido existem três mundos?

Corpang colocou a mão na fronte.

— Podemos falar de tudo isso enquanto prosseguimos o caminho. Para mim, é um tormento permanecer parado.

Maskull olhou novamente para o local em que jazia o corpo de Lialfae, ainda desconcertado com o extraordinário desaparecimento. Mal conseguia sair do lugar em que estava, de tão absorvido no mistério. Só depois que Corpang o chamou pela segunda vez decidiu segui-lo.

Partiram da parede de pedra para a planície de ar luminoso, dirigindo-se para as árvores mais próximas. A luz atenuada, a ausência de sombras, as colunas colossais que brotavam em tons cinza-esbranquiçados do solo jateado, as árvores fantásticas, a ausência de céu, o silêncio mortal, o conhecimento de que ele estava em um mundo subterrâneo — a combinação de todos esses elementos predispôs a mente de Maskull ao misticismo e ele se preparou com certa ansiedade para ouvir a explicação de Corpang sobre a terra e suas maravilhas. Principiou a entender que a realidade do mundo exterior e a realidade daquele mundo eram duas coisas completamente diferentes.

— Em que sentido existem três mundos? — exigiu saber, repetindo a questão anterior.

Corpang golpeou o solo com a ponta do cajado.

— Em primeiro lugar, Maskull, qual o motivo da sua pergunta? Diga-me se se trata apenas de curiosidade intelectual, pois não devemos brincar com assuntos assim espantosos.

— Não, não é — disse Maskull pausadamente —, nem sou estudante ou coisa assim. Minha jornada não é um passeio de férias.

— Não há sangue em sua consciência? — perguntou Corpang, observando-o atentamente.

O rosto de Maskull avermelhou-se, mas, por conta da iluminação, parecia ter ficado preto.

— Infelizmente há, e não pouco.

O rosto do outro era um mapa de rugas, mas ele não fez comentário algum.

— Então, veja só — prosseguiu Maskull, com uma breve gargalhada —, estou nas melhores condições para receber instrução.

Corpang mantinha-se calado.

— Debaixo de seus crimes, vejo um homem — disse ele, depois de alguns minutos —, e por causa disso, e porque temos a determinação de ajudar uns aos outros, não vou deixá-lo neste momento, embora não tenha jamais imaginado caminhar ao lado de um assassino... Agora, quanto à sua pergunta: o que quer que um homem veja por seus olhos, Maskull, ele vê em três dimensões, que são comprimento, largura e profundidade. Comprimento é existência, largura é relação, profundidade é sentimento.

— Algo nesse sentido me foi dito por Értride, o músico, que veio de Treal.

— Não o conheço. O que mais ele disse?

— Ele prosseguiu, aplicando tais princípios à música. Continue, e me perdoe pela interrupção.

— Esses três estados de percepção são os três mundos. A existência é o mundo de Faceny, a relação é o mundo de Amfuse e o sentimento é o mundo de Thire.

— Não podemos ir direto aos fatos? — pediu Maskull, franzindo o cenho. — Minha compreensão desses três mundos não avançou nada.

— Não há fatos além daqueles que acabei de relatar. O primeiro mundo é a Natureza visível e tangível. Foi criada por Faceny do nada e passamos a chamá-lo Existência.

— Isso eu compreendo.

— O segundo mundo é o Amor, e com isso não quero dizer luxúria. Sem amor, todo indivíduo seria completamente autocentrado, incapaz de interagir com os outros. Sem amor, não haveria simpatia, e nem sequer o ódio, a raiva ou a vingança seriam possíveis. Pois são formas imperfeitas e distorcidas de amor puro. Interpenetrando o mundo da Natureza de Faceny, portanto, temos o mundo do Amor, ou Relação, de Amfuse.

— Em que se baseia para afirmar que esse suposto segundo mundo não faria parte do primeiro?

— São contraditórios. Um homem natural vive para si mesmo; um amante vive pelos outros.

— Pode ser que sim. É bastante místico. Mas prossiga: quem é Thire?

— Comprimento e largura juntos, sem profundidade, proporcionam achatamento. A vida e o amor sem sentimento produzem naturezas superficiais e ocas. O sentimento é a necessidade dos homens de se aproximarem de seu criador.

— Fala de orações e adoração?

— Falo de intimidade com Thire. Esse sentimento não é encontrado no primeiro nem no segundo mundo, portanto, há um terceiro mundo. Assim como a profundidade é a linha entre o objeto e o sujeito, o sentimento é a linha entre Thire e o ser humano.

— Mas o que é Thire em si mesmo?

— Thire é o além.

— Ainda não compreendo — disse Maskull. — Quer dizer que acredita em três deuses separados ou são apenas três maneiras de entender um único Deus?

— Existem três deuses, pois eles são mutuamente antagônicos. Mas, mesmo assim, estão de alguma forma unidos.

Maskull refletiu por algum tempo.

— Como chegou a essas conclusões?

— Nenhuma outra conclusão é possível em Treal, Maskull.

— Por que em Treal... O que há de especial aqui?

— Mostrarei agora.

Caminharam por mais de um quilômetro em silêncio, enquanto Maskull digeria o que Corpang havia dito. Quando chegaram perto das primeiras árvores, que cresciam ao longo das margens de um pequeno riacho de água transparente, Corpang se deteve.

— Faz tempo que esse turbante em sua cabeça não é mais necessário — observou ele.

Maskull o removeu. Percebeu que a linha em sua testa estava suave e ininterrupta, como nunca esteve desde que chegou a Tormance.

— Como isso aconteceu... E como sabia?

— Eram os órgãos de Faceny. Eles desapareceram, assim como o corpo do faen desapareceu.

Maskull seguiu esfregando a testa.

— Me sinto mais humano sem eles. Mas por que o restante do meu corpo não foi afetado?

— Porque sua vontade viva contém elementos de Thire.

— Qual o motivo de paramos aqui?

Corpang arrancou a ponta de uma das raízes aéreas da árvore e a ofereceu para o companheiro.

— Coma isto, Maskull.

— Como alimento ou algo mais?

— Alimento para o corpo e para a alma.

Maskull mordeu a raiz. Era branca e dura; sua seiva branca sangrava. Não tinha gosto, mas, depois de comê-la, ele experimentou uma mudança de percepção. A paisagem, sem alteração na luz ou no contorno das formas, tornou-se em vários graus mais austera e sagrada. Quando olhou para Corpang, ficou impressionado com seu aspecto de horror gótico, mas a expressão perplexa ainda estava em seus olhos.

— Sempre esteve por aqui, Corpang?

— Vez ou outra, eu subo até a superfície, mas não com muita frequência.

— O que o prende a este mundo lúgubre?

— A busca por Thire.

— Então sua busca continua?

— Continuemos caminhando.

Quando retomaram a jornada através da sombria planície que, gradualmente, ascendia, a natureza da conversação se fez ainda mais carregada de seriedade.

— Embora não tenha nascido aqui — prosseguiu Corpang —, moro neste local há vinte e cinco anos e, durante todo esse tempo, estive me aproximando de Thire, ou assim espero. Mas há uma peculiaridade nisso: os primeiros estágios são mais frutíferos e mais promissores do que os últimos. Quanto mais se procura Thire, mas ele parece se afastar. No início, ele é sentido e conhecido; por vezes como uma forma, outras como uma voz, ou ainda como uma emoção avassaladora. Mais tarde, tudo se torna seco, escuro e rígido para a alma. Então, seria de se pensar que Thire estaria a um milhão de quilômetros de distância.

— Como explica isso?

— Quando tudo é escuridão, pode ser que esteja mais próximo, Maskull.

— Mas isso o preocupa?

— Meus dias são de tormento.

— Ainda assim, você persiste? Não pode ser que esta obscuridade total seja a última etapa?

— Minhas perguntas seriam respondidas.

Um silêncio se seguiu. Maskull, então, perguntou:

— O que pretende me mostrar?

— A região ficará gradativamente mais selvagem. Vou levá-lo para conhecer as Três Figuras, que foram esculpidas e erigidas por uma antiga raça de humanos. Ali, faremos nossas orações.

— E depois?

— Se o seu coração for sincero, verá coisas das quais não esquecerá facilmente.

Caminharam morro acima por um ligeiro aclive, uma espécie de depressão entre duas descidas paralelas e suavemente inclinadas. A depressão agora se aprofundava, enquanto as colinas de cada lado ficavam mais íngremes. Estavam em um vale ascendente e, como ele se curvava para um lado e para o outro, a paisagem desaparecia da vista de ambos. Chegaram a uma pequena fonte, que borbulhava do chão. Formava um riacho, embora diferente de todos os outros riachos, pois fluía em curso ascendente, vale acima. Em pouco tempo já era acompanhado por outros riachos em miniatura, de modo que no final se tornou um ribeiro de tamanho razoável. Maskull permaneceu olhando para ele e franzindo a testa.

— A natureza segue outras leis por aqui, aparentemente.

— Aqui nada pode existir se não for uma mescla dos três mundos.

— Mas a água flui para algum lugar.

— Não posso explicar, mas há três vontades agindo nela.

— Não existe a matéria pura de Thire?

— Thire não pode existir sem Amfuse, e Amfuse não pode existir sem Faceny.

Maskull meditou sobre isso por alguns minutos.

— Deve ser assim — disse, afinal —, pois sem vida não pode haver amor, e sem amor o sentimento religioso seria impossível.

À meia-luz daquele lugar, os topos das colinas que delimitavam o vale atingiam uma altura tal que desapareciam da vista. Os lados eram íngremes e escarpados, enquanto o leito do vale ficava mais estreito a cada passo. Nenhum organismo vivo era visível. Tudo era antinatural e sepulcral.

— Sinto como se estivéssemos mortos e caminhássemos pelo além — disse Maskull.

— Ainda não sei o que você faz aqui — respondeu Corpang.

— Por que deveria fazer mistério disso? Vim para encontrar Surtur.

— Esse nome eu ouvi. Mas em quais circunstâncias?

— Esqueceu?

Corpang seguiu caminhando, com os olhos fixos no solo, obviamente perturbado.

— Quem é Surtur?

Maskull balançou a cabeça e nada disse.

O vale logo depois se estreitou bastante, de tal modo que os dois homens, com os braços estendidos, poderiam tocar com as pontas dos dedos as paredes de rocha de ambos os lados. Aquele caminho ameaçava terminar em um beco sem saída, mas, exatamente quando parecia menos promissor, e eles estavam encerrados por penhascos por todos os lados, uma curva até então despercebida os trouxe de repente para céu aberto. Emergiram por uma simples fenda na linha dos precipícios.

Uma espécie de corredor natural imenso corria perpendicularmente pelo caminho por onde haviam vindo. Ambas as extremidades desapareceram na obscuridade após algumas centenas de metros. Bem no centro desse corredor, havia um abismo com lados perpendiculares, cuja largura variava de dez a trinta metros, mas o fundo não era visível. Em ambos os lados do abismo, um de frente para o outro, havia plataformas de rocha, com mais ou menos seis metros de largura; elas também continuavam em ambas as direções até sumirem de vista. Maskull e Corpang emergiram em uma dessas plataformas. A plataforma oposta era alguns metros mais alta do que aquela em que estavam. Ambas eram apoiadas por uma linha dupla de falésias elevadas e intransponíveis, cujos topos permaneciam invisíveis.

O riacho, que os acompanhava pela fenda, seguia direto, mas, em vez de descer a parede do abismo como uma cachoeira, cruzava de um lado para o outro como uma ponte líquida. Depois, desaparecia por uma fenda nas falésias do lado oposto.

Para a percepção de Maskull, contudo, ainda mais maravilhoso que tal fenômeno sobrenatural era a ausência de sombras, mais perceptível ali do que em campo aberto. Dava àquele lugar o aspecto de uma galeria fantasmagórica.

Corpang, sem perder tempo, liderou o caminho ao longo da plataforma à esquerda. Depois de caminharem cerca de um quilômetro, o abismo se alargou para sessenta metros. Três grandes rochas surgiram na saliência oposta; pareciam três gigantes eretos, imóveis, lado a lado na extremidade do abismo. Corpang e Maskull se aproximaram e, então, Maskull viu que eram estátuas. Cada uma tinha cerca de nove metros de altura e o acabamento era dos mais toscos. Representavam homens nus, mas os membros e troncos mal tinham sido cortados, apenas os rostos receberam algum acabamento, e mesmo assim meramente genérico. Obviamente, aquilo era obra de artistas primitivos. As estátuas estavam eretas, com os joelhos juntos e os braços esticados ao longo do corpo. As três eram exatamente iguais.

Corpang se detêve na frente das estátuas.

— Esta é uma representação dos três Seres? — perguntou Maskull, maravilhado com o espetáculo, apesar de sua inerente ousadia.

— Não faça perguntas, apenas se ajoelhe — replicou Corpang, ajoelhando-se prontamente.

Maskull permaneceu em pé.

Corpang cobriu os olhos com a mão e rezou silenciosamente. Depois de alguns minutos, a luz diminuiu perceptivelmente. Então Maskull também se ajoelhou, mas continuou observando.

Foi ficando cada vez mais escuro, até que tudo foi envolvido pela escuridão da mais densa noite. Luz e som não mais existiam. Ele estava sozinho, com o próprio espírito.

Então, um dos três Colossos tornou-se, lentamente, visível de novo. Mas havia deixado de ser uma estátua. Era agora uma pessoa viva. Da escuridão do espaço emergiram uma cabeça e um peito gigantescos, iluminados por um brilho rosado e místico, como o pico de uma montanha banhado pelo sol nascente. À medida que a luz se tornava mais forte, Maskull viu que a carne era translúcida e que o brilho vinha do interior. Os membros da aparição estavam envoltos em névoa.

Em pouco tempo, os traços do rosto se destacaram de forma nítida. Tratava-se de um jovem imberbe, com seus vinte anos. Tinha a beleza de uma garota e a força ousada de um homem; seu sorriso era zombeteiro e enigmático. Maskull sentiu o estremecimento frio e misterioso, uma mistura de dor e êxtase de quem acorda de um sono profundo no meio do inverno e vê as cores delicadas, escuras e brilhantes da madrugada. A visão sorriu e ficou ali parada, olhando para além dele. Maskull começou a tremer de deleite... e por muitas outras emoções. Enquanto olhava, sua sensibilidade poética adquiriu um caráter tão exasperado e indefinível que ele não podia suportar; começou a chorar.

Quando ergueu os olhos novamente, a imagem quase havia desaparecido e, alguns momentos depois, mergulhou novamente na escuridão total.

Pouco depois, uma segunda estátua surgiu. Também estava transfigurada de forma vívida, mas Maskull não conseguiu ver os detalhes do rosto e do corpo por causa do brilho de luz que irradiava. Essa luz, que a princípio era como ouro pálido, terminou como fogo dourado flamejante. Iluminou toda a paisagem subterrânea. As saliências das rochas, os penhascos, ele e Corpang de joelhos, as duas estátuas não iluminadas — tudo parecia estar iluminado pela luz do sol, e as sombras projetadas eram negras e fortemente definidas. A luz emitia calor, mas de um tipo singular. Maskull não percebeu o aumento da temperatura, apenas sentiu o coração derreter em uma suavidade feminina. Sua arrogância e seu egoísmo masculinos sumiram imperceptivelmente; sua personalidade parecia desaparecer. O que foi deixado para trás não foi liberdade de espírito ou leveza, mas um estado mental arrebatador e quase selvagem de comiseração e angústia. Sentiu um desejo torturante de servir. Tudo isso veio do calor da estátua, e não tinha objeto. Olhou ansiosamente ao redor e fixou os olhos em Corpang. Colocou a mão em seu ombro e o despertou de sua oração.

— Deve saber o que sinto, Corpang.

Corpang sorriu com doçura, mas nada disse.

— Já não me importam em absoluto meus próprios assuntos. Como posso ajudá-lo?

— Será melhor para você, Maskull, se responder rapidamente às palavras invisíveis.

Enquanto falava, a figura começou a desaparecer e a luz se esvaneceu da paisagem. A emoção de Maskull diminuiu lentamente, mas não recuperou novamente seu equilíbrio até que a escuridão estivesse completa. Então, sentiu vergonha de sua exibição infantil de entusiasmo e pensou, com tristeza, que devia haver alguma deficiência em seu caráter. Colocou-se de pé.

No momento em que ele se levantou, a voz de um homem soou a menos de um metro de seu ouvido. Era quase um sussurro, mas podia distinguir que não era a entonação de Corpang. Enquanto ouvia, foi incapaz de evitar tremores físicos.

— Maskull, você vai morrer — disse o falante invisível.

— Quem é você?

— Tem apenas algumas horas de vida. Não perca seu tempo.

Maskull não foi capaz de dizer nada.

— Você desprezou a vida — prosseguiu a voz grave. — Você realmente imagina que este mundo poderoso não tem sentido e que a vida é uma piada?

— O que devo fazer?

— Arrependa-se de seus crimes, e não cometa outros, em honra de...

A voz desapareceu. Maskull esperou em silêncio que ela voltasse a falar. Mas tudo permaneceu quieto, como se o orador tivesse partido. Um horror sobrenatural se apoderou dele e ele caiu em uma espécie de catalepsia.

Naquele momento, viu uma das estátuas desaparecer, passando de um fulgor pálido e branco para a escuridão. Ele não tinha reparado antes que brilhava.

Poucos minutos depois, a luz habitual daquela terra retornou. Corpang se levantou e despertou Maskull de seu transe. Este olhou ao redor, mas não viu uma terceira pessoa. Então, fez uma pergunta:

— Qual era a última estátua?

— De Thire.

— Ouviu o que eu falei?

— Ouvi sua voz, mas a de ninguém mais.

— Acabam de predizer minha morte, sendo assim, suponho que não tenha muito tempo de vida. Lialfae profetizou a mesma coisa.

Corpang moveu a cabeça.

— Que valor atribui à vida? — perguntou.

— Muito pouco. Mas é aterrador da mesma maneira.

— Sua morte?

— Não, essa advertência.

Pararam de falar. Um profundo silêncio reinou. Nenhum dos dois homens parecia saber o que fazer a seguir ou para onde ir. Então, os dois ouviram o som do tambor. Foi lento, enfático e impressionante — distante e não muito alto, mas marcado em contraposição ao silêncio que reinava. Parecia vir de algum ponto fora de vista, à esquerda de onde estavam, mas na mesma plataforma de rocha. O coração de Maskull bateu rapidamente.

— O que pode ser esse som? — perguntou Corpang, esquadrinhando a obscuridade.

— É Surtur.

— De novo: quem *é* Surtur?

Maskull agarrou-lhe o braço e pressionou-o para que ficasse em silêncio. Um brilho estranho pairava no ar, na direção de onde vinha o som do tambor. Logo ganhou intensidade e gradualmente ocupou todo o lugar. As coisas não eram mais vistas pela luz Thire, mas por essa nova luz. Não projetava sombras.

As narinas de Corpang incharam e ele se ergueu, orgulhoso.

— Que fogo é esse?

— É a luz de Muspel.

Ambos olharam instintivamente para as três estátuas. Naquele estranho resplendor, sofreram uma mudança. O rosto de cada figura estava coberto pela sórdida e horrível máscara de Cristalino.

Corpang gritou e cobriu os olhos com a mão.

— O que isso significa? — perguntou um minuto depois.

— Deve significar que a vida é um erro e que o criador da vida está equivocado, seja ele uma pessoa ou três.

Corpang olhou novamente, como quem tenta se acostumar a uma visão chocante.

— Será que ousamos acreditar nisso?

— Você deve — respondeu Maskull —, pois sempre serviu ao mais alto e deve continuar fazendo isso. Simplesmente descobri que Thire não é o mais alto.

O rosto de Corpang inchou com uma espécie de raiva grosseira.

— A vida é claramente falsa... procuro Thire uma vida inteira e encontro... isso.

— Não tem por que se censurar. Cristalino teve uma eternidade para praticar suas astúcias, então não é de se admirar que um homem não consiga ver direito, mesmo com as melhores intenções. O que decidiu fazer?

— Parece que o som do tambor está se afastando. Você vai seguir o repique, Maskull?

— Sim.

— Mas para onde levará?

— Talvez para fora de Treal.

— Isso me soa mais real que a realidade — disse Corpang. — Mas diga-me: quem é Surtur?

— O mundo de Surtur, Muspel, dizem, é o original, do qual este aqui surgiu como cópia distorcida. Cristalino é vida, mas Surtur é mais que a vida.

— Como sabe disso?

— Brotou de algum modo... da inspiração, da experiência, da conversação com homens sábios do seu planeta. A cada hora isso se faz mais verdadeiro para mim e toma uma forma mais definida.

Corpang seguiu olhando para a frente, encarando as três figuras com semblante duro e enérgico, carregado de resolução.

— Acredito no que diz, Maskull. Não exijo outra prova além dessa. Thire não é o mais elevado... de certa forma, parece ser o mais baixo. Nada além do completamente falso e vil poderia se rebaixar a tais enganos... vou contigo, mas não traia minha confiança. Esses sinais poderiam ser para você, e não para mim, e se me abandonas...

— Não faço promessas. Não peço que venha comigo. Se prefere ficar em seu pequeno mundo, ou se alimenta dúvidas a esse respeito, melhor não vir.

— Não fale assim. Nunca esquecerei o serviço que me prestou... devemos nos apressar, ou perderemos o rastro do som.

Corpang começou a andar com mais entusiasmo do que Maskull. Caminharam rapidamente na direção do som do tambor. Por mais de três quilômetros, o caminho seguia ao longo da saliência sem qualquer mudança de nível. O brilho misterioso gradualmente se dissipou e foi substituído pela luz normal de Treal. As batidas rítmicas continuaram, mas muito longe, e ambos pareciam incapazes de diminuir a distância.

— Que tipo de homem é você? — perguntou Corpang de súbito.

— Em que sentido?

— Como consegue se entender dessa forma com o invisível? Como eu nunca tive essa experiência antes de conhecê-lo, apesar de minhas intermináveis rezas e mortificações? De que forma é superior a mim?

— Ouvir vozes talvez não seja uma profissão — respondeu Maskull —, mas eu mantenho uma mente simples e disponível, talvez por isso por vezes ouça aquilo que até agora você não foi capaz de ouvir.

O semblante de Corpang ficou sombrio e ele se manteve em silêncio. Então Maskull conseguiu vislumbrar o orgulho em seu interior.

A saliência logo começou a elevar-se. Estavam bem acima da plataforma, no lado oposto do golfo. O caminho, então, fez uma curva acentuada para a direita e eles passaram sobre o abismo para outra saliência como se fosse por meio de uma ponte, saindo do topo dos penhascos opostos. Uma nova linha de precipícios os confrontou imediatamente. Seguiram o som do tambor ao longo da base desses picos, mas, ao passarem pela entrada de uma grande caverna, perceberam que o som vinha do interior daquele local e entraram.

— Isto leva ao mundo exterior — observou Corpang —, pois estive aqui algumas vezes.

— Então deve ser para onde nos leva, sem dúvida. Confesso que não me desgostaria ver a luz do sol mais uma vez.

— Como pode pensar na luz do sol com tudo isso? — perguntou Corpang, com um sorriso áspero.

— Amo o sol e não tenho muito de fanático.

— Ainda, assim, chegará ali antes de mim.

— Não fique amargurado — disse Maskull. — Vou lhe dizer outra coisa. Muspel não pode ser alcançado por vontade, pela simples razão de que Muspel nada tem a ver com a vontade. Querer é algo próprio deste mundo.

— Então qual é a serventia desta jornada?

— Uma coisa é caminhar até um destino e demorar-se na caminhada, e outra bem diferente é correr até lá em alta velocidade.

— Talvez não possa me enganar tão facilmente como imagina — disse Corpang com outro sorriso.

A luz persistia na caverna. O caminho estreitou-se para se transformar em uma subida íngreme. O ângulo passou a ser de quarenta e cinco graus e eles tiveram que subir. O túnel ficou tão estreito que Maskull se lembrou dos pesadelos da infância.

Não muito depois, a luz do dia surgiu. Apressaram-se em completar a última etapa. Maskull correu primeiro para o mundo das cores e, todo sujo e sangrando por causa de numerosos ferimentos, permaneceu piscando os olhos, parado na encosta de uma colina, banhado pelo brilhante sol do fim da tarde. Corpang seguiu de perto. Ele foi obrigado a proteger os olhos com as mãos por alguns minutos, tão desacostumado estava aos raios cegantes de Brancospélio.

— O som do tambor cessou — exclamou de imediato.

— Não pode esperar que haja música o tempo todo — respondeu Maskull secamente. — Não podemos aspirar luxos.

— Mas agora não temos nenhum guia. Não estamos em melhor situação que antes.

— Bem, Tormance é um lugar enorme. Mas tenho uma regra infalível, Corpang. Como venho do sul, meu caminho sempre será o norte.

— Isso nos leva a Lichstorm.

Maskull contemplou as rochas fantasticamente empilhadas ao redor deles.

— Vi essas rochas de Matterplay. As montanhas parecem estar tão distantes como antes e não falta muito para anoitecer. A que distância fica Lichstorm?

Corpang lançou o olhar para uma cordilheira longínqua.

— Não sei, mas só um milagre permitiria que chegássemos lá antes do anoitecer.

— Tenho a sensação — disse Maskull — de que não apenas chegaremos lá nesta mesma noite, mas também que será a noite mais importante da minha vida.

E se sentou, passivamente, para descansar.

CAPÍTULO 18 – HAUNTE

Enquanto Maskull se sentava, Corpang caminhava inquieto de um lado para o outro, balançando os braços. Havia perdido o cajado. Seu rosto estava inflamado pela impaciência contida, o que acentuava certa rispidez natural. Por fim, parou na frente de Maskull e olhou para ele.

— O que você pretende fazer?

Maskull ergueu os olhos e acenou preguiçosamente com a mão em direção às montanhas distantes.

— Já que não podemos andar, devemos esperar.

— Pelo quê?

— Não sei... mas como é isso? Esses picos mudaram de cor, de vermelho para verde.

— Sim, o vento-liche sopra aqui.

— Vento-liche?

— É a atmosfera de Lichstorm. Sempre sobe por estas montanhas, mas, quando o vento sopra do norte, chega até Treal.

— É um tipo de neblina, então?

— Sim, uma espécie bem peculiar, pois dizem que excita as paixões sexuais.

— Então vamos ter alguma ação amorosa — disse Maskull, rindo.

— Talvez não vá considerar muito aprazível — respondeu Corpang, com certa seriedade.

— Mas diga-me; como esses picos conservam o equilíbrio?

Corpang contemplou os cumes distantes e pendentes, que se desvaneciam rapidamente na obscuridade.

— A paixão os impede de cair.

Maskull riu novamente. Sentia uma estranha perturbação no espírito.

— Como, o amor da rocha pela rocha?

— É cômico, mas verdadeiro.

— Vamos dar uma olhada mais de perto. Além das montanhas está Barey, não é mesmo?

— Sim.

— E depois o oceano. Mas qual é o nome desse oceano?

— Isso só é dito aos que morrem junto a ele.

— Mas é um segredo assim tão valioso, Corpang?

Brancospélio aproximava-se do horizonte a oeste. Ainda restavam mais de duas horas da luz do dia. O ar ao redor deles ficou turvo. Era uma névoa fina, nem úmida, nem fria. A cordilheira Lichstorm aparecia agora apenas como um borrão no céu. O ar estava elétrico e formigava, tendo um efeito excitante. Maskull sentiu uma espécie de inflamação emocional, como se uma leve causa externa servisse para mudar seu autocontrole. Corpang ficou em silêncio, com a boca férrea.

Maskull continuou olhando para uma alta pilha de rochas nas proximidades.

— Parece-me que temos ali uma ótima torre de observação. Talvez seja possível ver algo do topo.

Sem esperar a opinião do companheiro, ele começou a escalar o pequeno pico e, em poucos minutos, estava de pé no topo. Corpang juntou-se a ele.

Daquele ponto de vista era possível ver toda a paisagem que descia até o mar, que apareceu como um mero lampejo de água distante e brilhante. Deixando tudo isso, no entanto, os olhos de Maskull fixaram-se imediatamente em um pequeno objeto em forma de barco, cerca de duas milhas de distância, que se deslocava velozmente na direção deles, suspenso apenas alguns metros no ar.

— O que me diz disso? — perguntou com grande surpresa.

Corpang balançou a cabeça e não disse nada.

Em dois minutos, o objeto voador, fosse o que fosse, diminuiu a distância entre eles pela metade. Ficava cada vez mais parecido com um barco, mas seu voo era irregular, nada suave: a proa sacudia continuamente, para cima e para baixo, de um lado para o outro. Maskull divisou um homem sentado na popa e o que parecia ser um grande animal morto caído no meio do navio. Conforme a nave aérea se aproximava, percebeu uma névoa azul espessa embaixo dela e uma névoa semelhante atrás, mas a dianteira, bem na frente deles, estava livre.

— Isso deve ser aquilo que esperávamos, Corpang. Mas que diabos está carregando?

Coçou a barba de forma contemplativa e então, temendo que não tivessem sido vistos, subiu na rocha mais alta, berrou alto e fez movimentos frenéticos com o braço. O barco voador, que estava a apenas algumas centenas de metros de distância, alterou ligeiramente seu curso, dirigindo-se agora na direção em que estavam, de uma forma que não deixava dúvidas de que o timoneiro detectara a presença deles.

O barco diminuiu a velocidade até se deslocar na velocidade de um homem caminhando, mas seus movimentos seguiam irregulares. Tinha uma forma um tanto estranha. Com cerca de seis metros de comprimento, seus lados retos se estreitavam desde uma proa plana, com mais de um metro de largura, até uma popa de ângulo agudo. O fundo plano não ficava a mais de três metros do solo. Não estava coberto e carregava apenas um ocupante vivo; o outro objeto que distinguiram era, na verdade, a carcaça de um animal, mais ou menos do tamanho de uma grande ovelha. A névoa azulada atrás do barco parecia emanar da ponta cintilante de uma vara curta e vertical presa na popa. Quando a nave estava a poucos metros deles, e eles olhavam maravilhados para baixo, o homem removeu o mastro e cobriu a ponta brilhante com uma espécie de capuz. O movimento para a frente então cessou completamente, e o barco começou a flutuar de um lado para o outro, mas ainda assim permaneceu suspenso no ar, enquanto a névoa por baixo persistia. Finalmente, o lado largo bateu suavemente na pilha de pedras em que estavam. O timoneiro saltou em terra e imediatamente subiu para encontrá-los.

Maskull ofereceu-lhe a mão, mas ele recusou com desdém. Era um jovem de estatura mediana. Trajava uma roupa de pele justa. Os membros eram bastante comuns, mas o tronco era desproporcionalmente longo e ele tinha o peito maior e mais profundo que Maskull já vira em um homem. O rosto glabro era duro, anguloso e feio, com dentes protuberantes e uma expressão maliciosa e sorridente. Os olhos e as sobrancelhas se inclinavam para trás. Na testa havia um órgão que parecia ter sido mutilado, um mero toco de carne de aspecto desagradável. Os cabelos eram curtos e ralos. Maskull não sabia dizer a cor da pele, mas parecia ter a mesma relação com o jale que o verde tem com o vermelho.

Uma vez desembarcado, o estranho ficou parado por um ou dois minutos, examinando os dois companheiros com as pálpebras semicerradas, o tempo todo sorrindo da maneira mais insolente possível. Maskull estava ansioso para trocar palavras, mas não queria ser o primeiro a falar. Corpang permaneceu taciturno, um pouco afastado.

— Que tipo de homem você é? — exigiu saber o navegador aéreo, afinal.

A voz dele era extremamente alta e tinha um tom bastante desagradável. Para Maskull, essa voz soava como se um amplo volume de ar tentasse forçar caminho por um orifício estreito.

— Sou Maskull, meu amigo é Corpang. Ele vem de Treal, mas não me pergunte de onde venho.

— Sou Haunte, de Sarclás[47].

— Onde fica isso?

— Meia hora atrás poderia lhe mostrar onde fica, mas agora o ar está muito turvo. É uma montanha de Lichstorm.

— Está voltando para lá agora?

— Sim.

— E quanto tempo demora para chegar a esse seu barco?

— Duas, três horas.

— Haveria espaço para nós?

— Ora, pretende ir a Lichstorm também? O que deseja fazer lá?

— Desfrutar a vista — respondeu Maskull, com olhos risonhos —, mas, antes de mais nada, jantemos. Não me lembro de ter comido durante o dia todo. Parece que esteve caçando, por algum motivo. Assim, não nos faltará alimento.

Haunte olhou para ele de forma curiosa.

— Parece-me que não lhe falta insolência. Mas eu mesmo sou da mesma classe de homem, portanto tenho apreço a tal tipo. Agora, seu amigo provavelmente preferiria morrer de fome a pedir comida para um desconhecido. Parece um sapo espantado, arrancado do buraco da sua toca.

Maskull agarrou o braço de Corpang e impôs silêncio.

— Onde esteve caçando, Haunte?

— Matterplay. Tenho péssima sorte... Arpoei um cavalo das campinas, este aqui.

---

47   No original, "Sarclash". (N.T.)

— Como é Lichstorm?

— Há homens lá, e mulheres também, mas não há homens-mulheres como você.

— O que você chama de homens-mulheres?

— Pessoas de sexo misto, como você. Em Lichstorm os sexos são puros.

— Sempre me vi como homem.

— Muito provavelmente sim, mas este é o teste: nutre temor ou ódio pelas mulheres?

— Por quê? Você faz isso?

Haunte sorriu e mostrou os dentes.

— As coisas são diferentes em Lichstorm... Então, quer desfrutar da vista por lá?

— Confesso que estou curioso para conhecer suas mulheres, depois do que me disse.

— Então será apresentado a Sullenbode.

Ele fez uma pausa; depois, repentinamente, soltou uma formidável e ríspida gargalhada que chegou a fazer seu peito estremecer.

— Reparta conosco seu chiste — disse Maskull.

— Oh, vocês entenderão depois.

— Se está armando uma brincadeira para cima de mim, não terei muitas cerimônias contigo.

Haunte riu de novo.

— Não serei eu a fazer brincadeiras. Sullenbode estará profundamente encantada por me fazer esse favor. É bem verdade que não a visito com muita frequência, como ela gostaria, mas sempre estou disposto a ser-lhe útil de outras formas... Bem, terão sua carona em meu barco.

Maskull coçou o nariz, expressando dúvida.

— Se os sexos se odeiam em sua terra, é pelo fato de a paixão ser fraca ou forte?

— Em outras partes do mundo há paixões suaves; mas, em Lichstorm, são inflexíveis.

— O que você chama de paixão inflexível?

— Aquela em que as mulheres atraem os homens pela dor, e não pelo prazer.

— Gostaria de entender isso antes do fim da minha viagem.

— Sim — respondeu Haunte, com um olhar de escárnio. — Seria uma pena deixar a ocasião escapar, já que está indo a Lichstorm.

Foi a vez de Corpang agarrar o braço de Maskull.

— Essa jornada terminará mal.

— Por quê?

— Pouco tempo atrás, seu objetivo era Muspel; agora, são as mulheres.

— Deixe-me em paz — disse Maskull — e aproveite a sorte. Quem trouxe este barco para cá?

— O que foi essa conversa sobre Muspel? — exigiu saber Haunte.

Corpang o agarrou bruscamente pelo ombro e o olhou diretamente nos olhos.

— O que você sabe?

— Não muito, mas algo, creio eu. Pergunte durante o jantar. Agora não devemos perder tempo. Navegar nas montanhas durante a noite não é brincadeira, posso dizer.

— Não esquecerei.

Maskull olhou para o barco.

— Caberemos ali?

— Com cuidado, amigo. É apenas madeira e pele.

— Primeiramente, poderia me esclarecer como conseguiu suspender as leis da gravitação?

Haunte sorriu sarcasticamente.

— Vou lhe contar um segredo em seu ouvido, Maskull: todas as leis são fêmeas. Um verdadeiro macho é um marginal, um fora da lei.

— Não compreendo.

— O grande corpo da terra está continuamente emitindo partículas femininas, enquanto as partes macho das rochas e os corpos vivos estão igualmente tentando alcançá-las. Isso é a gravitação.

— Pois então, como faz para manobrar o barco?

— Minhas duas pedras-machos fazem o trabalho. Aquela que está embaixo do barco evita que ele caia no chão; a que está na popa isola a embarcação de objetos sólidos na parte traseira. A única parte do barco atraída por qualquer parte da terra é a proa, pois é a única parte sobre a qual a luz das pedras masculinas não incide. Portanto, o barco avança nessa direção.

— E o que são essas assombrosas pedras-machos?

— São, realmente, pedras-machos. Não há nada de fêmea nelas, pois emitem fagulhas-macho o tempo todo. Essas fagulhas devoram todas as partículas fêmeas que sobem da terra. Não sobram partículas fêmeas que atraiam as partes macho do barco, assim elas não se sentem atraídas nessa direção.

Maskull ruminou tal informação por um minuto.

— Você caça, constrói barcos, conhece de ciência... Parece um tipo bastante habilidoso e sagaz, Haunte... Mas o Sol está se pondo e é melhor partirmos.

— Desça primeiro e empurre aquela carcaça para longe. Logo, você e seu amigo melancólico podem se sentar no centro da embarcação.

Maskull desceu imediatamente e se deixou cair no barco; mas, então, teve uma surpresa. No momento em que parou no fundo frágil da embarcação, ainda agarrado à rocha, não apenas seu peso desapareceu totalmente, como se estivesse flutuando em algum meio pesado, como água salgada, mas a rocha em que ele se agarrava o atraiu, como se por uma leve corrente de eletricidade. Só conseguiu retirar as mãos com certa dificuldade.

Após o choque do primeiro momento, silenciosamente aceitou a nova ordem das coisas e começou a empurrar a carcaça. Como não havia peso no barco, isso foi feito sem muito trabalho. Corpang, então, desceu. A surpreendente mudança física não teve o poder de perturbar sua compostura estável, que se baseava em ideias morais. Haunte veio por último; agarrando o cajado que segurava a pedra-macho superior, começou a erguê-la, após remover o capuz. Maskull então obteve sua primeira visão próxima da luz misteriosa, que, ao neutralizar as forças da Natureza, atuou indiretamente não apenas como elevador, mas também como força motriz. Com os últimos brilhos avermelhados do grande sol, seus raios foram obscurecidos e parecia um pouco mais impressionante do que uma joia branco-azulada, extremamente brilhante e cintilante, mas seu poder podia ser medido pela névoa colorida e visível que se expandia por muitos metros de distância ao redor.

O timão era uma tela presa por uma corda ao topo do bastão, que podia ser manipulada de forma que qualquer segmento dos raios da pedra-macho, todos ou nenhum, pudesse ser desligado à vontade. Assim que o mastro foi erguido, a embarcação aérea se desprendeu silenciosamente da rocha para a qual havia sido puxada e avançou lentamente em direção às montanhas. Brancospélio afundou abaixo do horizonte. A névoa, que se acumulava, obscurecia tudo em um raio de alguns quilômetros. O ar ficou frio e limpo.

Logo as massas rochosas na grande planície ascendente cessaram. Haunte retirou totalmente a tela e o barco chegou à velocidade máxima.

— Você disse que navegar por entre as montanhas seria difícil durante a noite — exclamou Maskull —, mas eu diria que é impossível.

Haunte soltou um grunhido.

— Precisa correr riscos e se considerar com sorte se terminar a jornada apenas com o crânio rachado. Mas uma coisa posso dizer: se prosseguir me perturbando com tanta conversa, nunca chegaremos às montanhas.

A partir de então, Maskull permaneceu em silêncio.

O crepúsculo se acentuava enquanto a escuridão ficou mais densa. Havia pouco para olhar, mas muito para sentir. O movimento do barco, que se devia à luta sem fim entre as pedras masculinas e a força da gravitação, assemelhava-se de forma exagerada ao violento balanço de uma pequena embarcação num mar agitado. Os dois passageiros estavam longe de se sentirem confortáveis. Haunte, de seu assento na popa, olhou para eles sarcasticamente com um olho. A escuridão, daquele momento em diante, veio rapidamente.

Cerca de noventa minutos após o início da viagem, chegaram ao sopé de Lichstorm. Então, começaram a subir. Não havia mais luz do dia para ver. Abaixo deles, no entanto, em ambos os lados e na parte traseira, a paisagem era iluminada por uma distância considerável pelos raios azuis, agora vívidos, das pedras-machos gêmeas. À frente, onde esses raios não brilhavam, Haunte era guiado pela natureza autoluminescente das rochas, da grama e das árvores. Tais elementos eram ligeiramente fosforescentes e a vegetação brilhava com mais força do que o solo.

A Lua não brilhava e não havia estrelas; Maskull, assim, deduziu que a atmosfera superior estava coberta por uma densa névoa. Uma ou duas vezes, por causa da sensação de asfixia, imaginou que estavam entrando em um banco de névoa, mas de um tipo bem estranho, pois tinha o efeito de dobrar a intensidade de cada luz diante deles. Sempre que isso acontecia, sentimentos de pesadelo o atacavam, e experimentou medos e terrores irracionais, ainda que transitórios.

Então, passaram bem acima do vale que separava o sopé das próprias montanhas. O barco começou uma subida de muitas centenas de metros e, como as falésias estavam próximas, Haunte teve de manobrar cuidadosamente com a luz traseira para se manter afastado deles. Maskull observou a delicadeza de seus movimentos, não sem admiração. Muito tempo se passou. Ficou muito mais frio; o ar estava úmido e agitado por ventos. A névoa começou a depositar algo como neve em cada um deles. Maskull continuou suando de terror, não pelo perigo que corriam, mas por causa dos bancos de nuvens que continuavam a envolvê-los.

Atravessaram a primeira linha de precipícios. Ainda subindo, mas desta vez com um movimento para a frente, como podia ser visto pelos vapores iluminados pelas pedras-machos que atravessavam, logo perderam completamente a visão do solo. Inesperada e repentinamente, a Lua apareceu. Na atmosfera superior, espessas massas de névoa podiam ser vistas rastejando de um lado para o outro, interrompidas em muitos lugares por finas fendas de céu, através de uma das quais Lagral brilhava. Abaixo deles, à esquerda, um pico gigantesco, reluzente pelo gelo verde, apareceu por alguns segundos e foi engolido novamente. Todo o restante do mundo estava envolto na névoa. A Lua ficou oculta novamente. Maskull tinha visto o suficiente para ansiar pelo fim daquela viagem aérea.

A luz das pedras-machos iluminou, naquele momento, uma nova parede rochosa. Era grandiosa, irregular e perpendicular. Para cima, para baixo e em ambos os lados, desaparecia imperceptivelmente na noite. Depois de contorná-la por algum tempo, observaram uma plataforma de rocha que se projetava. Era quadrada e media cerca de trinta metros para cada lado. Estava coberta por uma capa de neve verde de vários centímetros. Imediatamente atrás dela, havia uma fenda escura na rocha, que prometia ser a entrada de uma caverna.

Haunte pousou habilmente o barco nessa plataforma. Levantando-se, ergueu o bastão que carregava a luz da quilha e baixou o outro para, depois, remover as duas pedras-machos, que ele continuou a segurar. Seu rosto ganhou intenso relevo por causa dos vívidos e cintilantes raios branco-azulados. Parecia mal-humorado.

— Podemos descer? — perguntou Maskull.

— Sim. Vivo aqui.

— Agradeço por completar uma viagem tão arriscada com tamanho êxito.

— Sim, foi um pouco movimentada.

Corpang saltou para a plataforma. Sorria de forma grosseira.

— Não havia perigo, pois nosso destino repousa algures. Nesse caso, você foi um mero barqueiro, Haunte.

— Foi assim, então — replicou Haunte, com um riso desagradável —, pois pensei que estava carregando homens, e não deuses.

— Onde estamos? — perguntou Maskull.

Ele desceu enquanto falava, mas Haunte permaneceu um minuto de pé no barco.

— Aqui é Sarclás, a segunda montanha mais alta da região.

— Qual é a mais alta, então?

— Adagio[48]. Entre Sarclás e Adagio, há uma longa cordilheira, bastante difícil em muitos pontos. A meio caminho da cordilheira, em seu ponto mais baixo, está o cume do Passo de Mornstab[49], que leva para Barey. Agora, já sabem como é a configuração desta terra.

— Essa mulher, Sullenbode, vive aqui perto?

— Perto o suficiente. — Haunte fez uma careta.

Desembarcou de um salto e, abrindo caminho entre os outros sem cerimônias, entrou na caverna.

Maskull o seguiu, com Corpang logo atrás. Alguns degraus de pedra conduziram até uma porta, cortada por uma cortina feita com a pele de algum grande animal. O anfitrião abriu caminho, sem se oferecer para segurar a pele de lado para que eles passassem. Maskull não fez comentário algum, mas agarrou a cortina com o punho e a puxou até arrancá-la, deixando-a no chão. Haunte

---

48   No original, "Adage". (N.T.)
49   No original, "Mornstab Pass". (N.T.)

olhou para a pele e depois, fixamente, para Maskull, com seu sorriso desagradável, mas nenhum dos dois disse nada.

Estavam em uma grande caverna retangular, com paredes, piso e teto de rocha natural. Havia duas portas: aquela pela qual haviam entrado e outra, de tamanho menor, diretamente oposta. A caverna era fria e triste — uma corrente de ar úmida passava de uma porta para outra. Havia muitas peles de animais selvagens espalhadas pelo chão e vários pedaços de carne curtida pelo sol pendurados em uma corda ao longo da parede, e alguns odres protuberantes em um canto. Havia presas, chifres e ossos por toda parte. Apoiadas contra a parede, duas lanças de caça curtas, com belas ponteiras de cristal.

Haunte colocou no chão as duas pedras-machos, próximas da porta que tinham adiante. A luz de Thire iluminava toda a caverna. Caminhou, então, para onde estava a carne e, arrancando um grande pedaço, começou a roê-lo vorazmente.

— Estamos convidados para o banquete? — perguntou Maskull.

Haunte apontou para a carne e para os odres, sem parar de mastigar.

— Onde estão os copos? — perguntou Maskull, levantando um dos odres.

Haunte indicou um copo feito de argila que estava no chão. Maskull o pegou, abriu a garganta do odre e, segurando-o debaixo do braço, encheu o copo. Experimentou o líquido e descobriu que era uma espécie de aguardente pura. Esvaziou o copo em um trago e se sentiu muito melhor.

O segundo copo ele ofereceu a Corpang, que engoliu o líquido de um único gole e devolveu a xícara sem dizer uma palavra. Recusou-se a beber novamente enquanto estivessem na caverna. Maskull terminou o copo e começou a deixar de lado as preocupações.

Aproximou-se da linha de carne, pegou um generoso punhado duplo e sentou-se em uma pilha de peles para comer à vontade. A carne era dura e áspera, mas nunca havia provado nada mais doce. Não entendia o sabor, o que não era surpreendente em um mundo de animais estranhos. A refeição prosseguiu em silêncio. Corpang alimentou-se de forma frugal, de pé, para depois acomodar-se sobre um monte de peles. Seus olhos ousados observavam todos os movimentos dos outros dois. Haunte ainda não havia bebido.

Por fim, Maskull concluiu sua refeição. Esvaziou outro copo, suspirou agradavelmente e se preparou para conversar.

— Agora, explique melhor o que acontece com as suas mulheres, Haunte.

Haunte foi buscar outro odre de bebida e um segundo copo. Rasgou o barbante com os dentes, despejou e bebeu xícara após xícara em rápida sucessão. Então, sentou-se, cruzou as pernas e se virou para Maskull.

— Pois bem...

— Não são recomendáveis, então?

— São letais.

— Letais? De que forma poderiam ser letais?

— Descobrirá em breve. Observei-o no barco, Maskull. Teve sensações desagradáveis, não é mesmo?

— Não vou ocultar isso. Houve momentos em que me senti como se estivesse lutando em um pesadelo. O que causou isso?

— A atmosfera fêmea de Lichstorm. Paixão sexual.

— Não sentia paixão.

— Aquilo era paixão, a primeira etapa. A natureza excita sua gente para que se case, mas isso é a nossa tortura. Espere até sair para o exterior. Voltará a ter essas sensações, só que dez vezes pior. A bebida que tomou se encarregará disso... Como imagina que tudo terminará?

— Se eu soubesse, não faria perguntas.

Haunte soltou uma ruidosa gargalhada.

— Sullenbode.

— Quer dizer que acabarei buscando Sullenbode?

— Mas qual será o resultado, Maskull? O que ela poderá lhe oferecer? Doce e suave voluptuosidade feminina, entre seus braços pálidos...

Maskull bebeu outro copo tranquilamente.

— E por que daria tudo isso ao primeiro que cruzar seu caminho?

— Bem, de fato, não o faria. Não, o que ela lhe dará, e o que você aceitará dela, porque não poderá evitar, são angústia, loucura e possivelmente a morte.

— Pode ser que tenha sentido o que diz, mas para mim soa como um delírio. Por que eu aceitaria a loucura e a morte?

— Porque sua paixão o forçará a isso.

— E quanto a você? — perguntou Maskull, roendo as unhas.

— Oh, eu tenho minhas pedras-machos. Sou imune.

— É isso que o impede de ser como os outros homens?

— Sim, mas não tente nenhum truque, Maskull.

Maskull seguiu bebendo em um ritmo constante e não disse nada por algum tempo.

— Então homens e mulheres são hostis em suas relações e não conhecem o amor? — prosseguiu afinal.

— Essa palavra mágica... Quer que eu diga o que é amor, Maskull? O amor entre macho e fêmea é impossível. Quando Maskull ama uma mulher, são as antepassadas de Maskull que a amam. Mas aqui, nesta terra, os homens são machos puros. Nada herdaram de um lado fêmea.

— De onde vêm as pedras-machos?

— Oh, não são tão raras. Devem existir leitos inteiros delas em algum lugar. É o que impede o mundo de ser inteiramente fêmea. Seria uma grande massa de doçura esmagadora, sem formas individuais.

— Mesmo assim, essa doçura é uma tortura para os homens?

— A vida de um macho absoluto é violenta. Um excesso de vida é algo perigoso para o corpo. Assim, como poderia não ser uma tortura?

Nesse momento, Corpang sentou-se subitamente e se dirigiu a Haunte.

— Faço questão de lembrar-lhe de sua promessa de falar sobre Muspel.

Haunte olhou para ele com um sorriso malévolo.

— Ha! O homem subterrâneo retornou à vida.

— Sim, diga para nós — interveio Maskull, despreocupadamente.

Haunte bebeu e soltou mais algumas risadas.

— Bem, a história é curta e nem valeria a pena ser contada, mas, já que vocês estão interessados... Um estranho veio aqui cinco anos atrás, perguntando sobre a luz de Muspel. Seu nome era Lodd. Veio do leste. Chegou numa bela manhã de verão, do lado de fora desta mesma caverna. Se você me pedir que o descreva, não posso imaginar um segundo homem como ele. Ele parecia tão orgulhoso, nobre, superior, que eu sentia meu próprio sangue sujo em comparação. Devem imaginar que não nutro esse sentimento por qualquer um. Agora que estou me lembrando dele, não era de fato tão superior, mas diferente. Fiquei tão impressionado que me levantei e conversei com ele em pé. Ele perguntou a direção da montanha Adagio. "Dizem que a luz de Muspel por vezes é vista de lá. O que você sabe sobre isso?", perguntou ele. Eu disse a verdade, que não sabia nada sobre isso, e então ele continuou: "Bem, estou indo a Adagio. E diga àqueles que vierem depois de mim na mesma missão que é melhor fazerem a mesma coisa". Essa foi toda a conversa. Ele prosseguiu em seu caminho, e nunca mais o vi ou ouvi falar dele desde então.

— Pois então você não teve curiosidade em segui-lo?

— Não, pois no momento em que ele se virou todo o meu interesse no sujeito pareceu desvanecer de algum modo.

— Provavelmente porque ele era inútil para você.

Corpang olhou para Maskull.

— Nossa rota está traçada.

— Assim parece — disse Maskull, com indiferença.

A conversa esfriou por algum tempo. Maskull sentia o silêncio opressivo, e sua inquietude era crescente.

— Como se chama a cor da sua pele, Haunte, tal como é vista à luz do dia? Chamou-me a atenção por sua estranheza.

— Dolme[50] — respondeu Haunte.

— Uma mescla de úlfiro e azul — explicou Corpang.

— Agora já sei. Essas cores são desconcertantes para um estrangeiro como eu.

— Quais cores existem em seu mundo? — perguntou Corpang.

— Apenas três cores primárias, mas aqui parece que existem cinco, ainda que eu sequer imagine como isso é possível.

— Aqui há dois grupos de três cores primárias em cada um — disse Corpang —, mas o azul é uma das cores idênticas em ambos os grupos, de modo que, no total, temos cinco cores primárias.

— Por que dois grupos?

— Foram produzidos pelos dois sóis. Brancospélio produz azul, amarelo e vermelho; já Alpaím, úlfiro, azul e jale.

— É notável que essa explicação nunca me ocorreu.

---

50   No original, "dolm". (N.T.)

— Aqui há outra demonstração da necessária trindade da natureza. Azul é existência. A escuridão vista através da luz, um contraste de existência e vazio. O amarelo é a relação. À luz amarela, vemos a relação entre os objetos de forma mais nítida. O vermelho nos remete a nossos sentimentos pessoais... Quanto às cores de Alpaím, o azul está no centro, portanto não se trata de existência, mas de relação. Úlfiro é existência, de modo que deve ser uma forma diferente de existência.

Haunte bocejou.

— Há filósofos maravilhosos em seu buraco subterrâneo.

Maskull se levantou e olhou para ele.

— Para onde essa porta conduz?

— Melhor explorar — disse Haunte.

Maskull tomou a sério o que ele havia dito e caminhou pela caverna, jogando a cortina de lado e desaparecendo na noite. Haunte se levantou abruptamente para segui-lo.

Corpang também se levantou. Ele foi até os odros intocados, desamarrou os gargalos e entornou o conteúdo no chão. Em seguida, pegou as lanças de caça e quebrou as pontas entre as mãos. Antes que tivesse tempo de retomar seu assento, Haunte e Maskull reapareceram. Os olhos rápidos e astutos do anfitrião perceberam imediatamente o que havia acontecido. Sorriu, empalidecendo.

— Não perdeu tempo, amigo.

Corpang fixou Haunte como um olhar intenso e audacioso.

— Pensei que seria melhor arrancar-lhe os dentes.

Maskull soltou uma gargalhada.

— O sapo saiu de sua toca com um propósito, Haunte. Quem poderia esperar por isso?

Haunte, depois de olhar fixamente para Corpang por dois ou três minutos, soltou repentinamente um grito singular, como um espírito maligno, e se lançou sobre ele. Os dois homens começaram a lutar como gatos selvagens. Fosse de pé ou no solo, Maskull não conseguia ver quem estava levando a melhor. Não fez nenhuma tentativa de separá-los. Um pensamento lhe veio à cabeça e, agarrando as duas pedras masculinas, correu com elas, rindo, pela porta traseira, para o ar livre da noite.

A porta dava para um abismo do outro lado da montanha. Uma saliência estreita, polvilhada com neve verde, serpenteava ao longo do penhasco à direita; era o único caminho disponível. Ele jogou as pedras sobre a borda do abismo. Embora duras e pesadas, elas afundaram mais como penas do que pedras, e deixaram um longo rastro de vapor para trás. Enquanto Maskull ainda as observava desaparecer, Haunte saiu correndo da caverna, seguido por Corpang. Ele agarrou o braço de Maskull, alvoroçado.

— O que, em nome de Krag, você fez?

— Se foram pela borda — responde Maskull, com uma nova gargalhada.

— Maldito louco!

A cor luminosa de Haunte ia e vinha, como se sua luz interna estivesse respirando. Então, ficou repentinamente calmo, por um supremo esforço de vontade.

— Sabe que isso significa minha morte?

— Não passou a última hora me preparando para Sullenbode? Bem, então alegre-se e junte-se à festa!

— Fala disso como se fosse uma piada, mas é a miserável verdade.

A malevolência zombeteira de Haunte desaparecera por completo. Parecia um homem doente, mas, de alguma forma, seu rosto adquiriu traços mais nobres.

— Eu sentiria muito por você, Haunte, se isso não implicasse que eu também deveria sentir muito por mim mesmo. Estamos agora nós três juntos na mesma missão... algo que parece não ter percebido ainda.

— Mas por que essa missão? — perguntou Corpang pausadamente. — Será que vocês, homens, não poderiam se controlar até estarem fora de perigo?

Haunte cravou nele os olhos enlouquecidos.

— Não. Sinto que as quimeras já estão em cima de mim.

Sentou-se, mal-humorado, mas no minuto seguinte já estava em pé.

— Não posso esperar... o jogo começou.

Logo depois, por consentimento silencioso, começaram a caminhar pela saliência. Haunte ia na frente. O percurso era estreito, ascendente e escorregadio, de modo que extrema cautela era exigida. O caminho era iluminado pela neve e por pedras autoluminosas.

Quando haviam coberto cerca de um quilômetro, Maskull, que foi o segundo do grupo, cambaleou, agarrou-se ao penhasco e finalmente sentou-se.

— A bebida funcionou. As sensações que tive estão voltando, mas piores.

Haunte se voltou.

— Então é um homem condenado.

Maskull, embora plenamente consciente de seus companheiros e da situação, imaginou que estava sendo oprimido por um ser negro, informe e sobrenatural, que tentava agarrá-lo. Estava horrorizado, tremia violentamente, mas não conseguia mover um membro. O suor escorria de seu rosto em grandes gotas. O pesadelo que testemunhava desperto durou muito tempo, mas durante esse período ele persistia indo e vindo. Em um momento, a visão parecia a ponto de se desvanecer; no seguinte, quase tomava forma física — algo que, sabia, representava sua morte. De repente, tudo desapareceu. Estava livre. Uma brisa fresca de primavera soprou em seu rosto, ouviu o canto lento e solitário de um doce pássaro, e lhe parecia que um poema estava sendo composto em sua alma. Era uma alegria tão cintilante e comovente como nunca havia experimentado antes em toda sua vida! Quase que imediatamente, tal sensação também desapareceu.

Sentando-se, passou a mão pelos olhos e estremeceu em silêncio, como alguém que tivesse sido visitado por um anjo.

— Sua cor mudou para branco — disse Corpang. — O que houve?

— Atravessei a tortura do amor — respondeu Maskull simplesmente.

Maskull se pôs de pé. Haunte olhou para ele sombriamente.

— Quer nos descrever esse processo?

Maskull respondeu lenta e ponderadamente.

— Quando eu estava em Matterplay, vi nuvens pesadas se descarregarem e se transformarem em animais coloridos e vivos. Da mesma forma, minhas angústias mais negras e caóticas agora pareciam se consolidar e brotar juntas como um novo tipo de alegria. A alegria não teria sido possível sem o pesadelo preliminar. Não é acidental. A natureza pretende que seja assim. A verdade acabou de atravessar, luminosa, minha mente... Vocês, homens de Lichstorm, não vão longe o suficiente. Ficam parados nas dores e nos espasmos, sem perceber que são os efeitos de um parto.

— Se isso for verdade, você é um grande pioneiro — murmurou Haunte.

— Como essa sensação difere do amor comum? — interrogou Corpang.

— Foi tudo o que o amor é, só que multiplicado pela loucura.

Corpang acariciou o queixo por um tempo.

— Os homens de Lichstorm, contudo, nunca chegaram a essa etapa por serem demasiado masculinos.

Haunte empalideceu.

— Por que teríamos de ser os únicos a sofrer?

— A natureza é extravagante e cruel, e não age pelos desígnios da justiça... Siga-nos, Haunte, e fuja de tudo isso.

— Verei, sim — murmurou Haunte —, talvez eu o faça.

— Falta muito para chegar à casa de Sullenbode? — perguntou Maskull.

— Não, a casa dela fica debaixo da roca pendente de Sarclás.

— O que acontecerá esta noite? — Maskull perguntou para si mesmo, mas Haunte respondeu mesmo assim.

— Não espere nada muito agradável, apesar do que aconteceu. Ela não é mulher, mas uma massa de puro sexo. Sua paixão fará com que adote a forma humana, mas apenas por um momento. Se a mudança for permanente, terá dado uma alma para ela.

— Talvez a mudança possa ser permanente.

— Para isso, não basta desejar Sullenbode. Ela precisa desejá-lo também. Mas por que haveria de fazê-lo?

— Nada sai do jeito que se espera — disse Maskull, negando com a cabeça. — Será melhor que voltemos a caminhar.

Retomaram a jornada. A saliência ainda se erguia, mas, ao virar uma esquina do penhasco, Haunte saiu dela e começou a escalar uma ravina íngreme, que subia diretamente para as altitudes superiores. Foram obrigados a usar as mãos e os pés. Maskull, em todo aquele tempo, não pensava em nada além da doçura irresistível que acabara de experimentar.

O terreno plano no topo era ressecado e úmido. Não havia mais neve e as plantas brilhantes surgiram. Haunte virou bruscamente para a esquerda.

— Isto deve ser debaixo do topo — disse Maskull.

— E é. Em cinco minutos, verá Sullenbode.

Ao ouvir aquelas palavras, Maskull se surpreendeu com a sensação terna em seus lábios. Ao se roçarem, sentiu um estremecimento por todo o seu corpo.

A grama brilhava fracamente. Uma enorme árvore, com galhos brilhantes, apareceu. Havia nela grande quantidade de frutas vermelhas, como lanternas penduradas, mas nenhuma folha. Debaixo dessa árvore, Sullenbode estava sentada. Sua bela luz — uma mistura de jale e branco — brilhou suavemente na escuridão. Ela estava ereta, com as pernas cruzadas, adormecida. Trajava uma vestimenta de pele singular, que começava como uma capa jogada sobre um dos ombros e terminava na forma de calças largas logo acima dos joelhos. Seus antebraços estavam ligeiramente dobrados e, em uma das mãos, segurava uma fruta comida pela metade.

Maskull parou ao lado dela e olhou para baixo, profundamente interessado. Pensou que nunca tinha visto nada tão feminino. Sua carne estava quase derretendo em sua suavidade. Os órgãos faciais eram tão pouco desenvolvidos que mal pareciam humanos; apenas os lábios eram carnudos, amuados e expressivos. Em sua riqueza, esses lábios pareciam um toque de vívida vontade sobre um fundo de protoplasma adormecido. Os cabelos estavam despenteados, e não se distinguia a cor. Eram compridos, emaranhados e foram enfiados na roupa por trás, por comodidade.

Corpang parecia calmo e taciturno, mas os outros dois estavam visivelmente agitados. O coração de Maskull martelava sob seu peito. Haunte o puxou.

— Parece que a minha cabeça está sendo arrancada dos meus ombros — disse ele. — O que isso poderia significar?

— E, ainda assim, há um horrível deleite nisso — acrescentou Haunte, com um sorriso doentio.

Ele colocou a mão no ombro da mulher. Ela despertou suavemente, olhou para eles, sorriu e voltou a comer sua fruta.

Maskull não imaginava que ela tivesse inteligência suficiente para falar. Haunte de repente caiu de joelhos e beijou seus lábios.

Ela não o repeliu. Durante o beijo, Maskull percebeu chocado que o rosto dela estava mudando. Os traços emergiram de sua indistinção e tornaram-se humanos e quase poderosos. O sorriso desapareceu, uma carranca tomou seu lugar. Ela empurrou Haunte para longe, levantou-se e olhou sob as sobrancelhas arqueadas para os três homens, um por vez. Maskull veio por último. Estudou seu rosto por um longo tempo, mas nada indicava no que exatamente se concentravam seus pensamentos.

Enquanto isso, Haunte se aproximou dela novamente, cambaleando e sorrindo. Ela o suportou em silêncio. Mas, no instante em que os lábios se encontraram pela segunda vez, ele caiu para trás com um grito assustado, como se tivesse entrado em contato com um fio elétrico. A parte de trás de sua cabeça bateu no chão e ele ficou ali, imóvel.

Corpang saltou para ajudá-lo. Mas, quando viu o que tinha acontecido, deixou-o onde estava.

— Maskull, venha para cá, rápido!

A luz, perceptivelmente, estava desvanecendo da pele de Haunte quando Maskull se curvou sobre ele. O homem estava morto. Seu rosto, irreconhecível. A cabeça se partira em duas metades, de cima para baixo, como se tivesse recebido um golpe de machado. Dela, manava sangue de uma cor estranha.

— Isto não pode ter sido causado pela queda — disse Maskull.

— Não, Sullenbode fez isso.

Maskull se virou rapidamente para olhar a mulher. Ela retomara sua atitude anterior, quando estava no chão. A inteligência momentânea desaparecera de seu rosto e ela sorria novamente.

CAPÍTULO 19 – SULLENBODE

A pele nua de Sullenbode brilhava suavemente na escuridão, mas as partes cobertas pela vestimenta eram invisíveis. Maskull observou aquele rosto sorridente e estúpido e estremeceu. Sentimentos estranhos percorreram seu corpo.

— Ela parece um espírito maligno e letal — a voz de Corpang soou na noite.

— Foi como beijar, deliberadamente, um relâmpago.

— Haunte estava enlouquecido pela paixão.

— Eu também — disse Maskull, pausadamente —, pois meu corpo parece cheio de rochas que se trituram umas às outras.

— Era isso o que eu temia.

— Parece que terei de beijá-la também.

Corpang puxou-o pelo braço.

— Perdeu toda a sua masculinidade?

Mas Maskull se livrou, com impaciência. Puxou nervosamente a barba enquanto contemplava Sullenbode. Seus lábios se contraíam. Depois de alguns minutos, deu um passo à frente, curvou-se sobre a mulher e a ergueu nos braços. Colocou-a de pé, contra um tronco de árvore robusto, e a beijou.

Uma fria comoção atravessou seu corpo, como uma faca. Pensou que era a morte e perdeu a consciência.

Quando seus sentidos retornaram, Sullenbode o segurava pelo ombro com o braço esticado, examinando-lhe o rosto com olhos sombrios. A princípio, não a reconheceu, não era a mulher que beijou, mas outra. Então, gradualmente, percebeu que o rosto dela era idêntico àquele que a ação de Haunte trouxera à existência. Uma grande calma se apoderou dele. Suas sensações ruins haviam desaparecido.

Sullenbode se transformara em uma alma vivente. Sua pele era firme, seus traços fortes, seus olhos brilhavam com a consciência de poder. Era alta e esguia, mas lenta em todos os gestos e movimentos. O rosto não era bonito, mas alongado e pálido, enquanto a boca cruzava a metade inferior como um corte de fogo. Os lábios estavam tão voluptuosos quanto antes. O cenho estava franzido. Não havia nada de vulgar nela — parecia a mais majestosa de todas as mulheres. Parecia não ter mais de vinte e cinco anos.

Cansou-se, aparentemente, de seu escrutínio. Empurrou Maskull para o lado e baixou o braço, ao mesmo tempo que curvava a boca em um sorriso longo e arredondado.

— A quem devo agradecer o dom da vida? — Sua voz era intensa, lenta e singular.

Maskull se sentia no interior de um sonho.

— Meu nome é Maskull.

Ela indicou com um gesto que se aproximasse.

— Ouça, Maskull. Homem após homem me aproximaram do mundo, mas não conseguiram me manter por aqui, pois não era meu desejo. Mas agora você me trouxe de forma definitiva, para o bem e para o mal.

Maskull esticou o braço na direção do cadáver que, então, estava invisível, e disse pausadamente:

— O que tem a dizer sobre ele?

— Quem era?

— Haunte.

— Então esse era Haunte. As notícias correrão depressa e terão amplo alcance. Era um homem famoso.

— É terrível. Não posso acreditar que o matou propositalmente.

— A nós, mulheres, foi outorgado um poder terrível, mas apenas para nossa proteção. Não desejamos essas visitas. Nos causam repulsa.

— Eu poderia estar morto também.

— Vieram juntos?

— Estávamos em três. Corpang ainda está ali, de pé.

— Vejo uma silhueta que brilha ligeiramente. O que deseja de mim, Corpang?

— Nada.

— Então vá embora. Me deixe com Maskull.

— Não é necessário, Corpang. Vou com você.

— Não sente o mesmo prazer de antes? — exigiu saber com voz baixa, séria, vinda da escuridão.

— Não, aquele prazer não voltou.

Sullenbode agarrou o braço dele com força.

— De que prazer está falando?

— Um pressentimento de amor que tive, não faz muito tempo.

— Mas o que sente agora?

— Calma e liberdade.

O rosto de Sullenbode parecia uma máscara pálida, escondendo um mar lento, que crescia a cada momento, de paixões elementares.

— Não sei como isso vai acabar, Maskull, mas ainda ficaremos algum tempo juntos. Para onde está indo?

— Para Adagio — disse Corpang, aproximando-se.

— Mas por quê?

— Seguimos os passos de Lodd, que esteve aqui anos atrás em busca da luz de Muspel.

— Que luz é essa?

— É a luz do outro mundo.

— É uma busca grandiosa. Mas as mulheres não podem ver essa luz?

— Com uma condição — disse Corpang —, que é a seguinte: devem esquecer seu sexo. As mulheres e o amor pertencem à vida, mas Muspel está além da vida.

— Dou-lhe qualquer outro homem — disse Sullenbode —, mas Maskull é meu.

— Não. Não estou aqui para entregar Maskull a uma amante, e sim para lembrá-lo da existência de coisas mais nobres.

— Você é um bom homem. Mas os dois sozinhos nunca alcançarão a estrada para Adagio.

— Você conhece o caminho?

Mais uma vez, a mulher agarrou o braço de Maskull.

— O que é o amor... Que Corpang tanto despreza?

Maskull olhou para ela atentamente. Sullenbode prosseguiu:

— Amar é estar perfeitamente disposto a desaparecer e se tornar nada, pelo bem da pessoa amada.

Corpang franziu o cenho.

— Uma amante assim magnânima é algo novo para mim.

Maskull o afastou com a mão e falou para Sullenbode:

— Está considerando um sacrifício?

Ela olhou para os pés e sorriu.

— Que importa o que eu penso? Diga-me, vai partir de imediato ou quer descansar primeiro? O caminho para Adagio é árduo.

— O que tem em mente? — exigiu saber Maskull.

— Servirei de guia durante parte do caminho. Quando chegarmos à crista entre Sarclás e Adagio, talvez eu volte.

— E depois?

— Então, se a Lua estiver brilhando, talvez consigam chegar antes do amanhecer, mas, se estiver escuro, isso será pouco provável.

— Não me referia a isso. O que acontecerá com você após nossa separação?

— Voltarei para algum lugar... Talvez para cá.

Maskull aproximou-se dela, para estudar melhor seu rosto.

— Voltará a mergulhar... No seu antigo estado?

— Não, Maskull, graças aos céus.

— E como viverá, então?

Sullenbode removeu calmamente a mão que ele havia colocado no braço dela. Brilhava uma espécie de redemoinho ardente em seus olhos.

— E quem disse que seguirei vivendo?

Maskull piscou os olhos, atônito. Passaram alguns momentos antes ele que voltasse a falar.

— Vocês, mulheres, apreciam o sacrifício. Bem sabe que não posso deixá-la assim.

Seus olhos se encontraram. Não se apartaram nem se sentiram envergonhados.

— Você sempre será o mais generoso dos homens, Maskull. Agora, iniciemos nossa marcha... Corpang é um personagem decidido, e o mínimo que nós, os não tão decididos assim, podemos fazer é ajudá-lo a chegar a seu destino. Não devemos perguntar se, pelo regulamento, o destino merece esse esforço para o homem decidido.

— Se estiver bom para Maskull, será bom para mim.

— Bom, nenhum recipiente pode conter mais que sua justa medida.

Corpang sorriu com ironia.

— Parece que encontrou sabedoria durante seu prologado sono.

— Sim, Corpang, encontrei muitos homens, explorei muitas mentes.

Quando partiam, Maskull lembrou-se de Haunte.

— Não podemos enterrar aquele pobre homem?

— Amanhã, por esta hora, seremos nós a precisar de um enterro. Mas eu não incluo Corpang.

— Não temos ferramentas, então será como você quiser. A morte dele está em suas mãos, embora eu seja o verdadeiro assassino, pois roubei a luz protetora dele.

— Sem dúvida, essa morte foi compensada pela vida que me deu.

Deixaram o local na direção oposta àquela pela qual os três homens haviam chegado. Depois de alguns passos, alcançaram a neve verde novamente. Ao mesmo tempo, o terreno plano terminou e tiveram de atravessar uma encosta íngreme e sem trilhas. A neve e as pedras brilhavam, assim como o corpo deles. Se assim não fosse, tudo estaria na escuridão. A névoa girava ao redor deles, mas Maskull não tinha mais pesadelos. A brisa estava fria, pura e constante. Caminharam em fila, com Sullenbode à frente — seus movimentos eram lentos e fascinantes. Corpang vinha por último. Seus olhos severos não viam nada adiante, exceto uma garota atraente e um homem parcialmente enfeitiçado.

Por muito tempo, cruzaram aquela encosta acidentada e rochosa, mantendo um curso ligeiramente ascendente. O penhasco era tão elevado que um passo em falso teria sido fatal. O terreno elevado virava à direita. Depois de um tempo, a encosta à esquerda mudou para terreno plano e eles pareciam ter alcançado outro contraforte da montanha. A inclinação ascendente do lado direito persistiu por mais algumas centenas de metros. Então, Sullenbode fez uma curva abrupta para a esquerda e logo estavam rodeados por um terreno plano.

— Estamos na crista — anunciou a mulher, parando.

Os outros dois se aproximaram dela e, no mesmo instante, a Lua irrompeu entre as nuvens, iluminando toda a cena.

Maskull soltou um grito. A beleza selvagem, nobre e solitária da vista foi totalmente inesperada. Lagral estava em um ponto alto do céu, à esquerda, brilhando sobre eles pela retaguarda. Bem adiante, como uma estrada prodigiosamente ampla em suave declive, ficava a grande crista que levava a Adagio, embora ainda estivesse fora de vista. Nenhum ponto tinha menos de duzentos metros de largura. Estava coberta de neve verde — inteiramente em alguns lugares, mas em outros as pedras nuas apareciam como dentes negros. De onde estavam, não conseguiam ver as laterais da crista ou o que havia embaixo. À direita, na direção norte, a paisagem era borrada e indistinta. Não havia picos por lá, onde ficava a distante e baixa terra de Barey. Mas à esquerda surgia toda uma floresta de pináculos formidáveis, próximos e distantes, até onde a vista alcançava o luar. Todos eram verdes e cintilantes; todos dispunham de suas extraordinárias rochas pendentes, que caracterizavam a cordilheira de Lichstorm. Tais rochas tinham formas fantásticas e cada uma era diferente da outra. O vale, diretamente oposto, estava repleto de névoa em rotação.

Sarclás era uma grande massa montanhosa em forma de ferradura. Suas duas extremidades apontavam para o oeste e estavam separadas uma da outra por dois quilômetros ou mais de espaço vazio. A extremidade norte era o cume em que estavam. A extremidade sul, a longa linha de penhascos naquela parte da montanha onde a caverna de Haunte estava situada. A curva de conexão era a encosta íngreme que acabaram de atravessar. O pico de Sarclás era invisível.

A sudoeste, muitas montanhas se erguiam. Além disso, alguns picos, que deviam ter uma altura extraordinária, surgiam no lado sul da ferradura.

Maskull se virou para fazer uma pergunta a Sullenbode, mas, quando a viu pela primeira vez ao luar, as palavras morreram em seus lábios. A boca em forma de talho não dominava mais seus outros traços, e o rosto, pálido como marfim e de formato mais feminino, de repente tornou-se quase belo. Os lábios eram uma curva longa e feminina de um vermelho rosado. Os cabelos, marrom-escuros. Maskull ficou muito perturbado: pensou que ela tinha a aparência de um espírito, e não de uma mulher.

— O que o perturba? — perguntou ela, sorrindo.

— Nada. Mas eu gostaria de vê-la à luz do sol.

— Talvez isso nunca aconteça.

— Sua vida deve ser muito solitária.

Ela explorou o rosto dele com seu lento olhar luminoso.

— Por que se assusta ao falar de sentimentos, Maskull?

— As coisas parecem se abrir diante de mim como no amanhecer, mas não sei dizer qual o significado disso.

Sullenbode começou a rir.

— Com certeza, não significa que a noite esteja próxima.

Corpang, que ficara contemplando a crista o tempo todo, interveio abruptamente.

— O caminho está mais fácil agora, Maskull. Se quiser, vou sozinho.

— Não, vamos juntos. Sullenbode nos acompanhará.

— Por um pequeno trecho — disse a mulher —, mas não até Adagio, para medir meu poder com forças desconhecidas. Essa luz não é para mim. Sei como renunciar ao amor, mas nunca o trairei.

— Quem sabe o que encontraremos em Adagio, ou o que acontecerá? Corpang sabe tão pouco quanto eu.

Corpang olhou para o rosto dele.

— Maskull, você está bem consciente de que nunca ousaria se aproximar desse fogo terrível na companhia de uma bela mulher.

Maskull soltou uma risada ansiosa.

— O que Corpang não conta, Sullenbode, é que conheço melhor a luz de Muspel que ele e que, se não tivesse casualmente se encontrado comigo, ainda estaria fazendo suas rezas em Treal.

— Ainda assim, o que ele disse deve ser verdade — disse ela, olhando de um para o outro.

— E por isso não me permitirá que...

— Enquanto eu estiver contigo, insistirei que deve avançar e não retroceder, Maskull.

— Não precisamos brigar ainda — observou ele, com um sorriso forçado —, pois, sem dúvida, as coisas se acertarão por si mesmas.

Sullenbode começou a afastar a neve com o pé.

— Encontrei mais fragmentos de sabedoria em meu sono, Corpang.

— Diga-me, então.

— Quem rege sua vida por leis e normas é um parasita. Outros desperdiçam força ao arrancar essas leis do nada para a luz do dia, mas os cumpridores da lei vivem tranquilos, não conquistaram nada por si mesmos.

— É dado a alguns descobrir e a outros, preservar e aperfeiçoar. Você não pode me condenar por desejar o bem a Maskull.

— Não, mas uma criança não pode dirigir uma tempestade.

Recomeçaram a andar pelo centro da crista. Os três iam lado a lado, com Sullenbode no meio. O caminho descia gradualmente e era, por uma longa distância, relativamente suave. O ponto de congelamento parecia mais alto do que na Terra, pois os poucos centímetros de neve através dos quais eles caminharam pareciam quase quentes a seus pés descalços. As solas de Maskull eram agora como couro duro. A neve iluminada pela lua era verde e deslumbrante. Suas sombras oblíquas e abreviadas eram nitidamente definidas e vermelho-escuras. Maskull, que andava no lado direito de Sullenbode, olhava constantemente para a esquerda, em direção à galáxia de gloriosos picos distantes.

— Você não deve pertencer a este mundo — disse a mulher. — Não se veem homens do seu tipo por aqui.

— Não, venho da Terra.

— É maior que o nosso mundo?

— Penso que seja menor. Menor e superpovoada de homens e mulheres. Com toda aquela gente, seria um caos se não houvesse leis e, assim, elas são férreas. Como uma aventura se torna impossível sem que se infrinja várias delas, os terráqueos perderam o espírito de aventura. Tudo é seguro, vulgar e consumado.

— Lá, os homens odeiam as mulheres, e as mulheres odeiam os homens?

— Não, o encontro entre os sexos é doce, embora vergonhoso. A doçura é tão intensamente emotiva que ignora a vergonha, de olhos abertos. Não há ódio, talvez apenas entre alguns excêntricos.

— Essa vergonha deve ser, sem dúvida, uma versão rudimentar da paixão de Lichstorm. Mas diga, por que veio para cá?

— Vim em busca de novas experiências, talvez. As velhas não me interessavam mais.

— Há quanto tempo está neste mundo?

— Este é o fim do meu quarto dia.

— Pois diga-me o que viu e fez durante esses quatro dias. Não deve ter permanecido inativo.

— Grandes infortúnios me aconteceram.

Ele relatou brevemente tudo o que havia acontecido desde o momento de seu primeiro despertar no deserto escarlate. Sullenbode ouvia, com os olhos semicerrados, balançando a cabeça de vez em quando. Apenas duas vezes ela o interrompeu. Depois de sua descrição da morte de Tidomina, ela disse, em voz baixa: "Nenhuma de nós, mulheres, deve, por natureza, ficar aquém de Tidomina em seu sacrifício. Pelo ato dela, quase chego a amá-la, embora ela tenha trazido o mal para sua porta". Mais uma vez, falando de Glamila, ela comentou: "Essa garota de grande alma é a que mais admiro. Ela ouviu sua voz interior e nada mais além. Qual de nós é forte o suficiente para isso?"

Quando o relato terminou, Sullenbode disse:

— Não chama sua atenção, Maskull, o fato de que essas mulheres que você conheceu foram muito mais nobres que os homens?

— Reconheço isso. Nós, os homens, nos sacrificamos, mas apenas por causas transcendentes. Para vocês, mulheres, qualquer causa é boa. Amam o sacrifício por si mesmas e, por conta disso, são nobres por natureza.

Virando um pouco a cabeça, ela lançou-lhe um sorriso tão orgulhoso, mas tão doce, que ele não disse mais nada.

Caminharam em silêncio por algum tempo, e então Maskull disse:

— Agora entende que tipo de homem eu sou. Muita brutalidade, mais fraqueza ainda, pouca piedade... oh, foi uma jornada sangrenta!

Ela pôs a mão em seu braço.

— Eu não seria menos violenta.

— Nada de bom pode ser dito de meus crimes.

— O considero um gigante solitário, em busca de algo cuja natureza não conhece muito bem... Aquilo que é mais grandioso que a vida... ao menos, não tem motivos para admirar as mulheres.

— Obrigado, Sullenbode — respondeu com um sorriso preocupado.

— Quando Maskull passa, as pessoas observam. Todo mundo se afasta de seu caminho, pois ele segue adiante, sem olhar para a direita ou para a esquerda.

— Tenha cuidado para que você mesma não seja colocada de lado — disse Corpang com gravidade.

— Maskull pode fazer comigo o que quiser, velha carniça! E, faça o que fizer, serei grata... Você deve ter uma bolsa de poeira no lugar do coração. Alguém deve ter descrito para tua compreensão o que é o amor. Explicaram bem como é. Ouviu que se trata de uma pequena alegria, temerosa e egoísta... não é isso. É selvagem, desdenhoso, brincalhão, sangrento... Como poderia saber!

— O egoísmo tem muitos disfarces.

— Se uma mulher tem vontade de abandonar tudo, qual egoísmo poderia haver nisso?

— Apenas digo que não deve se iludir. Aja com decisão ou sua sina chegará rápido demais para ambos.

Sullenbode o estudou por entre os cílios.

— Quer dizer morte... A morte dele e também a minha?

— Foi longe demais, Corpang — disse Maskull, tornando-se sombrio —, e não aceito essa sua posição como árbitro de nosso destino.

— Se um conselho honesto não é de seu agrado, deixe-me seguir por minha conta.

A mulher o deteve com os lentos e suaves dedos.

— Quero que fique conosco.

— Por quê?

— Acredito que saiba do que está falando. Não desejo prejudicar Maskull. Assim, vou-me embora.

— Será o melhor — disse Corpang.

Maskull parecia irritado.

— Sou eu quem decide... Sullenbode, regressando ou não, ficarei ao seu lado. Minha decisão está tomada.

Uma expressão de alegria se espalhou pelo rosto dela, embora se esforçasse para ocultá-la.

— Por que está com o cenho franzido, Maskull?

Ele não respondeu, e prosseguiu caminhando, com rugas na fronte. Após uma dúzia de passos, parou abruptamente.

— Espere, Sullenbode.

Os outros fizeram uma pausa. Corpang parecia perplexo, mas a mulher estava sorrindo. Maskull, sem dizer uma palavra, inclinou-se na direção dela e a beijou nos lábios. Logo se afastou daquele corpo feminino e se voltou para Corpang.

— Como interpreta, em sua grande sabedoria, esse beijo?

— A interpretação de beijos não exige grande sabedoria, Maskull.

— De agora em diante, não se atreva a ficar entre nós. Sullenbode me pertence.

— Então não direi mais nada. Mas você é um homem condenado.

A partir daquele momento, não voltou a falar com nenhum dos dois.

Um intenso resplendor surgiu nos olhos da mulher.

— Agora as coisas mudaram, Maskull. Por que me leva?

— Você decide.

— O homem que amo precisa completar sua jornada. Não aceitarei nada além disso. Não deve ser menor que Corpang.

— Para onde você for, eu irei.

— E eu, enquanto seu amor perdurar, estarei ao seu lado... mesmo em Adagio.

— Tem dúvida da permanência dele?

— Não desejo fazer isso... agora, direi o que não quis dizer antes. O fim do seu amor será o fim da minha vida. Quando não me amar mais, morrerei.

— E por quê? — questionou Maskull, pausadamente.

— Sim, essa é a responsabilidade que assumiu ao beijar-me pela primeira vez. Era algo que eu não desejava revelar.

— Quer dizer que, se eu fosse sozinho, você teria de morrer.

— Não tenho outra vida além daquela que me forneceu.

Olhou para ela tristemente, sem tentar responder, e então envolveu, sem pressa, o corpo da mulher em seus braços. Durante esse abraço, empalideceu, mas Sullenbode adquiriu uma cor branca como giz.

Poucos minutos depois, a jornada em direção a Adagio foi retomada.

Eles estavam caminhando havia duas horas. Lagral estava mais alta no céu e mais próxima do sul. Desceram centenas de metros, e as condições do cume mudaram para pior. A fina camada de neve desapareceu, dando lugar a um solo úmido e pantanoso. Havia apenas minúsculos outeiros relvados e charcos. Começaram a escorregar e logo estavam sujos de lama. A conversa cessou por completo. Sullenbode liderava o caminho e os homens a seguiam. A metade sul da paisagem ficou mais grandiosa, pois a luz esverdeada da lua brilhante iluminava a multidão de picos esverdeados de neve, algo que dava a eles uma aparência espectral. A montanha vizinha, mais próxima, erguia-se bem acima deles do outro lado do vale, ao sul, cerca de oito quilômetros de distância. Era uma espiral estreita, inacessível e vertiginosa de rocha negra, cujos ângulos eram íngremes demais para reter neve. Um grande chifre de rocha curvado para cima saltou de seu pináculo superior. Por muito tempo, foi o principal ponto de referência disponível.

Toda a crista tornou-se gradualmente saturada de umidade. O solo da superfície era esponjoso e repousava sobre rocha impermeável, empapava-se das névoas úmidas da noite e as expirava novamente durante o dia, sob os raios de Brancospélio. A caminhada tornou-se, inicialmente, desagradável, depois difícil e, finalmente, perigosa. Nenhum deles era capaz de distinguir um terreno firme de um lodaçal. Sullenbode afundou até a cintura em um poço de limo. Maskull a resgatou, mas, depois desse incidente, assumiu a liderança. Corpang foi o próximo a ter problemas. Explorando um novo caminho por si mesmo, caiu na lama líquida até os ombros e escapou por pouco de uma morte imunda. Depois que Maskull o ajudou, correndo grande risco pessoal, prosseguiram mais uma vez. Mas então as coisas foram de mal a pior. Cada passo tinha que ser testado exaustivamente antes de ser dado e, mesmo assim, o teste falhava com frequência. Todos eles caíram com tanta frequência que, ao final, não pareciam mais seres humanos, mas pilares ambulantes engessados da cabeça aos pés com sujeira negra. O trabalho mais difícil coube a Maskull. Ele não só tinha a exaustiva tarefa de abrir caminho, mas era continuamente chamado a ajudar os companheiros a sair de alguma dificuldade. Sem ele, a travessia dos outros seria impossível.

Depois de um setor peculiarmente maligno, pararam para recuperar as forças. A respiração de Corpang estava difícil, Sullenbode estava quieta, apática e deprimida.

Maskull olhou para eles cheio de dúvidas.

— Vamos continuar desse jeito?

— Creio que não — respondeu a mulher. — Não podemos estar distantes do Passo de Mornstab. Depois, começaremos a subir de novo e o caminho talvez melhore.

— Já esteve por aqui antes?

— Certa vez foi até o Passo, mas não estava tão ruim quanto agora.

— Está exausta, Sullenbode.

— E daí? — respondeu com um sorriso tênue. — Quando temos um amante terrível, precisamos pagar o preço.

— Não poderemos chegar esta noite, assim, devemos parar no primeiro abrigo que encontrarmos.

— Isso deverá ser sua decisão.

Andou de um lado para o outro enquanto os outros permaneciam sentados. Então perguntou subitamente:

— Arrepende-se de algo?

— Não, Maskull, de nada. Não me arrependo de nada.

— Seus sentimentos seguem intactos?

— O amor não pode recuar. Sempre prossegue, adiante.

— Sim, eternamente para a frente. Assim é.

— Não, não é isso o que quero dizer. Existe um clímax, mas, quando esse clímax é alcançado, o amor, se quiser seguir adiante, deve converter-se em sacrifício.

— Esse é um credo terrível — disse em voz baixa, empalidecendo debaixo das camadas de lama.

— Talvez minha natureza seja divergente... estou exausta. Não sei o que sinto.

Depois de alguns poucos minutos, estavam de pé novamente e a viagem recomeçou. Em meia hora, alcançaram o Passo de Mornstab.

O solo nesse local estava mais seco. Os terrenos acidentados ao norte serviam para drenar-lhes a umidade. Sullenbode os conduziu até a extremidade norte da cordilheira, para mostrar a ambos a paisagem. O Passo era, na verdade, uma gigantesca esplanada de terra em ambos os lados do cume, onde a terra era mais baixa acima do terreno subjacente. Uma série de enormes terraços recortados, de terra e rocha, descia em direção a Barey. Estavam cobertos de vegetação raquítica. Era bem possível descer às terras baixas dessa maneira, embora fosse bastante difícil. Em ambos os lados do Passo, para leste e oeste, o cume descia em uma longa linha de penhascos íngremes e terríveis. Uma névoa baixa ocultava Barey da vista. Certa quietude absoluta predominava, quebrada apenas pelo trovejar distante de uma cachoeira invisível.

Maskull e Sullenbode sentaram-se em uma pedra, de frente para o campo aberto. A Lua estava bem atrás deles, no alto. Era quase tão claro quanto um dia terrestre.

— Esta noite é como a vida — disse Sullenbode.

— Como assim?

— Tão bela acima de nós e ao nosso redor, tão repugnante por baixo.

Maskull suspirou.

— Pobre garota, está infeliz.

— E você? É feliz?

Ele pensou por um tempo e então respondeu:

— Não, não sou feliz. Amor não é felicidade.

—E o que é, Maskull?

—Inquietação... Lágrimas contidas... Pensamentos demasiado grandiosos para que possam ser realizados por nossa alma...

—Sim — disse Sullenbode.

Depois de um momento, perguntou:

—Por que fomos criados? Para viver alguns anos e logo desaparecer?

—Dizem que voltaremos a viver.

—Sim, Maskull?

—Talvez em Muspel — acrescentou, pensativo.

—Que tipo de vida será essa?

—Com certeza nos encontraremos de novo. O amor é algo demasiado maravilhoso e misterioso para permanecer incompleto.

Ela teve um suave tremor e deu-lhe as costas.

—Esse sonho é falso. O amor está completo aqui.

—Como pode ser assim, se, cedo ou tarde, será brutalmente interrompido pelo destino?

—O que o completa é a angústia... oh, por que o amor precisa ser sempre deleite para nós? Por acaso não podemos sofrer, não podemos seguir sofrendo, para todo o sempre? Maskull, até que o amor esmague nossas almas, definitiva e completamente, não temos como sentir nós mesmos.

Maskull olhou para ela com uma expressão preocupada.

—A memória do amor não vale mais que sua presença ou realidade?

—Você não compreende. Essas dores são mais valiosas que todo o resto. — Ela se agarrou a ele. — Se pudesse ler minha mente, Maskull, veria coisas estranhas... não posso explicar. É tudo muito confuso, até para mim mesma... Este amor é muito diferente do que eu imaginava.

Ele suspirou de novo.

—O amor é uma bebida forte. Talvez, forte demais para os seres humanos. E penso que anula nossa razão de várias formas.

Permaneceram sentados lado a lado, olhando fixamente adiante, sem nada ver.

—Não importa — disse Sullenbode, afinal, com um sorriso, levantando-se —, pois em breve tudo estará consumado, de uma forma ou de outra. Venha, devemos prosseguir.

Maskull se levantou.

— Onde está Corpang? — perguntou apaticamente.

Os dois olharam para o outro lado da crista na direção de Adagio. No ponto em que estavam, perfazia quase um quilômetro de largura. Inclinava-se perceptivelmente em direção à borda sul, dando a todo o terreno a aparência de estar pesadamente escorado. Em direção a oeste, o solo continuava nivelado por mil metros, mas então uma colina alta, inclinada e carregada de relva atravessava a crista de um lado para o outro, como uma vasta onda prestes a se romper. Tal formação bloqueava qualquer visão além dela. Toda a crista daquela colina, de uma ponta a outra, era coroada por uma longa fileira de enormes pilares de pedra, brilhando intensamente ao luar contra um fundo de céu escuro. Eram cerca de trinta ao todo, e estavam dispostos em intervalos tão regulares que havia pouca dúvida de que tinham sido colocados naquele local por mãos humanas. Alguns eram perpendiculares, mas outros se inclinavam tanto que tinham um aspecto de extrema antiguidade. Viram Corpang subindo a colina, não muito longe do topo.

— Deseja chegar — disse Maskull, observando a enérgica escalada com um sorriso cínico.

— Os céus não vão se abrir para Corpang — respondeu Sullenbode —, e assim não era necessária essa pressa toda... O que seriam esses pilares?

— Devem ser a entrada de algum templo extraordinário. Quem os terá colocado aí?

Ela não respondeu. Assistiram Corpang alcançar o topo da colina e desaparecer através da linha de pilares.

Maskull se voltou novamente para Sullenbode.

— Agora, estamos sozinhos, nós dois, em uma imensidão solitária.

Ela olhou para ele com firmeza.

— Nossa última noite na terra deve ser grandiosa. Estou pronta para prosseguir.

— Não acho que você esteja pronta para prosseguir. Será melhor descer o Passo em busca de um abrigo.

Ela deu um sorriso ambíguo.

— Não estudaremos nossos pobres corpos esta noite. Creio que seja melhor para você ir até Adagio, Maskull.

— Pois bem, em todo caso, vamos descansar primeiro, pois deve ser uma escalada longa e terrível, e sabe-se lá Deus quais dificuldades encontraremos.

Ela deu um ou dois passos adiante, depois deu meia-volta e estendeu a mão para ele.

— Venha, Maskull!

***

Depois de terem percorrido a metade da distância que os separava do sopé da colina, Maskull ouviu o rufar do tambor. O som vinha de trás da colina e era alto, nítido, quase explosivo. Ele olhou para Sullenbode, que parecia não ouvir nada. Um minuto depois, todo o céu atrás e acima da longa cadeia de pilastras de pedra no topo da colina começou a ser iluminado por um brilho estranho. O luar naquele trecho perdeu a força. As pilastras se destacaram pretas, em um fundo de fogo. Era a luz de Muspel. Conforme o tempo passava, tornava-se mais e mais vívida, peculiar e terrível. Não tinha cor e não se parecia com nada — era sobrenatural e indescritível. O espírito de Maskull se inflamou. Ele se levantou rapidamente, com narinas dilatadas e olhos terríveis.

Sullenbode tocou-o de leve.
— O que você vê, Maskull?
— A luz e Muspel.
— Não vejo nada.

A luz se amplificou até o ponto em que Maskull mal sabia onde estava. Queimava com um brilho mais feroz e estranho do que nunca. Esqueceu a existência de Sullenbode. As batidas do tambor ficaram ensurdecedoras. Cada batida era como um trovão devastador caindo do céu e fazendo o ar tremer. Logo os estrondos se fundiram e um rugido contínuo de trovão abalou o mundo. Mas o ritmo persistia — as quatro batidas, com a terceira acentuada, ainda vinham pulsando pela atmosfera, só que agora contra um fundo de trovão, e não de silêncio.

O coração de Maskull batia descontroladamente. Seu corpo parecia uma prisão. Ansiava por se livrar dele, por brotar e se incorporar ao universo sublime que estava começando a se deslindar.

Sullenbode o envolveu subitamente nos braços, beijando-o apaixonadamente, uma e outra vez. Ele não reagiu... não estava consciente daquilo que ela fazia. Ela o soltou e, com a cabeça baixa e olhos lacrimejantes, foi embora silenciosamente. Começou a voltar para o Passo de Mornstab.

Poucos minutos depois, o brilho começou a esvanecer. O trovão se calou. A luz do luar reapareceu, os pilares de pedra e a encosta estavam novamente brilhantes. Em pouco tempo, a luz sobrenatural havia desaparecido inteiramente, mas as batidas do tambor ainda soavam fracamente, um tipo de ritmo abafado, por trás da colina. Maskull estremeceu violentamente e olhou em volta como alguém que esteve adormecido e repentinamente foi acordado.

Ele viu Sullenbode se afastando lentamente dele, a algumas centenas de metros. Com essa visão, a morte entrou em seu coração. Correu atrás dela, chamando... Ela não olhou de volta. Quando a distância entre eles estava pela metade, viu como ela, de repente, tropeçou e caiu. Ficou imóvel onde estava, sem tentar se levantar.

Ele voou na direção dela e se curvou sobre seu corpo. Seus piores temores se realizaram. A vida a deixara.

Sob a grossa camada de lama, seu rosto exibia o sorriso vulgar e medonho do Cristalino, mas Maskull não viu nada disso. Ela nunca parecera tão bela quanto naquele momento.

***

Ele ficou muito tempo ao lado dela, de joelhos. Chorava; mas, entre seus acessos de choro, levantava a cabeça de vez em quando e ouvia as batidas distantes do tambor.

Uma hora se passou, depois duas horas. Lagral estava agora a sudoeste. Maskull ergueu o cadáver de Sullenbode sobre os ombros e começou a caminhar em direção ao Passo. Ele não se importava mais com Muspel. Pretendia encontrar água para lavar o cadáver de sua amada e terra para enterrá-la.

Quando alcançou a rocha que dava para a esplanada de terra, na qual se sentaram juntos, ele baixou seu fardo e, colocando a garota morta na pedra, sentou-se ao lado dela por um tempo, olhando para Barey.

Depois disso, começou sua descida do Passo de Mornstab.

CAPÍTULO 20 – BAREY

Estava amanhecendo, mas ainda não era possível ver o Sol quando Maskull acordou de seu sono miserável. Ele se sentou e bocejou debilmente. O ar estava fresco e agradável. Ao longe, na esplanada, um pássaro cantava. Sua canção consistia em apenas duas notas, mas era tão lamentosa e comovente que ele mal conseguiu suportá-la.

O céu a leste era de um verde delicado, atravessado por uma longa e fina faixa de nuvens cor de chocolate, próximas ao horizonte. A atmosfera estava tingida de azul, misteriosa e nebulosa. Nem Sarclás nem Adagio estavam visíveis.

A porção mais baixa do Passo estava a cento e cinquenta metros acima dele. Havia descido essa distância durante a noite. O Passo seguia descendo, como uma enorme escada voadora, até as encostas superiores de Barey, que ficava cerca de quinhentos metros abaixo. A superfície do Passo era áspera e o ângulo excessivamente inclinado, embora não íngreme. Tinha mais de dois quilômetros de diâmetro. Em cada lado dele, leste e oeste, as paredes escuras do cume desciam, verticais. No ponto onde o Passo se abria, eram quinhentos metros de queda, mas, conforme a crista subia, por um lado em direção a Adagio e por outro em direção a Sarclás, alcançara alturas quase inacreditáveis. Apesar da grande amplitude e solidez do Passo, Maskull sentia como se estivesse suspenso no ar.

Escolheu um trecho recortado, de abundante terra escura, que aparentemente não estava muito longe para cavar o túmulo de Sullenbode. Ele a enterrou à luz da lua, utilizando uma pedra longa e plana como pá. Um pouco mais abaixo, o vapor branco de uma fonte termal criava formas onduladas no crepúsculo. De onde estava sentado, não conseguia ver a piscina para a qual a nascente finalmente fluía, mas foi nessa piscina que ele lavou, na noite anterior, primeiro o corpo da garota morta e depois o dele.

Levantou-se, bocejou mais uma vez, espreguiçou-se e olhou em volta, aturdido. Por muito tempo, contemplou o túmulo. A escuridão parcial se alterou de forma imperceptível na luz diurna e o Sol estava prestes a aparecer. Quase não havia nuvens no céu. Toda a amplitude maravilhosa daquela extraordinária crista que estava atrás dele começou a emergir da névoa matinal... Uma parte de Sarclás estava visível e a crista verde-gelo do gigantesco Adagio só era possível de divisar jogando a cabeça para trás.

Olhava para tudo com apatia extenuada, como uma alma perdida. Todos os seus desejos tinham ido embora para sempre... Não desejava ir a lugar algum, não queria fazer nada. Pensou que iria a Barey.

Foi até a piscina quente para lavar o sono dos olhos. Sentado junto a ela, observando as bolhas, estava Krag.

Maskull pensou que estivesse sonhando. O homem vestia camisa e calças largas de pele. Seu rosto era severo, amarelado e feio. Olhou para Maskull sem sorrir ou se levantar.

— De onde diabos você saiu, Krag?

— O importante é que estou aqui.

— Onde está Nightspore?

— Não muito longe.

— Parece que faz cem anos desde a última vez que o vi. Por que me abandonou de forma tão detestável?

— Sua força era suficiente para que conseguisse resolver as coisas sozinho.

— E assim aconteceu, mas como poderia saber? De qualquer forma, chegou no momento certo. Parece que morrerei hoje.

Krag franziu o cenho.

— Morrerá esta manhã.

— Se for esse o meu destino, será. Mas onde obteve tal informação?

— Já está maduro para morrer. Atravessou todo o espectro de experiências possível. Por qual motivo viveria, além disso?

— Para nada — disse Maskull, soltando uma breve risada —, pois estou pronto. Fracassei em tudo. Apenas me perguntava como você sabia de tudo... Assim que, agora, você ressurge para ter comigo. Para onde pretende ir?

— Vou cruzar Barey.

— E o que se passa com Nightspore?

Krag ficou em pé de um salto, com torpe agilidade.

— Não o esperaremos. Ele chegará quando nós chegarmos.

— Aonde?

— Ao nosso destino... Venha! O Sol está nascendo.

***

Quando começaram a descer o Passo lado a lado, Brancospélio, imenso e branco, subiu de um salto para o céu, ferozmente. Toda a delicadeza do amanhecer se desvaneceu, e mais um dia ordinário começava. Passaram por algumas plantas e árvores cujas folhas estavam enroladas, como se estivessem mergulhadas no sono.

Maskull as indicou para o companheiro.

— Como é possível não abrirem com esse sol?

— Brancospélio é uma segunda noite para elas. Seu dia é determinado por Alpaím.

— E quanto tempo falta para que esse Sol apareça?

— Bastante tempo ainda.

— Acredita que viverei para vê-lo?

— Deseja isso?

— Houve um momento em que queria isso, mas agora me é indiferente.

— Siga com essa disposição e espírito e estará bem. De uma vez por todas, não há nada que mereça ser visto em Tormance.

Depois de alguns minutos, Maskull falou:

— Por que viemos, então?

— Para seguir Surtur.

— Verdade. Mas onde ele está?

— Talvez esteja mais perto do que imagina.

— Tem consciência de que ele é visto como deus por aqui, Krag? Também há um fogo sobrenatural que, de algum modo, está relacionado a ele, creio eu... Por que não revela o mistério? Quem e o que é Surtur?

— Não se preocupe com isso. Você nunca saberá.

— Você sabe?

— Sim, sei — grunhiu Krag.

— O diabo aqui é chamado de Krag — prosseguiu Maskull, esquadrinhando seu rosto.

— Enquanto o prazer for objeto de veneração, Krag sempre será o diabo.

— Aqui estamos nós, cara a cara, dois homens conversando, juntos... Por que devo acreditar em você?

— Acredite em seus sentidos. O verdadeiro diabo é Cristalino.

Prosseguiram descendo pela esplanada. Os raios de sol eram insuportavelmente quentes. Diante deles, lá embaixo, ao longe, Maskull enxergou água e terra misturadas. Parecia que eles estavam chegando a uma região de lagos.

— O que você e Nightspore fizeram durante os últimos quatro dias, Krag? O que aconteceu com o torpedo?

— Está no mesmo nível mental de alguém que, ao ver um palácio, pergunta o que aconteceu com os andaimes.

— Que palácio esteve construindo, então?

— Não ficamos parados — disse Krag. — Enquanto você cometia assassinatos e fazia amor, fizemos nosso trabalho.

— E como sabe das minhas ações?

— Oh, você é um livro aberto. Agora mesmo está mortalmente ferido em seu coração por causa de uma mulher que conheceu por apenas seis horas.

Maskull empalideceu.

— Tenha cuidado com as brincadeiras, Krag! Você poderia ver morrer uma mulher com quem conviveu durante seiscentos anos e isso não afetaria em nada esse seu coração de couro. Seus sentimentos não chegam sequer a ser os de um inseto.

— Veja como a criança defende seus brinquedos — disse Krag, com um sorriso tênue no rosto.

Maskull parou de imediato.

— O que quer de mim e por que me traiu?

— Não adianta nada pararmos aqui, mesmo que seja para obter um efeito dramático — disse Krag, empurrando-o para que se colocasse em movimento de novo. — A distância precisa ser vencida, por mais que tentemos parar.

Quando foi tocado por ele, Maskull sentiu uma dor lancinante atravessar-lhe o coração.

— Não posso seguir considerando você, Krag, um homem. É algo mais que isso... Embora eu não saiba se se trata de uma coisa boa ou má.

Krag tinha a pele amarelada e uma aparência formidável. Não respondeu à observação de Maskull, mas, depois de uma pausa, disse:

— Mas então, quando sobrava tempo entre matar e ficar apaixonado, tentava buscar Surtur por conta própria?

— O que era aquele som de tambor? — exigiu saber Maskull.

— Não precisa tomar esses ares de importância. Sabemos daquilo que ouvia. Bem-vindo ao clube, porque a música não tocava exclusivamente para os seus ouvidos, meu amigo.

Maskull sorriu com amargura.

— Em todo caso, já não escutarei mais. Terminei com minha vida. Doravante, não pertenço a ninguém e a nada.

— Palavras corajosas, mesmo! Veremos. Talvez Cristalino tente mais uma vez contigo. Ainda há tempo para uma outra vez.

— Eu não compreendo o que diz.

— Acredita que está totalmente desiludido, não é mesmo? Bom, pode ser que essa convicção prove ser a última e maior de todas as ilusões.

A conversação cessou. Chegaram ao sopé da esplanada uma hora depois. Brancospélio subia com firmeza no céu sem nuvens. Aproximava-se de Sarclás e era uma questão em aberto se alcançaria ou não seu pico. O calor era sufocante. A longa crista em forma de salsicha que tinham na retaguarda, com seus precipícios terríveis, brilhava nas cores brilhantes da manhã. Adagio, elevando-se a muitos milhares de metros de altura, guardava sua extremidade como um colosso solitário. Adiante, começando de onde estavam, havia uma terra selvagem deserta, fresca e encantadora, de pequenos lagos e bosques. A água dos lagos era verde-escura. As florestas permaneciam adormecidas, esperando o surgimento de Alpaím.

— Estamos em Barey? — perguntou Maskull.

— Sim, e eis aqui um nativo.

Uma fagulha ameaçadora surgiu nos olhos dele ao dizer essas palavras, mas Maskull não percebeu.

Um homem estava encostado na sombra de uma das primeiras árvores, aparentemente esperando que eles surgissem. Ele era pequeno, trigueiro e glabro, no início da idade adulta. Estava vestido com uma túnica azul-escura ampla e usava um chapéu de aba larga. Seu rosto, que não estava desfigurado por nenhum órgão especial, era pálido e sério, mas de alguma forma extremamente agradável.

Antes que uma única palavra fosse dita, ele calorosamente agarrou a mão de Maskull, mas, mesmo enquanto fazia isso, lançou uma careta estranha para Krag, que lhe respondeu com um sorriso carrancudo.

Quando abriu a boca para falar, sua voz soou como um barítono vibrante, mas ao mesmo tempo estranhamente feminino em suas modulações e variedade de tom.

— Esperei desde o nascer do sol — disse ele. — Seja bem-vindo a Barey, Maskull. Esperemos que esqueça por aqui suas tristezas, mas creio que já padeceu demasiado.

Maskull olhou fixamente para ele, não sem alguma simpatia.

— O que o fez me esperar e como sabe o meu nome?

O desconhecido sorriu, e seu rosto adquiriu belos traços.

— Sou Gangnet. E sei de quase tudo.

— Não saúda a mim, Gangnet? — perguntou Krag, com seu rosto ameaçador quase colado ao do outro.

— Eu o conheço bem, Krag. Há poucos lugares nos quais é bem-vindo.

— E eu também o conheço, Gangnet, homem-mulher... Bem, estamos aqui juntos, portanto terá de sair do nosso caminho. Vamos ao oceano.

O sorriso desapareceu do rosto de Gangnet.

— Não vou impedir que vá, Krag, mas posso fazer com que seja aquele que sobra.

Krag jogou a cabeça para trás e soltou uma forte e áspera gargalhada.

— Aceito sua oferta. Contanto que eu fique com a substância, você pode ficar com a sombra, e faça bom proveito.

— Agora que está tudo acertado satisfatoriamente — disse Maskull, com um sorriso duro —, permitam-me dizer-lhes que não desejo companhia no momento... dá tudo por garantido, Krag. Já foi um amigo falso para mim antes... presumo que eu seja um agente livre?

— Para ser livre, é necessário ter um universo próprio — disse Krag, com olhar irônico. — E o que diz, Gangnet... Este mundo é livre?

— Ser livre da dor e da feiura deveria ser privilégio de todos — respondeu Gangnet com tranquilidade. — Assim, Maskull está em seu direito e, se ele se compromete a deixá-lo, farei o mesmo.

— Maskull pode mudar de rosto quantas vezes quiser, mas não se livrará de mim assim tão facilmente. Tenha isso claro, Maskull.

— Não importa — murmurou Maskull. — Vamos todos juntos nessa procissão. De toda maneira, se o que dizem for certo, estarei finalmente livre em poucas horas.

— Vou na frente — disse Gangnet. — Evidentemente, você não conhece a região, Maskull. Quando chegarmos à planície, alguns quilômetros de descida depois, poderemos viajar pela água. Mas, no momento, teremos de caminhar.

— Sim, está com medo, está com medo — provocou Krag, com voz áspera e aguda. — Sempre um poltrão.

Maskull olhou de um para o outro, atônito. Parecia haver uma hostilidade decidida entre aqueles dois, o que indicava um contato anterior íntimo.

Partiram por um bosque, mantendo-se perto de seu limite, de modo que por mais de um quilômetro puderam avistar o longo e estreito lago que corria ao lado dele. As árvores eram baixas e finas; suas folhas cor de dolme estavam todas dobradas. Não havia vegetação rasteira — caminhavam em terra limpa e marrom. Uma cachoeira distante soou. Estavam na sombra, mas o ar permanecia agradavelmente quente. Não havia insetos para irritá-los. O lago brilhante do outro lado parecia fresco e poético.

Gangnet apertou afetuosamente o braço de Maskull.

— Se trazer você do seu mundo tivesse competido a mim, Maskull, seria para cá que eu o teria trazido, e não para o deserto escarlate. Então você teria escapado dos pontos obscuros e Tormance teria parecido um lugar realmente bonito aos seus olhos.

— E que diferença faria, Gangnet? Os pontos obscuros ainda existiriam do mesmo jeito.

— Poderia vê-los depois. Faz toda a diferença se alguém vislumbra a escuridão através da luz ou a luminosidade através das sombras.

— O melhor é ter uma visão nítida. Tormance é um mundo de grande feiura e eu prefiro, sem dúvida, conhecê-lo como de fato é.

— Foi o diabo quem o fez feio, e não Cristalino. Estes são os pensamentos de Cristalino, tudo o que vê ao seu redor. Apenas beleza e prazer... nem sequer Krag terá a falta de vergonha de negá-lo.

— Isto tudo é muito bonito — disse Krag, olhando malignamente ao redor. — Só falta uma almofada e meia-dúzia de *húris*[51] para completar a paisagem.

Maskull se soltou de Gangnet.

— Noite passada, quando eu lutava para avançar através da lama sob a luz espectral da lua... pareceu-me que era um mundo belo.

— Pobre Sullenbode — disse Gangnet, suspirando.

— O quê? A conhecia?

— A conheci através de você. O pranto que derramou por aquela mulher nobre demonstra a tua nobreza. Penso que todas as mulheres são nobres.

— Pode ser que existam milhões de mulheres nobres, mas houve apenas uma Sullenbode.

— Se Sullenbode pôde existir — disse Gangnet —, o mundo não pode ser um lugar mal.

— Mude de assunto... O mundo é duro e cruel, e sou grato por abandoná-lo.

— Nesse ponto, vocês dois estão de acordo — disse Krag, com um sorriso maldoso. — Que o prazer é bom e a cessação do prazer, o mal.

Gangnet olhou para ele com frieza.

— Já conhecemos suas peculiares teorias, Krag. Alimenta por elas um grande afeto, mas são irrealizáveis. O mundo não poderia seguir existindo sem prazer.

— Assim pensa Gangnet — zombou Krag.

Chegaram ao fim do bosque e estavam agora diante de um pequeno penhasco. Ao pé dele, cerca de quinze metros abaixo, uma nova série de lagos e florestas começava. Barey parecia ser uma grande encosta de montanha, construída pela natureza em terraços. O lago ao longo de cuja fronteira eles caminhavam não era cercado no final, mas transbordava para o nível inferior em diversas cachoeiras extremamente belas, brancas, plenas de espuma. O penhasco não era perpendicular e eles perceberam que era fácil superá-lo.

---

51   No original "houris", do árabe "

Na base, adentraram outro bosque. Desta vez, muito mais denso, e logo não tinham nada além de árvores ao redor. Um riacho claro ondulava no meio das árvores e eles seguiram por sua margem.

— Me ocorreu — disse Maskull, dirigindo-se a Gangnet — que Alpaím deve representar minha morte. É isso mesmo?

— Estas árvores não temem Alpaím, então por que você deveria? Alpaím é um Sol maravilhoso, que traz vida.

— Perguntei isso... porque vi a luz crepuscular desse astro e tive sensações tão violentas que, se continuasse só mais um pouco, teria sido demasiado para mim.

— Porque as forças estavam equilibradas. Quando vir Alpaím por si mesmo, reinará supremo e não haverá mais luta de vontades em seu interior.

— E isso, digo-lhe de antemão, Maskull — disse Krag, com uma máscara sorridente —, é a carta na manga de Cristalino.

— O que quer dizer?

— Verá. Vai renunciar ao mundo com tanto entusiasmo que desejará se manter nele apenas para desfrutar de suas sensações.

Gangnet sorriu.

— Krag, veja só, é um sujeito difícil de agradar. Não deve desfrutar, nem renunciar. Então, o que deve ser feito?

Maskull se voltou para Krag.

— É muito estranho, mas ainda não compreendo suas crenças. Está me recomendando o suicídio?

Krag parecia mais pálido e mais repulsivo a cada minuto.

— Por que, por ter perdido suas carícias? — exclamou, rindo e mostrando os dentes descoloridos.

— Quem quer que seja — disse Maskull —, parece estar muito seguro de si mesmo.

— Sim, gostaria de me ver gaguejando e corando, como um imbecil, não é mesmo? Essa seria uma maneira excelente de destruir as mentiras.

Gangnet olhou para o pé de uma das árvores. Abaixou-se e pegou dois ou três objetos que pareciam ovos.

— Para comer? — perguntou Maskull, aceitando a oferta.

— Sim, coma. Deve estar com fome. Não quero e não devemos insultar Krag oferecendo-lhe um prazer... especialmente um tão baixo.

Maskull quebrou dois dos ovos e tragou seu conteúdo líquido. Tinham um sabor alcoólico. Krag arrebatou de suas mãos o ovo restante e o lançou contra o tronco de uma árvore, onde se rompeu e permaneceu grudado, um respingo viscoso.

— Não espero que me perguntem, Gangnet... diga-me, há algo mais imundo que um prazer destroçado?

Gangnet não respondeu, mas pegou no braço de Maskull.

Depois de caminharem alternadamente por florestas e descerem penhascos e encostas por mais de duas horas, a paisagem mudou. Uma encosta íngreme de montanha principiou e prosseguiu por alguns quilômetros, depois dos quais a terra se elevou a mais de um quilômetro de altitude, em uma inclinação praticamente uniforme. Maskull não vira nada parecido com aquela imensa extensão de campo em lugar algum. A encosta da colina carregava um enorme bosque em suas costas. Esse bosque, no entanto, era diferente daqueles que haviam atravessado até então. As folhas das árvores se enrolavam no sono, mas os galhos eram tão próximos e numerosos que, se não fossem translúcidos, os raios do sol teriam sido totalmente interceptados. Do jeito que estava, toda a floresta estava inundada de luz, e essa luz, sendo tingida com a cor dos galhos, era de um suave e adorável tom rosado. Essa iluminação era tão alegre e feminina, como um amanhecer, que Maskull começou imediatamente a recuperar o ânimo, embora não o desejasse.

Ele se conteve, suspirou e ficou pensativo.

— Que lugar para olhos lânguidos e pescoços de marfim, Maskull — disse Krag com ironia. — Por que Sullenbode não está aqui?

Maskull o agarrou com força e o jogou contra a árvore mais próxima. Krag se recuperou com uma gargalhada feroz, não parecendo nem um pouco desconcertado.

— E, ainda assim, o que eu disse... era verdade ou mentira?

Maskull olhou para ele severamente.

— Parece que se considera um tipo de mal necessário. Não sou obrigado a acompanhá-lo para onde for. Creio que seja melhor nos separarmos.

Krag se voltou para Gangnet com um ar de troça grotesco.

— O que você tem a dizer? Nos separamos quando for a vontade de Maskull ou a minha?

— Mantenha-se calmo, Maskull — disse Gangnet, dando as costas para Krag. — Conheço aquele homem muito bem. Agora que ele se agarrou a você, só há uma maneira de fazê-lo soltar: ignorando-o, desprezando-o... não diga nada a ele, não responda às perguntas que ele lhe fizer. Se se recusar a reconhecer a existência dele, será como se não estivesse aqui.

— Estou começando a me cansar de tudo isso — disse Maskull. — Parece que terei de incluir mais um assassinato na minha lista, antes de terminar.

— Sinto cheiro de assassinato no ar — exclamou Krag, fingindo perseguir um odor. — Mas de quem?

— Faça o que digo, Maskull. Trocar palavras com ele é o mesmo que jogar mais lenha na fogueira.

— Não direi nada mais a ninguém... Quando sairemos deste maldito bosque?

— Ainda falta um pouco, mas, assim que alcançarmos a água, poderá descansar e pensar.

— E amargurar-se confortavelmente em seus sofrimentos — acrescentou Krag.

Nenhum dos três homens disse mais nada até que saíssem para a luz do dia. A encosta da floresta era tão íngreme que foram forçados a correr, em vez de andar, e isso teria impedido qualquer conversa, mesmo se tivessem tido alguma motivação para falar. Em menos de meia hora chegaram ao destino. Uma paisagem plana e aberta se estendia diante deles, tanto quanto podiam ver.

Três partes daquela região consistiam em águas calmas. Era uma sucessão de grandes lagos de costa baixa, divididos por estreitas faixas de terra coberta de árvores. O lago imediatamente antes deles tinha sua pequena extremidade na floresta, com cerca de quinhentos metros de largura. A água nas laterais e na extremidade era rasa, sobrecarregada com juncos de cor dolme. Mas no meio, começando a poucos metros da costa, havia uma corrente perceptível que fluía até o outro extremo. Diante dessa corrente, ficava difícil decidir se era um lago ou um rio. Algumas pequenas ilhas flutuantes estavam na parte rasa.

— É aqui onde viajaremos pela água? — perguntou Maskull.

— Sim, aqui — respondeu Gangnet.

— Mas como?

— Qualquer uma dessas ilhas servirá. Precisamos apenas que nos leve até a corrente.

Maskull franziu o cenho.

— Aonde nos levará?

— Venha, vamos, vamos — disse Krag, rindo grosseiramente —, pois a manhã está passando e vocês dois precisam morrer antes do meio-dia. Vamos para o oceano.

— Se você é onisciente, Krag, me diga como será minha morte.

— Gangnet o matará.

— Mentiroso — disse Gangnet. — Não desejo o mal para Maskull.

— Em todo caso, ele será a causa de sua morte. Mas o que isso importa? O grande ponto é que está para abandonar este mundo fútil... Bem, Gangnet, vejo que está tão indolente como sempre esteve. Suponho que devo fazer o trabalho.

Ele pulou no lago e começou a correr pela água rasa, salpicando ao seu redor. Quando chegou à ilha mais próxima, a água estava em suas coxas. A ilha era em formato de losango e tinha cerca de quatro metros e meio de ponta a ponta. Era composta de uma espécie de turfa marrom-clara. Não havia nenhum tipo de vegetação viva em sua superfície. Krag se colocou atrás dela e começou a empurrá-la na direção da corrente, sem esforço aparente. Quando já estava sob o fluxo da corrente, os outros avançaram até ele e os três subiram.

A viagem começou. A corrente não estava viajando a mais de três quilômetros por hora. O sol brilhava impiedosamente sobre eles e não havia sombra ou perspectiva de sombra. Maskull sentou-se perto da borda e periodicamente jogava água na cabeça. Gangnet sentou-se de cócoras ao lado dele. Krag caminhava para cima e para baixo com passos curtos e rápidos, como um animal engaiolado. O lago se alargava mais e mais e a corrente também aumentava proporcionalmente, até que pareciam estar flutuando no seio de algum amplo estuário.

Krag de repente se inclinou e arrancou o chapéu de Gangnet, esmagando-o no punho peludo e jogando-o longe, na água.

— Por que você deveria se disfarçar de mulher? — perguntou com uma gargalhada áspera. — Mostre a Maskull seu rosto. Talvez ele reconheça de algum lugar.

Para Maskull, Gangnet lembrava alguém, mas não sabia dizer quem. O cabelo escuro e cacheado chegava até o pescoço, a testa era ampla, elevada e nobre, e havia um ar de doçura séria em todo o homem que era estranhamente atraente para os sentidos.

— Que Maskull julgue — disse com orgulhosa compostura — se tenho algo do que me envergonhar.

— Essa cabeça não pode ter nada além de pensamentos magníficos — murmurou Maskull, olhando com firmeza para ele.

— Excelente avaliação. Gangnet é o rei dos poetas. Mas o que acontece quando os poetas tentam levar adiante iniciativas práticas?

— Que iniciativas? — perguntou Maskull, atônito.

— O que tem nas mãos, Gangnet? Diga para Maskull.

— Existem duas formas de atividade prática — respondeu Gangnet tranquilamente. — É possível construir ou destruir.

— Não, existe um terceiro tipo. É possível roubar... sem nem sequer saber que se está roubando. É possível levar a bolsa e deixar o dinheiro.

Maskull levantou as sobrancelhas.

— Onde vocês dois se conheceram?

— Estou fazendo uma visita a Gangnet hoje, mas certa vez foi ele quem me visitou.

— Onde?

— Em minha casa, onde quer que esteja. Gangnet é um ladrão vulgar.

— Você fala por enigmas e não consigo compreendê-lo. Não conheço nenhum dos dois, mas me parece claro que, se Gangnet é um poeta, você é um bufão. Vai prosseguir falando? Desejo silêncio.

Krag riu, mas não disse mais nada. Logo se deitou, com o rosto voltado para o sol, e em poucos minutos adormeceu profundamente e roncou de forma desagradável. Maskull não parava de olhar para seu rosto amarelo e repulsivo com forte desagrado.

Duas horas se passaram. A terra de cada lado estava a mais de um quilômetro de distância. Na frente deles não havia terra alguma. Atrás, as Montanhas de Lichstorm foram ocultadas pela névoa que se formara. O céu à frente, logo acima do horizonte, começou a assumir uma cor estranha. Era um azul-claro intenso. Toda a atmosfera do norte estava manchada de úlfiro.

Maskull começou a se angustiar.

— Alpaím está surgindo, Gangnet.

Gangnet sorriu com melancolia.

— Começa a se incomodar?

— É tão solene... quase trágico... mas me recorda a Terra. A vida já não é mais importante, mas isto sim, é.

— A luz do dia é como a noite se comparada a esta. Em meia hora, será como se tivesse saído de uma floresta escura para a luz solar. Então se perguntará como pôde ser tão cego.

Os dois homens seguiram contemplando o nascer do sol azul. Todo o céu ao norte, a meio caminho do zênite, estava rajado de cores extraordinárias, entre as quais predominavam o jale e o dolme. Assim como a característica principal de um amanhecer comum é o mistério, a mais destacada daquele amanhecer era a selvageria. Não confundia o entendimento, mas o coração. Maskull não sentia nenhum desejo inarticulado de aproveitar e perpetuar o nascer do sol, ao torná-lo seu. Em vez disso, aquilo o agitava e atormentava, como os primeiros compassos de uma sinfonia sobrenatural.

Quando olhou de novo para o sul, o dia de Brancospélio tinha perdido seu brilho e podia olhar para o imenso sol branco sem pestanejar. Instintivamente, voltou-se novamente para o norte, assim como se passa da escuridão para a luz.

— Se o que me mostrou antes seriam os pensamentos de Cristalino, como me disse, Gangnet, estes devem ser os sentimentos dele. Digo isso literalmente. O que estou sentindo agora, ele deve ter sentido antes de mim.

— Ele é todo sentimento, Maskull... não entende isso?

Maskull alimentava-se avidamente do espetáculo à sua frente e não respondeu. O rosto estava duro como uma rocha, mas os olhos estavam turvos com o início das lágrimas. O céu tornava-se cada vez mais profundo. Era óbvio que Alpaím estava prestes a se erguer acima do mar. A essa altura, a ilha havia flutuado além da foz do estuário. Estavam rodeados de água em três lados. A névoa se arrastava atrás deles e bloqueava qualquer visão de terra. Krag permanecia dormindo — uma monstruosidade feia e enrugada.

Maskull olhou para o lado, para a água que fluía. Tinha perdido a cor verde-escura e agora assumia a perfeita transparência do cristal.

— Já estamos no oceano, Gangnet?

— Sim.

— Então não resta nada a não ser a minha morte.

— Não pense em morte, mas na vida.

— Tudo está mais luminoso... ao mesmo tempo, mais sombrio. Krag parece estar desaparecendo...

— Eis ali, Alpaím — disse Gangnet, tocando-lhe o braço.

O disco profundo e brilhante do sol azul apareceu acima do mar. Maskull ficou em silêncio. Não era possível dizer que estivesse vendo o que quer que seja, mas sentindo. Suas emoções eram indizíveis. Sua alma parecia forte demais para seu corpo. O grande orbe azul ergueu-se rapidamente da água, como um olho horrível a observá-lo... saiu para o alto do mar com um salto, e o dia de Alpaím começou.

— O que você sente? — Gangnet ainda segurava seu braço.

— Eu me coloquei contra o Infinito — murmurou Maskull.

De repente, seu caos de paixões se unificou em uma ideia maravilhosa, que percorreu todo o seu ser, acompanhada pela mais intensa alegria.

— Ora, Gangnet... não sou nada.

— Não, você não é nada.

A névoa se fechou ao redor deles. Nada era visível, exceto os dois sóis e alguns metros de mar. As sombras dos três homens lançadas por Alpaím não eram negras, mas compostas da luz diurna branca.

— Então, nada pode me machucar — disse Maskull com um sorriso peculiar.

Gangnet sorriu também.

— Como poderia?

— Perdi minha vontade. Sinto como se um tumor nojento tivesse sido arrancado de mim, deixando-me limpo e livre.

— Agora compreende a vida, Maskull?

O rosto de Gangnet foi transfigurado por uma beleza espiritual extraordinária. Parecia ter descido do céu.

— Não entendo nada, exceto que eu não tenho mais eu. Mas isso é vida.

— Gangnet está dissertando sobre seu famoso sol azul? — disse uma voz zombeteira acima deles.

Olhando para cima, eles viram que Krag havia se levantado. Ambos se levantaram. No mesmo instante, a névoa começou a obscurecer o disco de Alpaím, mudando-o de azul para um jale vívido.

— O que você quer conosco, Krag? — perguntou Maskull com serenidade.

Krag olhou para ele com estranheza por alguns segundos. A água lambia a ilha ao redor deles.

— Você não compreende, Maskull, que sua morte chegou?

Maskull não respondeu. Krag pousou levemente o braço em seu ombro e, de repente, sentiu-se mal, debilitado. Caiu no chão, perto da borda da ilha que servia de jangada. Seu coração batia forte e estranhamente. Os batimentos lembravam as batidas de um tambor. Olhou languidamente para a água ondulante e parecia-lhe que podia ver através dela... longe, bem para baixo... um fogo estranho...

A água desapareceu. Os dois sóis foram extintos. A ilha se transformou em uma nuvem, e Maskull — sozinho nela — estava flutuando na atmosfera... Lá embaixo, tudo era fogo; o fogo de Muspel. A luz aumentava gradativamente, até preencher o mundo inteiro...

Flutuou em direção a um imenso penhasco perpendicular de rocha negra, sem topo ou fundo. No meio do caminho, Krag, suspenso no ar, desferia golpes terríveis em um ponto vermelho-sangue com um enorme martelo. Os sons rítmicos e estridentes eram horríveis. Logo Maskull percebeu que esses sons eram as percussões familiares do tambor.

— O que está fazendo, Krag?

Krag parou seu trabalho e se virou.

— Batendo no seu coração, Maskull — foi sua resposta, com uma careta sorridente.

***

O penhasco e Krag desapareceram. Maskull viu Gangnet debatendo-se no ar, mas não era Gangnet, era Cristalino. Ele parecia estar tratando de se livrar do fogo de Muspel, que o envolvia com suas línguas para qualquer lado que se virasse. Gemia e gritava... então, foi capturado pelo fogo. Gritou horrivelmente. Maskull teve o vislumbre de um rosto vulgar que babava — e então ele também desapareceu.

***

Abriu os olhos. A ilha flutuante ainda era fracamente iluminada por Alpaím. Krag estava ao seu lado, mas Gangnet não estava mais lá.

— Como se chama este oceano? — perguntou Maskull, pronunciando as palavras com dificuldade.

— Oceano de Surtur.

Maskull acenou com a cabeça e ficou em silêncio por algum tempo. Apoiou o rosto no braço.

— Onde está Nightspore? — perguntou de repente.

Krag curvou-se sobre ele com uma expressão grave.

— Você é Nightspore.

O moribundo fechou os olhos e sorriu.

Logo os abriu novamente, com esforço, e murmurou:

— Quem é você?

Krag guardou um silêncio sombrio.

Pouco depois, uma pontada terrível passou pelo coração de Maskull e ele morreu imediatamente.

Krag virou a cabeça.

— A noite finalmente passou, Nightspore... Já é dia aqui.

Nightspore olhou longa e seriamente para o corpo de Maskull.

— Por que tudo isso foi necessário?

— Pergunte a Cristalino — respondeu Krag severamente. — O mundo dele não é brincadeira. Tem uma pegada forte... mas sou mais forte ainda... Maskull pertencia a ele, mas Nightspore é meu.

CAPÍTULO 21 – MUSPEL

A névoa se adensou de modo que os dois sóis desapareceram por completo e tudo ficou negro como a noite. Nightspore não podia mais ver seu companheiro. A água batia suavemente na lateral da ilha que servia como jangada.

— Afirma que a noite já passou — disse Nightspore —, mas a noite ainda está aqui. Estou morto ou vivo?

— Ainda está no mundo de Cristalino, mas não pertence mais a ele. Estamos nos aproximando de Muspel.

Nightspore sentiu uma forte e silenciosa pulsação do ar; uma pulsação rítmica, quatro por quatro.

— Eis o tambor — exclamou.

— Compreende ou esqueceu?

— Entendo parcialmente, mas estou totalmente confuso.

— É evidente que Cristalino cravou as garras em você muito profundamente — disse Krag —, pois o som vem de Muspel, mas o ritmo é causado por sua viagem pela atmosfera de Cristalino. Sua natureza é ritmo, como ele gosta de chamá-lo. Ou repetição maçante e mortal, como eu o chamo.

— Eu me lembro — disse Nightspore, roendo as unhas no escuro.

A pulsação tornou-se audível. Agora soava como um tambor distante. Uma pequena mancha de luz estranha ao longe, bem na frente deles, começou a iluminar fracamente a ilha flutuante e o mar translúcido ao redor.

— Todos os homens escapam deste mundo horrível, ou apenas eu e alguns como eu? — perguntou Nightspore.

— Se todos escapassem, eu não teria de suar, meu amigo... Há muito trabalho e angústia, e o risco de morte total nos espera no além.

Nightspore sentiu o coração afundar.

— Ainda não terminei, então?

— Se assim quiser. Sobreviveu, ao final. Mas quer mesmo?

A batida ficou alta e dolorosa. A luz se transformou em um pequeno retângulo de brilho misterioso fixado em uma enorme parede noturna. A máscara sombria e sorridente de Krag se revelou.

— Não consigo enfrentar o renascimento — disse Nightspore. — O horror da morte não é nada em comparação.

— Terá de escolher.

— Não posso fazer nada. Cristalino é muito poderoso. Quase não consegui escapar com minha alma.

— Você ainda está atordoado com os vapores da terra e não vê nada direito — disse Krag.

Nightspore não respondeu, mas parecia estar tentando se lembrar de algo. A água ao redor deles era tão quieta, incolor e transparente que eles não pareciam estar sustentados por matéria líquida. O cadáver de Maskull havia desaparecido.

O ruído do tambor agora era um estrondo metálico. A mancha oblonga de luz ficou muito maior e queimava, feroz e selvagem. A escuridão acima, abaixo e em ambos os lados começou a tomar a forma de uma enorme parede preta, sem limites.

— Estamos realmente chegando até uma parede?

— Logo descobrirá. O que você vê é Muspel, e essa luz é o portal que precisa atravessar.

O coração de Nightspore batia intensamente.

— Recordarei? — murmurou.

— Sim, recordará.

— Venha comigo, Krag, ou me perderei.

— Não tenho nada para fazer ali. Fico esperando do lado de fora.

— Retornará para a luta? — exigiu saber Nightspore, roendo as pontas dos dedos.

— Sim.

— Não me atrevo.

O clamor estrondoso das batidas rítmicas atingiu a cabeça de ambos como golpes de verdade. A luz brilhava tão vividamente que não conseguiam mais olhar para ela. Tinha a irregularidade surpreendente de um relâmpago contínuo, mas com a peculiaridade adicional de não emitir luz real, e sim emoções percebidas como luz. Continuaram a se aproximar da parede de escuridão, diretamente para o portal. A água vítrea fluiu contra ele, sua superfície alcançando quase seu umbral.

Não conseguiam mais falar; o ruído tornou-se ensurdecedor.

Em questão de minutos, estavam diante do portal. Nightspore se virou de costas e cobriu os olhos com as duas mãos, mas mesmo assim a luz o cegava. Seus sentimentos eram tão apaixonados que seu corpo parecia inchar. A cada batida assustadora, estremecia violentamente.

A entrada não tinha portas. Krag saltou para a plataforma rochosa e puxou Nightspore atrás dele.

Depois de passar pelo portal, a luz desapareceu. O som rítmico cessou totalmente. Nightspore deixou cair as mãos... Tudo estava escuro e quieto, como uma tumba aberta. Mas o ar estava impregnado de uma paixão implacável e ardente, que era para a luz e para o som aquilo que a própria luz era para as cores opacas.

Nightspore colocou a mão em seu peito.

— Não sei se vou conseguir suportar — disse ele, olhando para Krag. Sentia sua presença de forma muito mais vívida e distintamente do que se pudesse vê-lo.

— Entre e não perca tempo, Nightspore... O tempo por aqui é mais precioso do que na Terra. Não podemos gastar os minutos por nada. Há assuntos terríveis e trágicos para nos ocupar, que esperam por nós... Vá logo. Não pare por nada.

— Aonde devo ir? — murmurou Nightspore. — Eu me esqueci de tudo.

— Entre, entre! Há um único caminho. Não há como errar.

— Por que me pede que entre se voltarei a sair?

— Para que suas feridas sejam curadas.

Quase antes que as palavras saíssem de sua boca, Krag saltou de volta para a ilha que servia como jangada. Nightspore involuntariamente começou a segui-lo, mas imediatamente se recuperou e permaneceu onde estava. Krag tornou-se completamente invisível. Tudo do lado de fora era noite negra.

No momento em que ele partiu, um sentimento disparou no coração de Nightspore como mil trombetas.

***

Bem na frente dele, quase a seus pés, havia uma escadaria de pedra, com degraus íngremes, estreita e circular. Não havia outro caminho para seguir.

Colocou o pé no último degrau, ao mesmo tempo em que olhava para o alto. Não viu nada, mas, enquanto subia, cada centímetro do caminho era perceptível através de seus sentimentos íntimos. Aquela edificação era fria, lúgubre e deserta, mas lhe parecia, na exaltação de sua alma, uma escadaria para o céu.

Depois de subir mais ou menos doze degraus, parou para respirar. Cada degrau era cada vez mais difícil de subir. Sentia como se estivesse carregando um homem pesado nos ombros. Isso atingiu um acorde familiar em sua mente. Prosseguiu e, dez degraus acima, chegou a uma janela situada em uma seteira alta.

Escalou e olhou através dela. A janela era feita de um tipo de vidro, mas não conseguia ver nada. Vindo até ele, no entanto, do mundo exterior, uma perturbação da atmosfera atingiu seus sentidos, fazendo seu sangue gelar. Por um momento, parecia uma risada baixa, zombeteira e vulgar, vinda dos confins da terra. No minuto seguinte, era como se o ar vibrasse ritmicamente; o latejar baixo e contínuo de um motor poderoso. As duas sensações eram idênticas, mas diferentes. Pareciam estar relacionadas da mesma forma que alma e corpo. Depois de senti-los por um longo tempo, Nightspore desceu da seteira e continuou sua subida. Estava bastante sério.

A subida tornou-se ainda mais trabalhosa, e ele era forçado a parar a cada três ou quatro degraus para descansar os músculos e recuperar o fôlego. Depois de subir mais vinte degraus assim, chegou a uma segunda janela. Novamente, nada viu através dela. A perturbação do riso no ar também cessara. Mas a pulsação atmosférica agora era duas vezes mais distinta do que antes, e seu ritmo tornara-se duplo. Havia dois pulsos separados: um no ritmo de marcha e o outro no de valsa. O primeiro era amargo e petrificante de se sentir, mas o segundo era alegre, enervante e horrível.

Nightspore passou pouco tempo naquela janela, pois sentiu que estava perto de uma grande descoberta e que algo muito mais importante o esperava lá em cima. Seguiu subindo. A subida foi ficando cada vez mais exaustiva, tanto que teve de se sentar com frequência, totalmente esmagado pelo próprio peso morto. Ainda assim, chegou à terceira janela.

Subiu na seteira. Seus sentimentos se traduziram em visão, e teve uma que o fez ficar pálido. Uma esfera gigantesca e autoluminosa pairava no céu, ocupando quase a totalidade dele.

Era composta inteiramente por dois tipos de seres ativos. Havia uma miríade de minúsculos corpúsculos verdes, variando em tamanho, desde os muito pequenos até os quase indiscerníveis. Eles não eram verdes, mas de alguma forma ele os via assim. Todos forçavam caminho em uma direção — em direção a ele, em direção a Muspel —, mas eram débeis e pequenos demais para fazer qualquer progresso. A ação deles produzia o ritmo de marcha que ele havia sentido anteriormente, porém esse ritmo não era intrínseco aos próprios corpúsculos, e sim uma consequência do obstáculo que encontraram. E, ao redor desses átomos de vida e luz, havia redemoinhos muito maiores de luz branca que giravam de um lado para o outro, carregando os corpúsculos verdes com eles para onde desejassem. Seu movimento giratório era acompanhado pelo ritmo da valsa. Parecia a Nightspore que os átomos verdes não apenas eram atirados naquela dança contra sua vontade, mas sofriam a vergonha excruciante e a degradação como consequência disso. Os maiores eram mais estáveis do que os extremamente pequenos, alguns até quase parados, e um avançava na direção que desejava ir.

Deu as costas para a janela, enterrou o rosto nas mãos e procurou nos recônditos escuros da memória uma explicação para o que acabara de ver. Nada veio direto, mas o horror e a ira começaram a se apossar dele.

Em seu trajeto para a próxima janela, dedos invisíveis pareciam estar apertando seu coração e torcendo-o aqui e ali, mas nem sonhava em retornar. Seu humor estava tão sombrio que ele nem uma única vez se permitiu fazer pausas. Tamanha era sua angústia física no momento em que escalou o recesso, que por vários minutos ele não conseguia ver nada — o mundo parecia estar girando ao seu redor, rapidamente.

Quando finalmente olhou, viu a mesma esfera de antes, mas agora tudo estava mudado nela. Era um mundo de rochas, minerais, água, plantas, animais e homens. Via o mundo inteiro de uma só vez, mas tudo era tão ampliado que ele conseguia distinguir os menores detalhes da vida. No interior de cada indivíduo, de cada agregado de indivíduo, de cada átomo químico, percebeu claramente a presença dos corpúsculos verdes. Mas, de acordo com o grau de dignidade da forma de vida, eles eram fragmentários ou comparativamente grandes. No cristal, por exemplo, a vida verde aprisionada era tão diminuta que quase não era visível. Em alguns homens, dificilmente era maior. Mas em outros homens e mulheres era vinte ou cem vezes maior. Contudo, grande ou pequeno, desempenhava um papel importante em cada indivíduo. Parecia que os redemoinhos de luz branca, que eram os indivíduos e claramente se mostravam sob os corpos que os envolviam, deliciavam-se com a existência e desejavam apenas desfrutá-la, mas os corpúsculos verdes estavam em estado de eterno descontentamento; porém, cegos e sem saber que caminho tomar para sua libertação, mudavam de forma, como se abrissem novos caminhos para uma nova experiência. Cada vez que aquelas formas grotescas se metamorfoseavam em uma nova, era sempre obra dos átomos verdes, tentando escapar em direção a Muspel, mas encontrando obstáculos. Essas centelhas subdivididas de espírito vivo e ígneo permaneciam irremediavelmente aprisionadas em medonha papa de prazer suave. Eram corrompidas, transformadas em algo artificioso; isto é, eram absorvidas nas formas repulsivas e doentias que as envolviam.

Nightspore sentiu uma vergonha nauseante na alma enquanto olhava para aquele espetáculo. Sua exaltação tinha desaparecido havia muito. Roeu as unhas e entendeu por que Krag o aguardava lá embaixo.

Subiu lentamente até a quinta janela. A pressão do ar contra ele era tão forte quanto um furacão, privado de violência e irregularidade, de modo que nem por um instante foi possível relaxar seus esforços. No entanto, o ar estava perfeitamente calmo.

Ao olhar pela janela, foi surpreendido por uma nova visão. A esfera ainda estava lá, mas, entre ela e o mundo de Muspel em que ele estava, percebeu uma sombra vasta e difusa, sem qualquer forma distinguível, mas de alguma maneira exalando um cheiro de doçura repulsiva. Nightspore soube que se tratava do Cristalino. Uma torrente de luz feroz — mas não era luz, e sim paixão — fluía o tempo todo de Muspel para a Sombra e através dela. Quando, entretanto, emergiu do outro lado, que era a esfera, a luz foi alterada em sua natureza. Ela se dividiu, como por um prisma, nas duas formas de vida que ele havia visto anteriormente — os corpúsculos verdes e os redemoinhos. O que antes era um espírito ígneo, era agora uma massa nojenta de indivíduos rastejantes que se contorciam, cada turbilhão de busca de prazer tendo como núcleo uma centelha fragmentária de fogo verde vivo. Nightspore lembrou os raios de retorno em Starkness, e passou por ele, com a certeza da verdade, o pensamento de que as faíscas verdes eram os raios de retorno, e os redemoinhos, os raios de partida emitidos por Muspel. Os primeiros tentavam desesperadamente regressar ao local de origem, mas terminavam dominados pela força bruta dos segundos, que desejavam apenas permanecer onde estavam. Os redemoinhos individuais se acotovelavam, lutavam e até devoravam uns aos outros. Isso criava dor, mas, qualquer que fosse a dor que sentissem, era sempre o prazer que buscavam. Às vezes, as faíscas verdes eram fortes o suficiente por um momento para se moverem um pouco na direção de Muspel. Os redemoinhos então aceitavam o movimento, não apenas sem objeções, mas com orgulho e prazer, como se fosse obra deles, mas eles nunca viam nada além da Sombra e pensavam que sua viagem seria até ela. No instante em que se cansavam do movimento direto, algo contrário à sua natureza giratória, voltaram a matar, dançar e amar.

Nightspore soube de antemão que a sexta janela seria a última. Nada o teria impedido de subir até ela, pois imaginou que a natureza do próprio Cristalino se manifestaria ali. Cada passo para cima era como uma luta sangrenta de vida ou morte. As escadas o prendiam ao chão. A pressão do ar fazia com que o sangue jorrasse de seu nariz e suas orelhas. A cabeça retinia como um sino de ferro. Depois de lutar para subir uma dúzia de degraus, percebeu subitamente que estava no topo. A escada terminava em uma pequena câmara nua, de pedra fria, que dispunha de uma única janela. Do outro lado do apartamento, outro pequeno lance de escadas subia por uma escotilha ao que parecia ser o telhado do edifício. Antes de subir essas escadas, Nightspore correu até a janela e olhou para fora.

A forma sombria de Cristalino havia se aproximado muito dele e preenchido todo o céu, mas não era uma sombra de escuridão, e sim uma sombra brilhante. Não tinha forma, nem cor, mas de alguma forma sugeria os matizes delicados do início da manhã.

Era tão nebuloso que a esfera podia ser claramente distinguida através dele. Em extensão, contudo, era, sem dúvida, abundante. O odor adocicado que emanava dele era forte, repulsivo e terrível; parecia brotar de uma espécie de lodo viscoso e zombeteiro, inexprimivelmente vulgar e ignorante.

O fluxo do espírito de Muspel brilhava com complexidade e variedade. Não estava abaixo da individualidade, mas acima dela. Não era Um ou Muitos, mas algo muito além. Se aproximou de Cristalino e entrou em seu corpo; se é que aquela névoa brilhante poderia ser chamada de corpo. Passou direto por ele, e a passagem lhe causou o mais delicioso prazer. A corrente de Muspel era o alimento de Cristalino... O riacho emergia do outro lado na direção da esfera, em dupla condição. Parte dele reaparecia intrinsecamente inalterada, mas estremecia em um milhão de fragmentos. Esses eram os corpúsculos verdes. Ao passarem por Cristalino, escapavam da absorção por causa de seu tamanho diminuto. A outra parte do riacho não escapava. Seu fogo havia sido abstraído, seu cimento retirado e, depois de ser contaminado e amolecido pela horrível doçura do hospedeiro, ele se dividia em indivíduos, que eram os redemoinhos de vontade vital.

Nightspore estremeceu. Finalmente compreendia como todo o mundo da vontade estava condenado à angústia eterna para que esse ser pudesse sentir alegria.

Logo ele pôs os pés no lance de escadas que levava ao telhado... pois se lembrava vagamente de que agora só restava isso para fazer.

No meio do caminho, desmaiou; mas, quando recuperou a consciência, persistiu como se nada tivesse acontecido. Quando estava com a cabeça acima da escotilha, respirando o ar livre, teve a mesma sensação física de um homem saindo da água. Ele puxou o corpo para cima e ficou esperando no telhado com piso de pedra, olhando ao redor para ver Muspel pela primeira vez.

Não havia nada.

Estava no topo de uma torre, medindo não mais que cinco metros para cada lado. A escuridão o rodeava. Sentou-se no parapeito de pedra, com o coração apertado. Um forte pressentimento atravessou-lhe o ser.

De repente, sem ver ou ouvir nada, teve a nítida impressão de que a escuridão ao seu redor, em todos os quatro lados, exibia uma máscara que sorria... Assim que isso aconteceu, percebeu que estava totalmente cercado pelo mundo de Cristalino e que Muspel consistia em si mesmo e na torre de pedra na qual estava sentado.

Um fogo brilhou em seu coração... Milhões e milhões de indivíduos grotescos, vulgares, ridículos e dóceis, que antes foram Espírito, clamavam de sua degradação e agonia pela salvação de Muspel... Para responder a esse clamor havia apenas ele mesmo... e Krag, esperando lá embaixo... e Surtur. Mas onde estaria Surtur?

A verdade se impôs a ele em toda a sua realidade fria e brutal. Muspel não era um Universo todo-poderoso, tolerando por pura indiferença a existência lado a lado com ele de outro mundo falso, que não tinha o direito de existir. Muspel estava lutando por sua vida, contra tudo o que havia de mais vergonhoso e assustador — contra o pecado disfarçado de beleza eterna, contra a baixeza disfarçada de Natureza, contra o Diabo disfarçado de Deus...

Agora compreendia tudo. O combate moral não era uma paródia, nenhum Valhala[52], onde guerreiros são feitos em pedaços durante o dia e festejam à noite. Tratava-se, sim, de uma luta mortal e terrível, na qual aquilo que é pior do que a morte — ou seja, a morte espiritual — inevitavelmente aguardava o vencido de Muspel... Como poderia postergar aquela guerra horrível?

Durante esses momentos de angústia, todos os pensamentos sobre o Eu, a corrupção de sua vida na Terra, foram queimados da alma de Nightspore, talvez não pela primeira vez.

Depois de ficar sentado por muito tempo, ele se preparou para descer. Sem aviso, um grito estranho e lamentoso varreu a face do mundo. Aquilo que começara em um mistério terrível terminou

---

52 No original, "Valhalla", do escandinavo antigo "Valhǫll", "salão dos caídos". Na mitologia nórdica e nas crenças de religiões pertencentes ao paganismo nórdico, como a religião *Ásatrú*, designa um majestoso e enorme salão com 540 quartos, situado em Asgard, governado pelo deus Odin. Os escolhidos por Odin, constituindo metade dos que morrem em dado combate, eram levados pelas valquírias após a morte. Em Valhala, haveria inúmeros mortos em combate, que se reuniriam aos vários heróis lendários da mitologia germânica com o objetivo de se prepararem para auxiliar Odin durante os eventos do *Ragnarök*, "destino dos deuses", o fim do mundo. (N.T.)

com uma nota de zombaria tão baixa e sórdida que ele não pôde duvidar por um momento de sua origem. Era a voz de Cristalino.

***

Krag esperava por ele na ilha que servia de jangada. Lançou um olhar severo para Nightspore.

— Viu tudo?

— A luta é impossível — murmurou Nightspore.

— Eu não disse que sou o mais forte?

— Você pode ser o mais forte, mas ele é o mais poderoso.

— Sou o mais forte e o mais poderoso. O Império de Cristalino não passa de uma sombra no rosto de Muspel. Mas nada será feito sem os golpes mais sangrentos... O que você pretende fazer?

Nightspore olhou para ele com estranheza.

— Você não é Surtur, Krag?

— Sim.

— Sim — disse Nightspore em uma voz pausada, sem surpresa. — Mas qual é o seu nome na Terra?

— Dor.

— Isso também eu deveria saber.

Ele ficou em silêncio por alguns minutos. Então, pisou silenciosamente na balsa. Krag a empurrou e eles rumaram para a escuridão.

POSFÁCIO

A espantosa viagem do espírito
(A aventura espiritual de *Uma Jornada para Arcturus*)

Amanhã, e amanhã, e amanhã,
Rasteja em passo parco dia após dia,
Até a última sílaba do Tempo.
E os ontens, todos, só nos alumiam
O fim no pó. Apaga, apaga, vela
Breve!
A vida é só uma sombra móvel.
Pobre ator,
Que freme e treme o seu papel no palco
E logo sai de cena. Um conto tonto
Dito por um idiota — som e fúria, significando nada.

(William Shakespeare, de *Macbeth*, citado por Ezra Pound em *ABC da Literatura*, traduzido por Augusto de Campos)

O ritmo primordial
O professor Segismundo Spina desenvolveu um instigante recenseamento da origem da linguagem como origem da poesia em seu breve — mas denso — estudo *Na madrugada das formas poéticas*. Em dado momento, para falar da importância do *ritmo* na estruturação da poesia e da própria linguagem, evoca as teorias do "professor de Economia Política na Universidade de Leipzig", Karl Bücher, e do estudioso em música Richard Wallaschek de que a "atividade motriz" dos povos ancestrais — "a procura do alimento, a caça, a colheita, a guerra etc., o trabalho em geral do lenhador, do construtor de cabanas, da semeadura, da remoção de coisas pesadas, do ato de remar em conjunto, da fabricação dos objetos e das armas de caça e pesca" — seria responsável por desenvolver "a regularidade rítmica e, com ela, a música, que vem facilitar os movimentos e suavizar o sacrifício do trabalho". O ritmo existiria em um processo de repetição que parece (ao menos, segundo os teóricos citados pelo professor Spina) estar fortemente escorado

em processos sociais e mesmo naturais, na base da repetição que pode ser cadenciada, brotando daí um processo rítmico que estaria na base da música e da própria poesia.

Trata-se de uma teoria promissora em seus desdobramentos, relativamente simples e bastante *concreta*, por sua natureza materialista e econômica — elementos que são sempre sedutores ao se abordar fenômenos que parecem embebidos em algum tipo de *mistério*, como a origem da linguagem, da poesia e mesmo da música. Mas o próprio Spina destaca que se trata de uma teoria problemática — em primeiro lugar, embora tal teoria pareça se aplicar bem para a origem da métrica na poesia clássica ocidental, especialmente na Grécia Antiga, baseada na *quantidade*, ela não funciona tão bem com a métrica e a cadência de outros povos, que se centram, por exemplo, na *intensidade*. Tal teoria também soçobra diante de povos que conhecem ritmos e pausas, mas desconhecem o sentido de trabalho, ao menos como empregado por Bücher/Wallaschek. De fato, aparentemente o etnocentrismo de tal teorização afetou conclusões promissoras ao eleger um modelo ocidental como norte essencial. De qualquer maneira, trabalhemos com a hipótese de que tal teoria pudesse ser aplicável não apenas à poesia — que uma noção de ritmo estruturado por *pausas* também fosse factível na narrativa e que a essência cíclica, repetitiva do ritmo, ocorresse também na forma como imaginamos as histórias, como se nossa mente buscasse uma sonoridade mental, uma forma de entendimento do mundo estabilizada por uma harmonia que a natureza, em si mesma, não parece ter em conta. Assim, nossas histórias seriam contadas em uma estrutura musical, de tensões seguidas de repousos. Assim, por exemplo, na *Odisseia* de Homero, o grande modelo narrativo do Ocidente, para cada tensão haveria um momento de repouso, representado seja pela resolução do conflito, seja pela conclusão do verso de determinado trecho específico — o branco da página representando um tipo de pausa prolongada, de silêncio antes do reinício do conflito. Nesse sentido, talvez pudéssemos ir mais longe e pensar que a própria estrutura de uma narrativa como uma gigantesca alternância entre um momento forte e um momento fraco, entre um *princípio* — no caso da *Odisseia*, o herói perdido no meio dos mares misteriosos e terríveis — e um ansiado *desfecho*, o retorno triunfal do herói para Ítaca. Na ancestral e modelar narrativa de Homero, existe uma estrutura universal aparentemente adotada em tantas narrativas, de volta para casa, e essa estrutura é ela mesma uma suíte musical tanto em seus conflitos e peripécias quanto em sua longa estrutura geral.

Aqui, precisamos deixar o passado, as eras ancestrais, e nos deslocar para o século XX — para o ano de 1920, para sermos mais específicos —, quando a editora Metheun & Co lançou uma estranha obra de um autor escocês chamado David Lindsay, de título *A Voyage to Arcturus*, que traduzimos como *Uma jornada para Arcturus*. Essa estranha mescla de fantasia e ficção científica seria bastante influente por todo o século XX e além, mas há nela uma essência rítmica que quase comprova a hipótese que levantamos antes: a narrativa que se transforma em uma música — e, de fato, existe um elemento musical nela, fundamental, que impulsiona a narrativa em retomadas e repetições complexas. Mas não é qualquer melodia — são sonoridades fluidas, tensas, cujos tempos fortes e silêncios são poderosos e ressoam na mente do leitor continuamente.

Espírito do tempo

David Lindsay nasceu em uma família de calvinistas escoceses em Lewisham, a sudeste de Londres, em 3 de março de 1876. Seu lar era um típico exemplo da classe média britânica à época. Ele estudou em uma escola local e obteve acesso a uma universidade, mas não pôde se dedicar aos estudos por razões financeiras. Dedicou-se, assim, aos negócios, tornando-se agente de seguros do banco Lloyd's de Londres; mas sua carreira de relativo sucesso foi interrompida pela Primeira Guerra Mundial, quando foi convocado para o fronte. Após a desmobilização, tentou a sorte como escritor e, nesse ponto, elaborou e publicou seu primeiro romance, *Uma jornada para Arcturus*. Essa primeira tentativa de se tornar escritor profissional, contudo, não foi bem recebida: o livro vendeu apenas 600 exemplares (segundo Alan Moore, em sua introdução à reedição do livro em 2002 pela prestigiosa editora independente Savoy Books) de uma tiragem bastante limitada de 1.500. O público da época, ainda segundo Moore, provavelmente tenha ficado desconcertado com uma narrativa aparentemente tão alienígena quanto os mundos por ela descritos. Contudo, se examinarmos aquilo que em língua alemã recebe o nome de *Zeitgeist*, o "espírito do tempo" — ou seja, o clima intelectual geral da época —, perceberemos como Lindsay estava mergulhado no próprio tempo, tratando dos temas mais importantes e valorizados de sua época, mas com uma abordagem completamente original e atemporal.

A Inglaterra, na virada do século XIX para o século XX, vivia um momento histórico bastante peculiar, derivado tanto de sua posição como potência imperialista quanto de seu pioneirismo na Revolução Industrial, enquanto os resultados sociais tenebrosos da Revolução Industrial se espalhavam, na forma de miseráveis pelas ruas das grandes cidades industriais inglesas (Londres, Manchester etc.), o que gerou diversos tipos de oposição, tanto em termos políticos quanto em termos culturais. Por outro lado, o imperialismo, ao desdobrar-se como uma exploração brutal de outros povos, revelava aos vetustos súditos da coroa britânica novos universos — crenças, visões de mundo e organizações políticas. Logo, essas duas experiências — o impacto da industrialização acelerada e a apreciação ambígua, embora por vezes crítica, do imperialismo — alimentaram novas percepções culturais dos ingleses nas eras vitoriana e eduardiana. Houve, por exemplo, uma explosão de ficções especulativas nesse período, que tratavam — de forma nada otimista — do futuro da sociedade, com *A máquina do tempo* (1895), de H. G. Wells, em sua vanguarda. Essa desconfiança em relação ao futuro da sociedade capitalista, bem como da eficiência perpétua das máquinas, desdobrava-se em outros fenômenos culturais, alguns deles ainda anteriores à formalização de fantasias especulativas na ficção. Um desses fenômenos foi a persistência na Inglaterra de uma visão romântica que valorizava as relações medievais de trabalho e sociedade — uma concepção que, entre os britânicos, chegou a se organizar filosoficamente, tendo entre seus representantes os mais espetaculares pensadores daquele país na segunda metade do século XIX: Thomas Carlyle, John Ruskin e William Morris. Essa retomada seria uma influência decisiva para amplas explorações e retomadas de universos medievais a partir de Tolkien, embora tudo tenha começado como uma *crítica social* e trabalhista.

Essa busca por alternativas no mundo da indústria e do *progresso* que significava tanta miséria e feiura, contudo, não se projetou apenas na direção do passado histórico, mas de *outras* culturas ou mesmo de percepções diferentes, heréticas, por assim dizer, em relação ao senso comum religioso e social. Se a literatura árabe era obsessivamente buscada por autores, tradutores e pesquisadores europeus desde o Renascimento, a expansão dos impérios europeus — notadamente, do Império Britânico — permitiu um reconhecimento mais sistemático das culturas dos povos submetidos ou não. Assim, se havia um reconhecimento — na obra de Rudyard Kipling — temeroso da religião e da mitologia feroz da Índia, não poucos escritores e intelectuais ingleses buscaram em um passado nórdico — pois os *vikings* invadiram as ilhas — elementos para a construção de poemas e narrativas. Por outro lado, havia as exóticas e estranhas teorias do *gnosticismo*, um exótico sincretismo religioso que surgiu na Europa do século II d.C. em diante e que mesclava neoplatonismo, cristianismo, cultos pagãos greco-romanos e concepções orientais a respeito da transcendência. Não tentaremos resumir o multifacetado universo do gnosticismo e da gnose (do grego Γνωσις, ou seja, "sábio") neste breve ensaio, basta dizer que, em essência, tratava-se de uma teoria que afirmava que o *cosmo* (universo material) fora criado por uma emanação imperfeita de um deus supremo, o *demiurgo*, para aprisionar a centelha divina ou *espírito* no corpo humano. Uma vez nesse estado vegetativo, absorvida, essa centelha só será despertada através de processos e métodos intuitivos — a *gnose* propriamente dita.

Esse material cultural alimentou, na Inglaterra, uma mania ocultista que parece em completa contradição com a potência industrial europeia que mantinha à época pretensões imperiais de considerável amplitude. Mas essa impressão se desfaz quando avaliamos as percepções críticas em relação à indústria e ao progresso. Mas, como muito bem demonstrou Alex Owen em seu livro *The Place of Enchantment: British Occultism and the Culture of the Modern*, esse novo ocultismo já estava saturado de elementos relacionados à modernidade, que era alvo da crítica de seus seguidores, tornando-se de fato um fenômeno *moderno*, pois sua estrutura, forma de difusão e organização obedeciam aos sincretismos, obsessões e angústias da contemporaneidade. O retorno ao passado e as estratégias críticas diante da modernidade industrial e colonial não são apenas um modismo passadista, mas uma manifestação contemporânea de reação crítica e resistência, necessitando, assim, de uma análise que a coloque nesse patamar.

A vida e a obra de David Lindsay e sua *Jornada para Arcturus* se encaixavam no espírito de seu tempo — há, em sua estrutura, a busca pelo exótico, o motivo da viagem, o deslocamento para *outro lugar* — dentro de um quadro de ficção especulativa, fazendo emergir a redescoberta de um passado mítico nórdico e teorias heréticas dos gnósticos. Todo o primeiro capítulo, com uma saborosíssima descrição de uma sessão espírita como um espetáculo para atiçar a curiosidade da alta sociedade de Londres, é exemplar. Portanto, esse fracasso comercial no primeiro momento se deu, como bem percebeu Alan Moore, porque, apesar de se situar confortavelmente em seu próprio tempo, tratava-se de uma obra, em tantos sentidos, *transcendente*, fora de tempo e de lugar.

Odisseia ou aventura metafísica?

Já mencionamos aqui a *Odisseia* de Homero, uma das mais influentes narrativas já escritas. O universo construído por Homero para seus heróis, como Ulisses, e pessoas comuns é um fruto quase demiúrgico, e sua influência, mesmo em nossa época, é considerável. No rosto de cada herói das mais recentes narrativas, sejam elas audiovisuais ou literárias, parece que percebemos traços vivos e nítidos de seu antepassado, Ulisses. Na narrativa de Lindsay, é possível discernir em Maskull, Nightspore, Krag, Oceaxa, Sullenbode ou Cristalino traços distantes de Ulisses, Telêmaco, Circe, Polifemo, Nausicaa e Penélope. Mas Lindsay transformou essa influência fundamental e configurou, em *Uma jornada para Arcturus*, uma espécie de anti-Odisseia; de fato, temos na jornada de Maskull e seus companheiros o surgimento de um novo gênero, que poderíamos denominar *aventura metafísica*.

Na *Odisseia* de Homero, a aventura é, em síntese, o retorno de um soldado, veterano de guerra, ao seu distante lar. A trama se inicia *in media res*, com seu filho, Telêmaco, buscando informações do paradeiro do pai, enquanto a mãe, Penélope, era cortejada por pretendentes ao trono do pequeno reino da ilha de Ítaca, que dilapidavam a fortuna de seu legítimo proprietário, desaparecido na guerra. As aventuras se encaixam nessa estrutura inicial, em um processo orgânico — ou *ritmado* — de desdobramento das peripécias e aventuras. Em *Uma jornada para Arcturus*, temos uma estrutura que, à primeira vista, é semelhante: Krag surge no meio de uma sessão espírita para convocar dois personagens que ali estavam, Nightspore e Maskull, para uma jornada extraordinária. A trama, de certa forma, já está em andamento, e os fascinantes personagens do *demi-monde* da sociedade londrina, apresentados no primeiro capítulo, logo serão abandonados, como ocorre com Telêmaco. Mas as semelhanças param por aí.

Em Lindsay, a viagem implica na *mutação*, na alteração corporal e espiritual. Seu herói não consegue, por outro lado, manter os traços de caráter estáveis, frequentemente sendo dominado por amantes ou por pregadores messiânicos. Como em Homero, a viagem proposta por Lindsay é tanto física — e as paisagens descritas oferecem momentos intensos, imaginativos, inebriantes — quanto espiritual, mas *não tem retorno*, ao menos não o retorno que se espera. Trata-se de uma espécie de passagem do físico ao espiritual, e nisso difere em termos tão enfáticos de uma trama tão concreta e tão material quanto a *Odisseia*. Assim, cunhamos um nome para denominá-la: *aventura metafísica*, uma espécie de viagem física, psíquica e conceitual/filosófica que leva o leitor a descortinar não apenas um outro mundo enfeixado em uma realidade mais ou menos conhecida, mas outras formas de entendimento dessa realidade conhecida para projeções que a ultrapassem, em realidades *além*. Por isso os excessos e crimes de Maskull, ou a aparência e os modos desagradáveis de Krag — em uma *aventura metafísica*, as possibilidades humanas não se regulam nem pelas limitações da psicologia ou dos modelos de comportamento moral, da mesma forma que a Natureza não se conforma aos esquemas usuais reconhecidos pelas ciências naturais.

Assim, a *aventura metafísica* de Lindsay não foi reconhecida, em toda a sua inovação, à época de seu lançamento, mas o foi, gradativamente, pelas gerações posteriores de leitores, bem depois da morte prematura do autor, em 1945, devido às complicações de um abcesso dentário que não foi tratado. Tolkien e C. S. Lewis leram atentamente *Uma jornada para Arcturus* e há nítidas ressonâncias e influências diretas dessa obra em um trabalho de Lewis, *Space Trilogy*. O já mencionado Alan Moore resgatou *Arcturus* já nas aventuras cósmicas de seu *Monstro do Pântano*, enquanto Clive Barker, um dos mestres do horror contemporâneo, afirmou que o romance de Lindsay era nada menos que uma obra-prima. Não é preciso muito esforço para perceber a influência de Lindsay no universo de *Hellraiser* de Barker, uma espécie de versão invertida, infernal, dos domínios de Cristalino e de suas ilusões. Até mesmo o conhecido e exigente crítico Harold Bloom reconhecia o valor de *Uma jornada para Arcturus*, reconhecendo sua influência em seu único romance, *The Flight to Lucifer* (1979). No cinema, a mescla de fantasia e ficção científica proposta por Lindsay, o desenvolvimento de um poderoso anti-herói, o trajeto por paisagens deslumbrantes (que configuram a ação) e certas noções de aparência e verdade tiveram longa vida. É bastante evidente a influência de *Uma jornada para Arcturus* na saga *Star Wars*, criada por George Lucas em 1977, ou no filme *Avatar*, de James Cameron, nos quais a jornada de heróis problemáticos é essencial. E tais ressonâncias, influências e inspirações chegam até a série de filmes *Matrix* (iniciada em 1999), das irmãs Wachowsky, que parece ter bebido nas fontes de *Arcturus*, ainda que indiretamente, na noção apresentada por Lindsay de uma realidade de aparências como uma forma de controle, do qual o ser humano precisa escapar.

Assim, o trabalho de David Lindsay, em que pese seu fracasso comercial quando do lançamento, manteve-se uma obra subterrânea, marginal, oculta, *esotérica*, resgatada continuamente por seus leitores — de fato, são quase adeptos, em certo ponto de vista. E assim, para tantos leitores — e para *você*, igualmente, caro leitor desta tradução —, o caminho de escuridão que se abre para Nightspore e Krag torna-se, na verdade, uma jornada por paisagem vertiginosa e de infinita luminosidade.

REFERÊNCIAS

HOMERO. *Odisseia*. Tradução de Christian Werner. São Paulo: Cosac Naify, 2014.

MOORE, Alan. Prisma y petecostes: David Lindsay y el apocalipsis británico. In: LINDSAY, David. *Viaje a Arcturus*. Traducción de Susana Prieto Mori. Madrid: Defausta Editorial, 2016.

OWEN, Alex. *The place of enchantment*: british occultism and the culture of the modern. Chicago: University of Chicago Press, 2004.

SHAKESPEARE, William. Fragmentos de *Macbeth*. In: POUND, Ezra. *ABC da Literatura*. Tradução de Augusto de Campos. São Paulo: Cultrix, 1989.

SPINA, Segismundo. *Na madrugada das formas poéticas*. Cotia: Ateliê Editorial, 2002.

Uma jornada para Arcturus

A voyage to Arcturus by David Lindsay
Reino Unido, 1920

Copyright © 2021 by Novo Século Editora Ltda..

COORDENAÇÃO EDITORIAL: Stéfano Stella
ASSISTENTE EDITORIAL: Larissa Roberta Palma
TRADUÇÃO: Alcebíades Diniz
PREPARAÇÃO DE TEXTO: Daniela Georgeto
DIAGRAMAÇÃO: Plinio Ricca
REVISÃO: Elisabete Franczak Branco
ILUSTRAÇÃO DE CAPA: Paula Monise

Texto de acordo com as normas do Novo Acordo Ortográfico da Língua Portuguesa (1990), em vigor desde 1º de janeiro de 2009.

Nenhuma parte deste livro pode ser reproduzida, por qualquer processo, sem a autorização expressa dos editores.

Dados Internacionais de Catalogação na Publicação (CIP)

Lindsay, David, 1876-1945
Uma jornada para Arcturus
David Lindsay; tradução de Alcebíades Diniz.
Barueri, SP: Novo Século Editora, 2021. 320 p.
(Escotilha; 12)

Título original: A voyage to Arcturus

1. Ficção inglesa 2. Ficção científica I. Título II. Diniz, Alcebíades

21-1404　　　　　　　　　　　　　　　　　　CDD 823

1. Ficção : Literatura inglesa 823

1ª edição — 2021

ESCOTILHA_ns é uma marca do Grupo Novo Século.

Alameda Araguaia, 2190 — Bloco A — 11º andar — Conjunto 1111
CEP 06455-000 — Alphaville Industrial, Barueri — SP — Brasil
www.gruponovoseculo.com.br | escotilha@gruponovoseculo.com.br
www.escotilhans.com.br | @escotilhans nas redes sociais

Este livro, impresso em maio de 2021, foi composto utilizando as tipografias Manuale e Nasalization.

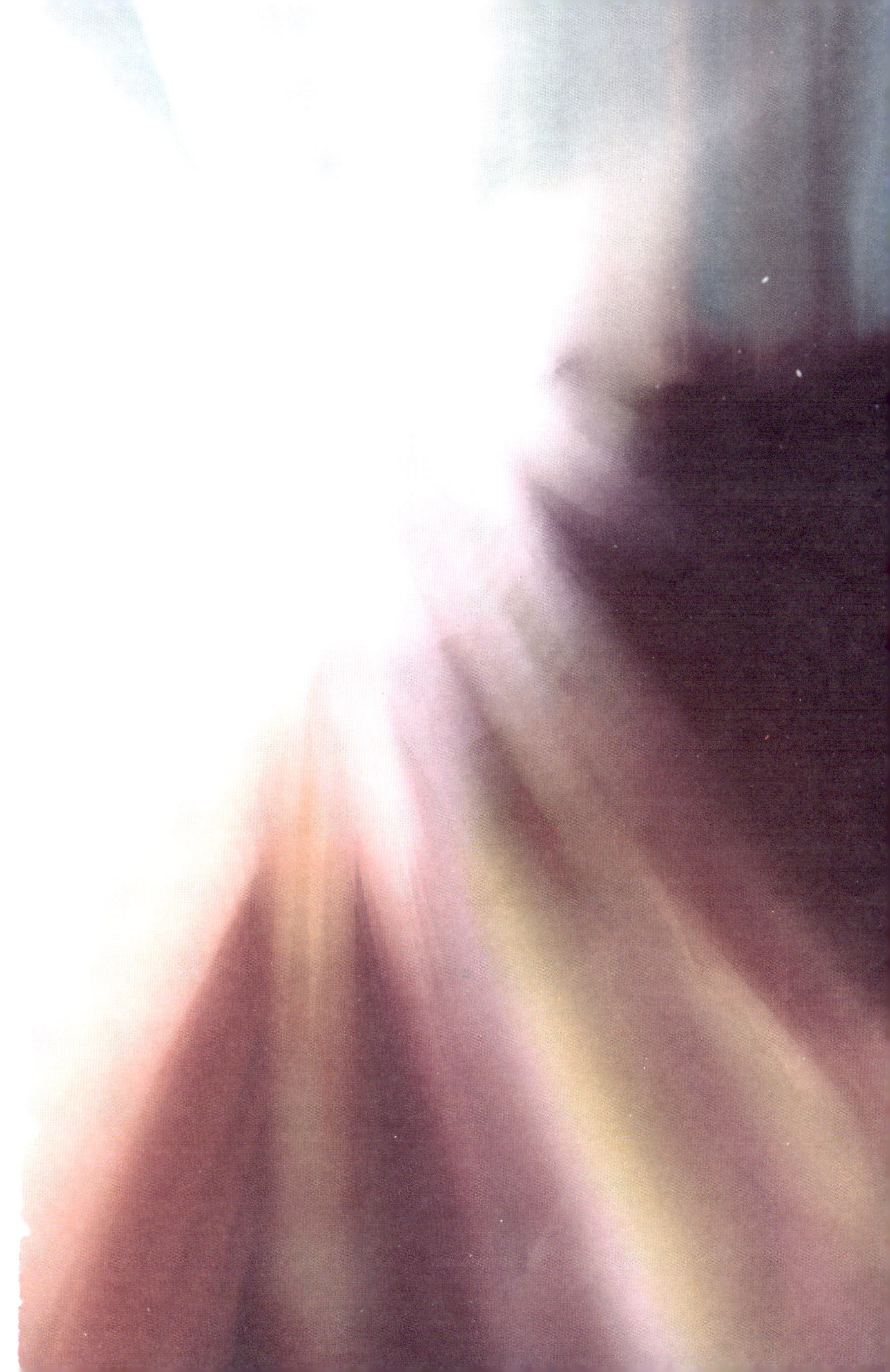

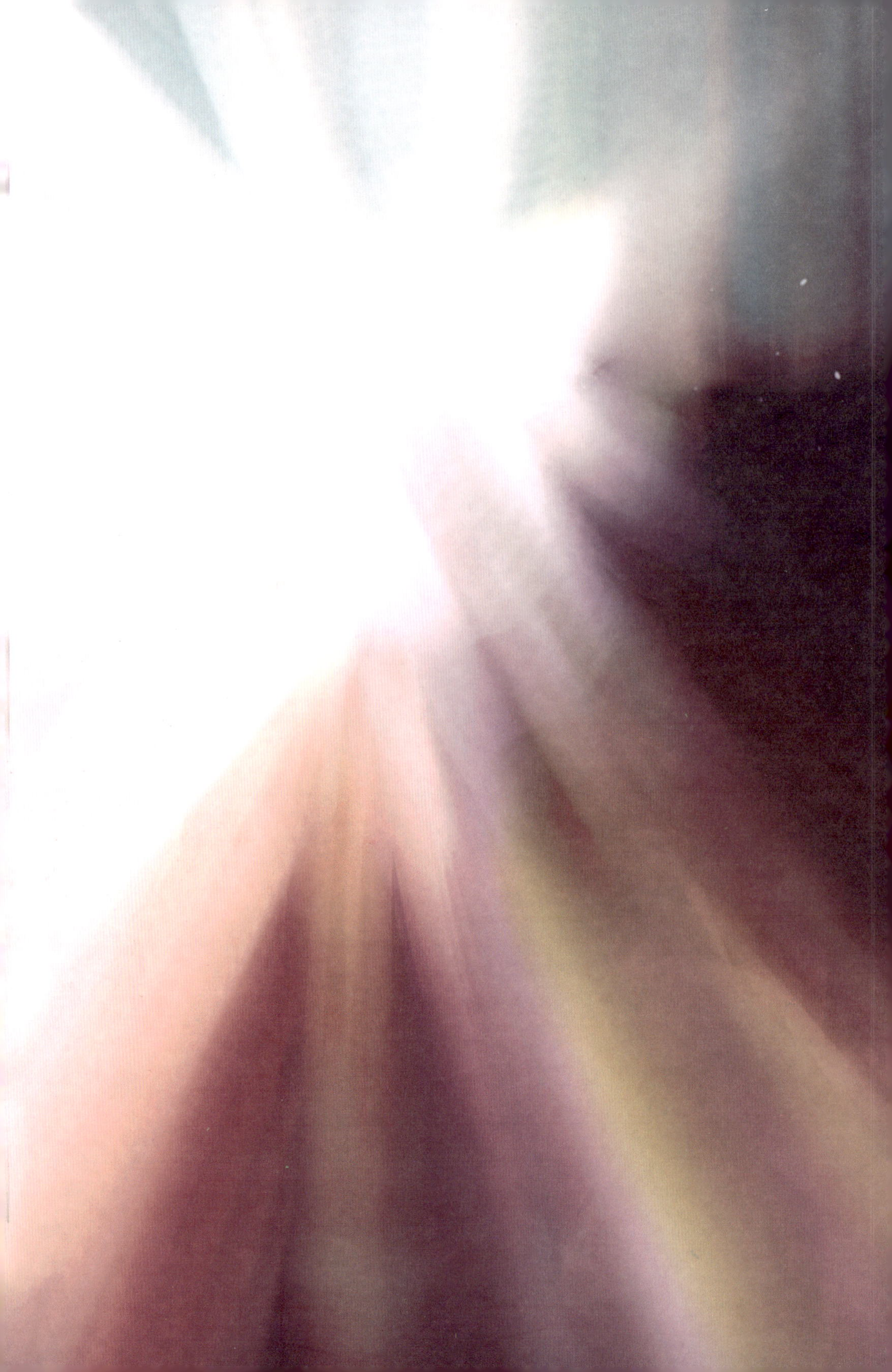